Ich.Lebe.

SCIENCE FICTION

THARIOT

Kein Buch entsteht ohne Hilfe.

Mein Dank an Boris, Nici, Christoph und Lara.

Lektorat:

Simone Kurilla

Korrektorat:

Stefan Stern

Beta Leser:

Antje Adamson

Titelbild:

© kwasny221

Fotolia.com

Thariot

Martin Langner

Solingen 2015

1. Auflage

Create Space

ISBN-13: 978-1508721215

ISBN-10: 1508721211

Thariot.de

Das wunderbarste Märchen ist das Leben selbst.

Andersen, Hans Christian

Lost World

I. Bilder und Farben

Hamburg 2034. Montag. Viertel nach sieben morgens. Alex gähnte verschlafen, die anerzogene Pflicht, die Herde nicht aus den Augen zu verlieren, zwang ihn, sich dieser alltäglichen Hatz anzuschließen. Die engstehende Meute in der U-Bahn mochte er deshalb trotzdem nicht. Zu viele Gesichter, zu viel Demut und viel zu wenig Platz für Kreativität. Eine trostlose Wüste perfekt designter Funktionskleidung, in der jede selbstgestrickte Wollmütze, jedes Stück sichtbarer Individualität unbeachtet in den Wogen der Effektivität zum hoffnungslosen Untergang verdammt war. Die Wahrscheinlichkeit in diesem Wahnsinn einen interessanten Menschen kennenzulernen tendierte gegen null.

Hamburg war, nach Berlin, die zweite deutsche Stadt, in der eine U-Bahn gebaut wurde. Auch wenn vor 122 Jahren die erste Linie nicht mehr als eine sporadisch überdachte Straßenbahn darstellte, ein überaus zukunftsorientiertes Projekt. Das Schienennetz, mit inzwischen weit über 100 Kilometern Streckenlänge, galt aktuell als Referenz für eine urbane Nahverkehrslösung in ganz Europa. Alex glaubte, nur Quark im Kopf zu haben und sollte sich besser auf wichtige Dinge konzentrieren. Wenn er Fakten einmal aufgenommen hatte, vergaß er sie nie wieder. Jeder weitere Gedanke über den städtischen Nah-

verkehr, der ihm spontan durch den Kopf schoss, war einer zu viel.
Alex strich seine schulterlangen blonden Dreadlocks aus dem Gesicht und lächelte eine Frau um die vierzig an, brünett, Typ Geschäftsfrau mit Brille, noch gut in Form, die neben ihm stand und trotz der Enge auf genügend Abstand achtete. Die Fahrt mit der U4 würde neunzehn Minuten, elf Haltestellen und 14.832 Meter dauern. Ob sie wegen seiner nicht gerade schmächtigen Statur oder seiner Frisur Angst vor ihm hatte? Vermutlich beides. Na ja, ihr Problem. Er wollte sie weder heiraten, noch über sie herfallen.
Sein Ziel, wie an beinahe jedem verdammten Wochentag, die Haltestelle HafenCity/Universität. Vor Beginn der Vorlesung für Kunstgeschichte wollte er noch seine Arbeit abgeben, die er gestern während der Tour an die Ostsee mit seiner Kamera geschossen hatte. Er liebte es, das Gefühl von Strand und Meer einzufangen. Egal ob die Sonne schien oder es stürmte, beides hatte besondere Reize. Die Bildagentur zahlte für seine Kunstwerke nicht viel, aber es reichte für die Miete. Er hätte die Fotos auch elektronisch versenden können, nur dann hätte er das Honorar nicht in bar erhalten. Alex konnte dem mittlerweile allgegenwärtigen bargeldlosen Zahlungsverkehr nicht viel abgewinnen. Kreditkarten- und Kontendaten markierten eine viel zu auffällige Spur in der digitalen Öffentlichkeit.

»Better Life. Ideen für eine bessere Zukunft«, tönte es, von einer Frau gesprochen, schwerelos durch die U-Bahn, während das dazu passende CGI-animierte Firmenlogo holografisch projiziert über den Köpfen der Fahrgäste erschien. Alex stand perfekt, Zeit für die Nachrichten, pünktlich, wie immer.

»Die wichtigsten Informationen am Morgen präsentiert Ihnen die Hamburger Hochbahn AG mit freundlicher Unterstützung von Better Life. Ideen für eine bessere Zukunft«, erklärte ein Nachrichtensprecher mit modischem Kurzhaarschnitt. Alex mochte den Nachrichten-Service der U-Bahn, das ersparte ihm das Surfen auf diversen Nachrichtenportalen im Netz.

»Peking. Die Weltbank bestätigt den aktuellen Leitzins von 0.25 Prozent. Auf der UN-Vollversammlung in Hongkong wurden gestern von der führenden panasiatischen Wirtschaftsunion die neuen Geldmengenvorgaben für alle angeschlossenen Kreditnehmerstaaten in Nordamerika und Europa ratifiziert.«

Die Entwicklung hatte Alex erwartet, die Uhren der Welt tickten schon lange im Osten. Ansonsten hatte die Nachricht keine Relevanz, bei seinen überschaubaren finanziellen Mitteln spielten Leitzinsen und internationale Geldmengenvorgaben keine nennenswerte Rolle. Auch die anderen Fahrgäste straften die wirtschaftspolitischen Nachrichten mit geübter Ignoranz.

»Das Verfahren der UN-Kartellbehörde gegen den chinesisch-europäischen Technologiekonzern Better Life wurde in den frühen

Morgenstunden vor dem internationalen Wirtschaftsgerichtshof in Shanghai mit einem Vergleich eingestellt. Kritiker sagen, dass die Übernahme von Apple, Pfizer Pharmatech, Boeing und der militärischen Sparte der EADS im letzten Jahr durch Better Life niemals …«

Der Better Life Konzern interessierte ihn nicht mehr. Vor dem nächsten Werbeblock kommentierte der Nachrichtensprecher noch die Ergebnisse der letzten Samstagsspiele der Ersten Europaliga. Sein Lieblingsverein, dessen 360 Millionen Euro teurer Stürmer seiner Meinung nach nur als mittelmäßige Besetzung für Unterwäschewerbung taugte, hatte erneut verloren und drohte abzusteigen.

An der nächsten Haltestelle stieg DocBi ein, Alex lächelte, sein beinahe zweitbester Freund an der Universität. Er begann seinen verbeamteten Dienst im Geiste der Forschung und Lehre stets pünktlich um acht. Jeden Werktag, jede Woche, seit zwei Jahren, ohne Ausfälle, wobei es Alex in diesem Moment erschreckender fand, dass er an jedem dieser Tage in der U-Bahn dabei war, um diese beeindruckende Arbeitseinstellung zu bewundern.

»Hi Bijan! Alles fit?«, begrüßte Alex ihn und klopfte dem anderthalb Köpfe kleineren und dreißig Kilogramm leichteren Mann freundschaftlich auf die Schulter.

»Guten Morgen«, antwortete DocBi schmallippig und drückte sich zügig in der Menge an Alex vorbei.

»Wie geht es der werten Gemahlin?« Alex liebte es, mit ihm in der U-Bahn über drei Köpfe hinweg zu sprechen. Andere Fahrgäste versuchten DocBi etwas Platz abzugeben, sicherlich von dem Verständnis beseelt, dass die unangenehme Nähe zu Alex nur davon übertroffen werden konnte, von dem langhaarigen Wilden kompromittierend in der Öffentlichkeit angesprochen zu werden.

»Bestens. Danke.«

»Und die Kinder? Die werden auch immer größer ... oder?«, fragte Alex so laut, dass es wirklich jeder in der U-Bahn mitbekam. Derart geistvolle Belanglosigkeiten konnten mit der richtigen Betonung sehr unterhaltsam sein.

Gut drei Dutzend Blicke trafen ihn, um ihm für seine Frechheiten die ewige soziale Verdammnis an den Hals zu wünschen. Alex wusste, dass wenn er einen Sitzplatz ergattert hätte, seiner sitzenden Erscheinung üblicherweise mehr Toleranz entgegengebracht wurde. Größe zählte, zumindest visuell. Mit nassen Haaren brachte er es auf 1,98.

»Ja, ja ...« Der gute DocBi, der eigentlich Prof. Dr. iur. Bijan Möckenbauer hieß und an der Uni einen Lehrstuhl für Bürgerliches Recht sein Eigen nannte, drehte ihm den Rücken zu. Mit ihm verband Alex eine längere einseitige Bekanntschaft, die auf seinen Vater zurückzuführen war, der DocBi damals als interdisziplinären Doktoranden

gefördert hatte. Einseitig bedeutete in diesem Fall, dass es Bijan inzwischen peinlich war, vor dem Zwischenfall ein guter Freund der Familie gewesen zu sein. Alex genoss es daher, ihn bei jeder Gelegenheit seine unerschütterliche Verbundenheit spüren zu lassen.
Alex winkte DocBi unübersehbar zu, der sich nach Kräften bemühte, ihn zu übersehen. Mit 42 Jahren hatte er als afrikanisch-stämmiger Juraprofessor eine universitäre Bilderbuchkarriere absolviert. Der Typ war so deutsch, wie man nur sein konnte: pünktlich, akkurat, gebildet, politisch liberal, mit einem gesunden Mittelmaß an latenter Fremdenfeindlichkeit, verheiratet, zwei Kinder, Eigenheimbesitzer, private Rentenvorsorge und zehn Kilogramm zu viel auf den Rippen. Ansonsten hielt Alex ihn für völlig weltfremd. Wenn man DocBi allein in der Steppe ausgesetzt hätte, würde er nach höchstens einem Tag von einem fußkranken Löwen aufgefressen werden.
Die U-Bahnfahrt bot an diesem Morgen weitere Highlights. Alex liebte es, Menschen zu beobachten. An der nächsten Haltestelle stieg Marie ein, die lachend auf ihn zukam und ihn auf die Wange küsste.
»Hallo Großer.«
»Hallo Traumfrau ... schon Feierabend?«, fragte Alex, der Marie mochte, die wie er am Rand der bürgerlichen Gesellschaft stand. Als Lady Ra arbeitete sie in der erzieherischen Feldforschung außergewöhnlicher sexueller Verhaltensformen. Die schwarze Lederkorsage, Kleider-

größe 44 und die Doppel-D-Körbchen, die sie unter dem offenen Lackmantel trug, brachten bereits einige männliche Fahrgäste mittleren Alters mächtig ins Schwitzen.

»Du glaubst nicht, wie ich mich schon auf mein Bett freue. Wenn du doch nur dreißig Jahre älter wärst ... würde ich dich glatt mitnehmen.«

»He ... ich steh auf erfahrene Frauen.« Alex wusste genau, was für einen Drecksjob sie hatte. Wenn er genug Geld hätte, würde er ihr einen langen Urlaub schenken.

»Süßer ... im nächsten Leben heiraten wir und schaffen uns einen Stall voll Kinder an.« Marie lächelte und sah sich um. Ihr Gesicht konnte mit Anfang fünfzig die verstrichene Zeit nicht leugnen. Die Lücke, die die übrigen Fahrgäste unter der moralischen Führung von DocBi um die beiden Außenseiter freigearbeitet hatten, wurde größer. Ob Marie auch bereits seinen verbeamteten schwarzen Bürokratenarsch unter der Rute hatte?

An der nächsten Haltestelle verabschiedete sich Marie herzlich und eine 1,80 große Asiatin um die Zwanzig stieg hinzu. Ebenfalls eine Studentin? Ihre dunklen Haare reichten ihr bis zum Po und auch die warme Kleidung vermochte es nicht, ihre aufregende Figur zu verdecken. Alex hatte sie zuvor weder in der U-Bahn noch in der Universität gesehen. Gesichter vergaß er selten. Eigentlich nie.

Wer war sie? Sie lächelte, bat einen Fahrgast höflich, sie vorbeizulassen und verschwand außerhalb seines Sichtfeldes. Auf dem Unterarm ihrer Jacke konnte er ein aktives Textildisplay erkennen. Sie befand sich im Netz, wie vermutlich 80 Prozent aller Fahrgäste. Im Jahr 2034 gab es dazu viele technische Möglichkeiten: Datenbrillen, textile Displays oder auch klassische Mobiles.

Seine unstillbare Neugierde erachtete er nicht als seine vorteilhafteste Charaktereigenschaft. Aber bemerkenswerte Menschen regten seine Fantasie an. Wie wohl ihr Name lautete? Sophie? Laura? Oder Josephine? Alex mochte es, sich vorzustellen, welche Namen fremde Menschen hatten. Nicole?

Hör auf damit, rief sein Restgewissen ihm ermahnend zu, nicht noch einmal. Er hatte sich fest vorgenommen, es nicht wieder zu tun. Nur das eine Mal, sagte eine andere Stimme verlangend zu ihm, jetzt komm schon, es tut nicht weh und sie wird es nicht bemerken. Es geht ganz schnell! Alex rollte mit den Augen, es ging nur um ihren Namen. Mehr wollte er nicht wissen. Großes Ehrenwort. Natürlich hätte er sie auch fragen können. Die einfachste Frage der Welt, verrätst du mir, wie du heißt? Eine sehr direkte Frage, auf die jemand wie er viele verschiedene Antworten bekommen konnte. Antworten, die vieles besagten, meist Ablehnung, nur vermutlich nicht ihren wahren Namen. Einen kurzen Blick zu riskieren, würde um Längen unverfänglicher bleiben, als sie dumm von der

Seite anzuquatschen.
Alex nannte es Ghosten, wobei er sich als einzigen Menschen erachtete, der dieses selbsterdachte Wort in diesem Zusammenhang benutzte. Im Prinzip glich es einem Tagtraum, bei dem er seine Sinne auf eine Erkundungsreise schickte. Ein kurzer Trip, um einen Blick in ihren mobilen Computer zu werfen, mit dem sie sich gerade im Netz befand. Vermutlich war das Ganze ohnehin nur eine Spinnerei, in der er sich etwas vorstellte, was nur in seinem Kopf passierte.
Er lehnte sich nach hinten und hielt sich mit beiden Händen an den Haltegriffen fest. Es war alles nur eine Frage der Konzentration. Sein Geist verließ die Grenzen seiner Körperlichkeit, die Welt veränderte sich, Alex sah mobile Computer, Netzwerkverbindungen, pulsierende Streams von Schülern, die Musik hörten, Interaktionen innerhalb sozialer Netzwerke, Nachrichten, Videochats, Telefonate, Identitäten und vieles mehr. Er sah alles, was die Fahrgäste elektronisch über WLAN, 5G, Extended LTE und andere mobile Hochgeschwindigkeitsnetzwerke austauschten. Verschlüsselt und meist von Zugriffsschutzsystemen sorgsam abgeschottet.
Alex sah auch die Spider der großen Suchmaschinen, die ständig versuchten, jede greifbare Information, die ein Benutzer veröffentlichte, zu indexieren, zu versenden und wieder bereitzustellen. Er scannte den kompletten Traffic, den die im Netz aktiven Fahrgäste verursachten. Alles.

Alle Trojaner. Alle Viren. Alle getarnten Suchroutinen offizieller Sicherheitsorgane im Inland und natürlich auch die Bemühungen der etwas weniger offiziellen Informationsdienstleister aus dem nahen Ausland.
Das elektronische Abbild der modernen Gesellschaft glich seiner Meinung nach immer noch dem Wilden Westen, so um 1850, also der Zeit, in der es in Nordamerika richtig zur Sache ging. Wie heute, als von der ganzen zu Schau gestellten Bürgerlichkeit nichts übrigblieb. Jeder log. Betrog. Raubte. Täuschte. Suchte seinen Vorteil: Geld, Gier und Börsenkurse. Es ging um Sex mit moralisch akzeptierten Praktiken. Sex mit etwas ungewöhnlicheren Vorlieben. Sex mit strafrechtlich bedenklichen Methoden und Sex, bei dem er sich weigerte, eine Zuordnung vorzunehmen. Es gab aktive Werbeplattformen, Spammer, Gamer, Hipster, Auktionshäuser, Streamer, Spionagesysteme, Terrorismus- und Lobbyismus Chat-rooms. Und so weiter. Summa summarum, der ganz normale Alltag im elektronischen Leben einer europäischen Metropole. Eine U-Bahnfahrt in Hamburg bot alles. Die Menschen zeigten ihr digitales Gesicht.
Egal, von welchen Mechanismen beschützt, sich die Benutzer bei ihren vielfältigen Tätigkeiten unbeobachtet fühlten, Alex hätte, wenn er wollte, alles lesen können. Alles. Im Prinzip waren es nur binäre Codes, die sich mühelos entschlüsseln ließen.

Alex nannte es Ghosten, wobei er sicher war, dass er den Rest seines Lebens im Knast oder in der geschlossenen Abteilung einer Irrenanstalt verbringen würde, sobald jemand in Erfahrung bringen würde, wozu er in der Lage war.

Jetzt mach schon hin, du hast keine Zeit mehr, erinnerte ihn die verlangende Stimme, die ihn auf die Reise geschickt hatte, den Namen einer hübschen Frau in Erfahrung zu bringen. Nur den Namen. Mehr nicht. Nur den Namen. Von den anderen Dingen, die er hätte erkunden können, wollte er nichts wissen. Das ging ihn alles nichts an. Er wollte vor allem niemanden unachtsam auf seine Fähigkeiten aufmerksam machen. Besser die Menschen schätzten ihn falsch ein, als dass er jemandem einen Grund lieferte, ihn genauer zu betrachten oder ihm sogar einen Ermittler auf den Hals zu hetzen.

Alex hatte das Mobile der jungen Frau gefunden. Die Firewall, die ihr System beschützte, glich einem brüchigen Bindfaden. Er öffnete vorsichtig die Schleife, klappte das System auf und sah sie: Bilder. Von ihr. Ihrem Mann. Eigene Kinder hatte sie noch keine. Geschwister. Nachrichten. Briefe. Ihr Name. Adressen. Persönliches. Berufliches. Ihre Steuererklärung. Sie war Lehrerin an einer Grundschule. Natalie, sie hieß Natalie. Ein schöner Name. Mehr wollte er nicht wissen.

Von ihren privaten Informationen rührte er nichts an. Behutsam zog er sich wieder zurück, verschloss das System und ließ sich zurück in seinen Körper fallen.

»Nächste Haltestelle: HafenCity/Universität«, tönte es unaufdringlich aus den Lautsprechern. Alex bemühte sich, die Augen offen zu halten, sein Schädel drohte zu explodieren und er konnte keine Farben mehr erkennen. Für einen Moment fühlte er sich als Statist in einen alten Schwarz/Weiß-Film versetzt. Einen Stummfilm, bei dem allerdings die begleitende Orchestermusik und die Untertitel fehlten. Vom Ghosten zurückzukehren glich jedes Mal einem Kater nach einem grandiosen Besäufnis.

Los! Hoch mit dir, rief er sich zu und versuchte, in der abbremsenden U-Bahn nicht die Balance zu verlieren. Die Leute in seiner Nähe sahen ihn mitleidig an, jeder von denen glaubte vermutlich genau zu wissen, was er sah: einen jungen Mann mit Drogenproblemen. Zum Glück wusste es niemand besser.

»Alex ... lass dir helfen. Du bist noch jung, wirf dein Leben nicht in den Müll«, sagte DocBi freundschaftlich, als er an ihm vorbeiging. Dieser Idiot. Alex kämpfte noch damit, stehen zu bleiben, er wusste genau, was ihm der kleine Ausflug in das digitale Paralleluniversum eingebracht hatte. Natalie, ihr Name war Natalie.

Andere Fahrgäste nickten, lachten verhalten und drehten peinlich berührt den Kopf weg. Das störte ihn nicht, er kannte jetzt ihren Namen.

***

II. Aus Liebe

Warum streben wir stetig nach Wissen? Warum wollen wir unser ganzes Leben ergründen, vor allem Dinge, die wir nicht verstehen? Warum laufen wir ständig weiter, immer weiter, ohne uns auch nur im geringsten darüber bewusst zu sein, was wir dafür zurücklassen müssen, fragte sich Olaf und betrachtete durch eine Panoramaglaswand einige Vögel auf ihrem Flug nach Süden. Der Herbst 2027 stand vor der Tür. Immerhin wussten die Vögel, warum sie die weite Reise auf sich nahmen. Die Motivation, die ihn über viele Jahre hinweg durch jede Untiefe des Lebens geleitet hatte, würde bald erlöschen.

»Dr. Baringhaus, darf ich Ihnen einen Kaffee anbieten?«, fragte die Krankenschwester zuvorkommend. Eine Seele von einer Frau, die sich unendlich viel Mühe gab seinen Aufenthalt in der Klinik erträglicher zu gestalten. Das Zimmer, 120 Quadratmeter Eschenparkett, eigenes Marmorbadezimmer, eine Sitzgruppe mit hellen Ledermöbeln und eine wunderbare Aussicht auf die Binnenalster, wäre auch in jedem Luxushotel ein absolutes Highlight gewesen. Kassenpatienten wurden hier nicht behandelt.

»Mit Milch und drei Löffeln Zucker bitte.« Olaf nickte, über seine schlechte Ernährung wollte er sich keine Gedanken mehr machen, er brauchte einen Wachmacher. Das letzte Mal hatte er vor 32 Stunden geschlafen. Er stand immer noch vor der Glaswand und versuchte, den

Vogelschwarm nicht aus den Augen zu verlieren. Vergebens, niemand konnte seine Augen überall haben.
Dr. Olaf Baringhaus, sein Name wog in diesem Moment zentnerschwer. Obwohl er Arzt war, hatte er noch nie in einer Klinik gearbeitet. 44 Jahre lebte er schon auf dieser Welt und fühlte sich trotzdem wie ein Fremder im eigenen Leben. Jeden Tag wieder sprachen ihn unzählige Mitarbeiter und Journalisten an. Am Institut und in halb Hamburg kannte ihn jeder. Das waren alles Menschen, denen er eine bessere Zukunft schenken wollte. Was für eine Idiotie. Von den meisten kannte er noch nicht einmal den Namen. In Zeitungen benötigte er nur wenige Seiten, um Berichte über sich zu finden und auch die führenden Sender im Netz widmeten ihm eine regelmäßige Präsenz in den Streams.
Als verantwortlicher Forschungsleiter für Neurowissenschaften und Humangenetik im Better Life Konzern stand er auf dem Höhepunkt seiner Karriere. Die Presse feierte ihn bereits als erfolgversprechendsten Kandidaten für den Nobelpreis.
»Der Kaffee heilt keine Wunden, er hilft aber, mit ihnen zu leben«, erklärte die Schwester warmherzig und stellte eine dampfende Tasse Kaffee auf den Tisch.
»Danke.« Olaf zwang sich zu einem Lächeln. Sein Mobile vibrierte in der Gesäßtasche. Er hatte doch ausdrücklich darum gebeten, nicht gestört zu werden. Ein kurzer Blick auf das Display, General Klaus Cordes gehörte zu den

Menschen, die es nicht schätzten, warten zu müssen. Na ja, jeder sollte sich weiterentwickeln. Er hatte keine Lust, mit dem General oder sonst wem über das Projekt zu sprechen und schaltete sein Mobile aus. Die Krankenschwester hatte es hingegen nicht verdient, dass er sich wie ein unhöfliches Arschloch benahm.

»Ich lasse Sie jetzt allein ... Sie brauchen nur nach mir zu rufen, ich bin sofort für Sie da.« Schwester Helene dürfte in etwa sein Alter haben, die dunklen kurzen Haare gaben ihr allerdings eine jugendliche Note. Für ihren Beistand dankte er ihr von Herzen.

»Der Oktober ist wunderschön, es sind noch über 20 Grad draußen. Wir könnten segeln gehen ... wie damals.« Olaf fing an zu weinen und nahm Inas Hand. Sie war immer der bessere Mensch gewesen. Er sollte da liegen und vom Krebs zerfressen werden. Nicht sie. Jeder andere, aber nicht sie.

»Wir nehmen ein kleines Boot. Mit nur einer Koje und ...« Olafs Gedanken schweiften in die Vergangenheit, vor 15 Jahren, eine Zeit ohne Ruhm, Erfolg und Geld. Die Kochmöglichkeit auf dem Boot hatte damals kaum mehr als die unfallfreie Zubereitung von Raviolikonserven erlaubt. 99 Cent die Dose, im Discounter und Dosenbier, das so unglaublich schlecht geschmeckt hatte, dass man sich mit dem Zeug nur schnell betrinken konnte. Die beste Zeit seines Lebens. In der Nacht auf dem Boot hatte er seinen Sohn gezeugt, was sich natürlich nicht genau festhalten ließ, da Ina und er es in diesem Urlaub eigentlich täglich miteinander getrieben hatten. Aber Olaf bildete sich ein, dass es genau in dieser Nacht geschah. Punkt. Man musste sich Fixpunkte im Leben setzen.

»Du darfst auch ans Ruder.« Er lächelte, Ina hatte bei vielen Dingen das Ruder in der Hand behalten. Ohne sie wäre er bereits im Medizinstudium gescheitert und die Idee zu seiner Forschungsarbeit stammte auch von ihr. Sie hatte immer an ihn geglaubt, ihn immer unterstützt und war immer für ihn da. Verdammt, warum konnte diese Geschichte nicht anders ausgehen?

»Dr. Baringhaus?«, fragte die Schwester, der es sichtlich unangenehm war, ihn zu stören.

»Bitte?«

»Ich bitte um Entschuldigung, ich habe im Wartebereich zwei uniformierte Boten sitzen, die Sie dringend sprechen wollen. Sie sagen, dass ...«

Olaf rollte mit den Augen. »Wenn ich falsch geparkt habe ... können die meinen Wagen gerne abschleppen.«

»Das sind keine Polizisten ... die sind vom Militär.«

»Die können mein Auto von mir aus auch mit einem Panzer abschleppen«, sagte Olaf, dem völlig egal war, wer ihn sprechen wollte. Von ihm aus hätte auch die Hölle zufrieren können. Er hatte sich freigenommen und ausdrücklich darum gebeten, nicht gestört zu werden. Es musste doch mal möglich sein, einen freien Tag zu haben.

»Ich glaube nicht, dass die wegen Ihres Autos hier sind«, erklärte die Schwester kleinlaut.

»Ja, ja ... natürlich.« Olaf wusste genau, wer ihn sprechen wollte. Der General sollte ihm nicht auf den Sack gehen. »Richten Sie denen aus, dass ich gleich zu ihnen kommen werde.«

»Ich werde es sofort weitergeben ... ich bitte nochmals, meine Störung zu entschuldigen.« Die Krankenschwester schloss wieder die Tür. Olaf hatte sich ihr gegenüber erneut wie ein dummes Arschloch benommen. Warum nur? Warum zwang man ihn, Dinge zu tun, die er nicht wollte? Die Antwort war einfach: Weil er nicht Nein gesagt hatte, er hätte seine Mitarbeit an dem Projekt auch verweigern können.

»Ich weiß genau, was du jetzt sagen würdest ...« Olaf küsste seine Frau auf die Stirn, die seit Längerem im Koma lag. Bei der Chemotherapie vor einem Jahr war einiges schiefgelaufen und jetzt wartete sie nur noch auf den Tod.

»Wie damals in der kleinen Nussschale auf der Ostsee: Kein Regen und kein Sturm konnten dich vom Kurs abbringen! Verdammt, Ina, ich schaff das nicht alleine!«

Olaf schaffte es noch nicht einmal, mit seinem Sohn zu sprechen. Seit Ina im Koma lag, weigerte Alex sich beharrlich, mit ihm zu reden. Er wäre nie da gewesen, hatte der inzwischen 14-Jährige ihm zornerfüllt an den Kopf geworfen. Er hätte immer nur für seine Arbeit gelebt, seine Mutter alleine gelassen und vieles mehr. Egal was sein Sohn ihm vorgehalten hatte, jede Anschuldigung traf zu. Jede.

Hätte Olaf seinem Sohn bereits vor einem Jahr die Wahrheit erzählen sollen? Oder jetzt? Nein, das hätte alles nur schlimmer gemacht. Es war richtig gewesen, ihn anzulügen. Der einzige Weg, um ihm ein eigenes Leben zu schenken. Sein Sohn musste seine eigene Wahrheit entdecken, auch wenn es noch einige Jahre dauern würde.

Olaf stand in der Ecke des Zimmers an einer kleinen Bar und nahm sich eine Flasche Bier aus dem Kühlschrank.

»Mediacenter aktivieren, Nachrichten, Wirtschaft und Politik«, sagte Olaf und setzte sich in den Sessel.

Der Raum verdunkelte sich und aus der Panoramascheibe wurde ein acht Meter breites Display. Die Wahrscheinlichkeit, sich selbst auf einem beliebigen Nachrichtenstream im Netz dummes Zeug reden zu hören, lag gefühlt bei über 80 Prozent. Normalerweise wechselte er sofort den Kanal, wenn er sich sah, was er gerade für unpassend hielt. Es war an der Zeit, Stellung zu beziehen.

»Dr. Baringhaus ... seit der weltweiten Zulassung von genetisch gezüchteten Organen, Knochen und Muskelgewebe für die Verwendung in der Humanmedizin ist der Aktienkurs von Better Life durch die Decke geschossen. Es gab in der Geschichte bereits viele Menschen, die Gott spielen wollten. Kritiker werfen Ihnen vor,

der Profitorientierteste dieser selbsternannten Elite zu sein«, erklärte der Journalist in einer Talkrunde, die vor sieben Tagen in Köln aufgezeichnet worden war.

Olaf schmunzelte, der Schreiberling eines führenden europäischen Nachrichtenportals traf den Nagel auf den Kopf. Im letzten Jahr hatte er wegen seiner im Arbeitsvertrag vereinbarten Aktienoptionen schlanke 54 Milliarden Euro verdient. Finanziell hätte er seiner Frau nicht nur dieses luxuriöse Krankenzimmer, sondern auch die gesamte Klinik inklusive der Binnenalster und halb Hamburg kaufen können. Nutzloses Geld, aber er hatte reichlich davon.

»Lassen Sie mich an dieser Stelle die Geschichte der kleinen Lisa erzählen«, antwortete Olaf im Stream selbstbewusst. Er hätte in dem Haifischbecken voller politischer und wirtschaftlicher Eitelkeiten keinen Tag überlebt, wenn er nicht in der Lage gewesen wäre, einen vorlauten Journalisten in seine Schranken zu weisen. *»Lisa hatte gestern ihren vierten Geburtstag. Ein besonderer Tag im Leben eines jeden Kindes. Und glauben Sie mir, auch Lisas Eltern wissen diesen Tag zu würdigen. Vor zehn Monaten hatte eine religiös motivierte Gruppe von Extremisten die Idee, für ihre krude Weltanschauung eine Tüte verrosteter Schrauben mit Klebeband um eine Stange C4 Plastiksprengstoff zu wickeln und damit einen Kindergarten in die Luft zu sprengen.«*

»Vielen Zuschauern ist dieses Verbrechen bekannt ...«

»Sicherlich ...« Olaf würgte den Kommentar des Journalisten ab, jetzt war er an der Reihe. *»42 tote Kinder und Erzieher bleiben im Gedächtnis hängen. Nur zwei Menschen überlebten den Anschlag: Lisa, der eine M6 Mutter die Leber zerfetzte und der Attentäter, dessen Prozess aktuell das Hamburger Oberlandesgericht beschäftigt. Better Life hatte sich bereit erklärt, Lisas Leber kostenfrei nachzuzüchten, eine innovative Technologie, die seit drei Monaten auch anderen Menschen in Europa zur Verfügung steht.«*

»Eine beeindruckende medizinische Leistung. Planen Sie auch, Kliniken im Mittleren Osten oder in Zentralafrika zu eröffnen?« Der Journalist wurde nicht müde, immer wieder dieselben Klischees zu bedienen.

»Als Better Life 2017 die Zulassung des ersten wirksamen Heilmittels gegen Aids vermelden konnte, gab es eine ähnliche Diskussion ... 2027 ist Aids Geschichte. Auch in Afrika. Die genetische Zucht menschlicher Organe ist aufwendig, wir arbeiten allerdings mit Hochdruck daran, die Verfahren zu optimieren, um Menschen unabhängig ihrer finanziellen Möglichkeiten versorgen zu können.«

»Zugegeben ... Ihre sozialverantwortliche Gesinnung haben Sie bereits mehrfach unter Beweis gestellt. Es soll aber auch kritische Stimmen anderer Better Life Anteilseigner geben, die ...«

»... etwa die, die sich gerade über den historischen Höchststand der Aktien freuen?« Olaf würde sich von dem Schreiberling nicht die Wurst von der Stulle ziehen lassen.

»Wir leben im Jahr 2027. Wir streamen live in die halbe Welt. Was denkt Europa über Better Life?«

»Regie ... ihr habt die Worte des Herrn gehört. Was denkt Europa über unsere Diskussion? Kann ich bitte ein Overlay bekommen?«, fragte der Journalist souverän, während Reaktionen aus den sozialen Netzwerken in Echtzeit in das Bild eingeblendet wurden.

Olaf lächelte, wenn er nicht Arzt geworden wäre, hätte er auch als medialer Raubtierdompteur Karriere machen können. Die Quoten sagten alles: 89% Zustimmung zu seinen Aussagen und alleine in den letzten drei Minuten ein weiterer Kursanstieg der Aktien um zwei Prozent. Auch Aktionäre sahen Nachrichtensendungen.

»Mea culpa ... ich werde Ihre Worte nicht mehr infrage stellen. Herr Dr. Baringhaus, gibt es noch Grenzen, die für Sie gültig sind?«, fragte der Journalist, ein junger Mann um die Dreißig, mit wachen Augen, Designer-Maßanzug und Drei-Tage-Bart. Der Typ galt als die schärfste Zunge, die der Sender zu bieten hatte.

»Den Tod.«

»Bitte?«

»Wir werden alle sterben. Früher oder später. Das kann ich Ihnen als Arzt versichern.« Olaf mochte es, sich verbal zu duellieren, eine Eitelkeit, die er nicht ablegen konnte.

»Der Tod, natürlich, der aber, Dank Ihnen, einige Menschen deutlich später ereilt.«

»Ich wünsche jedem Better Life Patienten, die geschenkte Zeit mit Bedacht zu verwenden.«

»Den Rat kann ich nur unterstreichen. Herr Dr. Baringhaus, können Sie einen kompletten Menschen züchten?« Der Typ behielt sich die besten Fragen bis zum Schluss auf.

»Wie Dr. Frankenstein?«, fragte Olaf.

»Mehr oder weniger ...«

»Ja ... sie würden auch besser aussehen, allerdings wären sie ähnlich intelligent, wie Mary Shelleys berühmter literarischer Held. Deshalb tun wir es nicht.«

»Nur eine technische Hürde?«

»Menschen sind mehr als eine Ansammlung DNS-gesteuerter organischer Funktionen. Ohne Sozialisierung wäre jeder von uns nicht mehr als ein triebgesteuertes Raubtier. Stellen Sie sich und den Zuschauern an dieser Stelle lieber die Frage, wie wir unsere Kinder behandeln, wie wir sie erziehen, bevor Sie mich damit konfrontieren, Horden emotionsloser Idioten in die Welt setzen zu wollen.«

»Um der Kinder willen ... natürlich.«

Olaf lächelte zufrieden. Der Kinder-Joker funktionierte immer, um sich aus unangenehmen Gesprächen zu befreien. Die Regie spielte erneut Meinungen von Zuschauern ein. Auch diese Runde hatte er gewonnen. Aber keines dieser erfolgreichen Mediengefechte konnte über die Niederlage hinwegtäuschen, die ihm bevorstand.

»Dr. Baringhaus?«, fragte die Krankenschwester gehetzt. Olaf verdrehte die Augen.
»Ja ... ich weiß.« Er schaltete das Wanddisplay ab. Zeit, die Dinge zu tun, derentwegen er sich heute freigenommen hatte.
»Die beiden Offiziere werden ungeduldig, die reden über die Nationale Sicherheit und haben bereits das Klinikmanagement eingeschaltet ... ich weiß nicht, was ich denen noch sagen soll.«
Dass ein Mann bei seiner sterbenden Frau sitzen möchte, dachte Olaf, warum niemand diese simple Wahrheit akzeptieren wollte, verstand er nicht.
»Zehn Minuten. In Ordnung?« Zehn Minuten, zehn Tage oder zehn Jahre, seine Antwort hatte keine Bedeutung. Vielleicht hätte er auch einfach sein Telefon wieder aktivieren sollen.
»Danke ... ich werde es den Herren ausrichten.«

»Ich liebe dich«, flüsterte Olaf und legte ein handgroßes Etui auf das Bett. Ina atmete langsam und gleichmäßig, sie hatte ein starkes Herz, lange blonde Haare und war für ihn die schönste Frau der Welt. Es gab nichts Wundervolleres als sie zu lieben, sie zu spüren und ihren heißen Atem auf der Haut zu spüren.
»Wir werden wieder gemeinsam segeln gehen ... das verspreche ich dir.« Tränen liefen seine Wangen hinab. Er wusste genau, dass sie niemals wieder erwachen würde.

Der behandelnde Arzt hatte ihm die CT-Scans gezeigt, die Sauerstoffunterversorgung hatte ihr Gehirn zu 75 Prozent absterben lassen.

»Ich werde uns ein Boot besorgen ... ein wunderschönes Boot.« Olaf öffnete das Etui und entnahm eine vorbereitete Spritze. Sie würde nichts spüren, nur einschlafen. Schlafen und ewig träumen, so wünschte er ihr den Übergang in die nächste Welt. Die nächste Welt, in die er ihr folgen wollte. Im Etui lagen zwei Spritzen.

»Aber ich möchte nicht, dass jemand unsere letzte Segeltour stört.« Olaf legte die Spritze zurück, ging zur Tür und verriegelte das Schloss. Um sicherzugehen, durften sie nach der Injektion drei Minuten nicht gestört werden. Danach würde sie keine medizinische Technologie der Welt mehr zurückholen können. Er würde ein synthetisches Nervengift verwenden, das nicht nur die Atmung und das Herz lähmte, sondern auch sicher dafür sorgte, nicht wiederbelebt werden zu können. Davon abgesehen kannte außerhalb des Instituts niemand diesen Wirkstoff. Er würde den Medizinern der privaten Krebsklinik an der Binnenalster keine Chance geben, seine Entscheidung rückgängig zu machen.

»Dr. Baringhaus?« Es klopfte an der Tür, waren die zehn Minuten bereits vorbei? »Dr. Baringhaus? Warum ist die Tür verschlossen? Geht es Ihnen gut?« Die Krankenschwester klang besorgt.

Olaf blickte auf, sollte er antworten? Warum? Würde das etwas an seinem Vorhaben ändern? Nein. Er schwieg. Es sollte nicht länger als eine Minute dauern, seinen Plan zu vollenden.

»Dr. Baringhaus, bitte, öffnen Sie die Tür! Ist etwas mit Ihrer Frau vorgefallen?«, fragte die Krankenschwester.

»Dr. Baringhaus! Hier spricht Oberst Jelinek. Ich bin auf direkte Order von General Cordes hier. Sie werden dringend am Institut benötigt. Bitte öffnen Sie sofort die Tür!«, rief eine ihm unbekannte männliche Stimme. Das arme Schwein, ein Oberst, der von seinem General immer noch losgeschickt wurde, um simple Botengänge zu erledigen.

Olaf setzte die Spritze an Inas Vene an, seine Hand zitterte, er durfte die Vene nicht verfehlen. Muskulär gespritzt würde das Dreckszeug ihr einen mehrstündigen Todeskampf bescheren. Das wollte er nicht. Ruhig Blut, dachte er und konzentrierte sich.

»Können Sie die Tür auch von außen öffnen?«, fragte der Offizier hektisch.

»Nein. Nicht, wenn sie von innen verriegelt ist«, antwortete die Krankenschwester.

»Und aufbrechen?« Jemand rüttelte an der Tür.

»Das sind Brandschutztüren ...«

»Dr. Baringhaus! Bitte öffnen Sie sofort die Tür!« Oberst Jelinek wurde nicht müde, seine vermeintliche Autorität einzubringen.

Mit dem harschen Befehlston konnte der höchstens seine Rekruten beeindrucken.

»Gibt es Lüftungsschächte?«, fragte Jelinek.

»Natürlich ... wir sind komplett klimatisiert.«

»Zeigen Sie mir die nächste Revisionsöffnung.«

»Hier ... direkt über dem Schreibtisch.«

Olaf musste sich beeilen, Jelinek war leider kein Volltrottel, der würde sich anderweitig Zugang zum Krankenzimmer verschaffen. Im lief die Zeit davon, er brauchte doch nur Ina die Hohlnadel in die Vene zu stechen, das Nervengift einzuspritzen und die zweite Spritze zu nehmen. Warum brauchte er so lange dafür?

»Ina, hilf mir!«, bettelte Olaf, aber seine Frau antwortete nicht. Wie auch. Er war ein Feigling.

»Der Lüftungsschacht ist zu eng, da kommen Sie nicht durch ... ich bin der Hausmeister, ich kann die Tür öffnen«, rief eine andere Stimme, worauf Olaf einen Moment später eine sehr laute Werkzeugmaschine hörte. Ob der Mann das Schloss aufbohren wollte?

Jetzt musste er handeln, musste Ina töten und sich dann sofort selbst umbringen. Jetzt und nicht später. Doch wie sollte man töten, was man liebte? Das ging nicht. Seine Finger versteiften sich. Er war ein Feigling. Ein verdammter Feigling. Zu feige, sich diesem militärischen Projekt zu verweigern. Einfach Nein zu sagen. Zu feige, seinem Sohn die Wahrheit zu beichten und ehrlich zu sein.

Zu feige, seiner Frau bei ihrer letzten Reise beizustehen und schlicht ihre Hand zu halten. Kraftlos sackte er neben dem Bett auf den Boden.

»Dr. Baringhaus! Bitte öffnen Sie die Tür!«, bettelte die Krankenschwester erneut.

Hatte er verloren? Nein. Er hatte einen Fehler gemacht. Nur einen Fehler. Fehler konnte man korrigieren. Die Flucht in den Tod war nicht der richtige Weg. Nur Feiglinge liefen weg. Er musste mutig sein. Nur einmal. Nur einmal im Leben musste er mutig sein. Das würde genügen. Er hatte mehr auf dem Kasten als alle diese Speichellecker zusammen und genau das würde er denen zeigen. Er würde mit ihnen ein neues Spiel spielen, sein letztes Spiel. Und wenn er es gewonnen hatte, würde er diese Narren alle auslachen. Und Ina? Über ihr Leben würde er nicht richten, er würde ihre Hand halten. Egal ob es einen Tag, ein Jahr oder den Rest seines Lebens dauern würde. Er würde einfach ihre Hand halten.

***

III. Bildergeschichten

»Alter, ich finde deine Pics echt geil. Landschaft, Tiere und Natur ist das Größte. In meiner Bude hängen vier davon als scheißgroße Printouts an den Wänden. Mann, Alter ... die Küste von Norwegen, da geht nichts drüber. Ich habe jedes Mal einen Dicken in der Hose, wenn in meinem Kopf der Atlantik mit Windstärke acht an die Steilküste knallt. Wenn ich könnte, würde ich dir das Doppelte bezahlen ...«, erklärte Tony, mit den Händen gestikulierend.

Alex sah ihn nur an, Tony war ein alter Bekannter, eine Handbreit größer als ein Hausschwein, drei Zentner schwer, sein Arbeitgeber, Betreiber eines Blogs für Urlaubsreisen in Nordeuropa und vermutlich der einzige Mann in Hamburg, der nicht eingeschüchtert auf den Boden sah, wenn Alex ihm etwas ernster in die Augen blickte.

»Jetzt sieh mich nicht an wie ein frischgeficktes Kaninchen. Alter, der Touristen-Blog hat nur noch mickrige 28.000 Follower. Hörst du, nur achtundzwanzigtausend. Du bist doch nicht blöde, du weißt genau, was das bedeutet: Follower gleich Klicks, Klicks gleich Kohle für den dicken Papi und Kohle für den dicken Papi gleich Alex-wird-für-seine-extrem-geilen-Bilder-auch-bezahlt. Alter, das ist die Mathematik des Geldes ... das schnallst du doch, oder?«

Auf Tonys Glatze bildeten sich Schweißperlen, während er sich in seinem 14 Quadratmeter großen Büro für Start-ups auf dem Unigelände auf dem Drehstuhl zwischen drei großen Displays und diversen Tastaturen hin- und herdrehte. Tony agierte als Geschäftsführer, Key Account Manager, Personalchef, Kreativ Direktor, Web Administrator, Buchhalter und Telefonist in Personalunion. Als ehemals arbeitsloser promovierter Germanist hatte er sich mit dem Werbe-Blog selbst aus dem Sumpf gezogen. Seine Promotionsurkunde hing bei ihm zu Hause auf dem Klo. Sorgt für eine gute Verdauung, hatte er einmal gesagt. Alex kannte niemanden, der besser mit Worten umgehen konnte.

»Alex, Alter, life is a bitch ... wir müssen uns anpassen oder wir kriegen vom Leben nur dessen haarigen Arsch in die Fresse. Ich habe einen neuen Blog am Start, geile Themen, die Klicks gehen steil. Alter, dafür kannst du Bilder schießen.«

Alex saß neben Tony auf einem zweiten Drehstuhl und hatte gerade an dem verbliebenen freien Display seine Schnappschüsse vom Wochenende bearbeitet. Ohne etwas zu sagen, rief er Tonys neuen Blog auf, der auf der ersten Seite einen bekannten Sportler zeigte, der, völlig besoffen, auf der Reeperbahn von zwei nicht gerade vorteilhaft getroffenen Prostituierten kurz vor dem Umkippen deren blankgezogene Oberweiten ins Gesicht gedrückt bekam.

»Alter, das abgefuckte Bild kommt garantiert nicht als Printout an meine Wohnzimmerwand, aber scheiße Mann ... der Dreck ist gerade erstmal sieben Stunden im Netz und bringt bereits vier Millionen Klicks und 12.000 neue Follower, die meinen verfickten Blog abonniert haben. Alter, ich weiß, dass du in anderen Sphären lebst, aber die Luft in knapp zwei Meter Höhe wird doch nicht so dünn sein, dass du das Business nicht verstehst. Alter, das ist Kohle. Das ist ein voller Kühlschrank. Hast du eine Ahnung, was ich alles essen muss, um mein Gewicht zu halten?«

Alex schüttelte den Kopf, Tony wollte ihn als Paparazzo in die Hamburger Unterwelt schicken. Bilder von Prominenten knipsen, am besten, wenn sie gerade tief ins Klo griffen. Unfallbilder, Verbrechensopfer-, Protz- und Armutsbilder waren zeitlose Dauerbrenner im Netz. Geschmack, Anstand und auch Jugendschutz waren in dieser trüben Suppe von Banalitäten, Grausamkeiten, Sexismus, Idiotie und Dekadenz schon seit Jahren abgesoffen.

»Alter, jetzt komm schon ... das Bild von dem besoffenen Penner, der sich von ein paar Hamburger Hängetitten hat ausknocken lassen, hat mich 500 Euro gekostet. Fünfhundert! Ich hatte das Geld bereits nach zwanzig Minuten wieder im Kasten und die Kasse klingelt weiter. Alter, Alex, scheiß-großer-bester-Freund-mit-dem-ich-niemals-Streit-haben-möchte, keines deiner extrem geilen

Landschaftsbilder hat jemals mehr als 100 Euro eingespielt.«
Alex fehlten die Worte. Ständig dem Geld nachzujagen, hielt er für eine der größten Dummheiten der Menschheit, aber in seinem kleinen, beheizten und von seinem Geld gemieteten Appartment lebte es sich während der kalten Jahreszeit besser, als unter der schönsten Brücke, die Hamburg zu bieten hatte.
»Alter, du siehst scheiße gefährlich aus, Promis abschießen ist schwieriger als Bärenjagen. Die Bodyguards fackeln nicht lange, aber bei dir warten die artig, bis die Polizei mit einer Hundertschaft anrückt, bevor die dich anpissen. Das ist dein Job, wie für dich geschaffen, dein Ticket zur Kohle. Oder möchtest du Mia nicht mal zu mehr als zu einem Burger beim Schotten einladen können?«
Alex sah auf den Boden, das war unfair. Tony hätte Mia aus dem Spiel lassen sollen.
»Alter, deine Schnitte ist schärfer als die kleinen fiesen roten Chilischoten, nach denen man immer nach Luft schnappt. Glaubst du, dass dein Hundeblick auf Dauer genügt, um sie zu halten? He ... ich mag Mia und ich wünsch es dir nicht. Aber ich habe in meinem Leben verdammt viele Schnitten in ihrer Liga gesehen, die nach ein paar Jahren die coole Sau von der Uni gegen einen gestriegelten Lackaffen im Porsche eingetauscht haben. Für die Kinder hieß es dann immer: ich möchte für meine Kleinen nur das Beste.«

Alex liebte Mia, zwischen ihnen war Geld noch nie ein Thema gewesen. Was sich auch einfach gestaltete, weil keiner von beiden welches hatte. Dass Tony mit 32 bereits mehrere gescheiterte Beziehungen hinter sich hatte, wusste er.

»Alter, sieh mich an, bei meiner Wampe packt meinen Schwanz keine an, die ich nicht dafür bezahle. Mein goldiges Wesen reicht leider nicht, um die Liebe des Lebens zu finden ... und glaub mir, wegen Mia und deinen scheißfetten Oberarmen beneide ich dich wirklich.«

Alex sah auf seine Armbanduhr, eine von früher, mit Handaufzug, die ihm sein Vater zum vierzehnten Geburtstag geschenkt hatte. Ein windiger Typ in der Stadt wollte ihm einmal dafür 1.000 Euro geben, auf die Hand, scheinbar war sie etwas wert. In seiner Kindheit war Geld ebenfalls kein Thema gewesen. Erst nach dem Tod seiner Mutter musste Alex lernen, ohne auszukommen.

»Viertel vor zehn. Deine Vorlesung startet in einer halben Stunde, oder? Ist die Hockmühle immer noch so ein verstaubter Besen? Alter, du studierst kompletten Schwachsinn. Kunstgeschichte, echt Mann, da kannst du mit dem druckfrischen MBA direkt Stütze beantragen gehen.«

Alex lächelte vielsagend, er stand zu seiner Wahl des Studienfaches. Tony verstand das nicht. Wenn er ein anderes Fach gewählt hätte, wäre er Mia niemals begegnet.

»Alter, jede Steilwand in Norwegen ist gesprächiger als du.

Aber ok, ich habe es verstanden, du willst mit deinen Bildern keine Promis flachlegen. Du stehst auf Mias geilen Arsch und glaubst daran, dass sie dich auch ohne Kohle weiterhin deine Nudel in sie reinstecken lässt. In Ordnung, ich habe es begriffen.« Tony strich sich über die Glatze. »Alter, ich sorge mich um dich, nicht dass du eines Tages an meiner Tür stehst und meinen Kühlschrank leerfrisst ... war ein Joke ... Alter, meine Tür ist immer für dich offen.«

Alex nickte, er mochte Tony und würde einen anderen Weg finden, Geld zu verdienen. Hamburg galt als das Tor zur Welt, die Stadt der großen Möglichkeiten.

»Alter, Bruder, du machst mich fertig. Kannst du mir noch kurz helfen, meine Firewall zu rekalibrieren? Die letzte DDOS-Attacke hat mich vor drei Tagen in 12 Stunden 25 Prozent Traffic gekostet. Dank deiner Einstellungen blieb das Portal zumindest online, ich habe nur Angst, dass irgend so ein Winkeladvokat mir anstatt der üblichen Drohungen direkt ein paar chinesische Hacker auf den Hals hetzt, um die Bilder seines Mandanten verschwinden zu lassen. Letzte Woche sind zwei Life-Style-Blogs kommentarlos aus dem Netz gefallen. Ich habe mit den Jungs gesprochen, wirklich keine Idioten, die kriegen ihre Seiten partout nicht wieder online.«

Alex hatte Tony bereits mehrfach geholfen, die Sicherheits- und Filtereinstellung seiner Firewall anzupassen. Wer Standardsoftware in Tonys Budget-rahmen einsetzte, hätte seiner Erfahrung nach die Firewall auch abschalten können. Von den Angriffen der Amateure kamen viele und von denen der Profis nahezu alle durch. Deswegen hatte Alex die komplette Sicher-heitssoftware auseinandergenommen, die Zertifikate manipuliert, die Filter angepasst und die Authentisierung so eingestellt, dass sich der 1024 Zeichen lange hexadezimale Administratorcode alle 60 Sekunden verändert. Die lästigen DDOS-Attacken, die nicht die Root-Ebene der Server angriffen, sondern die Zugänge mit großen Datenmengen verstopfen sollten, lenkte ein intelligenter Filter auf dem ersten Router ins Datennirvana.

In der Vergangenheit galt Tonys wunderschön foto-grafierter und fantasievoll getexteter Nordeuropa-Urlaubs-Blog als die sicherste und stabilste Webseite in Hamburg. Alex' Anpassungen würden heute dafür sorgen, dass auch Tonys schmieriger Paparazzi-Blog allen Bestrebungen von Kollegen, Neidern oder kreativen Anwälten geschädigter Prominenter, ihn zu löschen, standhalten sollte.

Tony hatte Alex für die Bilderserie 300 Euro gegeben, viel zu wenig, nach Abzug der Spesen blieben davon 120 Euro übrig und nächste Woche wäre wieder die Miete fällig.

Mist, er musste sich dringend etwas einfallen lassen.

»Yihaaa!«, rief Mia schräg von hinten, während sie ihm auf den Rücken sprang. Alex erachtete seine Freundin als schönstes Geschenk des Schicksals und gleichzeitig als Garant für seinen sicheren Untergang. Mit einer geübten Drehung zog er ihre 60 Kilo über die Schulter, schloss sie in die Arme und küsste sie innig. Jedes Mal, wenn er sie länger als drei Sekunden in den Armen hielt, überkam ihn spontan das Bedürfnis, ihr die Kleider vom Leib zu reißen.

»Und, schon fleißig gewesen?«, fragte er, nachdem sie ihn in die Lippe gebissen hatte. Die Anzahl kleinerer Blessuren an seinem Körper war inzwischen beachtlich.

»Jaaaa!« Mit beiden Händen voll buntem Kreidestaub verwuschelte sie seine Haare, was zum Glück seiner Mia-festen Frisur nichts ausmachte. Dreadlocks waren multifarbentauglich. Mia liebte es, bereits am frühen Morgen Kreidebilder auf Bürgersteige zu malen.

»Wir müssen zur Vorlesung, die alte Hockmühle verteilt heute die Zwischennoten«, sagte Alex und ging mit Mia im Arm eine längere Treppe zum Hörsaal hoch. Selbst in der durchaus weltoffenen Universität galten die beiden als bunte Paradiesvögel. Jeder kannte sie, was aber nicht bedeutete, dass die meisten sie auch voller Stolz ihren Eltern vorgestellt hätten. Dabei war Mia Tymann eine waschechte Hamburgerin, deren Großvater väterlicherseits ein dunkelhäutiger US-Amerikaner war, der mit einer Italienerin in Dänemark lebte. Auch mütterlicherseits erachtete Alex ihre Gene als lebendigen Beweis der Völkerverständigung: Der Vater ihrer Mutter hatte als Hongkong Chinese eine unstillbare Leidenschaft für Wodka und Kaviar, was ihn zwangsweise in die Arme einer rothaarigen Russin, Mias Großmutter, getrieben hatte. Dieser Schmelztiegel der Nationen sorgte dafür, dass Mia tanzen konnte wie eine Göttin, fluchen wie ein Mafiosi, Wodka bereits mit der Muttermilch aufgenommen hatte, endlos lange Beine besaß, und im Bett gelenkiger als eine Anakonda war. Nebenbei sprach sie fließend Deutsch, Englisch, Russisch, Italienisch und sogar Kantonesisch, hatte lange rotschwarze Haare und küsste wie eine zum Nymphomanin nach drei Monaten Einzelhaft im Kloster.

»Die Prüfung war einfach, Kunstgeschichte ist einfach ... warum klingst du so nervös?«, fragte sie aufgedreht, die in Alex' emotionaler Verfassung lesen konnte wie in einem offenen Buch. »Nein warte, du warst bei Tony. Geld, es geht ums Geld, du hast den ich-bin-pleite-Blick drauf. Sitzt der kleine Dagobert wieder auf der Kohle?«

»Ähm ...«

»Den kaufe ich mir!«

»Warte ...« Alex konnte Mia weder anlügen, noch ihr etwas vormachen. Um diese Frau in den Griff zu bekommen, fehlte ihm etwas. Wobei er bezweifelte, dass dazu überhaupt jemand in der Lage war.

»Worauf?«, fragte sie aufmerksam und zog die Augenbrauen hoch. Alex hatte keine Ahnung, was er sagen sollte.

»Es ist nicht Tony.«

»Wer sonst?«

»Die Zombies, die seine Blogs lesen, die Werbung klicken und damit unser Appartment finanzieren.«

»Ich mag Zombies.«

»Dummerweise stehen immer weniger von denen auf Urlaubs-Blogs und Bilder aus dem Norden ...« Alex wusste nicht, wie er das Problem in Worte fassen sollte.

»Und?«

»Keine Klicks, keine Kohle ...« Alex schüttelte den Kopf.

»Ich kenn doch Tony ... der wird einfach einen anderen Content schaffen und damit Klicks verkaufen. Er ist dein Freund, dann knipst du eben anderen Kram.«

Bei Mia hörte sich jedes Problem klein an, Alex hatte bereits davon geträumt, mit ihrer Menge an positiver Energie rosa Elefantenplüschtiere in die Binnenalster regnen zu lassen.

»Das ist das Problem.«

»Oh.« Jetzt hörte sie ihm noch aufmerksamer zu, sichtlich bereit, jedes Argument augenblicklich zu kontern.

»Er zieht einen Paparazzi-Blog auf.«

»Oh.« Mia rollte mit den Augen. »Schmutz von der Straße kratzen, ist nicht dein Ding ... das weiß ich.«

»Ja«, sagte Alex kleinlaut.

Mia lächelte, mit einem grünen und einem blauen Auge, deren Ursprung Alex allerdings bisher ethnisch nicht zuordnen konnte. »Wir klauen nicht, betrügen nicht und gehen nicht auf den Strich ... wir bleiben uns treu. Die Geschichte ist einfach, wir suchen uns eine andere Möglichkeit.«

»Das tun wir.« Alex zog die Tür des Hörsaals zu, Mia und er waren die letzten Nachzügler des Kurses von Frau Prof. Dr. Gräfin von Hockmühle, von der niemand den Vornamen kannte und die ihrem Gebaren nach bereits in der Weimarer Republik gelehrt hatte. Es gab seit 14 Monaten einen Jackpot von 25 Litern Bier für den Studenten, der ihren Vornamen in Erfahrung bringen konnte. Eine Wette, bei der Alex bisher noch nicht eingestiegen war.

»Herr Baringhaus, bleiben Sie nach der Vorlesung noch einen Moment?«, fragte die Hockmühle am Ende der Doppelstunde, nachdem sie die Noten verteilt hatte.

Alex nickte, wie ein Häufchen Elend blickte er auf seine Zwischennote: Durchgefallen, er hatte es versaut. Die Hockmühle wollte ihm vermutlich gleich den Rest geben.

Eine Klingel signalisierte das Ende der Vorlesung. 37 Studenten verließen den Hörsaal, er blieb sitzen. Auch Mia ließ ihn zurück, die ihm beim Herausgehen noch einen Kuss zuwarf.

Die Hockmühle, die altersmäßig irgendwo zwischen 112 und 163 Jahren liegen musste, setzte sich neben ihn.

»Wissen Sie, warum ich Sie habe durchfallen lassen?«, fragte sie auf eine nahezu unerträglich mütterliche Art.

»Weil ich zu blöd bin?« Alex sah sie an, ihr schmales Gesicht mit Brille hatte vor hundert Jahren bestimmt einmal gut ausgesehen.

»Nein.«

»Warum dann?« Die Frage ließ sich nicht verhindern.

»Weil Sie anders sind ... anders als alle Studenten, die ich bisher unterrichten durfte. Und glauben Sie mir, das waren im Laufe der Jahre einige.«

»Das höre ich öfter ...« Wollte die Hockmühle ihn jetzt ernsthaft wegen seiner Frisur anpissen?

»Sie haben Kreide in den Haaren.«

»Ich mag Farben.«

»Oh, ja ... das tun Sie.«

»Mia Tymann ist eine besondere junge Frau ...«

»Anders ... ich weiß.«

»Nein, sie sicherlich nicht.«

»Bitte?«

»Ich habe bereits viele Mias hier sitzen gehabt. Ich mag Mias. Sie sind alle bunt, schrill und unkonventionell. Viele von ihnen haben einen hervorragenden Abschluss und einige sogar eine beachtliche Karriere gemacht. Mit zwei von ihnen stehe ich auch heute noch im gelegentlichen Kontakt.«

»Waren Sie früher auch eine Mia?«
Sie lächelte. »Ja ... kaum vorstellbar, ich weiß, aber ja, das war ich und was für eine.«
Alex sollte ihr besser zuhören, 1879 war vermutlich der Sommer ihres Lebens gewesen.
»Und was ist dann passiert?«
»Herr Baringhaus, gerade von Ihnen erwarte ich, Menschen nicht anhand von Äußerlichkeiten zu sortieren.«
»Ok ... die Runde geht an Sie.«
»Die Kunst am Erwachsenwerden ist es, ein Geheimnis sicher über viele Jahre bewahren zu können.«
»Welches?«
»Immer ein Kind geblieben zu sein.«
»Ist Ihnen das gelungen?«, fragte Alex.
»Anders, als Sie vermutlich denken.« Der Hockmühle kaufte man die Gräfin mit jeder Silbe ab.
»Anders ... das Stichwort ... was ist anders an mir?«
Die Gräfin stutzte. »Sie wissen es selbst nicht ... ich dachte immer ... oh, ich verstehe.«
»Bitte?« Jetzt hatte sie ihn abgehängt.
»Herr Baringhaus, Sie sind alles andere als blöd, allerdings halte ich Sie in meinem Kurs trotzdem für völlig deplatziert. Das ist nicht Ihr Fach, nicht Ihr Weg, nicht Ihr Schicksal.«
»Was die Noten belegen ...«

»Ihre Leistungen hätten durchaus genügt, Kunstgeschichte ist keine Raketenwissenschaft, ich habe Ihre Arbeit abgewertet ... allerdings bin ich bisher davon ausgegangen, dass Sie sich Ihrer besonderen Situation bewusst wären.«
»Die wäre?« Alex glaubte gerade, von der Bank zu rutschen, wie konnte sich diese Frau erlauben, so mit ihm umzugehen.
»Ähm ...« Frau Professor schien immerhin zu bemerken, dass sie einen Riesenfehler gemacht hatte. Er würde die Bewertung anfechten und seine Arbeit durch einen anderen Professor erneut prüfen lassen. Wie ein kleines Mädchen rutschte sie ein Stück hin und her, so hatte er sie noch nie erlebt. »Haben Sie bereits einmal eine technische Ausbildung in Erwägung gezogen?«
»Ja ... und verworfen.«
»Wegen Ihres Vaters?«
»Lassen Sie den bitte aus dem Spiel.«
»Glauben Sie nicht alles, was damals erzählt wurde.«
»Seine Geschichte steht heute nicht auf der Agenda.«
»Natürlich ... ich bitte um Entschuldigung. Es steht mir nicht zu, Sie derart zu bedrängen.«
»Ich war damals 14 Jahre alt. Vierzehn, hören Sie ... ich habe jede Stimme gehört, die etwas mit den Ereignissen zu tun hatte. Mehrfach. Ich weiß genau, was mein Vater getan hat, ganz genau und ich habe mit diesem Kapitel meines Lebens abgeschlossen.« Das war alles vorbei, Alex wollte weder an seinen Vater noch an seine Mutter

denken. Die letzten Tage seiner Mutter hatte er 100 Meter tief vergraben, und er dachte nicht daran, sie wieder auszubuddeln.

»Vielleicht sollten Sie ihm verzeihen?«

»Verzeihen?«, fragte Alex erschrocken.

»Einfach verzeihen.«

»Das ist nicht Ihr Krieg gewesen!«, sagte Alex wütend. Für seine Taten sollte sein alter Herr in der Hölle schmoren.

»Er hat Ihnen etwas ganz Besonderes mitgegeben.« Die Gräfin konnte es nicht bleiben lassen, in Rätseln zu sprechen.

»Künstlerisches Talent, einen Namen oder Geld waren es sicherlich nicht!« Sein Vater hatte ihm einen Scheiß hinterlassen.

»Sind das die Dinge, die wichtig sind?«

»Eine seltsame Frage aus dem Mund einer gutsituierten Adeligen.«

»Wir haben vorhin über Mia gesprochen ... lieben Sie sie wegen ihres Talents, des Namens oder wegen des Geldes?«

»Nein!«

»Ist da noch mehr?«

»Natürlich ... was soll die Frage?«

»Sehen Sie, ein Erbe kann viele Facetten haben. An der Stelle möchte ich ehrlich sein, ich habe keine Ahnung, was mit Ihnen nicht stimmt, was Ihr Vater Ihnen in die Wiege gelegt hat, oder was das Besondere an Ihnen ist. Aber ich habe genug junge talentierte Menschen kennenlernen dürfen, um zu erkennen, dass noch niemals ein Alex Baringhaus in meinem Hörsaal gesessen hat. Sie sind der Erste Ihrer Art ... und ich spüre ganz deutlich, dass ich Sie nicht weiter unterrichten kann.«

»Sie werfen mich aus Ihrem Kurs?«, fragte Alex konsterniert. Er hatte ihre Worte gehört, verstanden hatte er sie nicht.

»Ja.«

»Ich könnte rechtlich gegen die Benotung vorgehen.«

»Ja.«

»Sie könnten mächtig Ärger bekommen.«

»Sicher sogar.«

»Ihren Lehrstuhl verlieren.«

»Denkbar.«

»Aber das stört Sie nicht.«

»Genau.«

»Warum tun Sie das?«

»Würde ein Kind diese Frage stellen?«, konterte sie.

»Vermutlich nicht.«

»Sie müssen sich entscheiden ... ich habe meine Karten auf den Tisch gelegt.«

»Sie verwirren mich.« Alex hatte dieses Gespräch nicht erwartet. Frau Prof. Dr. Gräfin von Hockmühle unterrichtete ihn bereits seit zwei Jahren und doch hatte er keine Ahnung, wer sie war.

»Wir haben Montag ... nehmen Sie sich ein paar Tage Auszeit und treffen Sie Ihre Entscheidung.« Die Gräfin gab sich entschlossen.
»Ja ... das werde ich tun.« Alex stand auf und ging zur Tür. Was stimmte nur nicht mit ihm?

***

IV. Wir sind die Guten

Agnes öffnete die Augen. 6.14 Uhr, in weniger als einer Minute würde der Wecker klingeln. Ein kurzer Blick zur Seite. Noch 23 Sekunden. Die totale Kontrolle über die Zeit bedeutete, seine Ziele fest im Blick zu haben. Klick. Agnes deaktivierte den Weckmodus, sie mochte es nicht, den Summton zu hören.

»Licht.« Die Beleuchtung in ihrem Appartment wurde langsam heller. 72 Quadratmeter, ein Zimmer, Badezimmer, offene Küche, mehr Platz als sie für einen Schreibtisch und ein Bett benötigte. Die Aussicht aus dem 93sten Stockwerk über Hamburg gefiel ihr. Agnes legte die Decke auf die Seite und stand auf. Nackt. Und allein. Sie hatte noch nie einen Mann in ihr Appartment gelassen, die machten nur Schwierigkeiten und vergeudeten ihre Zeit.

»Kaffee. Rührei und eine Scheibe Vollkornbrot mit Frischkäse.« Die automatische Steuerung in der Küche erledigte den Rest. In 15 Minuten würde sie frühstücken.

»Körper abtasten. Werte archivieren.« Agnes betrachtete kurz ihre Brüste im Spiegel, bevor sie begann, ihre Zähne zu putzen. Nicht, dass sie mit 1,71 Körpergröße und 55 Kilogramm Gewicht Figurprobleme hätte. Ein blauleuchtender Scanner dokumentierte sämtliche Vitalwerte: Blutdruck, Körperfett- und Wasseranteil, Blutwerte und so weiter. Gesünder konnte eine 29-Jährige kaum sein.

Nach 14 Minuten und 25 Sekunden verließ sie, frisch geduscht, ihre kurzen weißblonden Haare in Form gebracht, dezent für das Institut geschminkt und mit weißer Spitzenunterwäsche bekleidet, das Badezimmer.
Agnes mochte auch den Summton der Kaffeemaschine nicht, den sie mit dem ersten Bissen im Mund drei Sekunden vor Ablauf deaktivierte. Klick. Parallel schaltete sich ihr Wanddisplay ein, zu einem guten Frühstück am Morgen gehörten auch die Nachrichten.
Sie schloss ihre morgendliche Nahrungs- und Informationsaufnahme zügig ab, zog sich weiße Strümpfe, Halter und eine cremefarbene Bluse an und entfernte die Reinigungsfolie des hellen Armani Kostüms. Teure Kleidung erachtete sie als Investition. Flache Pumps, Handtasche, Seidenschal und ein Kaschmirmantel. Fertig. Sie verließ ihr Appartment um 6.51 Uhr. Klick. Die Eingangstür fiel kaum hörbar ins Schloss.

Um 7.00 Uhr saß sie in der Firmenlimousine, die sie jeden Tag ins Büro und abends wieder zurückbrachte. Zwei gemietete Dauerparkplätze in Hamburg waren teurer als der Lohn des Fahrers und die anteilige Leasingrate des Wagens. Die Nebenleistungen von Better Life galten als Referenz in der Branche. Führungskräften und deren Assistenz war es zudem untersagt, sich ohne Personenschutz in der Öffentlichkeit zu bewegen.

»Einen wunderschönen guten Morgen, Frau Dr. Gutter, direkt ins Büro?«, fragte der Fahrer, ein netter Kerl, dessen Namen sie sich nicht gemerkt hatte.
»Ja, bitte.« Agnes dachte an den letzten Abend, Pietro hatte sie zum Essen ausgeführt. Teuer sogar, für das Essen und den Wein hatte er 12.000 Euro ausgegeben. Warum hat er das getan? Sie dachte zuerst, er wollte mit ihr schlafen. Einerseits schmeichelhaft, andererseits wenig stimulierend. Ob sie sich ihm verweigert hätte? Agnes wusste es nicht, sie hatte schon viele bedeutungslose Dinge getan, um ihren Zielen näherzukommen.
Erzählen Sie mir von Ihrer Arbeit, hatte er sie gefragt, während er genüsslich einen 80 Jahre alten Cognac im Licht der Tischkerze schwenkte. Sogar wenn er später versucht hätte, sie betrunken zu vergewaltigen, was er ebenfalls nicht tat, hätte der Abend mehr Sinn ergeben. Welche Raubkatze fragt den Hasen in ihren Fängen, wie sein Tag war?
Agnes blickte aus dem Fenster, vor dem Better Life Forschungszentrum hatte sich bereits die übliche Frühschicht eingefunden. Beeindruckende Arbeitseinstellung, die protestierten im Drei-Schicht-Modus. Sieben Tage die Woche, seit fünf Jahren. Wenn sie ehrlich war, sie hatte noch nie deren Plakate gelesen.
»Wir sind da«, sagte der Fahrer und fuhr in die Tiefgarage. Der Better Life Tower war mit 665 Metern Bauhöhe das höchste Gebäude Europas und stand, wenn man es genau

nahm, mitten im Wasser. Baulandgewinnung hatte sich in den letzten Jahren in küstennahen Metropolen zu einem lukrativen Geschäft entwickelt. Zudem gab es für den Werkschutz genügend Wasser, um übereifrigen Demonstranten eine Erfrischung zu gönnen.

7.17 Uhr. Agnes ging durch das Gate der Garage. Klick. Der Retinascanner prüfte ihre Zutrittsberechtigung. Zutritt gewährt. Ein gutes Zeichen dafür, dass Pietro das Abendessen ebenfalls in wohlgesonnener Erinnerung behalten hatte.

»Guten Morgen, Frau Dr. Gutter«, sagte jemand vom Werkschutz, der mit schusssicheren Westen und automatischen Waffen in Vierer-Teams die Zugänge sicherte. Agnes nickte. Die Zeit lief weiter. Bis um 8 Uhr musste sie alle Vorbereitungen fertig haben.

»Guten Morgen ...«, hörte sie noch einige Male, bis sie den rettenden Executive-Aufzug erreichte. Im Institut gab es viele Menschen, die sie kannten. Die Tür schloss sich. Klick. Ein Retinascanner prüfte ihre Etagenzutrittsberechtigung. Es ging nach oben. Schnell.

7.21 Uhr. Agnes startete ihren virtuellen Arbeitsplatz, las die Nachrichten und das Intranet gleichzeitig. Sie prüfte Freigaben für die Veröffentlichung von Firmennachrichten auf dem Presseportal. Der Spanisch-Übersetzer war ein Idiot, jeder spanische Muttersprachler würde sich über den Beitrag schieflachen. Jede Schlampigkeit erachtete sie als Ausdruck einer nicht wieder gutzumachenden Respektlosigkeit. Klick. Der Trottel würde sich morgen wieder für die Orangenernte in Pamplona bewerben können. Die anderen Übersetzungen waren perfekt, kompetente Mitarbeiter wusste sie zu schätzen.

»Guten Morgen, Agnes.« Dr. Baringhaus betrat das Büro, zu früh und viel zu müde. Sie wusste, was er gerade durchmachte. Niemand stand über den Dingen, ihr Chef würde seinen Sohn und seine Frau gleichzeitig verlieren.

»Dr. Baringhaus, Sie sollten sich ausschlafen ... ich habe alles im Griff.« Für ihn wäre Agnes barfuß nach Sibirien gelaufen. Sie hielt ihn für den fähigsten Forscher, den sie kannte. Zudem respektierte sie die Beziehung zu seiner Frau.

»Agnes, natürlich haben Sie alles im Griff. Sie sind ein kluges Mädchen und seit zwei Jahren bitte ich Sie, mich Olaf zu nennen ... das kann doch nicht so schwer sein.«

Dr. Baringhaus ging abgeschlagen zu seinem Schreibtisch und ließ sich in den Ledersessel fallen. Beide teilten sich ein knapp 80 Quadratmeter großes Büro, die letzten vier Jahre ihres Lebens und so ziemlich alles, was ihr jemals wichtig war.

»Selbstverständlich.« Agnes lächelte, man musste geduldig sein, um weiterzukommen.

»Um acht Uhr möchte uns Dr. del Mare sehen ... ich habe bereits gestern den Bericht vorbereitet, Sie brauchen nur noch ...« Agnes stellte bereits ein digitales Portfolio zusammen, damit Dr. Baringhaus und sie ihrem Vorstand Rede und Antwort stehen konnten.

Dr. Pietro del Mare, Physiker, Gastgeber und Gönner des gestrigen Abendessens, Vorstandsvorsitzender und mit einem Better Life Aktienpaket von 18 Prozent der reichste Mensch der Welt. Eine Schulfreundin wollte sie einmal damit treffen, dass sie es als promovierte Ärztin und Biologin nur zu einer schnöden Sekretärin gebracht hatte. Sie wusste es besser.

»Gestern war Sonntag«, merkte Dr. Baringhaus an.

»Ich weiß ... heute ist schließlich Montag. Das ist kausal ... da kann ich nichts machen.« Wenn er keinen freien Tag hatte, würde sie sich auch keinen nehmen.

»Was müsste ich bezahlen, damit Sie ein Killerkommando anheuern, um sein Büro in die Luft zu jagen?«

»Dr. Baringhaus, meine Aufgabe ist es, Sie vor Schaden zu bewahren, auch vor dem, den Sie sich selbst zufügen wollen.«

»Olaf ...«

7.49 Uhr. Klick. Agnes fuhr ihre virtuelle Arbeitsumgebung in den Stand-By Modus, alles von Belang hatte sie auf dem Key-Stick dabei, den sie in die Brusttasche ihres Kostüms steckte.

»Wir müssen los.«

»Wie sehe ich aus?«, fragte Dr. Baringhaus, der wie ein großer Junge vor ihr stand. Mit 44 sah er noch verdammt gut aus.

»Müde.« Agnes korrigierte den Krawattenknoten, wischte eine Locke seiner schulterlangen braunen Haare aus dem Gesicht und half ihm in sein Jackett.

»Das bin ich auch.«

»Wann haben Sie das letzte Mal geschlafen?«

»Weiß ich nicht ...« Er lächelte.

Beide verließen das Büro und gingen zum Aufzug. Der Retinascanner überprüfte auch Dr. Baringhaus. Klick. Es ging weiter nach oben. Der Aufzug gehörte zu den langsameren im Gebäude.

»Agnes?« Dr. Baringhaus sah sie seltsam an. Mit einem Blick, den sie von vielen Männern kannte, nur nicht von ihm.

»Ja.«

»Warum haben wir nie miteinander geschlafen?«

»Ähm ...« Ihr wurde heiß und kalt. »Weil Sie Ihre Frau lieben, weil Sie verheiratet sind, weil Sie bereits einen Sohn haben ...« Mit der Frage hatte sie nicht gerechnet.

»Ja, ja ... daran wird es gelegen haben.«

»Der Aufzug ist in 75 Sekunden auf der Etage Dr. del Mares.« Sie stammelte nur dummes Zeug. Wie ein Schulmädchen, das zum ersten Mal gefragt wurde, ob der tollste Junge der Schule sie nach dem Unterricht nach Hause begleiten durfte.

»Die Dinge verändern sich ...« Dr. Baringhaus neigte den Kopf auf ihren zu. Wollte er sie etwa küssen? Wie sollte sie reagieren? Zurückweichen? Ihm eine Ohrfeige geben? Es geschehen lassen? Ihn zu küssen, hatte sie sich bereits öfter vorgestellt. In vielen Situationen, in einem Aufzug auf der Fahrt zum Rapport beim Boss allerdings nie.
»Dr. Baringhaus ...« Seine Lippen schmeckten salzig, rau und warm. Ein Moment, der ihren Puls beschleunigte. Die Zeit lief weiter. Zu schnell. Sie hätte auch stehen bleiben können.
»Olaf. Nennen Sie mich Olaf«, Dr. Baringhaus ließ wieder von ihr ab. Sah sie an. Dachte nach. Räusperte sich. »Entschuldigung ... das hätte ich nicht tun dürfen.«
»Nein ... das ist ...« Agnes suchte nach Worten. Sie war doch kein Kind mehr. Er hatte sie nur geküsst, mehr nicht. Klick. Die Aufzugtür öffnete sich wieder. Pietros Vorzimmerdame kam ihnen lächelnd entgegen und wies ihnen den Weg, den sie sicherlich auch ohne ihre Hilfe gefunden hätten.
»Dr. Gutter, Olaf, guten Morgen, pünktlich, wie immer.« Pietro hatte Charme, das musste man ihm lassen und dumm war er auch nicht. Dafür, dass seine Eltern in Neapel Pizzas gebacken hatten, um sein Studium zu finanzieren, hatte er es weit gebracht. Ob er sie gestern über Dr. Baringhaus aushorchen wollte?
»Pietro ...« Die beiden Männer kannten sich seit vielen Jahren. Wenn man versuchte, den kometenhaften

Aufstieg des Unternehmens zu ergründen, glaubte Agnes mit einer fairen Dreiteilung der Wahrheit am nächsten zu kommen: Ein Drittel Dr. Baringhaus, ein Drittel Pietro und das letzte Drittel teilten sich 710.000 Mitarbeiter auf der ganzen Welt zu gleichen Teilen.

»Mir ist gestern Nachmittag General Cordes sehr nahe gekommen. Am Telefon, wobei ich zeitweise geglaubt hatte, dass er direkt neben mir steht und mir ins Ohr schreit.«

Pietro legte los, von dem Zwischenfall in der Klinik hatte Agnes auch bereits erfahren. Sie hätte Dr. Baringhaus den komplett freien Tag wirklich gegönnt.

»Er ist ein Arschloch.«

»Zweifelsfrei. Und Vier-Sterne General der NATO. Ein Arschloch mit einem jährlichen Development-Budget von 450 Milliarden Euro. Zudem ist er der wichtigste Stakeholder des Achilles-Projekts.«

»Und?« Dr. Baringhaus zeigte sich unbeeindruckt.

»Warum jammert mir der General die Ohren voll, dass du dich, offenbar ziemlich neben der Spur, im Krankenzimmer deiner Frau eingeschlossen hattest?«

»Ich hatte frei.«

»Ja ... das sage ich mir sonntags auch immer.«

»Meine Frau stirbt.«

»Was bedauerlich ist. Ich mag Ina, und wenn sie stirbt, werde ich mit dir an ihrem Grab um die Wette heulen.«

»Was willst du von mir?«, fragte Dr. Baringhaus aufbrausend. Agnes fühlte sich bei diesem Gespräch deplatziert.

»Was ich will?« Pietro stand auf. »Willst du wirklich hören, was ich will? Sei proprio uno stronzo! Ich führe das größte Unternehmen der Welt, was bedeutet, dass uns wirklich jeder fallen sehen will. Diesen Weg habe ich geschafft, weil mein wichtigster Projektleiter kein Blut, sondern Eiswürfel in den Adern hatte. Egal, mit was für einem Scheißhaufen du beworfen wurdest ... du hast jedem damit die Fresse poliert!«

»Ich bin nur ein Mensch ...«

»Natürlich.«

»Meine Frau stirbt.«

»Leider.«

»Ich brauche eine Auszeit!«

»Natürlich.« Pietro gab sich gönnerhaft. Agnes stutzte, sie verstand nicht, worauf er hinauswollte. »Dr. Gutter, was ist gestern passiert?«

»Auf dem NATO-Testgelände in Kiew hat das Testobjekt X.09 dem Testobjekt X.07 bei einem 200 Kilometer Ausdauerlauf bei lebendigem Leib das Rückgrat aus dem Körper gerissen.« Agnes schauderte es bei den Worten, sie hatte dazu auch die Bilder gesehen. Schrecklich. Eine Tragödie und ein schwerer Rückschlag für das Achilles-Projekt.

»Weiter ... ich finde, die Pointe kommt noch.« Pietro wollte die ganze Geschichte hören.

»Danach hat das Testobjekt X.09 dem Ausbildungsleiter, einem 37-jährigen Oberfeldwedel und Familienvater aus Hannover, mit einer Ohrfeige den Kopf von den Schultern geschlagen. Um den Täter ruhig zu stellen, wurde dem Testobjekt X.11 befohlen, das Testobjekt X.09 anzugreifen. Der Konflikt endete damit, dass Testobjekt X.11 dem Testobjekt X.09 mit einem Faustschlag den Unterkiefer vom Schädel trennte und selbst von einem Faustschlag tödlich getroffen wurde, den ihm X.09 durch den Oberkörper getrieben hatte.«

»Irre, oder?« Pietro machte weiter.

»Da das Testobjekt X.09 sich danach daran machte, die Panzerglasscheibe eines Humvees, der den Ausdauerlauf begleitet hatte, mit den Fäusten zu zertrümmern, entschied ein inzwischen völlig traumatisierter Gefreiter, das Testobjekt X.09 mit dem auf dem Dach montierten Cal.50 BMG den Schädel in Stücke zu schießen.«

»X.09, X.11 ... ich kann das nicht mehr hören. Das sind Menschen, wie wir ... Menschen«, rief Dr. Baringhaus aufgebracht.

»Dr. Gutter, Sie sind ebenfalls Ärztin, kann ein Mensch einem anderen mit bloßen Händen das Rückgrat aus dem Körper reißen?«, fragte Pietro und sah Agnes an.

»Nein.«

»Cordes lässt die Probanden wie Tiere behandeln. Ich habe denen mehrfach erklärt, dass wir für das Achilles-Projekt mehr Zeit brauchen«, sagte Dr. Baringhaus.

»Ich kenne dein erstes Design ... du wolltest zwölf Jahre für die Sozialisierung haben, was wirtschaftlich nicht abzubilden war. Wir mussten die Dauer verkürzen.«

»Wir hätten uns niemals auf zwei Jahren herunterhandeln lassen dürfen. Die Probanden haben den Körper eines Erwachsenen und die soziale Reife eines Kleinkindes.«

»Weißt du, weshalb du im letzten Jahr so viel Geld verdient hast?«, fragte Pietro, der sich üblicherweise nicht von technischen Pannen aufhalten ließ.

»Weil ich kein Gewissen habe?«

»Jetzt hör auf ... weil du Probleme löst. Egal was passiert ist, du hast für alles eine Lösung gefunden. Also ... fang wieder an Eiswürfel zu pissen und lös das Problem. Nimm Dr. Gutter mit, lass sie für Cordes tanzen oder was auch immer dazu nötig ist, aber lös das verdammte Problem!«

»Du bist verrückt!«

»Olaf, Cordes will uns an die Wand nageln! Der droht, das Projekt zu stoppen und bereits geleistete Zahlungen zurückzufordern.« Pietro meinte es ernst.

»Es geht nur um Geld?«

»Verdammt viel Geld. Die Verträge stehen für 720 Milliarden Euro in den ersten drei Jahren und einen siebenjährigen Folgevertrag über 675 Milliarden Euro. Wenn irgendein Richter einer weinenden Soldatenwitwe mehr Glauben schenkt als unserer Rechtfertigung, sind wir am Arsch. Diese Forderung und der zu erwartende

Kurseinbruch wären das Ende von Better Life.« Pietro stand immer noch.

»Na und?« Dr. Baringhaus zeigte sich nicht mehr an einer sachlichen Diskussion interessiert.

»Darf ich auch etwas sagen?«, fragte Agnes vorsichtig.

»Natürlich dürfen Sie das!« Als ob Pietro nur auf ihren Auftritt gewartet hätte.

»Ich habe die verbliebenen drei Testobjekte X.02, X.05 und X.12 durch den medizinischen Dienst vor Ort in ein künstliches Koma legen lassen. Leider ist vom Schädel des Testobjekts X.09 nicht viel verwertbares Gewebe übriggeblieben. Ein CT-Scan hätte uns bei der Diagnose geholfen. Ich vermute, dass der verwendete Steroide-Anabolika-Mix durch den langen Dauerlauf extrem blutverdickend wirkte und deswegen ein Aneurysma im Gehirn hat platzen lassen.«

»Ich liebe Medizin. Was hilft es mir, zu verstehen, warum dieser Idiot durchgedreht ist. Ich brauche einen Knochen, den ich in das bissige Maul eines aufgebrachten Vier-Sterne Generals stecken kann. Der beißt mir ansonsten den Arm ab.«

Gestern Abend hatte sich Pietro eindeutig charmanter gezeigt. Aber verständlich, dass er sich durch das Tischgespräch nur Informationen beschaffen wollte.

»Natürlich. Wir haben dazu bereits eine Simulation erstellt. Darf ich?«, fragte Agnes und hielt den Key-Stick an eine Schnittstelle von Pietros gesichertem virtuellen Arbeitsplatz.
»Bitte.«
Ein holografischer Projektor ließ über dem Couchtisch, an dem sie zu dritt saßen, eine dreidimensionale Tabelle erscheinen. Agnes stand auf und bediente die Simulation mit Handgesten.
»Beachten Sie die Lastprofile der Ausschreibung und unseren darauf zugeschnittenen Leistungskatalog. Die Testobjekte haben ohne die Verwendung von Funktions-beschleunigern die Leistungen eines Soldaten mit der Verwendungstauglichkeit auf KSK/Seal-Team Niveau zu erfüllen. Alle Parameter konnten in den Testreihen eingehalten werden. Hier die schriftliche Teilabnahme dazu.«
»Na ja, wir haben der NATO schon ein bisschen mehr verkauft«, sagte Pietro. Dr. Baringhaus folgte der Präsentation schweigend. Agnes hätte sich nicht gewundert, wenn er einfach, ohne ein Wort zu sagen, zur Seite weggesackt wäre.
»Das haben wir. Wir haben diverse Funktionsbeschleuniger geliefert, die die Leistungen der Testobjekte steigern können. Kraft, Schnelligkeit, Präzision und Ausdauer, für jeden Funktionsbereich haben wir kombinierte und selektive Wirkstoffe geliefert. Dr.

Baringhaus hat im Zusammenhang mit der verkürzten Sozialisierungsphase den Wirkstoff PK-35 zur Standardverwendung empfohlen, der neben Kraft und Präzision auch die psychologische Stabilität der Testobjekte nachhaltig verbessern konnte.« Das war ihr Projekt, Agnes hätte über die Daten auch im Schlaf referieren können.

»Ich warte noch auf die Pointe.« Pietro wurde ungeduldig.

»Natürlich. Bei dem 200 Kilometer Lauf wurde der modifizierte Wirkstoff PK-91 eingesetzt, den wir mit einer Belastungsgrenze von drei Einsatzstunden mit einer durchschnittlichen Herzfrequenz von 220 Schlägen in der Minute freigegeben haben. Des Weiteren haben wir darauf hingewiesen, dass Probanden bei einem derartigen Versuchsaufbau ihre Grenzen nicht mehr eigenständig einschätzen können.«

»Wird es jetzt spannend?« Pietro lächelte, er konnte ihr folgen, das spürte sie.

»Der Einsatzbericht und das Protokoll der Vitalwerte zeigen extreme Werte. Der Zwischenfall ereignete sich nach sieben Stunden mit einer durchschnittlichen Herzfrequenz von 223 Schlägen in der Minute. Der verstorbene Einsatzleiter hat das Testobjekt X.09 bis auf über 200 Prozent angetrieben. Medizinisch hätte ich bereits eher mit einem Herzinfarkt oder Schlaganfall gerechnet.«

»Dr. Gutter, falls Sie jemals Kinder haben wollen, ich mach Ihnen welche ... und zahle auch für die Bälger bis ans Ende meiner Tage.« Pietro stand auf und küsste sie auf die Wange. »Ich schätze Problemlöser.«
»Danke.« Agnes lächelte. Klick. Der Punkt ging an sie.
»Wir haben dem Cordes Sportwagen geliefert und der Trottel lässt seine Stümper die Motoren überdrehen!«
»Es kommt noch besser.« Agnes war noch nicht fertig.
»Bitte?«
»Der Ausdauertest war die abschließende Versuchsreihe im Achilles-Projekt. Da der Zwischenfall sich weit über einem Referenzniveau von 120 Prozent befunden hat und auch kein anderer Test darunter lag, haben wir die Voraussetzungen für die finale Abnahme und die Zahlung eines Bonus von 60 Milliarden Euro erfüllt.«
»Dr. Gutter, ich denke, ich sollte anfangen, Sie mit anderen Augen zu sehen.« Pietro freute sich wie ein Kind, General Cordes würde ihm seine Arme lassen.

Dr. Baringhaus und Agnes saßen wieder in ihrem gemeinsamen Büro. Mittagszeit. Seit der Präsentation hatte er kein Wort mit ihr gesprochen. Was ging gerade in ihm vor? Er hatte ihr den Rücken zugewandt und betrachtete durch die verglaste Fassade einen Schwarm Zugvögel, die nach Süden zogen.

»Ich stelle gerade ein neues Portfolio zusammen. Können Sie mir bitte kurz helfen?«, fragte Agnes. Pietro hatte ihr den Auftrag gegeben, einen kompletten Status über alle laufenden Projekte zu erstellen, die Dr. Baringhaus bearbeitete.

»Um was geht es?«, fragte er, als ob nichts passiert wäre. Was natürlich nicht stimmte. Es war sogar einiges passiert. Agnes hatte seinen Kopf gerettet, was er bisher mit keiner Silbe reflektiert hatte. Ein Wort des Dankes wäre durchaus angebracht gewesen.

Warum hatte er sie im Aufzug geküsst? Warum konnte sie den Kuss nicht vergessen? Warum benahm sie sich wie ein dummes Huhn?

»Die Daten für das Projekt Achilles habe ich alle. Dr. del Mare hat mir die Freigabe erteilt, auch die anderen Projekte einem Review zu unterziehen. HealthCare und RedFury habe ich auch, aber ich komme nicht an das Projekt TwelveMonkeys heran.«

»Datenschrott. TwelveMonkeys ist abgeschlossen«, antwortete Dr. Baringhaus hellwach und drehte sich zu ihr.

»Bitte?«

»Alter Kram ... aus meiner frühen Schaffensphase. Hat nicht funktioniert, dann wurden die Mittel eingestellt.«

Agnes stutzte, sie hatte diesen Projektnamen noch nie gehört, ansonsten kannte sie jedes Schnupfenspray, das Better Life herstellte. Dr. Baringhaus war Pietros Mann fürs Grobe, er leitete nur Großprojekte: HealthCare stand für die zivile und inzwischen sehr erfolgreiche Variante von Achilles. Der Handel mit künstlichen Organen hatte den Better Life Aktienkurs bereits nach der ersten klinischen Studie vor sechs Jahren durch die Decke gehen lassen.

RedFury hingegen war ein Höllenzeug, ein DNS-codierter Kampfstoff, bei dem man, nach ethnischen Kriterien gefiltert, ganze Landstriche entvölkern konnte. Eine biologisch abbaubare Waffe, die weder Pflanzen, noch das Grundwasser, noch Tiere gefährdete. Die Trefferrate von 99,3 Prozent sorgte allerdings dafür, dass RedFury spurlos und für die Augen der Öffentlichkeit unbemerkt in den Biowaffenbunkern der Alliierten verschwand. Sieben Opfer in den eigenen Reihen, bei 1000 erfolgreich beseitigten Zielpersonen waren dem Lebensversicherer, der 72 Prozent aller NATO-Soldaten unter Vertrag hatte, zu teuer.

»Warum öffnen Sie dann den verschlüsselten Datencontainer beinahe jeden Tag?«, Agnes wusste, wann er log. Nur den Grund dafür verstand sie nicht. Projekte mit einem prekäreren Sachverhalt und einer strengeren Geheimhaltungsstufe als RedFury und Achilles konnte sie sich nicht vorstellen. Aus den Metadaten von TwelveMonkeys konnte sie noch nicht einmal den früheren Auftraggeber erkennen. Sie startete eine Querprüfung:

In der Buchhaltung wurde bereits seit vierzehn Jahren keine Rechnung mehr gebucht. Anhand der Kostenverläufe konnte sie eine Projektlaufzeit von 2011 bis 2013 erkennen.

»Gewohnheit ... Agnes, lassen Sie es einfach.«

»Natürlich.« Agnes nickte. Sie dachte gar nicht daran, sich diese Lüge entgehen zu lassen. »Und was sage ich Dr. del Mare?«

»Nichts.« Die Miene von Dr. Baringhaus verfinsterte sich, er wirkte wie ein Tier, das man in die Ecke getrieben hatte.

»Bitte?«

»Pietro kennt das Projekt sehr gut und wird keine weiteren Fragen danach stellen.«

Agnes nickte erneut. Diesen Dr. Baringhaus kannte sie nicht, sollte sie weiter an der Sache dranbleiben?

***

V. Glück gehabt

Alex lächelte und setzte seine digitale Spiegelreflexkamera mit dem schweren 50-200 Millimeter Zuiko-Objektiv an. Perfekt. Es gab nichts Schöneres, als einen Hauch Mia einzufangen. Nur Farben und endlos lange Haare im Wind. Wunderbar. Seine Kamera von 2012 war inzwischen zwar komplett überholt, klobig und hätte mit einem Gewicht von 1,5 Kilogramm auch zum Nägel in die Wand schlagen genügt, allerdings funktionierte die Knipse noch tadellos und hatte auf der Online Auktionsplattform letztes Jahr nur 25 Euro gekostet. Die Leute früher konnten auch ohne moderne Elektronik schöne Bilder machen, es kam immer schon auf denjenigen an, der hinter dem Sucher stand.

»Es regnet«, meckerte Mia erneut, die ihre Session als sein persönliches Modell nicht mehr zu genießen schien.

»Ja.«

»Mir ist kalt.«

»Ich habe es verstanden.« Alex sollte den Bogen nicht überspannen. Bereits seit zwei Stunden fotografierte er Ostsee, Strand und Regen mit Mia abwechselnd mit Ostsee, Strand und Regen ohne Mia. Beides würde tolle Bilder ergeben.

»Du hast mir einen heißen Tee versprochen ...« Mia hatte ein gutes Gedächtnis.

»Ja.« Das hatte er wirklich, sein Budget ließ leider nicht mehr Gage zu. Auch wenn Mia für ihr strahlendes Lächeln alles Geld der Welt verdient hätte.
»... und eine Massage für meine eiskalten Füße!«
Alex nickte, auch das hatte er gesagt, und drückte wieder ab. Die letzte Sequenz. Das Licht wirkte magisch, spärlich, diesig, wobei nachmittags am nördlichen Horizont noch die Sonne durchgekommen war und der Szenerie einen ambivalent ausgeleuchteten Hintergrund bescherte. Licht und Mia hatten faszinierende Gemeinsamkeiten: beide leuchteten warm, unberechenbar und man genoss sie am besten unverfälscht.
»Du sagt ja und nickst bereits seit mehr als einer Stunde!«
Mias Ton wurde entschlossener. Der ideale Zeitpunkt, um zurückzufahren, die Bahnfahrt nach Hamburg würde noch etwas dauern.
»Dann lass uns gehen.« Alex packte die Kamera in die abgewetzte lederne Fototasche und ging auf Mia zu. Sie waren allein, der leichte Regen sorgte dafür, dass die Dünen, so weit das Auge reichte, nur ihnen gehörten. Ein Reichtum, den Alex nur ungern wieder losließ. Bei schönem Wetter sah der Strand anders aus.
»Endlich.« Mia stapfte mit violetten Gummistiefeln an ihm vorbei und steckte ihre Hände schmollend in die rosafarbene Windjacke. Alles an ihr hatte mit Farbe zu tun, sogar wenn sie nackt neben ihm lag, sah Alex mehr als ihren dunklen Teint.

Hoffentlich würde der heiße Tee genügen, um sie wieder in Stimmung zu bringen.

Fröstelnd umschloss Mia sofort mit beiden Händen die Tasse dampfenden Tee. Pfefferminz liebte sie über alles. Der Zug fuhr erst in zwanzig Minuten, sie saßen in einer Gaststätte am Bahnhof und wärmten sich nach der Foto-Session auf. Für Alex stellte die Bedienung eine nur dreiviertelvolle Tasse Kakao auf den Tisch.

»16,20«, sagte der Kellner, ein unscheinbarer Typ, mit nur wenig Haaren auf dem Kopf, um die Fünfzig und zückte seine übergroße schwarze Geldbörse ähnlich zackig, wie ein Revolverheld im Wilden Westen seine Remington gezogen hätte.

Alex stutzte, auch wenn in dem einfach eingerichteten Lokal nur wenige Gäste anwesend waren, niemand von den anderen Reisenden zahlte seine Bestellung sofort. Mia sah ihn an, sie wusste sofort, dass ihm die schlechte Behandlung nicht passte.

»Machen Sie 18.« Von der Angewohnheit, Trinkgeld zu geben, kam er nicht los. Selbst dann nicht, wenn die Bedienung, wie dieser Kellner, es nicht verdient hatte.

»Danke.« Der Kellner lud den Zwanziger, zog den Spannhahn, zielte auf seinen Kopf und feuerte ein Zwei-Euro Stück über den Tisch. Die Münze kam erst an seiner Tasse zum Stillstand. Headshot. Im Wilden Westen würde Alex jetzt blutend auf dem Boden liegen. Sollte er etwas sagen? Meckern? Den Kellner zurechtweisen? Nein. Tote reden nicht. Sie trinken besser ihren Kakao und machen sich keine weiteren Gedanken über merkwürdige Zeitgenossen. Alex' Verstand fing ihn wieder ein, er wollte keinen Ärger bekommen.

»Bereits wärmer?«, fragte er, nachdem der unverschämte Kellner wieder verschwunden war, und sah Mia an, die es zu jeder Tages- und Nachtzeit wert war, angesehen zu werden. Ihr schmales Gesicht stand für alles, was er liebte. Bei ihrer etwas dunkler pigmentierten Haut dachte er auch im Winter an die Sonne. Die asiatisch anmutenden Augen ließen ihn in die Ferne schweifen. Das freche italienische Lachen, gepaart mit der russischen Beharrlichkeit, auch schwere Dinge leicht zu nehmen, rundeten dieses Bild ab. Er liebte sie über alles.

»Ja.« Auch sie lächelte. Alles war wieder in Ordnung. »War dein Vater eigentlich Fotograf?«

»Nein.«

»Was denn?«, fragte sie quengelnd. Die Frage nach dem Beruf seines Vaters stellte sie öfter.

»Er hatte andere Fähigkeiten.« Was er sinngemäß jedes Mal antwortete, mehr hätte den schönen Moment mit Mia zerstört.

»Du weißt alles über meine Eltern. Sogar von meinen Großeltern kennst du deren Lebensgeschichten, die ich ...«

»Ich höre dir gerne zu.« Was Alex stundenlang tun konnte.

»Du hast mir noch nicht einmal seinen Vornamen gesagt, wo er lebt, was er macht und so weiter.«

»Wir hatten Probleme ...«

»Die haben wir alle. Wir sind bald zwei Jahre zusammen und von deiner Mutter weiß ich auch nichts.«

Mia und Alex waren bereits kurz nach dem Beginn des Studiums ein Paar geworden. Er hatte damals nur drei Sekunden benötigt, um sich bis über beide Ohren in sie zu verlieben. Es gab einfachere Dinge, als über seine Vergangenheit zu sprechen.

»Meine Mutter war Ärztin, Ina Baringhaus, eine tolle Frau, nichts konnte sie von ihrer Liebe zu meinem Vater abbringen.« Was Alex einerseits bewunderte, andererseits nie verstanden hatte. Noch nicht einmal, als sie krank wurde, hatte sie etwas gesagt.

»Stur. Wie du.«

»Ich bin nicht stur.«

Sie lächelte. »Sagen alle Sturköpfe.«

»Ich finde die Geschichte über deine Familie cooler.

»Bunter.«

Auch Alex lachte. »Ja.«

»Dein Vater war Frisör auf Jamaika?« Mia konnte es nicht lassen, weiter zu raten.

»Knapp vorbei.«

»Die solln doch erstma richtig Deutsch lernen!«, erklärte der ältere Herr lautstark, der am Tresen stehend ein Bier trank. Neben ihm standen zwei weitere Männer ähnlichen

Alters, die ihm zuprosteten. Da hatten sich die Richtigen gefunden. Das Bier, von dem sie bereits sichtlich zu viel getrunken hatten, schien gut zu schmecken.

»Leadsänger in einer Reggae-Band?«, fragte Mia, die auf die Aussage des Mannes nicht reagierte.

»Fast.«

»Hast ma gesehn, wie die aussehn? Unglaublich sach ich euch. Gibs im Busch kein'n, der denen Manieren beibringt?« Der ältere Herr kam gerade richtig in Fahrt.

»Die liegen uns nur auf der Tasche. Faules Kanakenpack!« Jetzt stieg sein rechter Nebenmann in die Hasstirade ein. Eins, zwei, drei, Idioten im Rudel multiplizierten sich unkontrolliert.

»Lass uns zum Bahnsteig gehen«, sagte Mia, die ebenfalls gehört hatte, was diese Altherrenriege von sich gab.

»Die Fraun von denen gehn alle auf'n Strich. Für'n Zehner kannst die auf'm Klo knall'n!«

Alex ballte die Fäuste, der Typ wurde unerträglich.

»Die Langhaarigen handeln mit Drogen, haben die im Fernsehen gesagt. Die werden schon kriminell geboren! Das liegt am Milieu ... die armen kleinen Kinder können da nichts für.« Die durch die Feldforschung der Sender wissenschaftlich fundierte Meinung des Dritten passte perfekt in den Kanon.

Alex schwoll der Kamm, er hatte spontan das Bedürfnis, den Dreien die Nase zu brechen. Einem nach dem anderen.

»Na, ist deine Mutta auch von'm Affen gefickt wordn?« fragte der Germanist von den Dreien und kam auf ihren Tisch zu. Mia sah ihn nur erschrocken an. Alex wollte aufstehen, der Typ hatte die rote Linie übertreten. Mia hielt panisch seine Hand fest und verneinte mit dem Kopf. Nicht ohne Grund, er hatte noch vier Monate Bewährung für einen Klugscheißer, den er vor knapp einem Jahr durch ein geschlossenes Fenster geworfen hatte. Der Typ hätte damals Mia nicht dumm anmachen sollen.

»He Felix, willste der Schwatten für'n Zehner das Klo zeigen?« Die beiden verbliebenen Männer am Tresen lachten.

»Nee, will mir nichts einfangen, die hat ihrn Niggerficker dabei.« Der Mann, grauhaarig, Ende fünfzig, klopfte Alex auf die Schulter. Ob der Typ eine Nahtoderfahrung suchte?

»Das ist eine Tragödie. In Europa geht alles den Bach runter. So lief früher kein Deutscher rum ...«, »Die verstehen dich sowieso nicht ... du musst denen schon kleine Bildchen aufmalen.«, klang es von den beiden Männern am Tresen.

Alex' Puls wurde schneller, er stellte sich vor, aufzustehen, dem Typ mit der Faust die Zähne aus dem Maul zu dreschen und ihm seine verdammte Zunge aus dem Schlund herauszureißen. Nur noch ein Wort, dann wäre der Bastard fällig!

»Wir gehen.« Mia stand auf, stellte sich dicht vor Alex und sorgte geistesgegenwärtig dafür, dass er nichts tat, was ihn 20 Jahre hinter Gitter bringen würde. Alex fühlte sich nur eine Haaresbreite davon entfernt, dem rassistischen Wichser den Schädel einzuschlagen und seine beiden Saufkumpane mit ihrem Blut gefüllte Biergläser fressen lassen. Ein-Liter Krüge, die vom Oktoberfest, damit es auch wehtat.

Wieder in Hamburg. Alex lag im Bett und sah Mia auf den nackten Rücken. Sie schlief. Was er um drei Uhr morgens ebenfalls tun sollte. Nur nicht konnte. Dass er einmal wegen Geld nicht würde schlafen können, hätte er nicht erwartet. Er brauchte dringend einen neuen Job. Mia wollte sich am nächsten Tag in einem Bistro vorstellen, die suchten eine Spülkraft. Das wollte er nicht, hatte er vorhin gesagt, nur es gab leichtere Aufgaben als mit Mia zu diskutieren. Er solle sie nicht in Watte packen, hatte sie gesagt, worauf ihm nichts mehr eingefallen war.

Sein Mobile vibrierte, es war Tony. »Mal auf die Uhr gesehen?«

»Alter ... du musst mich retten!«

»Im Kühlschrank stecken geblieben?«, fragte Alex.

»Ich lache später ...«

»Sag Tony, dass ich ihm etwas abschneiden werde.« Mia drehte sich zu ihm und rieb sich verschlafen die Augen.

»Mia sagt, du bist ein toter Mann.«

»Wart ihr gerade dran, oder was? Ihr könnt auch nachher weiter aufeinander rumspringen. Alter, ich ruf dich nicht zum Spaß an. Es geht um den Untergang des Abendlandes!«

Tony machte Alex neugierig.

»Was gibt es?«

»Kennst du das Carouche?«, fragte Tony.

»Klar. Ein Club, schräg, gute Musik, aber nicht meine Liga.« Alex' schulterlange Dreadlocks waren über einen Zeitraum von sieben Jahren entstanden. Im Carouche verkehrte ein Publikum, das zwar ähnlich aussah, nur für außergewöhnliche Echthaar-Extentions auch einmal locker 25.000,- € bei einem Promifriseur auf der Theke liegen lassen würden.

»Du musst da für mich hin ... jetzt! Da lässt gerade die englische Pop-Mietze, die vorletzten Monat die ganzen Emmys abgeräumt hat, ihren Bären fliegen. Alter, und das meine ich wörtlich!«

»Du spinnst!«

»1.000 Euro für ein Bild.« Tony gab alles.

»Es geht nicht um Geld ...« Alex schüttelte den Kopf.

»1.500,- mit Spalte!«

Mia nahm Alex das Mobile weg und legte auf. »Eigentlich mochte ich das Lied von der englischen Sängerin... jetzt bekomme ich den fliegenden Bären nicht mehr aus dem Kopf.«

»Sorry.« Alex küsste ihre Schulter. »Schlaf weiter.«

»Bin jetzt wach ...« Grummelig aktivierte Mia das iPad, mit dem sie vor dem Einschlafen gespielt hatte. »Und das dämliche Puzzle geht auch nicht auf.«
»Welches Puzzle?«
»Das war ein Facebook-Link auf eine Spieleseite ... wenn man das Puzzle auflöst, kann man 2.000,- gewinnen.«
»Wir sollten schlafen gehen.« Alex wollte nur noch die Augen zumachen und den Blödsinn hinter sich lassen.
»Dabei fehlt mir nur noch ein Element ... aber nichts passt. Das Ding nervt mich schon den ganzen Abend«, erklärte Mia und hielt Alex das Tablet vor die Nase.
Er lächelte. »Komisches Rätsel.« Als ob sich die Elemente bewegen würden. »Warum dreht sich das?
»Bist du etwa betrunken? Da dreht sich nichts ... du musst nur aus allen Elementen ein Quadrat bauen. Ich glaube das Puzzle hat einen Fehler ... das kann so niemals aufgehen.«
Alex sah wieder hin. Das Puzzle drehte sich weiterhin über alle drei Raumachsen. Das war kein Quadrat, sondern ein Würfel. Irgendwie sah Mia die dritte Dimension nicht.
»Du schaust so seltsam ...«

»Alex, was ist mit dir? Los, sag etwas! Sofort ... oder ich rufe den Notarzt!«, rief Mia aufgebracht und rüttelte wie eine Verrückte an seiner Schulter. Warum tat sie das?
»He ... was tust du?«, fragte Alex erschrocken.

»Jage mir doch bitte nicht so einen Schreck ein!« Mia zitterte am ganzen Körper.
»Ich hab doch nichts gemacht.« Alex verstand nicht, was sie bewegte.
»Genau ... du hast nichts gemacht. Fast drei Minuten hast du keinen Ton gesagt, du hast noch nicht einmal gezwinkert!«
»Wie?«
»Alex, du warst drei Minuten paralysiert. Was war los?«, fragte Mia und fühlte seinen Puls. »Du hast noch nicht einmal geatmet. Hörst du, du hast drei Minuten wie eine Salzsäule vor dich hingestarrt. Zum Glück konnte ich deinen Puls fühlen ... sonst wäre ich durchgedreht.«
»Bitte? Du hast mich gefragt, warum ich so seltsam schaue und im nächsten Satz redest du vom Notarzt und reißt mir fast den Arm ab.« Alex versuchte, sich zu erinnern, da war aber nichts, woran er sich erinnern konnte.
»Dazwischen lagen beinahe drei Minuten. Drei. He ... ich habe eine Scheißangst um dich gehabt.«
Alex sah auf das Puzzle, das sich nicht weiter zu bewegen schien. »Das Puzzle ...«
»Was soll damit sein?«, fragte Mia.
»Es bewegt sich nicht mehr.«
»Das hat es zuvor auch nicht getan.«
»Ich sah etwas anderes ... »
»Was denn?«

»Warte, jetzt müsste ich ... es relativ einfach lösen können.« Alex wischte mit dem Finger einige Male über das alte iPad, drehte die Sicht, korrigierte einige der Zuordnungen, die Mia vorgenommen hatte, und löste das Rätsel auf.

»Ähm ... na ja.« Mia staunte nicht schlecht und fing an, vor Freude mit dem Po auf dem Bett zu hüpfen. »He ... wir haben 2.000 Euro gewonnen. Wow ... das hast du super gemacht? Wie geht das? Ich habe die Lösung nicht gesehen.«

»Easy ...« Alex hustete, sein Schädel begann plötzlich zu brummen, nicht dass er sich eine Erkältung eingefangen hatte?

»Das war es sicherlich nicht ... sonst würden die doch nicht 2.000,- Euro Prämie versprechen, wenn man es hinbekommt.« Mia legt das Tablet weg und kuschelte sich bei ihm an.

»Die geben jedem das Geld?«

»So deren Werbetext.«

»Verrückt ... oder ich habe einfach Glück gehabt.« Alex hatte Probleme, sich zu konzentrieren. Jeder Versuch, einen klaren Gedanken zu fassen, endete im Nichts.

»Alles in Ordnung?«, fragte Mia.

»Klar.« Alex wollte nicht jammern.

»Da stand, man kann sich das Geld sofort abholen ... die sitzen sogar in Hamburg.«

»Wer ist denn der edle Spender?« Alex fühlte sich hundeelend, müde, als ob er zu viel getrunken hatte.
»Die Firma bietet Lernsoftware für Kinder an. Wir müssen nur noch einen Fragebogen ausfüllen und können mit 2.000 Euro in der Tasche wieder verschwinden.«
»Cool.«
»Das ist unsere Miete für zwei Monate und ein voller Schrank mit Lebensmitteln.« Mia freute sich. Alex' Lider wurden schwerer und schwerer.
»Und wann bekommen wir das Geld?« Er sollte sich keine weiteren Sorgen machen, der Tag war lang gewesen und nachher würde er sich besser fühlen. Nur etwas Schlaf, er zog Mia näher an sich heran. Der Duft ihrer Haut beruhigte ihn.
»Jeden Tag ab 9 Uhr vormittags ... das machen die bereits seit zwei Jahren, stand da. Diese Woche ist die letzte Möglichkeit, sich den Gewinn abzuholen. Wir haben echt Glück gehabt ... 2000,- ich kann es immer noch nicht glauben.«
Alex schlief ein.

***

VI. Verdammt lang her

Olaf saß auf der Terrasse seiner Villa am Harvestehuder Weg an der Außenalster. Die Slomanburg, das Gebäude von 1848 wurde für Robert Miles Sloman gebaut, einem bekannten Reeder, der 1836 die erste regelmäßige transatlantische Verkehrsverbindung nach New York eingerichtet hatte. Ina liebte dieses alte Haus, in dem Alex vor 14 Jahren auf die Welt kam.

Es regnete, nichts ungewöhnliches für Oktober. Olafs Gedanken befanden sich auf einer Zeitreise, neben ihm saß Ina, die gerade den vierzehn Tage alten Alex stillte, der seiner Mutter andauernd in die langen blonden Haare griff. Eine schöne Zeit. An dem Tag schien die Sonne. Ina und er hatten sich gerade das Haus gekauft. Eine nicht gerade preisgünstige Anschaffung. Der erste Höhepunkt seiner kometengleichen Karriere bei Better Life. Wie hätte er ahnen können, wohin sein Ehrgeiz ihn führen würde?

»Dr. Baringhaus, wollen Sie wirklich bei dem schlechten Wetter auf der Terrasse sitzen bleiben?«, fragte ihn Lisa, seine Haushälterin, der man ansah, dass sie fror. Die Lufttemperatur lag um die sechs Grad Celsius, er empfand es nur als etwas frisch.

»Lisa, bitte, gehen Sie wieder ins Haus. Das ist nicht nötig. Sie müssen nicht mit mir in der Kälte hocken. Ich komme klar.« Olaf würde nicht zulassen, dass sie sich seinetwegen erkältete.

Er hatte eine warme Jacke an, sie nur ein schwarzes knielanges Hauskleid und eine weiße Arbeitsschürze.

»Ich mache mir Sorgen um Sie.«

»Danke. Aber der Regen hilft mir, einen klaren Kopf zu bekommen.« Was dringend notwendig war.

»Zehn Minuten. Dann komme ich wieder«, erklärte sie selbstbewusst, bevor sie ins Haus zurückkehrte.

»In Ordnung.« Olaf lächelte. Sie hatte es nicht verdient, unter seinen Marotten zu leiden. Lisa arbeitete bereits sehr lange für ihn, sie hatte sich früher auch um Alex und Ina gekümmert. In zwei Jahren würde sie 55 werden, er plante, sie nächste Woche mit einer sehr großzügigen Abfindung und einem seiner Häuser an der Adria als Geschenk in den wohlverdienten Ruhestand zu schicken. Bei dem, was er vorhatte, brauchte er zukünftig keine Haushälterin mehr.

Olaf kehrte zurück zu seinem Sohn, ihn auf der Terrasse in den Händen zu halten, konnte kein Geld der Welt aufwiegen. Dieser entschlossene Blick, bereits als Säugling hatte Alex ihm klargemacht, dass er seinen Weg gehen würde. Unaufhaltsam, es würde kein Problem auf der Welt geben, das er nicht lösen könnte.

Was er dann auch tat, wenn auch anders, als es einem stolzen Vater gefallen konnte. Alex befand sich mittlerweile auf einem exklusiven Internat in New York, in dem er weiter zur Schule ging, nachdem seine Mutter letztes Jahr ins Koma gefallen war. Zu diesem Schritt hatte sich sein Sohn nur aus einem Grund entschieden, er sagte es seinem Vater sogar ins Gesicht. Ich will nur möglichst weit von dir weg sein, hatte Alex gesagt. Die Worte vergaß man nicht, Olaf verstand nicht, was er falsch machte.

Sein beruflicher Erfolg, der Ruhm, die öffentliche Anerkennung, oder auch das Geld konnten das nicht aufwiegen. Doch, wie hätte er jemals umkehren können? Zurücklaufen? Weglaufen? Das Wohl vieler Menschen lag in seinen Händen, all derer, denen die von ihm gezüchteten Organe ein neues Leben schenkten. Better Life und er bekamen pro Woche über 10.000 Danksagungen von Familien aus der ganzen Welt. Die gemalten Bilder geheilter Kinder gingen ihm stets besonders nahe.

Eine nach DNS-Vorlage des jungen Patienten personalisiert gezüchtete Kinderniere kostete in der Herstellung weniger als hundert Euro. Die Eltern zahlten dafür 120.000 Euro, die auch eine Million gegeben hätten. Die Behandlungskosten rechnete Olaf nicht dazu. Hatte er, um Gott zu spielen und die wunderbaren Bestätigungen vieler Menschen zu erhalten, seine eigene Familie verkauft?

Sein Mobile meldete sich, wie immer zur falschen Zeit. Agnes wollte ihn sprechen. Olaf trug ein an der Rückseite des Ohrs angeklebtes Chip-Telefon. Für die Anzeige wurde das Mobiledisplay in seine Lesebrille eingespiegelt. Er hätte sich auch neue Augen implantieren lassen können, aber das wollte er nicht. In seiner Generation durfte man noch ungestraft eine Brille tragen.

»Hallo Agnes.« Olaf wusste nicht, ob er mit ihr sprechen wollte. Das Gefühl, auf Schritt und Tritt von seinen Taten verfolgt zu werden, belastete ihn. Was wollte sie schon wieder? Ging es um neue Probleme, neuen Stress, neues Geld oder nur neuen Ruhm?

»Hallo Dr. Baringhaus.«

»Hallo Agnes. Was kann ich für Sie tun?« Es wurde langsam mühselig, sie wieder und wieder darauf hinzuweisen, ihn nur mit dem Vornamen anzusprechen. Ihre Motivation, es nicht zu tun, kannte er nicht. War das Ignoranz oder ihre ganz persönliche Form der Respektbekundung? Vermutlich würde er es in diesem Leben nicht mehr erfahren.

»Ich störe nur ungern.«

»Ist schon gut.« Der Regen an Sonntagen unterschied sich nicht von dem an anderen Tagen, der letzte Sonntag bei Ina war sicherlich kein schöner Tag gewesen.

»Wir haben Probleme.«

»Kiew?«, fragte Olaf. Vermutlich hat General Cordes wieder Sehnsucht nach ihm. Der Typ kannte auch keinen freien Tag. Immer im Dienst, ein Soldat durch und durch. Es war ein Fehler gewesen, sich mit dem Militär einzulassen, seine Eitelkeit wurde ihm nun zum Verhängnis.

»Ja.«

»Und?«

»Wie Sie wissen, hatte ich die drei verbliebenen Probanden des Achilles Projektes nach dem Zwischenfall letzte Woche in ein künstliches Koma versetzen lassen.«

»Ich habe die Maßnahme bestätigt.« Seiner fachlichen Meinung nach hatte Agnes richtig gehandelt. Er hielt sie für eine sehr talentierte Ärztin und Biologin. Sie würde es auch ohne ihn bei Better Life weit bringen. Olaf kannte wenige, die bessere Chancen hatten, bei dieser Firma Karriere zu machen.

»Die Körpertemperatur der Probanden steigt. Das Fieber ist bereits bei 39.4 Grad Celsius mit steigender Tendenz.«

»Gibt es eine Diagnose?« Fieber? Warum bekamen die Männer Fieber? Das machte keinen Sinn. Bei den ganzen DNS-Evolutionsreihen war es noch nie zu solchen Reaktionen gekommen.

»Nein ... keiner der Ärzte vor Ort kann sich das erklären.«

»Und Sie?«

»Ich habe keinen blassen Schimmer. Wir haben alles prüfen lassen, Infekte, Organausfälle, Kreislaufprobleme, Knochen- und Muskelerkrankungen, und so weiter ... absolut nichts«, erklärte sie angespannt.

»Ein Angriff?« Wer erfolgreich war, hatte auch Neider, das wusste er nur zu gut.

»Dafür gibt es keine Indizien. Der NATO-Abschirmdienst beschützt das Projekt besser als unsere Politiker. Der letzte Sicherheitsbericht zeigt nur die üblichen latenten Bedrohungen.«

»Haben Sie einen CT-Scan des Stammhirns machen lassen?«, fragte Olaf, wenn es eine Folgeerscheinung eines DNS-Designfehlers sein sollte, würde der CT-Scan weitere Informationen liefern.

»Die Feldeinheit verfügt nicht über einen Computertomografen. Es ist Teil der Verträge, unsere Produkte unter Gefechtsbedingungen zu testen. Wir müssten die drei Probanden dafür nach Moskau oder nach Hamburg bringen lassen«, antwortete Agnes.

»Der Transport und die Untersuchung würde die Projektabnahme in Kiew für mindestens vier Tage unterbrechen.« Olaf dachte an General Cordes und seine Wahl für Kiew als Ort der finalen Abnahmen. In der Ukraine herrschte seit 12 Jahren offener Bürgerkrieg.

Wenn Olaf diese sehr aufwendige Diagnosemethode freigab, würde Generals Cordes Puls Pirouetten drehen. Und in den vier Tagen könnten die Probanden an einem weiter steigenden Fieber bereits gestorben sein.

»Stimmt.«

»Würden die Männer noch vier Tage überleben?«

»Nein ... das glaube ich nicht.« Agnes' medizinische Meinung deckte sich mit seiner. Es gab nur wenige Dinge, bei denen sie verschiedene Ansichten vertraten. Zumindest wenn man von der Geschichte mit seinem Vornamen absah.

Olaf stellte sich spontan vor, mit Agnes zu schlafen. Ihre nackten Brüste zu küssen, leidenschaftlich und ohne auch nur mit einem Gedanken an den nächsten Tag zu denken.

Sie hatte einen begehrenswerten jungen Körper und er hatte sie noch nie mit einem anderen Mann gesehen. Zufall? Würde sie sich ihm hingeben?

Eine gefährliche Frage. Er wusste, dass es falsch war, niederträchtig, verlogen und heuchlerisch. Ina, die Frau, die er liebte, lag im Sterben und er konnte nicht anders, als an eine jüngere Frau zu denken. Olaf wurde diese Bilder nicht mehr los, er glaubte, Agnes Erregung bereits riechen zu können.

»Dr. Baringhaus?«, fragte sie.

»Ja, ja ... ich habe nur einen Moment nachgedacht.« Olaf hätte sie nicht küssen dürfen. Nein, er würde dafür sorgen, dass sich dieser Fehler niemals wiederholte. Er musste diese Fantasie sofort beenden. Und bei dem Projekt in Kiew würde er ebenfalls die Reißleine ziehen. Er konnte seine Fehler nicht rückgängig machen, aber er konnte deren Folgen beenden.

»Was soll ich tun?«

»Bitte?« Olaf wusste gerade nicht, was sie wollte.

»Kiew, die Probanden, das Fieber, was soll ich den Ärzten vor Ort sagen? Sollen wir einen CT-Scan vornehmen lassen? Das ist zu wichtig ... ich brauche eine Direktive.«

»Nein ...« Das machte keinen Sinn.

»Soll ich eine alternative Maßnahme anordnen?«

»Nein.«

»Bitte? Die Männer werden sterben, die ...«

»Die Ärzte könnten ihre Hand halten ... ihnen nahe sein.« Olaf fiel ihr ins Wort. »So, wie wir es bei unseren Kindern tun würden. Es ist nur Fieber, sie werden nicht daran sterben.«
»Dr. Baringhaus?«, fragte Agnes verunsichert. *»Ist mit Ihnen alles in Ordnung?«*
»Wir sehen uns morgen im Büro.« Olaf schaltete sich offline. Er wollte jetzt weder jemanden sehen, noch hören. Nur der Regen und er, das genügte ihm völlig. Diese Entscheidung hätte er bereits vor einigen Jahren treffen müssen.

Olaf saß am Abend in seinem Lesesessel und las ein Buch. Eins von den wenigen, aus denen er Alex als Kind vorgelesen hatte. Die Geschichte über den unscheinbaren Prinzen Karek, dem großes Unrecht widerfuhr, der wachsen musste, um sich seinen Platz im Königreich zu erkämpfen. Er hatte dieses lesenswerte Buch bereits seit Jahren nicht mehr in Händen gehalten.
Vor ihm knackten brennende Holzscheite im Kamin. Was bedeutete schon ein fabelhaftes Haus, eine private Bibliothek, wenn man keine Zeit hatte, die vielen Tausend Bücher jemals anzupacken. Von seinem ganzen Leben blieb bei einem kritischen Resümee nichts übrig, was auch heute noch Bedeutung hatte.
»Dr. Baringhaus, soll ich Ihnen eine Tasse Tee bringen?« fragte Lisa höflich. Sie glich einem guten Geist, der stets

über ihn wachte. Egal was auch passierte, sie stand hinter ihm.

»Gerne.«

Olaf hatte es an diesem Sonntag versäumt, seine Frau zu besuchen. Im letzten Jahr hatte er das jeden Sonntag getan, um wenigstens eine kurze Zeit bei ihr in der Klinik zu sein. War seine Liebe zu ihr noch echt? Wahrhaftig? War er jemals ein guter Ehemann gewesen? Ein guter Vater? Ein guter Mensch? Den Gedanken, um sich die Fragen zu beantworten, wollte er nicht zu Ende denken.

Der Plan, wie er mit Better Life, dem Projekt Achilles, Pietro del Mare, Agnes und General Cordes umgehen wollte, beinhaltete noch keine Lösung für Alex' weiteres Leben.

»Bitte sehr.« Lisa stellte ihm eine weiße filigrane Porzellantasse mit Blumenornamenten auf den Beistelltisch. Der Tee duftete fantastisch. Ein Darjeeling aus einer exklusiven Frühjahrspflückung in zart-gelb. Das Porzellanservice stammte, wie das Haus, aus dem 19ten Jahrhundert. Bei der allgegenwärtigen Technologie im Jahr 2027 hielt er es als stille Form des Protests, an alten und einfachen Dingen festzuhalten.

»Danke.«

»Haben Sie noch einen Wunsch?«, fragte Lisa.

»Nein. Sie können gerne zu Bett gehen.«

»Sehr wohl. Wir haben bereits nach zwölf, bitte bleiben Sie nicht mehr zu lange wach. Auch Sie müssen schlafen.«

Bei jedem zweiten Wort von ihr hörte er seine eigene Mutter wieder, die es auch nicht geschafft hatte, ihn besser zu erziehen.

»Natürlich.« Olaf zwang sich zu einem Lächeln.

Lisa ließ ihn allein. Allein mit einem Buch und dem Bild, wie Alex als kleines Kind mit ihm gemeinsam auf diesem Lesesessel gesessen hatte. Wurde eine Lüge zu einer guten Tat, wenn man sie nicht mehr infrage stellte? Durfte er eine Lüge mitnehmen, verschließen und auf ewig in seiner Erinnerung vergraben, wenn er damit nur Gutes beabsichtigte? Stand Motivation über Moral?

Jeder Vater hatte doch den Wunsch, der nächsten Generation das Leben zu schenken. Ein ganz natürlicher Vorgang. Nur ihm standen dafür andere, bessere, moderne Möglichkeiten zur Verfügung.

»Lügen brennen wie glühende Feuerscheite,« flüsterte er und sah in die Flammen. Die Glut würde die ganze Nacht hindurch nicht ausgehen, genauso wie er deswegen nicht schlafen können würde. Egal, mit welchem Argument der Verstand sein Handeln rechtfertigte, sein Gewissen benötigte nur einen Handstreich, um das ganze zuvor mühsam errichtete Lügengeflecht zum Einsturz zu bringen. Ein unbedeutender Zweifel, ein Moment der Furcht, eine winzige Unsicherheit genügte, um alles, was er sich zuvor zurechtgelegt hatte, wegzuwischen.

»Alex.« Olaf dachte an seinen Sohn, der sich in New York vor ihm in Sicherheit gebracht hatte. Der Junge zeigte sich damit weitaus klüger als er es je gewesen war. Als ob alles Leben, das er berührte, zum Untergang verdammt war.

»Hörst du mich?«, fragte Olaf, der es ohne Gegenwehr zuließ, langsam den Verstand zu verlieren. Jegliche Ordnung schien sich aufzulösen. Er fiel in ein dunkles Loch.

»Deine Mutter liebt dich. Ich liebe dich. Du bist das Beste, das Einzige von Bedeutung, das ich jemals geschaffen habe.«

Olaf fing an zu weinen.

»Leider habe ich bei allem, was danach geschah, versagt.«

Sollte er nach New York reisen? Mit ihm sprechen? Das sollte er tun, wozu ihm aber der Mut fehlte. Olaf würde eher unbewaffnet in einen Käfig hungriger Löwen steigen, als Alex die Wahrheit zu sagen. Auch Ina durfte niemals erfahren, was damals vorgefallen war, was sie, sterbend im Koma liegend, auch nicht tun würde.

TwelveMonkeys musste verschwinden, die letzten Beweise seiner Tat lagen in einem mehrfach verschlüsselten Hochsicherheits-Datencontainer auf den Better Life Servern. Er hatte die Verschlüsselungsroutinen modifiziert und damit seiner Vergangenheit mehrere, bereits einzeln unüberwindliche, Vorhängeschlösser verpasst. Fünf Ebenen, von denen auch Agnes oder Pietro nur eines der tiefer liegenden Zugangszertifikate kannten. Die vier anderen Schutzsysteme hingegen würden heute und auch in näherer Zukunft nicht zu knacken sein. Mittels einer

Brute Force Attacke, dem Dampfhammer und stärksten Werkzeug der Codeknacker, die simpel alle Zugangsmöglichen ausprobierte, würde man sein Vermächtnis sicherlich öffnen können. Olaf hatte die mehrstufige Verschlüsselungstiefe und damit die Anzahl möglicher Lösungen deswegen derart groß gewählt, dass auch in tausend Jahren bei der dann voraussichtlich verfügbaren Leistungsfähigkeit aller Rechner auf der gesamten Welt, noch Millionen Jahre Rechnerzeit benötigt würden, um seine Daten in Klarschrift lesen zu können.

»Alex, ich kann dir leider nicht die Wahrheit sagen. Du würdest es nicht verstehen ... bitte, das musst du mir glauben, ich tat das für dich.«

Olaf ließ den Kopf hängen, wieder eine Lüge, er liebte seinen Sohn, aber er hatte es nicht für ihn getan. Er tat es für sich, nur für sich, nur um zu zeigen, dass er es konnte.

***

VII. Auserwählt

Alex stand vor dem Bürogebäude im Süden von Hamburg und sah sich das Firmenschild seitlich des Eingangs an. Rechts befand sich eine Wiese, ein Stück weiter ein kleinerer Schrottplatz und ein zu dieser frühen Uhrzeit noch geschlossener Imbisswagen. Namhafte Unternehmen gab es hier nicht.

Better Learning GmbH stand in schnörkelloser Schrift darauf, mit der Schrift Verdana geschrieben, ideenlos, aber gut zu lesen. Wenn alle Büros besetzt wären, würden im Gebäude vielleicht 50-60 Menschen arbeiten. Seit der im Alltag nicht mehr wegzudenkenden Präsenz des weltweit aktiven Better Life Konzerns galt es in nahezu jeder Branche als schick, ein *Better* im Firmennamen stehen zu haben.

Weil es unsere Kinder wert sind, stand noch darunter, besonders kreativ in Comic Sans gesetzt. Alex hatte sich über eigene Kinder noch keine Gedanken gemacht, Mia wäre aber genau die Richtige, um eine Familie zu gründen.

»Hier ist es«, stellte Alex fest und lächelte Mia an, die sich schon den ganzen Morgen darüber freute, einen gewichtigen Teil zur Finanzierung der gemeinsamen Wohnung beitragen zu können. Um rechtzeitig die U-Bahn zu bekommen, waren sie heute zeitig aufgestanden.

»Sind wir zu früh?«, fragte Mia, die keine Uhr trug. Alex hatte auch keine, er konnte allerdings ohne Hilfsmittel die Uhrzeit ansagen.

9.46 Uhr, sein minutengenaues Zeitgefühl hatte ihn noch nie im Stich gelassen.

»Wir müssten kurz vor zehn haben ... wenn ich mich nicht vertue.« Alex hielt den Ball auch bei der Zeitansage flach, er wollte damit niemanden verschrecken.

»In der Einladung stand ... man kann an Werktagen täglich zwischen 9 und 14 Uhr herkommen.«

»Wir sind da ...« Alex empfand die Szenerie als äußerst unspektakulär. Mia schien es nicht anders zu gehen.

»Eine sonderlich lange Schlange scheint es hier nicht zu geben ...«

Alex sah sich noch einmal um, aber bis auf einen LKW, der gerade vorbeifuhr, konnte er niemanden sehen. »Lass uns klingeln.«

»Wie sehe ich aus?« Mia lachte und rückte sich die neongrüne Windjacke zurecht, die farblich der grell ockerfarbenen Hose beinahe ein Stück Stoff abbiss. Mia gab es nur in Farbe.

»Perfekt.« Alex wollte sie nicht anders haben.

»Warum hast du eigentlich immer noch Kreide in den Haaren?«, fragte sie schelmisch.

»Wo?« Dass Alex Dreadlocks trug, bedeutete nicht, dass er sich seine Haare nicht wusch.

»Na da! Sieh!« Mit ihren kreidebunten Fingern fuhr sie ihm über den Kopf. Eines der Dinge, die sie liebte. Mia besaß keine Jacke, in deren Taschen sich keine Kreidestücke befanden.

»Danke. Ich wusste, dass noch etwas fehlt.« Alex hob sie hoch, damit sie ihr Werk beenden konnte. Schließlich konnte man den ersten Eindruck kein zweites Mal hinterlassen.
»Jetzt sind wir perfekt.« Wieder gelandet dreht sich Mia herum und drückte die Klingel.
»Ja, bitte«, meldete sich eine weibliche Stimme.
»Wir haben das Puzzle gelöst. In der Werbung stand, dass wir uns hier den Gewinn abholen können.«
Alex hätte sich nicht gewundert, wenn sich das Puzzle und der Gewinn von 2.000 Euro als Ente herausgestellt hätten. Welche Firma konnte schon mit solch komischen Praktiken Geld verdienen?
»Sehr schön ... kommen Sie bitte herein«, erklärte die junge Frau freundlich und bediente den Türsummer.
»Ich bin platt«, flüsterte Alex, Mia ging vor und zog ihn an der Hand hinterher.
»Guten Morgen. Bitte ... wir haben für die Teilnehmer einen besonderen Empfangsbereich. Darf ich Ihnen einen Kaffee bringen? Ich werde sofort den Sachbearbeiter rufen«, erklärte die Angestellte, die kaum älter wirkte als Mia oder Alex. Mit Jeans, Pumps und einer hellen Bluse sah sie zudem lockerer aus, als es Alex bisher von den Büros, die er kannte, gewohnt war.
»Natürlich.« Mia nickte und zog Alex weiter, der in neuen Umgebungen immer eine natürliche Vorsicht an den Tag legte.

Es gab Fehler, die wollte er noch nicht einmal ein einziges Mal begehen.

»Ich staune immer noch ...«, sagte Alex, als Mia und er in dem hell eingerichteten Raum alleine waren. Die Angestellte sagte, sie hole jetzt den verantwortlichen Projektleiter, der die 2.000,- auszahlen dürfe. Es würde nur ein paar Minuten dauern, hatte sie dem noch zugefügt und ein Tablett mit zwei Tassen Kaffee, Milch, Zucker und zwei eingepackten Plätzchen zurückgelassen.

»Ich freue mich, das klappt alles prima.« Die Freude konnte Mia, die ihre neongrüne Windjacke öffnete und die rotschwarze Mähne ausschüttelte, kaum verbergen.

Alex sah sich um, in der Mitte des Besprechungsraumes standen ein runder Tisch, vier Stühle und ebenso viele Display. An den Wänden hingen einige Werbeposter, auf denen Better Learning ihre Lernsoftware für Kinder bewarb. Usual Business, nichts, was ihn hätte eine Gefahr annehmen lassen.

»Einen schönen Guten Morgen.« Ein Mann um die vierzig, mit Jeans, T-Shirt und Turnschuhen bekleidet, betrat den Raum. Alex staunte erneut, das schien hier echt locker abzugehen.

Der Projektleiter lächelte und gab zuerst Mia die Hand. »Mein Name ist Peter Jäger, ich leite das Puzzle-Programm.«

»Mia Tymann.«

Auch Alex gab er ohne Scheu die Hand, ein Verhalten, das Alex in freier Wildbahn eher selten erlebte.
»Alex Baringhaus.«
»Unsere Rätsel sind nicht einfach, aber es gibt einige helle Köpfe, die den Weg bereits zu uns gefunden haben.«
»Zahlen Sie das Geld aus?« Mia kam sofort auf den Punkt, auch ein charmantes Lächeln des Projektleiters konnte sie nicht von ihrem Ziel abhalten.
»In bar. Ist Ihnen das recht?«
Mia und Alex nickten.
Der Projektleiter ging zum Tisch und aktivierte ein Terminal. »Dürfte ich Sie noch bitten, uns einige statistische Informationen zu geben? Namen und persönliche Daten interessieren uns weniger ... für uns sind die Begleitumstände wichtiger, unter denen Sie das Rätsel lösen konnten. Daraus lernen wir.«
Plausibel, Alex hatte damit keine Probleme. Gemeinsam mit Mia nahm er vor dem aktiven Terminal Platz.
»Ich lasse Sie kurz allein. Die Eingabe dauert keine zehn Minuten, ich hole das Geld für Sie aus unserer Kasse«, sagte der Projektleiter und verließ den Raum.
»Da ist wieder das Quadrat, die haben das Puzzle als Zugangsschutz vor die Eingabemaske geschaltet«, sagte Mia und sah Alex an. »Ich hoffe, du bekommst das noch einmal hin.«
»Kannst du das etwa nicht?«, fragte Alex amüsiert.
»Nein ... ärgere mich nicht und lös das Ding!«

»Sehr wohl, gnädige Frau. Bitte sehr ... ein wunderschönes und vor allem vollständiges Quadrat.« Alex hatte keine Probleme damit, das Rätsel erneut zu lösen. Diese Maßnahme von Better Learning machte Sinn, somit konnte niemand vorgeben, etwas gewonnen zu haben, der die Lösung nicht kannte. Interessanterweise bewegte sich das Quadrat diesmal nicht, er benötigte keine zehn Sekunden, um auf dem berührungssensitiven Display alle Fragmente richtig zuzuordnen.

»Du bist ein Genie.« Mia küsste ihn, als sich die Maske öffnete und sie damit den Gewinn des Geldes bestätigt hatten.

»Wenn ich das mal wäre ...« Alex musste in dem Moment an die Hockmühle denken, die ihn an der Uni abservieren wollte. Er war alles andere als ein Genie.

»Die wollen wissen, wo wir das Rätsel gelöst haben?«, fragte Mia, die sich mehrere Textfelder durchlas.

»Im Bett.« Bei der Frage hatte Alex kein Problem damit, ehrlich zu sein.

»Klar.« Mia tippte die Antwort ein. »Alter?«

»42.«

»Bitte?«, fragte sie.

»Ich addiere uns beide. Du hast das Rätsel gefunden, ich habe es gelöst. Das war Teamwork.«

»Stimmt ... also 42.« Mia tippte weiter.

»Beruf?«

»Straßenmalerin und Fotograf.«

Mia tippte.
»Lieblingsfarbe?«, fragte sie.
»Mia.«
»Das kannst du nicht schreiben«, protestierte sie.
»Wann hast du dich das letzte Mal im Spiegel gesehen?«
»Na gut.« Mia tippte. »Lieblingsbeschäftigung.«
»Mia ausziehen ... lass uns wieder nach Hause. Wir kaufen uns eine Pizza und schließen uns ein.« Alex hatte Hunger und Lust auf seine Freundin. Genau in der Reihenfolge.
»Ich schreibe jetzt alles, was du sagst, auf.« Mia nahm es sichtlich locker und tippte auch diesen Blödsinn ein und ungefähr noch zwanzig weitere Fragen, die ähnlich wenig Sinn ergaben.

»Der Kaffee schmeckt übrigens klasse ... wo bleibt eigentlich unser Projektleiter?«, fragte Alex einige Minuten später und sah auf die Tür. Mia hatte die Eingabe aller Informationen abgeschlossen.
»Guck mal ...«
»Was denn?«, fragte Alex und drehte sich zu ihr.
»Hier ist noch ein Rätsel ... na ja ... eigentlich ist das kein Rätsel. Es sind Buchstaben, aus denen man Wörter bilden kann.«
»Assoziative Tests ...«
»Sollen wir den Test machen?«, fragte Mia.
Alex rutschte näher heran und küsste Mia auf die Schulter.
»Klar ... ich sage dir die Wörter.«

»Bitte ...«

»Ich. Will. Kohle. Sehen.«

»Gut.« Mia tippte auch das ein. »Dafür gibt es nicht viele Punkte.«

»Was für Punkte?«

»Sieh ... hier steht ein Rating. Wir haben bislang nur 12 von 100 Punkten erreicht.«

»Ich finde 12 klasse.« Alex war dieses zweite Rätsel völlig egal, er wollte nur das Geld einstecken und verschwinden.

Die Tür öffnete sich. »Schon fertig?«, fragte der Projektleiter gutgelaunt, er hatte Bargeld in der Hand. Das gefiel Alex, der Typ würde einen Platz auf seiner Liste der zweitbesten Freunde bekommen.

»Natürlich«, antwortete Mia und stand auf.

»Sehr gut ... hier das Geld.«

»Danke.« Mia zählte nicht nach und steckte die Kohle in ihre Hose. Auch Alex stand auf, wie diese Firma aus dem Blödsinn einen Vorteil ziehen konnte, blieb ihm ein Rätsel.

Ein Telefon klingelte.

»Oh ... einen Moment bitte.« Der Projektleiter drehte sich um, ging zwei Schritte zum Fenster und hob ab. »Jäger, Better Learning GmbH, was kann ich für Sie tun?«

Scheinbar ein Geschäftsanruf, dachte Alex und wartete mit Mia darauf, sich von ihm zu verabschieden. Auch wenn er den Projektleiter für einen netten Spinner hielt, gab es keinen Grund, unhöflich zu sein, und ohne ihm die Hand zu geben, abzuhauen.

»Ja, ja ... ich habe verstanden. Danke.« Jäger legte auf. Ein sehr kurzes Gespräch, befand Alex und lächelte.

»Dringende Geschäfte?«, fragte Mia.

»Kann man so sagen ... unser Gewinnspiel hat natürlich einen Sponsor, der Ihre Eingaben in Echtzeit auswertet.«

Alex spürte plötzlich einen Kloß im Hals, wenn die jetzt wegen der frechen Antworten das Geld zurück wollten, würde Alex sich Mia unter den Arm schnallen und laufen.

»Wissen Sie, es gibt noch eine zweite Runde. Ich habe Ihnen die freudige Mitteilung zu machen, dass Sie zum Finale eingeladen werden. Allein die Teilnahme wird Ihnen 10.000 Euro und ein Wochenende für zwei Personen in einem tollen Hotel einbringen.«

»Bitte was?«, fragte Alex überrascht, der vieles erwartet hatte, nur nicht diese Erklärung. Für den Schwachsinn, den Mia auf sein Geheiß eingetippt hatte, hätte man keinen Blumentopf gewinnen dürfen.

»Wow. Ist ja irre!« Mia fiel Jäger spontan um den Hals und küsste ihn auf die Wange. »10.000 Euro ... wann findet das statt?«

»Sie müssen nicht lange warten. Sie haben vielleicht gelesen, dass unser Gewinnspiel gerade ausläuft. Das Finale ist bereits nächstes Wochenende hier in Hamburg ... unser Sponsor hat dazu besondere Räume vorbereitet. Warten Sie kurz ... ich hole die Einladung.« Jäger lächelte

und verschwand wieder aus dem Raum.
»Das ist total verrückt.« Alex konnte es immer noch nicht glauben. Die ganze Geschichte machte überhaupt keinen Sinn. Keine Firma, die von Menschen mit nur ein bisschen Hirn im Schädel geführt wurde, würde so leichtfertig Geld zum Fenster herauswerfen.
»Wir haben Glück ... lass es uns nehmen und keine Fragen stellen.« Mia strahlte wie ein Stern am Abendhimmel.
»Glück?« Gab es so viel Glück auf einmal? Keine Fragen stellen, genau, wer Glück hatte, stellte keine Fragen. Irgendwie war die ganze Geschichte zu einfach. Wollte jemand, dass sie keine Fragen stellten? Nur warum? Da war kein Motiv zu erkennen. Die hatten Mia und ihm das Geld wie versprochen gegeben.
»Hier, die Einladung für nächstes Wochenende. Im Umschlag liegen auch eine Bahnfahrkarte und die Hotelreservierung für zwei Personen. Ich weiß ja nicht, von wo Sie angereist sind ... viel Erfolg.«

***

VIII. Finale

Diesmal zog Alex seine Freundin an der Hand hinter sich her. Die ersten Schritte in der Eingangshalle des Hotels Vier Jahreszeiten am Neuen Jungfernstieg in Hamburg hatten Mia eingeschüchtert. Er kannte 5-Sterne Luxushotels bereits aus seiner Kindheit, Mia hingegen hatte maximal die Jugendherbergen in anderen Städten kennenlernen dürfen. Auch wenn er über zehn Jahre nicht mehr hier gewesen war, die klassische Architektur und die stilsichere Einrichtung hatten es immer noch in sich.

»Die werfen uns sicherlich gleich raus ...«, flüsterte Mia, klein wie eine Maus, die sich für heute die Haare mit Henna rot gefärbt hatte, eine weiße Softjacke und rote Leggings trug.

»Glaube ich nicht«, sagte Alex und ging selbstbewusst zum Check-in. Oberhalb der bürgerlichen Mitte gab es so viele wohlhabende Spinner, dass Mia und Alex zwischen den anderen Paradiesvögeln, die sich hier üblicherweise aufhielten, kaum auffielen. Die meisten Filmstars und Musiker liefen noch viel verrückter in der Öffentlichkeit herum und wurden dafür sogar noch frenetisch von den Massen gefeiert. Wer Mia und ihn nicht kannte, würde sie im Vier Jahreszeiten vermutlich für prominent halten.

»Willkommen im Vier Jahreszeiten. Mein Name ist Sonja Heger, was kann ich für Sie tun?«

Die Begrüßung der Hotelmitarbeiterin klang beinahe wie ein einstudiertes Lied.

»Hallo. Wir haben eine Reservierung.« Alex legte die Einladung auf die Theke und nickte einer älteren, vornehm gekleideten Dame zu, die neben ihm gerade einen Schritt zurückwich.
»Mia Tymann und Alex Baringhaus. Sehr wohl, wir haben ein wunderschönes Doppelzimmer für Sie. Zimmernummer 4413. Haben Sie Gepäck? Der Page begleitet Sie zu Ihrer Suite.«
Alex nickte und lächelte, das hatte ihm seine Mutter beigebracht. Lächeln und nicken verstand man auf der gesamten Welt und es brachte einen beinahe aus jeder prekären Situation wieder heraus. Mia, die fast seine Hand brach, brauchte dringend eine Auszeit.
»Danke. Können Sie mir bitte sagen, wo die Better Learning Veranstaltung stattfindet?«, fragte Alex.
»Natürlich. Für Sie ist der Gobelinsaal vorbereitet. Vertreter des Veranstalters werden Sie dort ab 14 Uhr in Empfang nehmen. Im Namen der Geschäftsführung und der gesamten Belegschaft des Vier Jahreszeiten wünsche ich Ihnen einen angenehmen Aufenthalt.«
»Danke.«

Als Mia die Suite und den Traum von Badezimmer sah, hatte Alex für einen Moment die Befürchtung, sie nicht wieder aus der Badewanne zu bekommen. Diesen unvorstellbaren Luxus brauchte niemand, trotzdem bereitete es Freude, ihn zu konsumieren. Mit dem Versprechen, dass es eine unentschuldbare Sünde sei, die Küche dieses Hauses zu versäumen, willigte sie schließlich ein, das Badezimmer wieder zu verlassen. Liebe ging durch den Magen, auch eine ewig gültige Weisheit, die seine Mutter ihm beigebracht hatte.

»Wo ist das Buffet?«, fragte Mia, als sie und Alex standesgemäß den Gobelinsaal betraten. Er mit der üblichen Ration buntem Kreidestaub in den Dreadlocks und Mia so bunt, wie Mia eben aussah.

»Wir werden es nicht übersehen.« Alex gab sich zuversichtlich, die Veranstalter würden sie an diesem Samstagnachmittag sicherlich nicht verhungern lassen.

»Wer sind die alle?«, fragte Mia und sah sich staunend in dem über 120 Quadratmeter großen, klassisch eingerichteten Festsaal um, in dem bereits um die 100 andere Rätsellöser an Stehtischen Position bezogen hatten. Zwischen den Tischen liefen zahlreiche Kellner umher, die Kanapees, Sekt und Orangensaft reichten.

»Ich vermute, die holen sich alle ihre Prämie ab.« Eine andere Erklärung fiel Alex nicht ein. Über 100 mal 10.000 Euro, hinter dem Rätselprojekt musste ein potenter Sponsor stehen.

»Wow ... hast du dir die Typen mal angesehen?«, fragte Mia und zog Alex auf die Seite, der sich gerade von einem Tablett ein Lachs-Kanapee nehmen wollte.

»Alles Nerds.« Das Wort brachte die auffällig visuelle Gemeinsamkeit der Gruppe auf den Punkt. 90 Prozent der Teilnehmer waren männlich, wobei die wenigen Frauen, Mia ausgenommen, bei etwas großzügigerer Betrachtung auch als Männer durchgegangen wären.

Eine Tatsache, derentwegen Mia bereits auf dem Weg von der Tür bis zum ersten freien Stehtisch mehr als ein Dutzend Mal von den Augen ihrer neuen Fans ausgezogen wurde. Bei denselben Glotzern sorgte aber auch Alex' Statur dafür, dass sie es beim einseitigen Augensex beließen und keinen Versuch unternahmen, seine Freundin anzusprechen.

»Der Typ da vorne sieht aus wie eine fette Ratte«, stellte Mia wenig charmant, aber trefflich fest.

Alex lächelte, es gab welche, die aussahen wie Homer Simpson, Moby Dick, Donald Duck, Prinz Eisenherz, Winnetou, einer sah sogar wie Freddy Krüger aus, Gollum, mehrere Jesus-Verschnitte, Lady Gaga mit Übergewicht, Chewbacca und unzählige weitere unverwechselbare Charakterköpfe, die man in dieser Konzentration selten gebündelt zu sehen bekam.

»Boar ... und die da, von der ist ein Bein bereits schwerer als ich.« Mia stellte sich näher zu Alex, als der weibliche Fleischberg, bei der er unsicher gewesen wäre, sie im Armdrücken besiegen zu können, zu ihnen herüberblickte.

»Echt schräg.« Anabolika sollten in den Frühstücksflocken verboten werden, dachte sich Alex angesichts der Muskelmasse.

»Wie wir ... wir passen hier gut hin.« Mias Resümee wollte er nichts mehr hinzufügen. Scheinbar fehlte vermeintlich normalen Menschen etwas, um zu dieser exklusiven Veranstaltung talentierter Rätsellöser eingeladen zu werden.
»Sekt?« Alex nahm sich zwei Gläser von einem vorbeifliegenden Tablett und stieß mit Mia an. Es gab keinen Grund, an einem gewiss geselligen Abend zu zweifeln.

»Meine sehr verehrten Damen und Herren ...«, sagte eine der wenigen geschäftsmäßig korrekt gekleideten Frauen von einer kleinen Bühne herab. Allein wieder so angesprochen zu werden, war die Anreise wert. Die Business-Maid schien zum Veranstalter zu gehören. »... im Namen der Better Learning GmbH und unserer Sponsoren begrüße ich Sie alle herzlich in Hamburg.«
Beifall. Den anderen schien es ebenfalls zu gefallen.
»Das Wichtigste vorweg ... Sie haben es geschafft und sind jeder Einzelne bereits um 10.000 Euro reicher.«
Erneut Beifall. Diesmal lauter.
»Ihr Geld werden wir am Sonntagnachmittag auszahlen, bis dahin erwartet Sie ein unterhaltsames Programm, viele interessante Gespräche, ein verheißungsvolles Abend-buffet und hoffentlich ein wundervoller Aufenthalt in Hamburg.«

Yihaa. Die Menge begann zu feiern. Jedenfalls wurde der Beifall noch stürmischer. Auch Mia hüpfte freudig neben Alex von einem Bein auf das andere.

»Vermutlich werden sich einige bereits gefragt haben, warum ein Sponsor sehr viel Geld in ein öffentliches Rätselprogramm investiert, das auf den ersten Blick für Sie spielerisch einfach gewirkt haben muss.« Die Rede wurde interessanter und das versammelte Auditorium leiser, die Frau wusste, wie man eine Meute Nerds zum Zuhören bekam. Die Frage interessierte Alex ebenfalls.

»Gestatten Sie, dass ich mich vorstelle. Mein Name ist Sibel Mindner, während meiner Promotion habe ich mich intensiv mit angewandter Psychologie in sozialen Netzwerken beschäftigt. Mein Ziel dabei war die gezielte Ansprache und Selektion komplexer Zielgruppen. Oder mit anderen Worten, meine Aufgabe in diesem Projekt war es, genau Sie in diesen Raum zu bekommen.«

Alex schätzte Dr. Mindner auf Anfang dreißig, sie war schlank, hatte kurze braune Haare und wirkte in ihrem grauen Kostüm dezent unscheinbar. Sicherlich eine intelligente Person, was nur den Sinn dieses irrwitzigen Rätsel-Programms nicht vollständig aufklärte.

»Sie alle haben an einem speziell von mir entwickelten Rätsel-Contest teilgenommen und sich bisher zweimal durch Ihre zweifelsfrei besondere Lösungskreativität ausgezeichnet.«

Beifall ertönte.

»Die haben unsere verrückten Antworten scheinbar gemocht«, flüsterte Mia zu Alex, der sie dafür auf die Stirn küsste.

»Nun, ich möchte mit offenen Karten spielen. Wir suchen nicht die wissenschaftlich-akademische Elite von morgen. Ich denke, Sie sind alle intelligent genug, um ihre persönliche Lebenssituation realistisch einzuschätzen.«

Lockeres Gelächter ertönte. Die Mindner hatte die Menge im Griff, was Alex motivierte, ihr noch genauer zuzuhören.

»Wir suchen den Kontakt zu besonderen Köpfen, zu kreativen Denkern, unorthodoxen Problemlösern, Menschen wie Sie. Deshalb noch einmal: Ich begrüße Sie herzlich zu unserer Veranstaltung.«

Frenetischer Beifall ertönte. Unglaublich, welchen Lärm die Gruppe machen konnte.

Dr. Mindner ließ den Beifall geduldig verebben. »Wir wollen besser verstehen, warum Sie können, was Sie können. Ihre Motivation und ihre Kraft verstehen. Dokumentieren. Auswerten. Und Anwenden. Ja, Sie haben richtig gehört. Anwenden. Ziel des Programms ist die Entwicklung von speziellen Lernprogrammen für lernschwache bzw. lernauffällige Kinder. Wir wollen mit Ihrer Unterstützung neue Wege freikämpfen, Wissen zu vermitteln, um mehr Kindern Bildung und eine bessere Zukunft zu schenken.«

Beifall. Minutenlang tobte der Raum. Auch Mia und Alex applaudierten. Die Sache schien es wert zu sein. Einen Haken konnte er bisher noch nicht erkennen.

»Ein Bonbon habe ich noch.«

Es wurde wieder still. Sehr still.

»Wir würden uns freuen, wenn Sie uns einige Stunden Ihre ungeteilte Aufmerksamkeit schenken. Wir wissen, dass wir dazu teilweise mentale Höchstleistungen von Ihnen benötigen. Ohne eine passende Motivation ist das schwierig. Die 10.000 Euro sind Ihnen morgen Nachmittag sicher, zusätzlich loben wir für den Sieger unserer kleinen Challenge ein Preisgeld von 1.000.000 Euro aus.«

Tosender Beifall. Dagegen hatte es sich beim Geklatsche zuvor um sanftes Hände zusammenführen mit Fausthandschuhen gehandelt. Bei einigen der schwergewichtigen Nerds schien der Blutdruck auf kurz vor Herzinfarkt gestiegen zu sein. Rote Gesichter. Freude. Schweiß. Die Menge ging richtig ab. Von denen würde jeder alles geben, um durch die brennenden Reifen zu springen, die Dr. Mindner den Probanden vor die Nase halten würde.

»Was für ein irres Programm.« Mia rüttelte an seinem Arm. Alex nickte, alles, was er gehört hatte, klang nachvollziehbar. Die Ziele wirkten seriös, das Umfeld und die Vorgehensweise stimmig, Dr. Mindner eloquent und charmant, der Aufwand überschaubar und die Aussicht auf viel Geld fantastisch.

»Oh ja.« Alex lächelte und versuchte, sein Bild zu vervollständigen. Um unseren Kindern zu helfen, unsere Eitelkeit zu befriedigen und nebenbei noch eine Stange Geld abzugreifen, machte man fast alles. Alleine einer dieser Aspekte hätte als rationale Begründung genügt, um an der Testreihe teilzunehmen. Es gab allerdings einen Rundumschlag, alle Bedenken im Keim zu ersticken. War das der Haken an der Geschichte? Wurde Alex jetzt paranoid? Warum blieb er so misstrauisch?

»Meine sehr verehrten Damen und Herren, genießen Sie den Abend. Die Mitarbeiter des Programms werden Sie einzeln ansprechen, um Sie zu den Testreihen in die benachbarten Räume zu begleiten. Und eine Sache möchte ich an dieser Stelle noch ansprechen, bei allem Ehrgeiz, den wir haben, wir respektieren auch Ihre Entscheidung, nein zu sagen. Sie können jederzeit die Testreihen abbrechen und uns verlassen. Alles, was wir fordern, alles, was Sie tun, geschieht freiwillig. In dem Sinne, ich wünsche Ihnen ein tolles Wochenende.«

Natürlich erneut Beifall. Dr. Mindner hatte Alex beeindruckt, sie wusste genau, was sie tat. Verblieb ein Risiko, das er nicht berücksichtigte? Gefahren, die er nicht sah? Sein inneres Alarmsystem tobte ähnlich einem überlebensgroßen Wecker. Lauf weg, klang es in seinem geistigen Ohr. Nimm Mia und geh, jetzt, warte nicht und geh, hallte es in seinem Kopf. Die Sache stinkt, Geld darf niemals zur Motivation deines Handelns werden, schrie sein Unterbewusstsein ohne Unterlass. Renne so schnell du kannst, renne und dreh dich nicht wieder herum, Alex kämpfte mit sich, dieser Stimme keinen Glauben zu schenken. Er hatte gut zugehört, der Deal klang fair. Was sollte schon passieren? Wenn es schlecht lief, würde er in diesem geilen Hotelzimmer nachher mit Mia Sex haben, morgen gut frühstücken und am Nachmittag weitere 10.000 einstecken. Es gab kein Indiz, Better Learning eine unlautere Absicht zu unterstellen. Nichts. Alex musste damit aufhören. Schluss damit, Mia und er würden bleiben und die Sache durchziehen. Easy Money, das ihnen einige Monate ihres Lebens finanzieren würde. Von der Million wollte er erstmal nicht träumen.

***

IX. Trickbetrug

Agnes Gutter stand an dem wandgroßen Multiscreen-Display ihrer Executive Suite und betrachtete die Früchte ihrer Saat. 142 Schafe grasten friedlich in der Koppel und erfreuten sich an ihrer jugendlichen Naivität. Klick. Sie zoomte einen Ausschnitt näher heran, was für schräge Gestalten. Die Herde teilte sich genau zwei Gemeinsamkeiten, alle hatten dieses dämliche Puzzle lösen können und waren zudem genau 21 Jahre alt. Eine andere fixe demografische Größe als das Alter und die deutsche Muttersprache hatte sie nicht, um die Suche einzugrenzen. Auf diesen Moment hatte sie lange hingearbeitet. Sieben Jahre, wenn sie genauer darüber nachdachte. Sieben Jahre, seitdem Dr. Baringhaus sie allein gelassen hatte. Sieben Jahre, in denen sie einen Geist zu fangen versuchte. Eine lange Zeit, in der ihr kaum jemand glauben wollte. Sieben Jahre ihrer Lebenszeit, eine wichtige Investition, deren Abrechnung in der nächsten Nacht bevorstand. Alles oder nichts, ob ihr Plan aufgehen würde, wusste sie noch nicht. Aber es würde endlich eine Entscheidung geben.

Das Hotel Vier Jahreszeiten wurde an diesem Wochenende von ihrem Projekt *DeepSearch* zu 92 Prozent belegt. 142 potenzielle Zielpersonen hatten sich binnen der letzten beiden Jahre für diese Auswahl qualifiziert und bekamen 10.000 Euro Gage für ihre Aufmerksamkeit. 142 potenzielle Individuen, von denen im Idealfall genau einer kein Mensch war.

Ihre ganze Arbeit basierte auf der Annahme, dass Dr. Baringhaus dieses mobile Waffensystem auf zwei Beinen über seine eigene Identität im Unklaren gelassen hatte. Aber sie hatte ihn gut gekannt, sie wusste, wie er dachte, die Zielperson als menschlichen Roboter oder als genmanipuliertes Monster zu bezeichnen, würde der Situation nicht gerecht werden. Den jungen Mann oder die junge Dame erachtete sie als weit mehr als das.
Die Zielperson galt im inneren Kreis der Better Life Konzernführung als der Stein der Weisen. Der Schlüssel, um die vollständige Kontrolle über den weltweiten Markt an taktischen Informationswaffen zu dominieren und mehr Geld zu verdienen, als es bisher für möglich gehalten wurde. Agnes dachte dabei weder an die Weltherrschaft noch an das viele Geld, sie hatte mit Dr. Baringhaus noch eine Rechnung offen. Er hätte das nicht tun dürfen. Und wenn es ihr ganzes Leben dauern würde, sie würde ihre Genugtuung bekommen.
Die Tür ging auf. »Was für eine verlauste Bande von Spinnern, langhaarigen Bombenlegern und Soziopathen ... damit wollte mich Baringhaus auch nach seinem Tod verhöhnen.«
General Klaus Cordes betrat die Suite, 62, durchtrainiert, kurze graue Haare und schneidig wie ein mehrfach gefaltetes Stück Damaszenerstahl. Klick. Die Tür fiel ins Schloss.

Unter ihm zu dienen, hatte für Agnes eine besondere Qualität, nach den Selbstzweifeln der ersten gemeinsamen Nacht genoss sie es sogar, mit ihm zu schlafen.

Diese spezielle soziale Kontaktpflege erachtete sie in ihrer Position als lebenserhaltend. Einen Cordes ließ man nur einmal im Regen stehen. Eine Lektion, die Dr. Pietro del Mare schmerzlich hatte lernen müssen, als er nach dem Eklat vor sieben Jahren zwangsweise sein Mandat niederlegen musste und Cordes das Ruder bei Better Life übernommen hatte. Die Regressforderungen nach dem Scheitern des Achilles Projekts drohten den Konzern zu ruinieren, weswegen die NATO die Aktienmehrheit übernahm und damit einen Konkurs abgewendet hatte.

»Sie sind die Zukunft«, erklärte Agnes, ohne ihre eigene Worte ernst zu nehmen.

»Sicherlich nicht meine.« Der General lachte und betatschte ihren Hintern, so wie es ein guter Sugardaddy tat.

»Du wirst staunen.«

»Hast du den zwei Meter großen Hippie gesehen, den mit den bunten Haaren?«

»Natürlich. Der ist nicht zu übersehen und das bunt verpackte Stück Milchschokolade neben ihm auch nicht.« Agnes fand den Jungen und seine Begleitung sogar ansprechend, was sie von den wenigsten der anderen Nerds unten im Festsaal behaupten konnte.

»Aus dem könnte man nach einer Entlausung vielleicht noch einen Soldaten machen. Bei den anderen Schwabbelbacken und Kürbisköpfen kommt jede Hilfe zu spät.«
Der General neigte dazu, jedem Menschen bereits beim ersten Kontakt seine militärische Verwendbarkeit zu attestieren. Wer dabei durch seinen Körper eine mangelhafte Disziplin zeigte oder andere Schwächen offenbarte, hatte sofort verloren. Den Konzern führte er, wie zuvor auch seine militärischen Mandate: präzise, effizient, kompromisslos und ohne jegliche Reue.
Agnes lächelte. »Wir suchen heute keine Muskeln.«
»Genau ... was finanziere ich hier noch mal? Erkläre mir bitte, für ältere Soldaten verständlich, warum ich für *DeepSearch* in diesem Jahr schon 58 Milliarden Euro auf den Tisch gelegt habe?«
»Weil du ein kluger Mann bist ...« Agnes kokettierte, der General brauchte wieder eine Seelenmassage.
»Wenn du das sagst, kurz bevor du deine Bluse aufknöpfst, finde ich das in Ordnung. Intellektuelle Bestätigungen führen bei Männern über 60 zu einer funktionellen Erektion. Aber dazu haben wir im Moment keine Zeit, darum bitte ich dich um eine Version für die Akten.«
Agnes rollte mit den Augen. »Wir suchen eine Waffe.«
»Genau ... darauf kam ich gerade nicht. Wir suchen eine Waffe. Wenn ich mich recht erinnere, sogar eine ziemlich mächtige Wumme, richtig?«

»Spiel nicht mit mir.« Agnes fand das Gespräch nicht mehr lustig. Obwohl der General das Budget freigegeben hatte, hatte er dem visionären Konzept nie Glauben geschenkt.

»Ich sehe keine Waffen. Wenn ich auf die Displays sehe, erkenne ich nur Idioten, die meine Zeit stehlen!«

»Dr. Baringhaus hat ...«

»Ich kann den Namen nicht mehr hören!«

»Lass mich ausreden!«, keifte Agnes zurück.

»Bitte ...« Der General gab nach.

»Dr. Baringhaus hat die *TwelveMonkeys* Archivdateien verschlossen ... leider ziemlich gut verschlossen, und den Schlüssel mit in sein Grab genommen.«

»Ich wette, das verdammte Sackgesicht lacht mich jetzt noch aus.« Der General und Dr. Baringhaus wären auch in drei Leben keine Freunde mehr geworden. Die Spannungen zwischen den beiden Alpha-Tieren hatten schon vor sieben Jahren für Schwierigkeiten gesorgt.

»Wir haben der NSA einen klar definierten Job gegeben, für den wir denen schon sieben Mal eine Kostenbeteiligung von bis zu 21 Milliarden Dollar überwiesen haben.«

»Die schaffen es nicht ... das Ergebnis der Brute Force Attacke werden wir nicht mehr erleben.«

»Dann tritt den dämlichen Cowboys in den Arsch.« Agnes fühlte sich gerade in der richtigen Laune, um zu streiten. »Wenn die NSA das Archiv endlich knacken könnte, müssten wir nicht mit dem Kescher im Dreck fischen.«

»Baringhaus kannte unsere Möglichkeiten viel zu gut. Seine selbst geschriebenen Verschlüsselungsroutinen kennt kein Schwein und die gewählten Codecs sind jenseits von Gut und Böse.«

»Das ist deren Job!« Agnes trat nach. »Mein Job ist es, die Informationen neu zu beschaffen.«

»Und wenn dieses genmanipulierte Ding längst tot ist? Oder sogar nie gelebt hat? Wer sagt uns, dass die Zielperson da unten sitzt?«

»Ich.«

»Ein Statement?«, fragte der General und zog interessiert den Mundwinkel hoch. Eine Geste, die Agnes jedes Mal bei ihm sah, wenn sie sich auszog oder er einen neuen Panzer inspizierte. Für ihn war mit Waffen zu hantieren und ficken dasselbe.

»Unsere Zielperson steht unten und hat keine Ahnung, in welche Wolfshöhle sie hineingekrabbelt ist.«

»Du pokerst hoch.«

»Ich kenne mein Blatt.« Agnes stieg höher in das Spiel ein, als sie es geplant hatte.

»Dein Einsatz?«

»Wenn wir die Zielperson bis morgen nicht finden ... kannst du *DeepSearch* einstellen.«

»He ... das ist ein schwacher Einsatz, das Programm läuft ohnehin aus. Wenn du morgen keine Ergebnisse lieferst, ist das Projekt ohnehin vorbei. Ich will mehr!«

Der General erhöhte das Limit. Agnes hatte sich von ihm auf gefährliches Terrain ziehen lassen. Sie musste nachlegen, sonst würde er sie vom Tisch wegbluffen. Hatte sie noch ein Ass im Ärmel?

»Ok ... ich rette deinen Arsch.«

»Nett ... vor wem willst du mich retten?«

»Vor der heiligen Inquisition.« Auch ein Vier-Sterne General war nicht unverwundbar.

»Ehrenwert ... welches Unheil droht mir denn?« Der General setzte sich in einen Sessel und lehnte sich entspannt zurück.

»Wenn *DeepSearch* scheitert, wird die Zielperson weiter unerkannt in der Weltgeschichte herumlaufen.«, erklärte Agnes geistesgegenwärtig, sie wusste jetzt, wie sie ihren kleinen Gardeoffizier in die Schranken weisen konnte. Klick. An der Steuerung der Videowand rief sie eine umfangreiche Statistik auf.

»Wenn es diese ominöse Zielperson gibt ...«

»Natürlich ...« Agnes nickte.

»Und?«

»Wir kennen das Alter. Die Zielperson ist 21. Die Teilprojektleiterin unseres Psychologenteams, Dr. Sibel Mindner, hat ein sehr gutes Modell für eine mögliche Persönlichkeitsentwicklung erstellt.«

»Ich habe die Argumente schon einige Male gehört und habe trotzdem noch Zweifel. Es gibt unzählige Gründe, weshalb *DeepSearch* scheitern könnte.«

»Vertrau mir ... wir haben die Rätselfalle in den sozialen Netzwerken milliardenfach geschaltet. Wenn unsere Zielperson auch nur eine Sekunde die Werbung gesehen hat, sitzt sie unten im Ballsaal. Das ist angewandte Psychologie, die Zielperson wird dem nicht widerstehen können«, erklärte Agnes. Bei den 16-22 jährigen Jugendlichen lag die Teilnahmequote in den sozialen Netzwerken im Jahr 2034 bei 99,87 Prozent.

»Und warum haben wir dann noch nie etwas von der Zielperson gehört?«, fragte Cordes.

»Dr. Mindner geht davon aus, dass es noch keine typischen, für unsere Sicherheitssysteme erkennbaren Aktivitäten der Zielperson in militärischen Netzwerken gibt, weil sie sich ihrer Fähigkeiten noch unsicher ist.«

»Die potenziell größte Heimsuchung unserer Dekade trägt noch Babysöckchen. Süß.«

»Wir können davon ausgehen, dass sich das sehr schnell ändern kann. Es bedarf vermutlich nur einer unglücklichen Beziehung oder eines anderen negativen Erlebnisses und die Zielperson entwickelt sich zum schlimmsten Albtraum, den sich unsere übertechnisierte Welt vorstellen kann.«

»Agnes ... ich bin zu alt für gruselige Gute-Nacht-Geschichten. Was willst du mir sagen?«

»Wenn das passiert ... bin ich die Einzige, die dir glaubwürdig eine Absolution erteilen kann. Ich bin Professor Dr. Dr. Agnes Gutter, ich bin die weltweit führende Forscherin auf diesem Gebiet. Ich bin das technische Gewissen von Better Life. Mir wird man zuhören. Glauben. Vertrauen.«

Seine Augen wurden schmaler. »Willst du mich erpressen?«

»Retten klingt besser. Aber du bist nicht nur ein Vier-Sterne General, du bist auch mein Chef.«

»Schlangenbeschwörer trifft es vermutlich besser ...« Der General zog den Kopf zurück.

»Ich kann meinen Chef nur beraten.«

»In meiner Erinnerung klangen Berater anders!«

»Ich kann sehr überzeugend sein und im Falle einer Katastrophe jedem davon erzählen, dass du sieben Jahre lang auf der Suche nach unserer Zielperson jeden Stein umgedreht und nichts unversucht gelassen hast, fündig zu werden.«

»Das würde gut klingen.«

»Ich möchte dann nicht dem parlamentarischen Untersuchungsausschuss erzählen müssen, dass wir mit der Suche aufgehört haben, weil uns das Geld ausgegangen ist. Zur Erinnerung: Geld, das ist das Zeug, von dem Better Life mehr hat als jede andere Firma auf der Welt. Zudem bin ich mir sicher, dass Dr. Baringhaus diese intelligente Gen-Waffe nur zu einem Zweck ausgesetzt hatte.«

»Ja?«, fragte er süffisant, der General kannte die Antwort.

»Er will Better Life vernichten!«

»Rache ist ein starkes Motiv.«
»Oh ja!«
»Was hat er dir eigentlich getan?«
»Lass es!«
»In Ordnung, ich lasse deinen Einsatz gelten«, sagte er großzügig und lächelte gütig, wie dieser tadellose römische Kaiser, der mit der Harfe in der Hand Rom abgefackelt hatte.
»Jetzt kommt dein Blatt. Was ist es dir wert, wenn wir die Zielperson finden? Was lässt du dafür springen?«, fragte Agnes, die wieder oben auf war.
»Neben Geld, Ruhm und meiner nächtlichen Gesellschaft?«
»Das habe ich alles schon ...«
»Miststück!«
»Dein Einsatz?«
»Wenn du Erfolg hast, bekommst du freie Hand: Du darfst die Zielperson verhören, missbrauchen und von mir aus auch sezieren ... mach mit ihr, was du willst. Ich werde deiner heiligen Inquisition alles verkaufen, was du für unsere Ziele für notwendig hältst.«
»Ich lasse deinen Einsatz gelten«, sagte Agnes großzügig. »Freie Hand, ich nehme dich beim Wort.«
Sie hatte das Gespräch wieder auf Augenhöhe gebracht und schaltete die Kameras im Festsaal erneut auf die Displaywand. Klick. Genug geflirtet. Zeit sich für die Arbeit vorzubereiten.

Agnes stand vor dem Spiegel und kämmte sich ihre langen roten Haare. Letzte Woche hatte sie einmal mitbekommen, wie ein junger Mann im Team sie während ihrer Abwesenheit despektierlich *Die Eisfee* genannt hatte. Da musste sie handeln und ging zum Friseur. Sie hatte jetzt eine neue Haarfarbe. Und der junge Mann eine neue Beschäftigung auf einer Antarktisstation von Better Life.

»Fertig.« Sie trug ein weißes eng anliegendes Kostüm, passende Stilettos und schob sich einen transparenten Kommunikator ins Ohr. Der General hatte sie bereits verlassen.

»Sibel?«

»Bei der Arbeit«, antwortete Sibel. Die Spracherkennung im Ohr erkannte am Namen, wen sie sprechen wollte und stellte die Verbindung über den verschlüsselten Sicherheitsserver her.

»Status?«

»Die Meute futtert gerade das Buffet leer und wir arbeiten unsere Protokolle ab.«

»Auffälligkeiten bei den Leuten entdeckt?«

»Ist die Frage ernst gemeint? Hast du dir die Typen mal näher angesehen?«

Agnes korrigierte die Frage. »Indizien für unsere Zielperson?«

»Nein. Wenn unser Dornröschen wirklich dabei ist, hat dein Dr. Baringhaus einen seltsamen Humor bewiesen.«

»Den hatte er.« Und vieles mehr, was Agnes an Dr. Baringhaus geschätzt hatte. Von ihm verraten zu werden, hatte wehgetan. Sie hätte vor sieben Jahren jedes Problem für ihn unter den Tisch gekehrt, sogar den Unfall in Pietros Büro.

»Ich komme in die Einsatzzentrale.«

»Bekommen wir auch eine Flasche Sekt?«, fragte Sibel, eine pfiffige Mitarbeiterin, die ihr sogar sympathisch war.

»Morgen, wenn wir *Dornröschen* haben, spendiere ich mehr Magnum Champagner, als das Team trinken kann.«

»Ich gebe es weiter.«

Agnes verließ ihre Suite und fuhr mit dem Aufzug in den Keller. Für das Projekt hatte Better Life keine Kosten gescheut. Man hatte eine voll funktionsfähige Tarnfirma eingerichtet, von der ein Teil der Mitarbeiter wirklich Lernsoftware für Kinder entwickelte.

Die Puzzle-Aktion lief seit zwei Jahren und wurde mit einem gigantischen Budget auf allen Kanälen der sozialen Netzwerke und anderen Plattformen im Netz publiziert. Eine gewisse Affinität der Zielperson, sich in diesen Kreisen zu bewegen, setzte sie voraus.

Der Aufwand, das Persönlichkeitsprofil der Zielperson zu erarbeiten, war noch größer. Ein gigantisches Team von Psychologen, Ärzten, Biologen, Chemikern, Verhaltensforschern, IT-Spezialisten, Informationswaffen-Analysten und ausgesuchten Mitarbeitern der alliierten Nachrichtendienste hatten es in vier Jahren Projektarbeit geschafft, eine passende Puzzle- und Logikrätselreihe zu entwickeln, um *Dornröschen* zu erwecken.

Obwohl dem Projekt alle notwendigen Ressourcen zur Verfügung standen, blieb ein übergroßer blinder Fleck. Die originale Projektdokumentation stand ihnen nicht mehr zur Verfügung, da es der NSA auch in sieben Jahren nicht gelang, Dr. Baringhaus' wissenschaftliches Erbe zu entschlüsseln.

Alles, was Agnes über *TwelveMonkeys* wusste, hatte das Team über Kreuzdatenabgleiche mühsam zusammentragen müssen. Alte Buchhaltungsdaten, Personaleinsatzpläne, Teilwissen beteiligter Techniker und Biologen, sowie viele weitere Fragmente wurden analysiert, dokumentiert, verdichtet und ausgewertet.

Gemeinsam mit ihrem Wissen über seine Motivation ergab sich für Agnes ein schlüssiges Bild: *TwelveMonkeys* hatte funktioniert. Dr. Baringhaus hatte aus DNS-Fragmenten einen künstlichen Menschen geschaffen, was an sich im Jahr 2034 keine besondere wissenschaftliche Erwähnung mehr wert gewesen wäre.

Bisher gelang es allerdings niemandem, einem Kunstmenschen eine stabile psychische Verfassung mitzugeben. Der älteste jemals gezüchtete Proband hatte sich nach acht Monaten seine Hände abgefressen. Alle Forschungsbemühungen hatten danach in Sackgassen geführt, Better Life stellte auf indirekten Druck der Öffentlichkeit alle anhängigen Forschungsprojekte ein.

Dornröschens Schlaf dauerte bereits 21 Jahren. Dr. Baringhaus musste für eine stabile Sozialisierung andere Wege gefunden haben. Es gab Stimmen, die behaupteten, dass ein Unfalltod oder Suizid der Zielperson nicht aufgefallen wäre.

Agnes wusste es besser, Better Life hatte Einblick in die Unterlagen sämtlicher Leichenbeschauer in Europa. Die DNS hätte ihn verraten, daran glaubte sie fest. Leider ging der Einfluss der Firma nicht soweit, sämtlichen lebenden Menschen in Europa DNS Proben zu entnehmen. Diese lästigen Persönlichkeitsrechte hielt Agnes in der Öffentlichkeit für überbewertet.

Andere Stimmen sagten, dass sich die Zielperson, falls sie noch lebe, sonst wo in der Welt aufhalten könnte.

Ebenfalls ein Irrtum, Agnes kannte ihren Mentor besser, sie nahm an, dass Dr. Baringhaus im Prinzip eine Zeitbombe hinterlassen hatte.

Recherchen bei den damals beteiligten Netzwerkanalysten brachten zahlreiche Hinweise zutage, dass der Kern von *TwelveMonkeys* mehr oder weniger darin bestand, einen genetisch gezüchteten Menschen in die Lage zu versetzen, nur mit der Kraft seiner Vorstellung fremde Server und Datenbanken zu infiltrieren. Eine Leistungsfähigkeit, die alles in den Schatten stellte, was jemals binär codiert wurde. Wenn Dr. Baringhaus dieses Ding wirklich realisiert hatte, hätte eine Macht mit dieser Technologie in Händen binnen weniger Tage die Welt erobert.

»Mädels, es kann losgehen. Ich will etwas hören!« Agnes hatte die Einsatzzentrale im Keller erreicht. 50 Analysten im Hotel und 300 im Better Life Tower werteten jedes nervöse Muskelzucken aus, das eines der Schafe im Festsaal hatte. Nichts würde ihnen entgehen. Die Scanner registrierten neben dem jeweiligen sozialen Verhalten, auch Körpertemperatur, Schweißaustritt, Augenreaktion und Muskeltonus. Selbst in den Toiletten wurden alle Indizien gesichert, um physiologische Unregelmäßigkeiten zu entdecken.

»Das Völkchen da oben ist größtenteils adipös, viele halten es auch mit der Körperpflege nicht so genau. Zudem haben 62 Prozent deutlich erkennbare Störungen in ihrem Sozialverhalten«, erklärte eine jüngere Assistentin.

»Und wenn unser *Dornröschen* sich nur von Donuts ernährt und eine Tonne wiegt ... ich will weitere Fakten hören.«

»88.7 Prozent sind männlich, 10.5 Prozent weiblich ...«

»Bitte?«, fragte Agnes.

Die Assistentin hustete. »Bei einer vermeintlichen Frau sind wir noch nicht sicher. Wir warten darauf, dass sie auf die Toilette geht.«

Agnes verdrehte die Augen und sah sich bereits beim General zu Kreuze kriechen. Hoffentlich steigerten sich die Erkenntnisse noch deutlich.

»Lösungskompetenz?«

»Alle Teilnehmer haben das Puzzle im Better Learning Büro in weniger als fünf Sekunden eigenständig gelöst. Die Aufschneider haben wir bereits aussortiert.«

»Dann auf *Dornröschen* und ihre Liebe zu unserem Puzzle«, sagte Agnes. An der Qualität ihrer Vorbereitung würde sich der Erfolg von *DeepSearch* messen lassen müssen.

»Genau.« Sibel stellte sich neben sie. »Nach Zeugenaussagen aus dem früheren Projekt basierte die mentale Konditionierung auf geometrischen Formen. Wir wissen nicht, was der Urheber damals damit bewirken wollte, aber wir konnten eindeutige Fragmente dieser Entwicklungssprache reengineeren.«

»Ich hoffe für uns alle, dass das die richtige Spur war.« Agnes meinte es bitterernst.

»In der Psyche der Zielperson sollten wir mittels der Logikpuzzles eine Unregelmäßigkeit erwirken können. Das könnte ein Zittern, Nasenbluten oder ein kurzes Erstarren sein.«

»Wir werden es sehen. Wann starten die Tests?«

»In 15 Minuten«, antwortete die Assistentin.

Sibel machte weiter. »Wir werden diese semantischen Reize wiederholen, verstärken und selektieren ... damit finden wir ihn. Oder sie, es könnte schließlich auch eine Frau sein.«

»Aber nicht der geschminkte Bulldozer, oder?« Agnes sah zu der Frau mit den dicken Oberarmen.

»Ähm ... oh ... na ja, soll ich ihre Polizeiakte aufrufen?«
Sibel lächelte.
Agnes schüttelte den Kopf. »Lieber nicht ...«
»Bei unserer Methode lässt sich ein gewisser Beifang nicht vermeiden ... die meisten von denen werden morgen heimkehren und nie erfahren, was heute wirklich geschehen ist.«
»Ich möchte die Namen hören.«, ordnete Agnes an. Warum nicht, vielleicht hatte Dr. Baringhaus es nicht lassen können, Hinweise im Namen zu hinterlassen.
»Niklas Friedensdorf.«
»Weiter.« Agnes schmunzelte, der Name passte nicht.
»Janina Hansen.« »Thomas Brinkfuß.« »Ryan Lindhill.« »Leif Svartson.« »Noam Rosenbaum.«
»Weiter.« Bei den Namen fiel Agnes nichts ein. Die Assistentin brachte eine Tasse Kaffee, die Nacht würde lang werden.
»Maria Iboli.« »Carl Hasenbrink.« »Max von Schiffer.« »Rouven Mellingling.« »Alex Baringhaus.«
»Bitte was!« Agnes verschluckte sich fast. »Den letzten Namen nochmal bitte!«
»Alex Baringhaus.«
»Das ist ein Scherz, oder?« Agnes nahm an, Sibel wollte sie mit dem Namen hochnehmen.
»Nein ... Baringhaus ist kein seltener Name. Das kann ein Zufall sein.« Sibel nahm es locker.
Agnes nicht. »Haben wir eine Vita?«

»Sofort ... bitte sehr.«

Stille. Jeder der anwesenden 50 Analysten sah in dem Kellergewölbe, das zu einem Büroraum umfunktioniert worden war, was auf dem drei mal acht Meter Display angezeigt wurde.

Agnes ließ sich die Worte auf der Zunge zergehen. »Vater, Olaf Baringhaus, Mutter, Ina Baringhaus. Beide verstorben 2027. Vor sieben Jahren. Wieso ist das niemandem aufgefallen? Meint immer noch jemand, das ist ein Zufall?«

»Sein Sohn ...«, antwortete Sibel völlig konsterniert.

»Wir werfen das größte Netz aus, das man sich vorstellen kann und was ziehen wir an Land? Alex Baringhaus, das einzige Kind von Dr. Olaf Baringhaus. Ich will ihn sehen ... wer ist der Junge?«

Agnes konnte es immer noch nicht glauben, Dr. Baringhaus würde doch nicht bei seinem eigenen Kind an dessen Genen experimentiert haben?

»Wow ... darf ich vorstellen, Alex Baringhaus.« Sibel zeigte einen zwei Meter großen Hünen mit bunten Dreadlocks, der gerade mit einer ihm gegenüber zierlich wirkenden Farbigen sprach.

»Wer ist die Frau?«, fragte Agnes.

»Mia Tymann. Sie sind zusammen angereist. Eins von sieben Paaren, die wir identifizieren konnten. Die meisten anderen scheinen Singles zu sein.«

Was Agnes nicht überraschen konnte. »Das Sicherheitsteam soll sich bereithalten. Für den brauchen die vier Männer, um ihn unter Kontrolle zu bringen.« Agnes staunte nicht schlecht, Alex hatte wie sein Vater einen natürlichen Sexappeal.

»Erledigt.«

»Seine Werte. Scanner fokussieren ... ich will alles über seine Vitalwerte wissen.«

»1.98 Meter Körpergröße, 105 Kilogramm Körpergewicht, Körperfettanteil bei 8 Prozent, Puls im Stand 43 Schläge in der Minute, der Junge ist fit wie ein Turnschuh«, erklärte Sibel mit einem Zungenschnalzer. Bunte Dreadlocks schienen ihr auch zu gefallen.

»O.K. ... sagt dem Sicherheitsteam, die brauchen bei einem Zugriff mehr Leute.«

»Natürlich ... aber ich kann kaum glauben, dass er unser Dornröschen ist. Seine Better Life Vita ist zwanzig Seiten lang. Wir haben alles über ihn: Alex Baringhaus machte seinen Schulabschluss in New York. Die amerikanische Familie eines Schulfreunds zahlte das Schulgeld. Danach kehrte er nach Hamburg zurück und schrieb sich an der Universität ein. Er studiert Kunstgeschichte, mit eher mittelmäßigen Noten und lebt mit Mia Tymann zusammen.«

»Wovon lebt er?«, fragte Agnes.

»Nach dem Tod seiner Eltern verlor er durch die Klage von Better Life das Familienvermögen.«

»Wie war das eigentlich möglich?«
»Better Life hat geklagt, er hat sich nicht gewehrt ... er hatte seinen Vormund und Rechtsanwalt ausdrücklich angewiesen, keinen Versuch zu unternehmen, das milliardenschwere Vermögen vor Gericht zu verteidigen. Better Life hatte ihm dann eine großzügige Waisenrente angeboten, die er ebenfalls ablehnte. Nach aktuellen Erkenntnissen finanziert er seinen Lebensunterhalt als Fotograf für eine Urlaubswebseite.«
»Ist das unser Mann?« Auch Agnes zweifelte bei der Vita, einen Treffer gelandet zu haben. In ihren Augen hatte Alex wie ein Kind reagiert, dessen Vater ihn maßlos enttäuscht hatte.
»Auch ohne seine Daten genau analysiert zu haben ... das Profil passt nicht auf unsere Zielperson. Alex hatte intelligente Eltern, er ist selbst gebildet, er hätte das Puzzle auch einfach so lösen können. Meiner Meinung nach sind seine Freundin und er nur hier, um die nächste Miete abzustauben.«
Agnes nickte. Wie gut sie Alex verstehen konnte, sie selbst hätte an seiner Stelle das Geld des Vaters auch nicht angepackt. Wenn Alex Better Life jemals hätte schaden wollen, wären ein Erbe von geschätzt 120 Milliarden Euro und der Name Baringhaus die ideale Kombination, um den Konzern über Jahre hinweg von einem ruinösen öffentlich geführten Rechtsstreit in den nächsten zu stürzen.

»Seine DNS?«, fragte Agnes, sie brauchten bessere Daten.

»Werden wir uns holen.« Sibel beauftragte zwei Agenten, die sich getarnt unter die Menge gemischt hatten, seine DNS zu organisieren.

***

X. Besondere Talente

Was für ein toller Abend. Alex hielt sich die Hand vor den Mund, den Rülpser musste nicht der ganze Festsaal hören. Die marinierten Filet-Spieße vom Grill mit der hausgemachten Kräutersoße schmeckten hervorragend. Die anderen Köstlichkeiten vom Buffet sahen ebenfalls erstklassig aus.

»Dir hat es geschmeckt?«, fragte Mia, die sich bereits über den geräucherten Lachs, den Meerrettich und das frisch gebackene französische Stangenbrot hergemacht hatte und sich jetzt eine Weintraube und ein kleines Stück belgischen Weichkäse in den Mund steckte.

»Entschuldigung.« Alex lächelte, schlechte Tischmanieren waren nicht zu entschuldigen, aber der unschickliche Rülpser zahlte keine Miete und musste heraus.

Mias Augen verschmälerten sich. »Wenn du nachher nach Knoblauch stinkst ... schläfst du in der Badewanne.«

»Da sind nur ein paar harmlose Kräuter drin ... Petersilie, Schnittlauch und so.« Alex versuchte, sich für seine besondere Auswahl am Buffet strafmildernd zu rechtfertigen.

»Das rieche ich ...«

Vergeblich. Er sollte sich gleich noch unbemerkt Pfefferminzkaugummi besorgen. Die Badewanne in ihrer Suite war zwar ein Traum, er zog aber das Bett vor. Vor allem, wenn Mia darin lag. Seine Liebe zu Knoblauch und orientalischem Essen gehörte zu den wenigen Dingen, die er sich nicht mit ihr teilte. Bei seiner Freundin nahm er an, dass sie bei ihrer Vorliebe für Fisch in allen denkbaren Formen, im letzten Leben eine Katze gewesen sein musste.

»Auf uns ...« Alex hob sein Glas, ein Spätburgunder, und stieß mit Mia an, die sich einen Weißwein aus Südhessen munden ließ. Allein von den horrenden Kosten des Weins würden sie mehr als einen halben Monat leben können.

An ihrem Stehtisch hatte sich zum Essen ein illustres Quintett gebildet, die alle eine gute Zeit hatten. Maria, die nur eine Handbreit kleiner war als er, studierte Tiermedizin, hatte eine zweijährige Tochter und finanzierte sich ihr Studium in Heidelberg als professionelle Kraftsportlerin. Nächstes Jahr würde sie als Veterinärin promovieren. Diesen Sommer hatte sie in Oslo den zweiten Platz in einem europäischen Strongest-Women-Contest gewonnen.

Inzwischen war sich Alex deswegen auch sicher, im Armdrücken gegen sie zu verlieren, Maria lief die 50 Meter mit zwei jeweils 75 kg schweren Männern in zwei Handtaschen unter 12 Sekunden. Gerade er sollte andere Menschen nicht nach dem Äußeren bewerten.

Carlos, der aus Puerto Rico stammte und im Rollstuhl saß, betrieb in München ein Internet-Café und erzählte mit glühenden Kinderaugen und bayrischem Dialekt von seinen zwölf Katzen mit Weißwurst-Fetisch und dem Ziel, sich mit der Million neue Beine zu kaufen. Alex würde

ihm den Gewinn gönnen.
Hayden ging noch zur Schule, stammte aus Düsseldorf und war drauf und dran, sich in Maria zu verlieben. Mit einer Körpergröße von 1,60 wog er in etwa soviel wie Marias rechtes Bein, was ihn aber nicht davon abhielt, sie mit viel sprachlichem Esprit nach allen Regeln der Kunst um den Finger zu wickeln.
Die Gespräche am Tisch drehten sich unter anderem um die Problematik, ob man bayrische Katzen wegen Essstörungen therapieren konnte, Haydens Traum, Bergsteiger zu werden und Mias geheime Quellen für ihre bunten Klamotten.
Alex drehte den Kopf auf die Seite, die Stimmung an den anderen Tischen wirkte ähnlich ausgelassen. Egal wohin er sah, nur echte Charakterköpfe, von denen sicherlich jeder eine tolle Geschichte zu erzählen hatte. Schade, dass die Zeit nicht ausreichte, alle kennenzulernen. Eigentlich bemerkenswert, dass er selbst zu Beginn insgeheim Gründe gesucht hatte, die Gruppe abzulehnen. Dumm schien niemand von denen zu sein... die mutig genug waren, sich nicht den Konventionen der bürgerlichen Allgemeinheit zu fügen.
Er trank seinen Roten, ein feiner Tropfen, und sah sich weiter um: Menschenkino, das beste Programm, das er sich vorstellen konnte. Alles live und er saß in der ersten Reihe.

»Ich habe ein kleines bisschen zu viel getrunken ...« Mia zeigte Schlagseite und legte ihren Kopf auf seine Brust. Ihre Haare dufteten immer noch wunderbar. Mit ihr Wein zu trinken, war, abgesehen von der Sorte, selten teuer, da sie nicht mehr als zwei Gläser vertragen konnte, ohne stehend einzuschlafen.
»Ich pass auf dich auf.« Alex legte den Arm an ihren Rücken, wenn es nötig wäre, würde er sie auch tragen.
»Fein ... bringst du mich ins Bett.«
»Gleich.« Alex beobachtete schon zum zweiten Mal, wie Männer in dunklen Anzügen, einen Teilnehmer nach dem anderen nach draußen brachten. Die ersten waren fünfzehn Minuten später wieder gutgelaunt zurückgekehrt und schienen kein Problem mit der zusätzlichen Befragung gehabt zu haben.
»Was stimmt an dem Bild nicht?«, flüsterte er zu sich selbst.
»Bitte, was ist los?« Mia, die bereits im Stehen zu schlafen schien, schreckte auf.
»Schon gut.« Alex sah zu Maria, die inzwischen Hayden auf dem Arm trug, während Carlos erneut zum Buffet fuhr.
Die *Men in Black* passten absolut nicht zum Bild typischer Hotelangestellter. Bei den Reisen, bei denen er als Kind seine Eltern begleiten durfte, hatte er in vielen guten Hotels Servicepersonal beobachtet. Nein, die sahen alle anders aus. Und wie Mitarbeiter einer Softwarefirma, die

Lernsoftware für Kinder herstellte, wirkte das sportliche Vierer-Grüppchen auch nicht. Er schätzte aus der Entfernung, dass die Jungs jeweils zwischen 1,80 und 1,85 groß und gut durchtrainiert waren. Der Kurzhaarschnitt und die gehobene Konfektion von der Stange gaben ihnen zudem einen James Bond Touch. Wo hatte Alex solchen Typen bereits zuvor gesehen?

»Ich bin müde.« Mia wollte nicht mehr.

»Gleich ...« Alex wollte noch nicht gehen, davon abgesehen musste er auch noch in die Einzelbefragung. »Können wir bitte zwei Espressos bekommen?«, fragte er eine Bedienung.

»Sicherlich. Bringe ich Ihnen gleich.« Die junge Kellnerin nahm noch schmutziges Geschirr von Tisch mit.

»Danke.« Alex streichelte Mias Haare, sie musste wach bleiben.

Natürlich, dachte er und erinnerte sich an seine ersten Jahre in der Schule, die er in einer Hamburger Privatschule verbracht hatte. In seiner Erinnerung war es eine glückliche Zeit gewesen, wenn er von der Zeit mit Mia absah, die beste seines Lebens.

Alex hielt Hagen damals für einen Riesen und den größten Menschen auf der Welt. Seine Mutter hatte ihm erzählt, dass Hagen ein guter Freund sei, der auf ihn während seines Schulbesuches aufpassen würde. Und weil Hagen ein guter Freund sei, hatte Alex auch immer auf ihn hören müssen, so seine Mutter damals.

Erst viele Jahre später hatte Alex verstanden, dass Hagen ein Bodyguard war. Und es hatte weitere Jahre gedauert, um zu verstehen, warum ihn damals in der Öffentlichkeit auf jeden Schritt und Tritt ein bewaffneter Ex-KSK Elitesoldat begleiten musste. Den Moment, als Alex einsehen musste, dass er als Spross aus reichem Hause mehr potenzielle Entführer anlockte als ein vergammelter Apfel Fruchtfliegen, sah er im Nachhinein als Endpunkt seiner Kindheit.

»Zwei Espresso, bitte sehr. Zucker stelle ich auf den Tisch.« Die blonde Kellnerin, die trotz der stressigen Servicearbeit zuvorkommend und freundlich blieb, lächelte.

»Danke.« Alex nahm sich Zucker. Viel Zucker. Die schwarze Plörre musste Mia schnell wieder in das Reich der Lebenden bringen. »Mia, Kleines ... Mund auf.«

»Huh ...« Mia protestierte, trank aber. Alex brauchte sie wach an seiner Seite.

Hagen war cool, der coolste Mann, den er damals kannte. Auch Hagen trug einen schwarzen Anzug, dunkle Maßkonfektion, war durchtrainiert und hatte einen Kurzhaarschnitt. Bei der Ähnlichkeit konnte Alex nicht anders, als Hagen vor sich stehen zu sehen.

Militärisch ausgebildeter Personenschutz, die besten Männer, die man für Geld zum Schutz seiner Kinder kaufen konnte. Der Gang, jede Bewegung, der Blick, nichts schien ihnen zu entgehen. Einer sah auch Alex an, der sie beobachtete. Alex gab sich uninteressiert, wandte sich wieder Mia zu und küsste ihren Hals. Ob sie bewaffnet waren?

Das Viererteam kam auf Carlos zu, lachte kurz mit ihm und schob seinen Rollstuhl zur Tür. Alex musste die Jungs prüfen und stieß ein Weinglas auf den Boden, das mit einem dumpfen Geräusch halbvoll auf dem Teppichboden zerschlug. Nicht sonderlich laut, Mia, Maria und Hayden standen sogar daneben und reagierten nicht.

Nicht so das Viererteam, das Carlos zur Tür bringen wollte. Eine perfekte Choreografie, die verstanden sich blind, der Erste sah nach vorne, die beiden in der Mitte deckten Carlos körpernah ab und der hintere drehte sich blitzschnell zu Alex und griff unter sein Sakko. Die Waffe blieb im Holster und verschwand auch eine Sekunde später aus seinem Blickfeld. Alex hatte aber gesehen, was er sehen wollte. Bodyguards, die garantiert nicht ohne Weiteres eine Horde Nerds beschützen würden und sicherlich auch nicht die typischen Angestellten einer Softwareschmiede waren, die sich auf die Fahnen schrieb, innovative Lernsoftware für Kinder zu entwickeln.

»Ich bin immer noch müde.« Mia hatte davon nichts mitbekommen und sackte zusammen.

»Ich habe noch eine für dich ... lecker, oder?« Alex stützte sie, nahm die zweite Tasse und trichterte Mia einen weiteren Espresso ein.

»Muss das sein?«
»Jo ... wir haben die Ballkönigin noch nicht gewählt.«
»Weck mich, wenn es soweit ist.« Mia trank und döste weiter im Stehen vor sich hin.
Hagen hatte ihm sogar einmal seine Waffe erklärt, eine kompakte Walther 9-Millimeter ohne Sicherung, dafür mit Single-Action-Abzug. Geladen und entsichert, mit der Pistole hätte Hagen bei einem Angriff binnen vier Sekunden sechzehn Schuss ins Ziel gebracht. Würde dann nachladen und weiterschießen.
Die meisten normalsterblichen Berufswaffenträger bei der Polizei oder privaten Sicherheitsdiensten führten eine Waffe teilgeladen und gesichert, weswegen sie bei einem Konflikt noch beim Durchladen wären, während Hagen bereits das zweite Magazin verfeuerte.
Der Personenschützer, der gerade für eine Sekunde Alex seine Waffe offenbart hatte, trug die gleiche Waffe, die Hagen ihm damals gezeigt hatte. Die Ausbildung, um sich mit solchen Pistolen vor Nervosität bei einem lebensbedrohlichen Szenario nicht selbst den Fuß wegzuschießen, gab es ausschließlich bei militärischen und polizeilichen Spezialeinsatzkräften, hatte Hagen ihm damals erklärt. Alex vergaß selten etwas und diese für ihn als Teenager beeindruckende Lehrstunde schon gar nicht.
Yihaa, dachte Alex, was ging denn hier ab? War das alles eine riesige Scharade? Hatte es einen Grund, dass großzügig Alkohol ausgeschenkt wurde? Eine Software-

firma und ihr Sponsor entwickelten Lernsoftware und befragten dazu besoffene Nerds. Sorry, die ganze Geschichte stank bis zum Himmel.

»Alex, traust du mir zu, Maria heute Nacht glücklich zu machen?«, fragte Hayden, während er seinen Kopf in Marias üppigen italienischen Vorbau steckte.

»Alter, du bist ein Tier! Ich glaube an dich!« Alex lachte und zeigte mit dem Daumen nach oben. Sollte er die beiden an seinen Überlegungen teilhaben lassen? Nein. Nur Mia. Nur Mia, wenn sie wieder fit werden würde.

»Mia, Kleines ... bist du noch bei mir?« Alex legte seine Hände an ihre Wangen und sah in ihre Augen.

»Du stinkst ... nach Knoblauch. Ich erlaube dir aber trotzdem, in meinem Bett zu schlafen, wenn du mich jetzt ins Zimmer trägst.«

»Das werde ich tun ... versprochen. Später.« Alex konnte noch nicht gehen. Nicht jetzt. Er würde kein Auge zutun, solange er nicht verstanden hatte, warum bewaffnete Personenschützer der gehobenen Preisklasse auf der Veranstaltung waren.

»Ob die uns vermissen werden?«, fragte Maria gutgelaunt, die sich willig zeigte, Hayden sein heroisches Vorhaben in die Tat umsetzen zu lassen. Ein cooles Paar.

Alex schüttelte den Kopf. »Glaube ich nicht ... die befragen vier von uns in der Stunde. Bei über 100 Teilnehmern weiß ich nicht, wie die bis morgen fertig werden wollen?«

»Baby, du wirst mich nicht vergessen!« Hayden gab sich kampflustig und brachte es fertig, ihre 100 Kilogramm Muskelmasse ein Stück hochzuheben.
»Lebe den Tag ... oder die Nacht.« Alex winkte den beiden noch zum Abschied hinterher.
»Boar ... was habe ich getrunken«, fragte Mia. Das Koffein begann zu wirken.
»Du wolltest einen Kaffee haben.« Alex gab sich unschuldig.
»Echt?« Ihr schien ein Stück zu fehlen.
»Glaub mir ...«

***

TwelveMonkeys

XI. Abschied

Das Leben ist endlich, dachte Olaf, der mit einer langstieligen weißen Rose in der Hand, kraftlos den Schotterweg entlangschritt. Links von ihm befanden sich eine größere Wiese und zwei kahle Kirschbäume, rechts eine gestutzte Hecke, die auch während der kalten Jahreszeit ihr Blattkleid nicht verloren hatte. Die dichten Wolken über ihm ließen die Sonne nur erahnen. Zum Glück hatte es vor einer Stunde aufgehört zu regnen. Wobei der böige Wind das feuchte Gras niederdrückte und den nächsten Regenschauer ankündigte.

Warum konnte dieser Tag kein schlechter Traum sein? Ein Traum, der nach einer peinvollen Nacht enden würde. Einfach erwachen, sich schütteln und sich zu Ina drehen. Mit ihr an seiner Seite hätte er jedes Leid ertragen können. Ina, die Liebe seines Lebens, die er vor 22 Jahren in Tübingen während seiner Studienzeit kennengelernt hatte. Beim ersten Treffen hatte er gedacht, dass eine solche *Granate* ihn niemals beachten würde. Aus seiner Sicht hatte er 2005 nicht mehr als einen schlechten Haarschnitt, abgetretene Sportschuhe und einen reichlich dümmlichen Gesichtsausdruck zu bieten gehabt. Zum Glück lag er mit seiner Einschätzung daneben. Ina lächelte wie eine Sonne, als er endlich den Mut aufgebracht hatte, sie anzusprechen. Diesen Moment würde er nie vergessen.

Olaf ging weiter, mit der weißen Rose in der Hand, dem Wind im Gesicht und der Erinnerung im Herzen. Seine Frau war tot. Gestorben an Krebs, der sie binnen 14 Monaten unaufhaltsam zerfressen hatte. Die größte Niederlage seines Lebens. Vor Ausbruch der Krankheit hatte er noch geglaubt, unbesiegbar zu sein. Der beste Arzt der Welt, stand über einem abgedruckten Interview mit ihm. Das Magazin hatte er noch, in Folie eingeschweißt, wohlbehütet in der unteren Schublade seines Schreibtisches.

Ruhm, Geld und Macht, er war jemand in der Welt, letztes Jahr hatte ihn das People Magazin in die Liste der 100 einflussreichsten Personen aufgenommen. Er befand sich auf der Spitze aller Berge, wer hätte ihn jemals besiegen können?

Ina starb vor seinen Augen, schnell, gnadenlos und ohne dass er daran hätte etwas ändern können. Der Krebs hat bereits gestreut, hatte ihm der Internist letztes Jahr erklärt, die Metastasen befanden sich schon in jedem Zentimeter ihres wunderbaren Körpers.

Das war der Moment, als Olaf in der Realität aufwachte. Wie bei Ikarus, der trotz Warnung zu nah an die Sonne flog, hatten sich seine mit Wachs angeklebten Federn gelöst. Der Sturz dauerte an. Der Boden kam näher, an dem er zerschellen würde.

Olaf sah zu Alex, seinem Sohn, der zehn Meter vor ihm dem Sarg seiner Mutter folgte. Sechs Träger in dunklen

Anzügen und mit weißen Handschuhen trugen sie zu ihrer letzten Ruhestätte. Wenn ich einmal gehe, möchte ich neben einer Erle liegen, hatte Ina ihm früher gesagt. In einer Zeit, als der Tod noch eine tragische Sache war, die nur andere betreffen konnte.

Olaf sah zu der Erle, auf die sie zugingen. Ina hatte diese majestätischen Bäume geliebt. Das Gesicht seines Sohnes hatte er an diesem Tag noch nicht gesehen. Erst als der Familienanwalt Alex glaubwürdig versichert hatte, dass sein Vater nicht versuchen würde, ihn zu berühren oder mit ihm zu sprechen, willigte er ein, von New York für drei Tage nach Hamburg zu kommen. Olaf musste in diesen Tagen nicht nur einen Menschen zurücklassen.

Der über 20 Meter große Baum kam immer näher, dort würde Inas Weg enden. Die Grabträger blieben stehen. Alex stand direkt dahinter. Olaf zehn Meter von ihm entfernt und der Rest der Trauergemeinschaft zehn weitere Meter hinter ihm. Es mussten über 500 Menschen sein, die Ina die letzte Ehre erwiesen. 500 Menschen, von denen eine Handvoll ihn direkt mit seiner toten Frau vergraben wollte.

Der letzte der drei Probanden des Achilles Projektes war vor einer Stunde auf der inoffiziellen NATO-Basis in Kiew gestorben. An Fieber, 44 Grad Celsius, so wie es Agnes vorhergesagt hatte. Das Projekt war gescheitert, die offizielle Nachricht lag bereits auf seinem Schreibtisch. Für den Tod der Soldaten und Milliarden in den Sand gesetzter Steuergelder würde General Cordes, der Racheengel der NATO, den Better Life Konzern bluten lassen.

Alex drehte sich der Menge zu, durch Olaf blickte er einfach hindurch. Die letzten Worte für seine Mutter wollte er sprechen. Mit seinen vierzehn Jahren hatte Alex ihn mit knapp 1,90 Meter bereits überholt. Aber welchen Vater störte das schon, von seinem Spross in den Schatten gestellt zu werden. Sein schmales Gesicht und die schlaksigen Beine, die unter dem langen Wollmantel herausragten, zeigten hingegen deutlich, dass er den größten Teil seines Lebens noch vor sich hatte. Wie gerne hätte Olaf ihn in die Arme geschlossen.

»Mama und ich kennen diesen Baum schon eine lange Zeit. Erst letztes Jahr im Sommer hatten wir über ihn gesprochen. Damals natürlich mit Blättern. Seine schiere Größe hat uns fasziniert«, erklärte Alex mit klarer lauter Stimme.

Von den 500 Menschen hinter ihm hörte Olaf keinen Ton. Er wusste gar nicht, dass Alex und Ina bereits hier gewesen waren. Wie vermutlich vieles andere, das sie erlebten, während er für den Konzern gearbeitet hatte.

»Der Weg hinter der Hecke am Rande des Friedhofs hat mir als kleines Kind immer eine Heidenangst eingejagt. Meine Mutter musste damals mit Engelszungen auf mich einreden, dass Tote in Wirklichkeit völlig friedlich sind und nur schlafen wollen ... einen Tag nach dieser Episode installierte sie eine Kinderschutzsoftware auf meinem Rechner, damit ich keine Zombie-Animes mehr streamen konnte.«

Die Menge hörte ihm zu. Magisch, auch Olaf klebte an seinen Lippen. Alex verstand es, Menschen zu bewegen. Obwohl, die Geschichte mit den Zombie-Animes kannte er nicht.

»Weißt du Alex, fragte sie mich einige Jahre später, weißt du, warum wir Bäume bewundern?«

Alex ließ die Trauergemeinde kurz warten.

»Ich wusste es natürlich nicht. Warum, fragte ich umgehend, ich liebte die Geschichten, die sie erzählte.«

Olaf schluckte, die Geschichte kam ihm bekannt vor.

»Bäume sind groß, stark und bleiben sich immer treu. Kaum ein Sturm kann sie brechen. Tiere und kleinere Pflanzen leben in ihrer Nähe, ohne sich jemals darüber Gedanken zu machen, dass der Schutz vor den Widrigkeiten des Lebens keine Selbstverständlichkeit ist.«

Alex kämpfte mit den Tränen.

»Warum fällen wir dann Bäume, hatte ich sie daraufhin gefragt. Menschen tun viele seltsame Dinge, antwortete sie und strich mir über den Kopf. Ehrlich, damals hatte sie dazu noch auf keinen Stuhl steigen müssen.« Alex lächelte mit verweinten Augen.

Es gab keinen Moment zuvor, an dem Olaf stolzer auf seinen Jungen gewesen wäre.

»Hast du dich bereits bei einem Baum bedankt, fragte sie. Nein, sie können doch nicht reden, war meine spontane Antwort, die mir in diesem Moment völlig logisch erschien. Kann man sich auch ohne Worte verständigen, fragte sie weiter. Klar, da war ich mir schon damals sicher gewesen. Dann schau dir den Baum doch einmal näher an, meine Mutter hatte auf alle Fragen eine Antwort.«

Olaf hörte hinter sich einige Leute schniefen.

»Kennt ihr das, wenn ihr im Leben etwas Neues gelernt habt? Der erste Moment der Erkenntnis ist wie ein Rausch. Ich habe damals über eine Stunde vor dem Baum gesessen und ihm zugehört. Eine tolle Lektion, die ich damals gelernt habe.«

Olaf putzte sich die Nase, heute würde er alles dafür geben, an diesem Tag in Alex' Kindheit dabei gewesen zu sein.

»Als mir meine Mutter von der Krankheit und den Gefahren, die damit verbunden sind, erzählte, sprach sie wieder von der Erle. Es war ihr Wunsch, zu diesem Baum zurückzukehren.« Alex weinte. »Mama, wir sind hier, gemeinsam, alle sind gekommen, ruhe in Frieden, dieser Baum wird dich niemals alleine lassen.«

Alex drehte sich zum Grab, hielt einem Moment inne und warf dann eine Handvoll Erde auf den inzwischen abgesenkten Sarg. Ohne ein weiteres Wort, eine Geste oder auch nur einen Blick zu verlieren, ging er an seinem Vater vorbei.

Olaf glaubte, dass sein Herz stehenblieb. Mit aller Kraft hielt er die weiße Rose in der rechten Hand fest. Wenn er auch bei anderen Dingen versagt hatte, diese Prüfung würde er bestehen. Er würde ihn nicht ansprechen, er würde seinem Sohn die Freiheit geben, die er forderte.

Nach dem Begräbnis hatte sich die Trauergemeinschaft schnell zerstreut, die es freundlicherweise vermieden hatte, Olaf persönlich zu kondolieren. Der Tod Inas ging ihm nahe. Der Verlust seines Sohnes würde ihn hingegen nicht davon abhalten, seinen Plan umzusetzen. Alex war kein Kind mehr, er hatte eine Entscheidung getroffen, die er als sein Vater zu respektieren hatte.

Vermutlich gab es noch mehr Geschichten, die er über seine Mutter hätte erzählen können. Geschichten über Dinge, die die beiden erlebt hatten, während er auf Tagungen, Projektmeetings und Kongressen seine Zeit verbracht hatte.

»Dr. Baringhaus?«, fragte Agnes vorsichtig, die sich neben ihm auf die feuchte Wiese stellte. Agnes Gutter, die treuste Seele, die jemals für ihn arbeitete.

»Ich brauche einen Moment.« Olaf war noch nicht soweit, hier lag noch jemand, von dem er sich verabschieden wollte. Diesen Teil seiner Vergangenheit hatte er immer noch nicht verarbeitet.

»Natürlich.« Agnes zog sich wieder zurück. Zwei Personenschützer und sie sorgten dafür, dass er die Zeit bekam, die er brauchte. Freundlich aber bestimmt hielten sie die Trauergemeinschaft davon ab, ihm ihr Beileid auszusprechen.

Warum nur, fragte er sich selbst, warum konnte er die Vergangenheit nicht loslassen? Den Stiel der weißen Rose hielt er fest umschlossen. Olaf sackte auf die Knie, er befand sich genau an der richtigen Stelle. Die kühle Nässe der Wiese spürte er sofort. Mit zittriger Hand legte er die weiße Rose auf das Gras.

Bitte verzeih mir, dachte Olaf und erinnerte sich an sein Kind, das hier anonym begraben lag. Gestorben, weil seine Zeit abgelaufen war. Nur 16 Stunden, mehr Zeit blieb dem Kleinen damals nicht. 16 Stunden nach der Geburt, in denen Olaf Tränen der Freude und Trauer vergossen hatte. 16 Stunden Zeit zum Nachdenken, in denen er eine Entscheidung treffen musste. Für das Leben, lautete damals seine Wahl, für Ina, um ihr nicht das Herz zu brechen. Er hatte die Möglichkeiten und nutzte die Technologien, die er entwickelt hatte.

An diesem Tag entstand eine Lüge, zuerst klein und unscheinbar, die aber mit den Jahren überlebensgroß wurde. Ihm fehlte der Mut, seinem Sohn die Wahrheit zu sagen. Alex würde es eines Tages selbst verstehen. Leider konnte Olaf dann nicht an seiner Seite sein.

Bitte verzeih mir, dachte Olaf, und stand auf. Alex würde sein Leben alleine meistern. Es regnete wieder, mit hängendem Kopf ging er auf Agnes zu, die ihn ins Büro bringen sollte.

Eine oder zwei Stunden, mehr Zeit würde er nicht haben, um seine Dinge zu richten. Dann würde Pietro ihn zu sich zitieren und lebendig häuten. Nicht ohne Grund, der Tod von zwölf jungen Soldaten ging auf sein Konto.

***

XII. Totenblumen

Agnes klappte den Kragen des Mantels hoch, der auffrischende Wind und der einsetzende Regen ließen sie erschaudern. Ina Baringhaus starb am 14. November 2027. Ihr Tod bedrückte sie, sie hatte Ina wirklich gemocht, respektiert und um viele Dinge beneidet.

Seine Frau hatte sie stets wie eine Freundin behandelt. Niemals wie eine Konkurrentin. Obwohl es Situationen gab, die Ina hätte falsch verstehen können. Die ganzen Wochenenden in fremden Städten, die Reisen zu wichtigen Kongressen oder Fachtagungen, an denen sie in Hamburg blieb und ihm blind vertraut hatte.

Agnes nickte sich in Gedanken zu, weder Dr. Baringhaus noch sie hatten dieses Vertrauen jemals missbraucht. Sie hielt das Schicksal für eine dreckige Schlampe, Ina hatte es nicht verdient, bereits mit 39 gehen zu müssen.

»Dr. Baringhaus?«, fragte Agnes, den Friedhof hielt sie für keinen guten Ort, um länger als nötig zu bleiben.

»Ich brauche einen Moment«, antwortete Olaf, sackte auf die Knie und legte die weiße Rose, die er die ganze Zeit festgehalten hatte, auf die Wiese.

»Natürlich.« Agnes wich einige Schritte zurück. Er sollte die Zeit bekommen, die er brauchte. Die Trauergemeinschaft würde auch später noch Gelegenheit bekommen, ihm zu kondolieren. Mit einer Geste signalisierte sie den beiden Personenschützern an ihrer Seite, Dr. Baringhaus abzuschirmen.

Insgesamt wurde der innere Kreis der Beerdigung von sechzig Sicherheitsspezialisten des Konzerns gesichert. Die Polizei hatte trotz des miesen Wetters 3.000 Beamte im Einsatz, um den Friedhof weiträumig abzuriegeln und geschätzte 15.000 Demonstranten in Schach zu halten, die sich auch bei einer Beerdigung nicht zurückhielten, gegen Better Life zu protestieren.
Agnes dachte mit Schrecken daran, was passieren würde, falls der Abbruch des geheimen Achilles-Projekts an die Öffentlichkeit durchsickern würde. Das Bekanntwerden der Todesfälle und der Hintergründe der Projektierung würde in Hamburg und halb Europa die Hölle auf Erden ausbrechen lassen.
Der Konzern verwendete ein ausgeklügeltes System, um den kleinen Kreis der zentralen Wissensträger zu behüten. Die Direktive, dass sich keine Führungskraft ohne Personenschutz in der Öffentlichkeit zu bewegen hatte, kam im Prinzip einer 24-Stunden Observation nahe. Ihr Telefon, ihre Nachrichten, ihr Briefverkehr, alles wurde überwacht. Auch vor der Wohnung oder ihren privaten Kontakten hörte diese Sorgfalt nicht auf, Agnes wurde in ihrer Position am Puls des Unternehmens rund um die Uhr kontrolliert. Ihr persönliches Schutz-Team befand sich ständig in einer Reichweite von unter dreißig Sekunden, um einzugreifen, wenn sie gegen eine Direktive verstoßen würde.
Dr. Baringhaus hatte bei der Fieberbehandlung der

Achilles-Probanden ihren medizinischen Rat nicht befolgt, ein schwerer Fehler, er hatte die letzten drei Männer an diesem verdammten Fieber elendig verrecken lassen. Die letzte Meldung, die heute aus Kiew eingetroffen war, besiegelte sein Versagen. Vielleicht konnte er noch durch die dokumentierten Fehler der Einsatzleitung während der Abnahme den Vorwurf eines Designfehlers bei den Probanden oder bei den gelieferten Steroiden abwenden. Das völlig desolate Krisenmanagement würde ihm aber garantiert angelastet werden.

Ina starb vor drei Tagen, deshalb gewährte man ihm während der Beerdigung eine kurze Karenzzeit. An diese Geste der Gnade würde sich im Better Life Aufsichtsrat und bei der NATO binnen zwei Stunden niemand mehr erinnern.

»Dr. Baringhaus?«, fragte Agnes erneut, wenn er länger auf der kalten Wiese knien würde, könnte er sich den Tod holen.

»Ich komme ...« Er küsste die Fingerspitzen seines rechten Mittel- und Zeigefingers, führte seine Hand langsam zu der weißen Rose und berührte vorsichtig die vom Regen nassen Blütenblätter.

Eine merkwürdige Geste, Agnes hatte zuerst angenommen, dass er die Blume in das Grab seiner Frau legen würde. Die Bedeutung der Wiese kannte sie nicht. Beachtlich, da sie ansonsten alles über ihn wusste. Jede Eigenart, jede Stärke und auch jeden Fehler. Wenn Dr.

Baringhaus ein Buch wäre, könnte sie nach Belieben in ihm vor- und zurückblättern. Hatte sie etwa eine Seite überlesen?
»Eine weiße Rose?«, fragte sie, als Dr. Baringhaus und sie wieder langsam gehend zum Weg zurückkehrten.
»Ein Symbol.«
»Für Ihre Liebe zu Ina?« Agnes verstand ihn nicht.
»Für das Leben.«
Seine Antwort brachte sie nicht weiter, aber die Welt drehte sich heute nicht um eine mysteriöse weiße Rose. Nur eine Handvoll der Trauergäste harrte mit ihnen gemeinsam aus. Dr. Pietro del Mare sprach mit seiner Frau und General Cordes sah nur schweigend auf die weiße Rose. Im strömenden Regen wirkte jeder, den Agnes sah, orientierungslos und nach Halt suchend.
»Wir sehen uns im Büro.« Dr. Baringhaus nickte Agnes und den anderen zu und verließ durch seine beiden Personenschützer flankiert die Runde. Kein weiteres Wort, keine Geste menschlicher Nähe, zwischen Dr. Baringhaus, Pietro und General Cordes herrschte Eiszeit.

»Darf ich Sie ins Büro mitnehmen?«, fragte Pietro höflich, der sich zuvor liebevoll von seiner Frau verabschiedet hatte. Ein schönes Paar, sie mit langen schwarzen Haaren und er mit dunkler Igelfrisur. Die beiden hätten ohne Probleme auch für ein italienisches Modelabel auf dem Laufsteg eine gute Figur abgegeben.

»Danke.« Agnes nickte.

Der Chauffeur öffnete die hintere Tür der gepanzerten Limousine. Auch wenn der Regen ihrer Kurzhaarfrisur nicht wirklich schaden konnte, genoss sie die Wärme des klimatisierten Wagens. Pietro stieg auf der anderen Seite ein. Klick. Die schweren Türen fielen zu und die Limousine setzte sich auf dem Schotter des Parkplatzes in Bewegung.

Die Fahrt durch das Meer von Polizisten und Demonstranten glich einem Spießrutenlauf. Ein Beutel mit roter Flüssigkeit zerplatzte an der Windschutzscheibe, die Polizisten gingen sofort mit einem Dutzend Einsatzkräfte gegen den Werfer vor.

»Möchten Sie auch einen?«, fragte Pietro, der sich den Krawattenknoten öffnete und sich aus der Bar einen Drink nahm.

»Nein, danke.« Agnes glaubte, einen Kloß im Hals zu haben.

»Schottischer Single-Malt, ein guter, nicht die Plörre, die wir letztes Jahr zu Weihnachten an die Chefärzte verschenkt haben.«

»Ich bin noch etwas durcheinander.« Agnes schüttelte den Kopf und öffnete ihren Wollmantel. Sie sagte sogar die Wahrheit. Alkohol würde ihr nicht helfen.

»Das sind wir alle.«

»Ich habe Ina gemocht ... sie wird mir fehlen.« Der Gedanke, einen bekannten Menschen nie wiederzusehen, verwirrte sie. Diese Erfahrung hatte Agnes in ihrem bisherigen Leben in dieser Intensität noch nicht erleben müssen.

»Sie ist die Taufpatin meiner Tochter ...« Die beiden Familien hatte mehr verbunden als der Konzern.

»Ich glaube, er weiß Ihre Freundschaft zu schätzen.« Agnes war die Nähe zwischen Pietro und Dr. Baringhaus wohl bekannt.

»Das hoffe ich.«

»Genau an solchen Tagen sind Freunde unbezahlbar.« Agnes hoffte, mit ihren Worten den Ernst der Gespräche, die nachher folgen würden, zu entschärfen. Das Projekt Achilles, der Ärger mit der NATO, auch wenn Leben zu beklagen waren, es waren nur Geschäfte. Es ging um Verträge, zugesagte Leistungen, Liefermängel und Geld. Eigentlich ging es nur um Geld. Better Life würde diese Krise überstehen. Ob die Freundschaft zwischen Pietro und Dr. Baringhaus morgen noch Bestand haben würde, wusste sie nicht.

»Oh ja. Gute Freunde sind unbezahlbar.«

»Ja.« Agnes nickte, auch wenn ihr der Gesichtsausdruck ihres Chefs nicht gefiel. Pietro, Dr. Pietro del Mare, war ein Jahr älter als Dr. Baringhaus. Die beiden hatten sich auf der Universität in Tübingen kennengelernt. Ein Physiker und ein Arzt, ein ungleiches Paar, das neben dem unglaublichen Erfolg zahlreiche weitere Dinge verband.

Ina hatte ihr einmal erzählt, dass die beiden Freunde in

den ersten Wochen gemeinsam um sie gebuhlt hätten. Erst als sie sich für Dr. Baringhaus entschieden hatte, ließ Pietro von ihr ab. Er nahm es sportlich und lachte bei vielen späteren Anlässen über diese jugendliche Rivalität. Ihre Freundschaft wurde zum Rückgrat des größten Technologiekonzerns der Welt.

»Gute Freunde vertrauen einander.« Pietro machte weiter, ohne dass seine Stimme Zuversicht vermittelte.

»Natürlich.« Agnes fühlte sich mehr und mehr in die Ecke gedrängt, klagte Pietro sie stellvertretend für Dr. Baringhaus an?

»Sie stehen an der ungedeckten Flanke ihres Freundes, wachen über ihn, halten einen Schild, wehren jeden Angriff ab ...«

Hatte Pietro vor, sich schützend vor seinen strauchelnden Freund zu stellen? Der Satz weckte Hoffnung, ihr blieben allerdings Zweifel, ob sie ihn richtig verstanden hatte. Die Worte und seine Mimik passten nicht zusammen.

»Sicherlich.« Mehr als diese Floskel fiel Agnes nicht ein. Sie wäre besser in einem anderen Wagen mitgefahren.

»Sie sind alle tot.« Pietro trank das halbvolle Glas Whiskey mit einem Schluck leer. »Alle drei ... nein ... alle zwölf. Tot ... gestorben und durch die Projektabnahme gefallen.«

»Ich habe den Bericht aus Kiew gelesen ...« Agnes wurde kleiner. Auch wenn Dr. Baringhaus die Verantwortung trug, sie war seine Assistentin und saß daher ebenfalls auf der Anklagebank.

»Er hat wirklich Ihre medizinische Einschätzung ignoriert? Ich meine, Sie haben ihn unverzüglich über das Problem in Kenntnis gesetzt ... was hat er sich dabei gedacht, einfach nichts zu tun. Das ist unfassbar!« Pietros Stimme klang dem Zerreißen nahe.

»Ich kann nicht ausschließen, dass mein Bericht undeutlich war. Vielleicht habe ich Dr. Baringhaus einen anderen Sachverhalt annehmen lassen, als sich durch die dynamische Entwicklung in Kiew ...«

»Agnes, bitte!«

»Ich bin seine Assistentin.«

»Oh ja ... und vermutlich die Einzige, die in dieser Situation keine Scheiße gebaut hat.« Pietro hob seine Stimme.

»Aber ...«

»Nichts aber ... hören Sie auf, seine Fehler zu fressen! Ich weiß genau, was Sie getan haben. Wir kennen beide die Spielregeln und ich sehe weder in Ihrem Handeln noch in Ihrer Auffassungsgabe Gründe, Sie an die Wand zu stellen.«

»Aber Dr. Baringhaus hat doch ...«

»Wollen Sie ihn beschützen?«, fragte Pietro scharf.

»Nein, aber ... ich.«

»Was läuft da zwischen Ihnen?« Pietros bissige Angriffe hatten Agnes waidwund geschlagen, jetzt hatte sein feines Gespür eine neue Fährte aufgenommen.

»Nichts ... ich fühle mich nur gemeinsam mit Dr. Baringhaus für das Desaster verantwortlich und werde nicht beim ersten Knall von seiner Seite weglaufen.« Agnes gab alles. Dr. Baringhaus war ein Genie, niemand wusste das besser als sie. Sie würde für ihn kämpfen und ihm zeigen, dass sie sich sein Vertrauen verdient hatte.

»Ich bin beeindruckt.« Pietros angespanntes Gesicht lockerte sich für einen Moment.

»Bitte?«

»Welcher Mann könnte mit Ihnen an der Seite jemals scheitern?« fragte er, ohne dass Agnes ihm folgen konnte.

»Pietro bitte, sprechen Sie nicht in Rätseln.«

»Ich habe bereits viele Sterne aufsteigen sehen. Und wieder fallen. Wenn man einen erloschenen Stern später fragte, warum, lag es immer an der Sonne, dem Mond, der Sonne und dem Mond oder an irgendeinem namenlosen Stein, der den Jupiter umkreist.«

»Halten Sie Dr. Baringhaus für einen erloschenen Stern?«, fragte Agnes verwundert. Angehende Physiker mussten in ihrer Kindheit am Morgen eindeutig andere Frühstücksflocken bekommen haben als zukünftige Ärzte.

»Alles, was ich sage ist, dass Olaf, oder Dr. Baringhaus, wie Sie ihn immer verehrungsvoll nennen, mir keine Ausrede nennen kann, die ich ihm abkaufen werde. Er hat Sie an seiner Seite, er hat vorsätzlich Ihren Rat ausgeschlagen!«

»Das sollten wir gemeinsam besprechen ...« Agnes stand mit dem Rücken an der Wand, sie hätte doch niemals angenommen, dass ihr eigener Statusbericht über den Gesundheitszustand der letzten drei Achilles-Probanden sich als Beweismittel herauskristallisieren würde, um Dr. Baringhaus das Genick zu brechen.

»Das werden wir ...« Pietro beruhigte sich wieder.

»Warum habe ich jetzt das Gefühl, dass das Gespräch unfreundlich wird?«, fragte Agnes, sie musste Pietros Stimmung wieder auf ein sachliches Niveau bringen. Wenn es nötig gewesen wäre, hätte sie sich dafür auch ausgezogen.

»Weil wir in einer unfreundlichen Welt leben? Weil uns unsere Auftraggeber im Nacken sitzen? Weil die NATO am längeren Hebel sitzt? Weil General Cordes wenig mit dem Begriff Freundschaft anfangen kann ... suchen Sie sich eine Antwort aus.«

»Und?« Agnes waren alle diese Probleme bekannt.

»Weil wir uns im Krieg befinden ... einem Krieg, in dem es keine zweiten Plätze gibt. Es gibt nur Sieger und auf der Seite der Unterlegenen jede Menge Tote.«

»Dann sollten wir zusammenhalten und kämpfen!« Agnes hätte keine Probleme damit gehabt, das Projekt Achilles von einem Gericht bewerten zu lassen. Die Liste der Versäumnisse aufseiten des Auftraggebers würde Seiten füllen.

»Trefflich. Agnes, dafür liebe ich Sie. Wir werden kämpfen und nicht als Leichen auf dem Schlachtfeld zurückbleiben.«

Pietro lächelte, wobei ihr an seiner Aussage erneut der Tonfall missfiel. Was führte er im Schilde? Er wurde nicht zum Vorstandsvorsitzenden und größten Anteilseigner von Better Life, weil er ein sentimentaler Trottel war.

»Gegen wen kämpfen wir?«, fragte Agnes frei heraus, für die sich gerade die Fronten zu verkehren schienen.

»Gegen alle, die uns schaden wollen.«

»Alle?«

»Alle und jeden!« Pietro nahm ihre Hand. Nicht auf eine romantische Art, die auch nicht zur Situation gepasst hätte, sondern wie es Kampfgefährten tun, die in ein Gefecht ziehen.

»Und Dr. Baringhaus?«

»Was sind Sie bereit dafür zu tun, um zu überleben?«, fragte Pietro, dem sie die Gesprächskontrolle nicht entreißen konnte.

»Wieso ich?« Agnes konnte den Schwenk von Dr. Baringhaus auf sie nicht nachvollziehen.

»Ihr Leben, mein Leben ... wir stehen an der Front. Dr. Baringhaus liegt verletzt im Lazarett, er kann uns nicht helfen. Aber wir können uns helfen! Uns selbst, was ansonsten auch niemand für uns tun wird, wenn wir es nicht selbst tun.«

Agnes zog perplex ihre Hand zurück. »Alles ... aber ich verstehe nicht, was Sie von mir erwarten?«

»Die Wahrheit. Nicht mehr und nicht weniger. Die NATO wird uns einem umfassenden Audit unterziehen. Steht alles im Vertrag ... wenn die Kacke mal dampfen sollte, müssen wir denen alle Bücher öffnen«, erklärte Pietro entspannt.

»Das ist mir bekannt.«

»Sehr gut ... ich zähle auf Sie. Better Life hat der NATO Achilles verkauft, es gibt Mängel, wir werden Fragen beantworten und die Verantwortung übernehmen. In der Buchhaltung habe ich für das laufende Jahr eine Rückstellung von 120 Milliarden Euro veranlasst. Für die nächsten beiden Jahre wird es noch jeweils weitere 250 Milliarden für unsere Kriegskasse geben.«

»Wird das reichen?« Agnes konnte die Zahlen nicht überblicken, sie wunderte sich allerdings über die Selbstsicherheit, mit der Pietro glaubte, den Schaden berechnen zu können.

»Dafür werden wir beide sorgen!« Jetzt lächelte er sogar. Dr. Pietro del Mare hatte sein Pokerface wiedergefunden.

»Nur wir beide?«

»Und alle anderen, die wir brauchen. Ich möchte Sie als Krisenmanagerin einsetzen. Ich vertraue Ihnen, Sie sind die beste Frau, die ich habe.« Pietro machte weiter wie bisher.

»Und Dr. Baringhaus?« Ihre Sorge um ihn wurde nicht geringer.
»Wir werden ihm die Zeit geben, die er braucht, um wieder auf die Beine zu kommen ... und wenn er wieder fit ist, so wie früher, wird er uns helfen, erneut das Geld zu verdienen, das wir brauchen werden, um den General und seine Kettenhunde zu beschwichtigen.«
Agnes dachte nach. »Wollen Sie denen Dr. Baringhaus als Sündenbock präsentieren?«
»Agnes ... ich habe bereits Leute über die Klinge springen lassen ... sogar einige, die unschuldig waren ... aber diesmal spiele ich fair. Die Wahrheit, ich fordere nicht mehr, als dass Sie die Wahrheit sagen. Genau so, wie es sich zugetragen hat. Genau so, wie Sie es protokolliert haben.«
»Weil die Wahrheit zufällig gerade passt?«, fragte Agnes bissig.
»Weil sie wahr ist!« Pietro hielt dagegen. »Oder möchten Sie lügen und in einem militärrechtlich geregelten Vertragsverhältnis für Hochverrat zwanzig Jahre ins Gefängnis gehen?«
»Nein«, antwortete Agnes verunsichert.
»Sie kennen die Haftungsklauseln, die wir unterschrieben haben. Sie wissen, dass die in das Projekt involvierten Better Life Führungskräfte bei grober und vorsätzlicher Fahrlässigkeit wie Soldaten vor ein Militärgericht gestellt werden können.«

»Ja ... ich kenne die Verträge.« Pietro hatte völlig recht, Agnes glaubte, in ein tiefes Loch zu fallen.

»Und jetzt wollen wir gemeinsam für Olaf einen Meineid leisten ... aus Freundschaft natürlich ... wo wir beide wissen, dass er bei seiner momentanen Gemütsverfassung genau fünf Minuten braucht, um sich bei einer Befragung selbst ans Messer zu liefern.« Pietro drehte auf, jetzt nagelte er Dr. Baringhaus endgültig an die Wand.

»Bitte ...« Agnes fing an zu weinen.

»Sie wissen es besser als ich ... Sie haben mehr Zeit mit ihm verbracht als seine Frau. Auch wenn er Sie nicht gefickt hat ... in Ihrem Kopf war er der Mann an Ihrer Seite.«

»Hören Sie auf!«

»Agnes ... das ist nicht Ihre Schuld! Olaf hat Sie ausgenutzt. Wir hingegen werden die Geschichte gemeinsam durchstehen. Gemeinsam kämpfen und wir werden nicht verlieren!«

»Aber ... « Agnes suchte einen Fluchtweg.

»Nichts aber ... alles was Sie tun müssen, ist es, die Wahrheit zu sagen. Nur die Wahrheit, mehr verlange ich nicht. Olaf wird sich selbst belasten und alle ins Verderben reißen, die so dumm sind, neben ihm stehen zu bleiben. Habe ich recht?«

»Bitte ... er ist Ihr Freund.«

»Beantworten Sie meine Frage ... habe ich recht?«

Pietro blieb stur und Agnes wusste, dass er die Wahrheit sagte. Sogar wenn Pietro und sie für ihn lügen würden, Dr. Baringhaus würde sich selbst belasten. Das würde niemand verhindern können. Er würde die Wahrheit erzählen, seinen Standpunkt erklären und die Verantwortung übernehmen. Das war Dr. Olaf Baringhaus, der Mann, den sie liebte, der Mann, der sich damit einige Jahre in ein wenig komfortables Militärgefängnis bringen würde. Egal was sie tun würde, sie konnte ihn nicht retten.

»Ja ... Sie haben recht.«

»Ihre Entscheidung?«, fragte Pietro kalt wie ein Stein.

»Ich werde die Wahrheit sagen. Jedem, der sie hören möchte ... ich werde nicht lügen.«

Agnes hatte eine Entscheidung getroffen, es gab Momente, in denen das Schicksal einen an eine Gabelung brachte. Links oder rechts, sie hatte ihre Wahl getroffen.

»Sie haben sich richtig entschieden.« Pietro benahm sich, als ob Agnes die Farbe für einen neuen Briefkopf ausgesucht hätte. »Übrigens, konnten Sie eine komplette Projektübersicht erstellen?«

»Fast ... mir fehlt noch *TwelveMonkeys*, meine Rechte genügen nicht, um die Hochsicherheitsablage zu öffnen.« Agnes fühlte sich nach dem Themenwechsel erleichtert.

»*TwelveMonkeys* ... war ein Reinfall. Olafs erstes Baby ... ist schon ein paar Tage her. Das Projekt war ambitioniert, aber technisch nicht umsetzbar«, erklärte Pietro locker.

»Möchte er seine digitalen Keys für das Hochsicherheitsarchiv nicht herausrücken?«

»Nein ... er wiegelt ab.«

»Sentimentale Hühnerscheiße ... die Daten aus dem Projekt sind Schrott, aber wir müssen alles offenlegen. Wenn wir den Audit über uns ergehen lassen müssen, wollen die NATO-Prüfer alles sehen. Aber in Ordnung ... wenn sich Olaf querstellt, werden wir die NSA um Hilfe bitten, die Verschlüsselung zu öffnen. Das mag vielleicht eine oder zwei Wochen dauern, aber mit deren Hardware ist unser Standardarchiv relativ schnell zu knacken.«

»Worum ging es in diesem Projekt?«, fragte Agnes, die die Gunst der Stunde nutzen wollte. Sie hatte gerade mit Pietro einen Deal gemacht, bereitwilliger würde er auf ihre Fragen nie wieder Rede und Antwort stehen.

»Leben zu schaffen ... das ist Olafs Traum. Bereits als junger Student sprach er über seine abgefahrenen Ideen. Als Physiker habe ich immer nur die Hälfte verstanden, aber ab einem Promille Alkohol im Blut habe ich ihm abends in der Kneipe gerne zugehört.«

»Man kann Kinder zeugen ...«

»Zu einfach ... jedenfalls für Olaf.«

»Und was passierte dann?«

»Nach dem Start bei Better Life? Versuche, Fehlschläge, mehr Versuche und noch mehr Fehlschläge. Organisch hatte er damals bereits unglaubliche Erfolge erzielt ... nur wir bekamen die Steuerung nicht gestartet.«

»Steuerung?«, fragte Agnes.

»Den Verstand ... wir haben nur hirnlose Idioten großgezogen. Sind alle gestorben, die meisten töteten sich selbst. Achilles war der zweite Anlauf, dieses Potenzial zu realisieren. Besser, größer, ambitionierter und wir wissen beide, wie Achilles ausgegangen ist.«

»Achilles setzt wegen dieser Aufgabenstellung auf natürliche Hirnstrommuster und eine auf zwei Jahre beschleunigte Sozialisierung.« Agnes wusste, dass sich dieses Konzept gut angehört hatte. Nur nicht funktionierte, wie alle Beteiligten inzwischen besser wussten. »Wie ist *TwelveMonkeys* an das Problem herangegangen?«

»Binäre Hirnströme ... ich weiß, das klingt irre. Aber Olaf war davon überzeugt.«

»Wie soll das funktionieren?«

»Stabilität durch binär codierte Basisroutinen ... wenn das jemals geklappt hätte, ich möchte mir nicht vorstellen, wie wir die Welt verändert hätten.«

»Das verstehe ich nicht ...« Dieses Konzept hatte Dr. Baringhaus niemals erwähnt.

»Humanoide Signaturwaffen ... ein erwachsener Proband wäre in der Lage gewesen, nur mit der Kraft seiner Gedanken in geschützte Funknetzwerke einzudringen. Dank der menschlichen Intelligenz und Anpassungsfähigkeit ist ein solches Waffensystem kaum aufzuspüren. Und sogar nach einer Entdeckung wären statische Schutzmechanismen nicht in der Lage gewesen, dynamisch-evolutionäre Codefragmente zu bekämpfen«, erklärte Pietro frei heraus.

»Ein menschlicher Körper mit einer militärischen KI im Kopf ... würde dieser Proband nicht unter anderen Menschen auffallen?« Agnes dachte zwangsweise an alte Sci-Fi Serien im Stream und metallisch-hölzern sprechende Computerstimmen.

»Nein ... das war die Pointe bei der Geschichte. Noch nicht einmal eine Mutter hätte es bemerkt, wenn man ihr Kind gegen einen TwelveMonkeys-Probanden ausgetauscht hätte.«

»Und wie hätte man sie identifizieren können?«

»An der DNS ... die zeigt unverwechselbare Eigenheiten, die jeder Medizin-Student im zweiten Semester erkennen würde. TwelveMonkeys-Probanden wären definitiv keine Menschen gewesen.«

»Beängstigend.«

»Tja ... vielleicht hatte es auch etwas Gutes, dass *TwelveMonkeys* scheiterte.«

Agnes wünschte sich, dass es so wäre, doch bei dem seltsamen Verhalten von Dr. Baringhaus befürchtete sie, dass Pietro nicht die ganze Geschichte kannte.

***

XIII. Jagdinstinkte

Mia stand wieder auf den Beinen, wackelig, aber Alex brauchte sie nicht mehr festzuhalten. Der Espresso wirkte, vermutlich wäre es eine kluge Idee, zwei weitere Tassen zu bestellen. Ihr Gesicht sah abgekämpft aus, was seiner Zuneigung zu ihr keinen Abbruch tat.

»Bist du wieder bei mir?«, fragte Alex und ging leicht in die Knie, um mit ihr auf Augenhöhe zu sein.

»Nur körperlich ...« Mia machte einen Ausfallschritt, strauchelte kurz und kippte nach vorne in seine Arme.

»Kann ich bitte noch zwei Espressos haben?«, fragte Alex die Kellnerin, die mit einem Lächeln die leeren Tassen mitnahm.

Sie nickte.

»Darf ich um Ihre Aufmerksamkeit bitten«, fragte eine weibliche Stimme über Lautsprecher. Alex blickte zur Bühne, auf der sich die Programmleiterin, Dr. Sibel Mindner, das Mikrofon genommen hatte. Ging das Rahmenprogramm jetzt weiter?

»Vielen Dank für Ihre Geduld ... leider hatten wir technische Probleme mit dem Dialogsystem. Probleme, die wir zum Glück mittlerweile beheben konnten. Wir werden ab jetzt erheblich schneller alle Teilnehmer befragen können ... es geht also gleich weiter. Wir werden Sie einzeln ansprechen. Vielen Dank für Ihre Unterstützung.«

Verhaltener Beifall. Alex blickte in die Runde, nicht nur Mia hatte Probleme, wach zu bleiben. Die hätten besser Tee anstatt Wein auf die Tische gestellt.
Die Türen gingen jetzt an zwei Stellen auf und vier Gruppen mit je vier Bodyguards brachten weitere Teilnehmer höflich aber bestimmt zu den Testräumen.
»Wow ...« Alex zeigte sich überrascht, das wurden immer mehr. Inzwischen sah er 16 durchtrainierte Kampfmaschinen in dunklen Anzügen, die eifrig Nerds abführten. Um ihren Haufen in Schach zu halten, hätten zwei von denen genügt.
»Was ist wow?«, fragte Mia, die langsam ihren Kopf kreisen ließ. Ein Lebenszeichen, diese Geste machte sie an jedem Morgen nach dem Aufwachen und nach dem Sex. Wobei er hoffte, dass darin kein Zusammenhang bestand.
»Guten Morgen.«
»Der Morgen ist nicht gut ...«, grummelte sie und schüttete sich sofort ein Tütchen Zucker in die Tasse Espresso, die ihnen die freundliche Kellnerin auf den Tisch stellte.
»Gehören die zum Hotel?«, fragte Alex und zeigte auf ein Viererteam, das gerade an ihnen vorbeischritt.
»Die Stiernacken?«, fragte die Kellnerin.
Alex nickte.
»Die nicht ... aber die Gattung läuft hier öfter bei Veranstaltungen herum.«
»Öfter?«

»Immer wenn wichtige Gäste da sind ... ihnen soll schließlich nichts zustoßen.« Die Kellnerin wusste ganz genau, welche Aufgabe das Sicherheitsteam hatte.

»Wir sind nicht wichtig ...«

»Das habe ich von wichtigen Menschen schon öfter gehört ... ich wünsche Ihnen weiterhin einen schönen Aufenthalt.« Sie lächelte und arbeitete weiter.

»Flirtest du etwa wieder?«, fragte Mia, deren Laune sich nicht verbessert hatte.

»Ich bin neugierig.«

»Oh ja!« Mia boxte ihn auf die Brust, nicht feste, wenn sie angetrunken und müde war, konnte schon einmal eifersüchtig werden. »Herr Baringhaus, Sie sollten wissen ... ich teile nicht!« Dann legte sie ihren Kopf genau auf die Stelle, die sie zuvor mit der Faust bearbeitet hatte.

»Was siehst du, wenn du dich umsiehst?«, fragte Alex.

Mia hob den Kopf, blickte nach links, rechts. »Besoffene Nerds. Die haben den Wein ebenfalls nicht vertragen.«

»Scheint so ...« Auch Alex' Blick schweifte durch den Raum. Er suchte Anhaltspunkte, um die Situation besser zu verstehen, fand aber nichts von Bedeutung. Bis auf die blonde Kellnerin, die ihn beim Vorbeigehen erneut anlächelte. Eine nette Geste, die auch Mia sah, weswegen er sich einen weiteren Schlag einfing. Diesmal fester.

»Ich warte auf die Pointe. Warum darf ich nicht schlafen gehen?«, fragte seine Freundin, die sich nach der dritten Tasse dieser schwarzen Höllenbrühe wieder halbwegs wach zeigte.

Alex senkte seinen Kopf und küsste ihren Hals, niemand sollte seine Lippen sehen, während er ihr leise ins Ohr sprach. »Punkt 1. Hier läuft etwas schief. Punkt 2. Die Typen, die uns Teilnehmer immer rein und raus bringen, sind bewaffnete Personenschützer. Punkt 3. Ich habe Angst. Punkt 4. Ich bin zu neugierig, um einfach abzuhauen. Punkt 5. Du solltest wachsam sein und aufpassen, was du sagst.«

Mias entspannte Haltung verschwand, sie kannte ihn gut genug, um zu wissen, wann sie aufpassen musste. Langsam drehte sie sich herum und inspizierte die Szenerie erneut.

»Frau Tymann, Herr Baringhaus, Ihre Session steht nun für Sie bereit. Dürfen wir Sie in den Testraum begleiten?«, fragte ein Stiernacken freundlich.

Sollte Alex dem Pausenclown und seinen Kumpanen die Nasen brechen und weglaufen? Eine schlechte Idee, auch wenn ihm eine innere Stimme genau das zuflüsterte.

»Endlich ... darauf freuen wir uns schon stundenlang.« Mia blieb cool, sie strahlte vor Freude, nahm seine Hand und zog Alex hinter sich her.

»Bitte ... folgen Sie uns. Der Testdialog wird nur 15 Minuten dauern, danach können Sie sich gerne zurückziehen.«

Irgendjemand hatte dem Stiernacken sogar das Sprechen in sinnvollen, zusammenhängenden Sätzen beigebracht.

Die Typen müssten Mia nur einmal schief angucken und Alex würde denen die Köpfe abreißen.
»Wir wollten eigentlich weiterfeiern ...« Mia mimte das wiedererwachte Partygirl, die zur zweiten Runde einläutete.
»Frau Tymann, natürlich ... auch das.« Zwei der Stiernacken lächelten, nicht abfällig, sondern wie es normale Menschen tun, die anderen ihren Spaß gönnten.
»Oder ist der Weinkeller schon leer?« Mia setzte noch einen obendrauf und stupste den Bodyguard an.
»Ich hoffe nicht. Nein, ich glaube, Sie werden es nicht schaffen, das Vier Jahreszeiten leerzutrinken.«
»Ich nehme Sie beim Wort.« Mia hatte ein Talent, das Alex bereits öfter erlebt hatte. Sie konnte auf Menschen zugehen und auch in schwierigen Situationen die Stimmung auflockern. Dafür und für viele andere Dinge liebte er sie.
Mia und Alex verließen den Festsaal, auf dem Korridor kamen ihnen zwei gutgelaunte Jungs entgegen, die am Nachbartisch ausgelassen gefeiert hatten. Eine sonderlich unangenehme Tortur schien diese Test-Session nicht zu sein.
»Ich drücke dir die Daumen ...«, rief einer Mia zu.
»Danke.« Sie nickte.
»Aber nicht böse sein, wenn du nur zweiter wirst ... die Million geht schon an mich!« Der junge Mann um die zwanzig, mit Brille, Bart und Jesusfrisur zeigte sich

entgegen seines historischen Stilvorbildes deutlich materialistischer eingestellt. »Aber du darfst gerne morgen Abend zu meiner privaten Siegesparty kommen.«

Mia beließ es dabei und Alex beschäftigten andere Gedanken. Er musste einen Weg finden, weitere Informationen zu bekommen. Bisher benahm er sich wie ein Schlafwandler, der, wenn er nicht aufpasste, gleich die Treppe aus dem ersten Stock herunterpoltern würde.

»Bitte ... Ihr Testraum. Das System ist selbsterklärend, wenn Sie fertig sind, können Sie den Rest der Nacht weiterfeiern.« Der sprechende Stiernacken zeigte sich locker.

»Sieh mal, die haben nicht nur unsere Namen eingetragen. Sogar unsere IDs, Adresse, Geburtsdatum und -ort, super Service«, kokettierte Mia. Alex wusste ihre Aussage zu werten. Beide wunderten sich darüber, wie Better Learning über den Namen hinaus, sämtliche persönlichen Daten in Erfahrung bringen konnte, die sie bisher noch niemandem genannt hatten.

»Cool ... dann geht es schneller. Wäre Hammer, wenn wir die Million abgreifen.« Alex stieg auf das Spiel ein und änderte seinen Jargon. Wer bei einem Screening bewaffnete Ordner einsetzte, würde die Objekte seiner Begierde auch auf Schritt und Tritt beobachten, oder wenigstens abhören.

»Boar ... ich werde mir krass lange Fingernägel machen lassen!« Mia konnte ebenfalls auf Knopfdruck umschalten. Als farbiges Mädchen in Hamburg aufzuwachsen, hatte seine Tücken. Doch auch jedem spießigen Teutonen in der Schule zu zeigen, dass man ihn locker in die Tasche stecken konnte, hätte mehr Ärger als Freude eingebracht. Eine gesunde Bescheidenheit sorgte für friedliche Heimwege.

»Möchtest du?«, fragte Alex, der sich das erste Puzzle ansah. Eigentlich bemerkenswert, dass die Organisatoren kein Problem darin sahen, sie den Test als Paar durchführen zu lassen.

»Klar ... das kann ich.« Mia wollte gerade loslegen.

»Ich möchte aber auch meinen Spaß haben.« Alex packte Mia, die neben ihm saß, an der Taille und zog sie auf seinen Schoss. Sie lächelte. Mit den Händen fuhr er ihr unter die weiße Softjacke und berührte ihre nackte Haut.

»Ich bin kitzelig.«

»Ich werde mich beherrschen.« Alex strich mit den Fingern langsamer werdend am Bauchnabel vorbei. Sie sollte sich Zeit lassen. Mia bestätigte die Botschaft mit einer kurzen Kontraktion ihrer Bauchmuskeln. Sie verstanden sich blind. Ein Beobachter würde ihre Kommunikation nicht verfolgen können.

»Jetzt kommt das Runde in das Eckige, oder?«, fragte Mia und lehnte ihren Kopf zurück. Seine Berührungen schienen sie anzuregen.

»Sieht gut aus ... rein mit dem Ding.«
»Jaah.« Mia zuckte mit ihren Po-Muskeln, was bei ihm eine andere Reaktion auslöste. Dafür würde er ihr später den nackten Hintern versohlen.
»Das nächste Puzzle ...« Alex zeigte erneut mit den Fingern auf ihrem Bauch an, dass sich Mia Zeit lassen sollte. Zuerst galt es, seine in Gedanken spärlich bekleidete Freundin wieder aus dem Kopfkino zu vertreiben und das Blut besser in höhere Regionen seines Körpers zu pumpen.
»Sieht schwerer aus«, stellte sie fest und spielte mit dem Finger auf dem Touchscreen, um die geometrischen Fragmente in die gewünschte Anordnung zu bringen.
Alex dachte nach, dieses Programm machte nur Sinn, wenn die Tests eine Selektion abbilden konnten. Damit hatte Dr. Mindner vermutlich sogar die Wahrheit gesagt. Egal wer hinter dem Programm stand, diese Person suchte jemanden mit besonderen Fähigkeiten. Logisch. Aber würde dazu ein Intelligenztest, der nahezu ausschließlich das räumliche Denken prüfte, belastbare Ergebnisse bringen? Oder diesen hohen Aufwand rechtfertigen? Nein. Eher nicht. Wer einen solchen Aufwand betrieb, um jemanden zu finden, würde sich auch bei den Tests besondere Mühe geben. Natürlich, genau so machte die Geschichte Sinn.

Alex hatte eine Idee, verhaltenspsychologische Testmuster konnten mit geometrischen Aufgaben die Wahrnehmung von Probanden ergründen. Die alte Hockmühle hatte mit dem Kurs dazu eine Testreihe an der Universität durchgeführt, die aufzeigte, dass Beobachter je nach Stimmung eine unterschiedliche Wahrnehmung von Farben hatten. Ein Mensch unter Stress reagierte tendenziell nur noch auf grelle Farbveränderungen, während jemand in entspannter Stimmung auch feinste Farbschattierungen und minimale Nuancen in der Helligkeit unterscheiden konnte.

»Uhh ... passt nicht.« Mia probierte weiter und rutschte mit dem Po auf seinem Schoss umher.

Alex signalisierte ihr, weiterzumachen. Er konzentrierte sich auf das erste Puzzle, das er vor einigen Tagen im Bett gelöst hatte. Unvorbereitet. Was war in dieser Nacht passiert? Er sah ein sich bewegendes Rätsel, bei dem Mia eine andere Wahrnehmung hatte als er. Bist du etwa betrunken, hatte sie ihn gefragt, daran konnte er sich gut erinnern, als ob es erst vor fünf Minuten geschehen wäre.

Einen Moment später riss Mia ihm beinahe den Arm ab und benahm sich, als ob er einen Herzstillstand überlebt hätte. Wessen Wahrnehmung stimmte? Ihm fehlte das Stück dazwischen, Mia hatte die Zeit voller Sorge um ihn erlebt. Warum waren ihm für etwa drei Minuten alle Sicherungen herausgesprungen? Weil ein sich zuvor frei im Raum bewegendes Puzzle auf einmal stillstand und sich mühelos lösen ließ? Weil jemand eine Reaktion provozieren wollte? Weil jemand *seine* Reaktion provozieren wollte? Warum? Welchen Sinn ergab das? Die Frage nach der Motivation der Hintermänner würde er mit den verfügbaren Informationen nicht lösen können.

Für Alex ergab sich allerdings eine weitere Konsequenz. Wenn seine Reaktion von jemandem beabsichtigt war, jemandem mit Geld, jemandem, der dieses Geld bereitwillig investierte, um Menschen zu finden, die auf geometrische Rätsel ungewöhnlich reagieren, dann würde er sich diesem Phänomen sehr bald erneut stellen müssen. Vielleicht schon beim nächsten Rätsel könnte ein, von ihm als im Raum springender Ball, von Mia als langweiliger Kreis aufgefasst werden. Wie würde er dann reagieren? Würde er wieder drei Minuten ein Loch in die Luft starren? Machte er einen Denkfehler? Mia und er wurden beobachtet, bei einer Reaktion dieser Art würde sofort die Kavallerie in den Raum kommen.

»Na, jetzt müsstest du es aber haben«, sagte Alex, Mia sollte das nächste Rätsel aufrufen. Er konzentrierte sich.

»Stimmt ... stand irgendwie auf der Leitung.« Mia fügte alle Fragmente zusammen und rief die nächste Dialogseite auf, die ein Robbenbaby zeigte. »Sieh mal ... süß.«

»Nicht so süß wie du.« Alex küsste ihre Nacken. Ein geplanter Moment der Entspannung, weiter ging es.

»Jetzt wird es wirklich schwer!« Mia wurde ruhiger, bei diesem Rätsel musste sie überlegen. Alex ließ sie gewähren, er sah die Lösung binnen einer Sekunde. Mit den Fingern signalisierte er ihr, wie gehabt weiterzumachen. Diesmal musste sie keine Lösung verzögern. »Bei diesem Dreieck geht ja mal gar nichts.«

»Sieht wirklich kniffelig aus ...« Alex entwickelte sein Denkspiel weiter: Punkt 1. Annahme, das nächste Puzzle würde ihn ausknocken. Punkt 2. Weitere Annahme, Ärzte würden den Raum betreten. Punkt 3. Die Fragestellung, würden die Ärzte ihm helfen und sich für die Unannehmlichkeiten entschuldigen, oder würden die laut *Gotcha* rufen, endlich haben wir dich, du Wicht, ihn freudig eintüten und in einen Käfig sperren?

Eine gewagte Überlegung, leicht paranoid, warum sollte sich jemand mit unbegrenzt erscheinenden Mitteln solche Arbeit machen, ihn zu finden? Alex Baringhaus, ein Student der Kunstgeschichte, der wegen Unfähigkeit von seiner Professorin aus dem Kurs hinausgelobt werden sollte. Es gab nichts an ihm, was außergewöhnlich war. Bis auf sein Glück, dass sich so eine Hammerfrau wie Mia mit ihm zufriedengab. Mit ihrem Aussehen hätte sie binnen eines Abends zehn Typen an den Fingern gehabt, die sie in ihrem Porsche, Ferrari und Aston Martin mal eben zum Frühstück nach Paris gefahren hätten.

Alex blickte auf das leicht spiegelnde Display und sah seine eigenen Augen, sein Gesicht und seine Dreadlocks. Wer war er? Wer war Alex Baringhaus? Ein beklemmendes Gefühl überkam ihn. Ein altes Gefühl, das er bereits verdrängt hatte. Vergraben und vergessen, die Frage nach seiner Identität. Nach dem Tod seiner Mutter hatte er sich viele Gedanken über sein Leben gemacht. Wenige dieser Überlegungen hatten einen nachhaltigen Wert.

Sein Freund und dessen Familie in New York hatten ihn damals gerettet, seine Probleme ignoriert und ihn im Leben mitgerissen. Sport, Pauken, Mädchen, Partys und Freundschaft, er lernte, seine Mutter in Frieden ruhen zu lassen und sein eigenes Leben zu leben. Er hatte sogar seinem Vater den Frieden gegönnt, auch wenn er ihm sein Handeln nicht verzeihen konnte.

»Ich krieg es nicht hin.« Mia brauchte Unterstützung. Brauchte er ebenfalls Hilfe, um sich selbst zu finden?

»Ich gebe dir noch eine Minute ... dann helfe ich dir«, sagte er und signalisierte Mia, alles im Griff zu haben.

»Ich bleibe dran!« Mia verschob weiterhin mit den Fingern erfolglos die geometrischen Fragmente auf dem Display, um das Zielobjekt zusammenzustellen.

Alex hatte seine Überlegungen noch nicht abgeschlossen. Suchten die wirklich jemanden, dem bei räumlich anmutenden Puzzles eine Sicherung aus dem Oberstübchen flog? Angenommen es wäre so, was würden die dann mit ihm tun? Therapieren? Feiern? Wegsperren? Oder als Zoo-Attraktion ausstellen?

Blödsinn. Die hatten Geld investiert, eine Handlung, die wirtschaftlich denkende Menschen selten aus Nächsten-

liebe taten. Die Leute hinter Better Learning hofften auf einen Gewinn. Die wollten sich ihr investiertes Geld wieder in ihre Tasche stecken. Ein normales Verhalten in einer freien Marktwirtschaft. Also, welche Macke hatte Alex Baringhaus, die für einen potenten Investor auch nur einen einzigen Euro wert wäre?
Ihm lief es heiß und kalt den Rücken hoch. Wie hatte er diese Facette bisher nicht berücksichtigen können? Die suchten nicht irgendjemanden, der Talent zeigte, außergewöhnliche Puzzles zu lösen. Die suchten genau ihn, weil er etwas konnte, von dem er sich sicher war, dass diese Macke alles andere als harmlos war.
Er musste bei einem seiner Ausflüge in fremde Netzwerke Spuren hinterlassen haben, Spuren, die niemand technisch erklären konnte, Spuren, die bei fantasiereichen Menschen Begehrlichkeiten geweckt hatten. Nur seine speziellen Fähigkeiten konnten das Verfahren, den Aufwand und die besonderen Sicherheitsmaßnahmen erklären. Alex musste ausbrechen. Er durfte sich nicht fangen lassen. Flüchte, kämpfe, renne, rief ihm eine innere Stimme zu, er musste sofort abhauen.
»Ich gebe auf.« Mia schaffte es nicht, Alex nahm von hinten ihre Hand, mit der sie das Display bedient hatte, führte sie auf ihre Brust und legte seine Hand schützend darüber. Er war jetzt an der Reihe. Mia ließ ihn gewähren. Alex würde sie niemals zurücklassen.

»Sieh ... das gehört an diese Stelle.« Alex hatte einen Fluchtplan, wie er diese Session überstehen würde. Mit der anderen Hand bediente er das Display vor ihren Augen.
»Stimmt ... das habe ich schon probiert, aber dann ...«
»Warte ... dann nimmst du dieses Fragment und fügst es an diese Stelle.«
»Das dahin? Aber ...«
»Einen kleinen Moment ... du darfst jetzt nicht dieses Teil nehmen. Nimm das hier, wenn du es drehst, kannst du es hier einfügen.«
Alex verschob unter Mias kritischem Blick weitere Fragmente. Stück für Stück. Das Bild vervollständigte sich.
»Irre ...«
»Noch ein Teil ... aber warte einen Moment.« Alex schloss die Augen und ließ sich fallen. Dr. Mindner sprach von einem Dialogsystem, der Rechner vor ihnen dürfte den Programmcode und die passenden Datensätze für die nächste Dialogseite bereits im Arbeitsspeicher halten.
Seine Wahrnehmung veränderte sich, im ganzen Raum befand sich ein feines Netz von Funksignalen in sehr hoher Verschlüsselungsqualität, die ihn nicht interessieren. Er wollte sicherlich keine Codecs in NATO-Qualität knacken.

Alex interessierten nur das Display und der Arbeitsspeicher des Rechners vor ihnen. Auch dieses System hing drahtlos im Netzwerk. Er sah den Strom der Bildschirmdaten und brauchte nur einen Moment, um den aktiven Prozessor und den Arbeitsspeicher zu finden. Das installierte Sicherheitssystem erledigte die Arbeit für ihn, die Daten zu entschlüsseln. Er las die Daten einfach auf der offenen Seite der lokalen Firewall. Wie in einem Buch blätterte Alex in dem Arbeitsspeicher eine Seite vor und entdeckte, welches Rätsel ihn als Nächstes erwartete.
Er hätte sich gerne geirrt, tat es aber nicht. Das nächste Puzzle bot zwei Ansichten, eine normale und eine für einen Typ Wahrnehmung, die er noch nie gesehen hatte. Was zum Henker war das denn? Diese Scheiße würde ihm also, gemeinsam mit einer besonderen Wiederholfrequenz des Displays, unvorbereitet die Kerzen ausblasen?
Nein, diesmal nicht, Alex merkte sich die Aufgabe und Form, Größe und Position der Fragmente, die gleich auf dem Display durch das Grafiksubsystem gerendert auftauchen würden. Er war seinen Verfolgern einen Schritt voraus.
Alex ließ sich wieder in seinen Körper fallen. Sein Ausflug hatte nur weinige Sekunden gedauert. Die Augen hielt er geschlossen. Wie bei einer Begegnung mit der Gorgone Medusa aus der griechischen Sagenwelt, wer sie ansah, wurde zu Stein.

»Es geht weiter«, sagte Alex, Mia zitterte leicht, sie spürte, dass sich etwas verändert hatte. Er hatte die Position des letzten Fragmentes im Kopf, nahm ihre Hand und führte mit ihrem Finger die Einfügebewegung durch.

»Fertig. Neues Puzzle. Eine seltsame Form, ein Vieleck«, erklärte Mia munter.

»Ja ... mal sehen, ob wir es schaffen.« Erneut verschob Alex die Fragmente mit Mias Finger. Ein Beobachter dürfte Schwierigkeiten gehabt haben, zu unterscheiden, wer der Aktivere bei der Bewegung war. Ohne hinzusehen, begann Alex, das Rätsel aufzulösen. Nicht zu schnell, langsam, immer wieder machte er eine Pause, senkte Mias und seine Hand, um dann einen Moment später fortzufahren. Er baute sogar Fehler ein, die er dann rückgängig machte und eine andere Variante ausprobierte.

»Wir sind gut.« Mia freute sich.

»Wir sind die Besten.« Alex würde sich nicht fangen lassen, nach dem Test würde er sich Mia schnappen und abhauen. Kein Geld der Welt war es wert, dafür seine Zukunft als Laborratte zu fristen.

»Geschafft.« Mia lachte, Alex öffnete wieder die Augen und hob seinen zuvor leicht gesenkten Kopf, den er hinter ihren langen, mit Henna rot gefärbten Haaren versteckt hatte.

»Yeah ... noch ein Glas Wein, Frau Tymann?«, fragte Alex galant und stellte sie auf ihre Beine.

»Sehr gerne, Herr Baringhaus ... aber ich muss Sie warnen. Ich schlafe dann wie ein Stein und werde sicherlich keinen heißen Sex mit Ihnen haben.«
»Am Morgen bist du noch schöner ...« Alex küsste sie innig, er konnte warten.

Wieder im Ballsaal des Vier Jahreszeiten angekommen, beließen es Mia und Alex beim Apfelsaft. Der Stiernacken hatte sie gebeten, noch ein paar Minuten zu warten. Die Zwischenergebnisse würden gleich bekannt gegeben werden. Alex wollte keine unnötigen Verdachtsmomente erzeugen und fügte sich. In der Runde standen nur noch wenige Teilnehmer. Und Hayden, der es bei seinem zufriedenen Gesichtsausdruck scheinbar geschafft hatte, Maria glücklich zu machen und die Testreihe erfolgreich zu absolvieren.
»Alter, Muskeln und Hirn, ich bin beeindruckt.«, sagte Hayden und gab zuerst Mia, dann Alex die Hand.
»Das gebe ich gerne zurück. Hast du einen Großwildjäger in deinem Stammbaum?«
»Nicht nur einen ...«, antwortete Hayden souverän und nahm sich eine Tasse Kaffee vom Tablett, das die ihnen bereits bestens bekannte Kellnerin am Tisch abgesetzt hatte. Inzwischen brachte sie niemandem mehr neue Weinflaschen.

»Ich gratuliere den verbliebenen Teilnehmern zum Erreichen der Zwischenrunde ... glauben Sie mir, Sie haben bereits eine erstaunliche Leistung erbracht«, erklärte Dr. Mindner über Lautsprecher, die um drei Uhr morgens auch nicht mehr frisch wirkte. Die Frisur hatte Schieflage und das Makeup einige Baustellen. Auch ihre Körperhaltung signalisierte, dass sie bereits schlafen wollte.

Beifall ertönte, auch wenn sechs Männer, zwei Frauen und Mia keinen tosenden Applaus mehr zustande brachten. Alex blickte sich um und fragte sich, ob er sieben Menschen sah, die Rätsel durch ihren Intellekt lösen, oder sieben Leidensgenossen, die ebenfalls *Ghosten* konnten?

»Wir bereiten die finale Prüfung vor ... die jemanden von Ihnen um eine Million Euro reicher heimkehren lassen wird.«

Erneut Beifall. Sogar etwas lauter.

»Lass uns einmal frische Luft schnappen gehen«, sagte Alex und zog Mia auf eine der weiten Glastüren zu, die eine freie Sicht auf das Wasser erlaubte.

»Wir müssen sofort gehen«, sagte er leise, während er Mia in den Armen hielt.

»Warum?« Mia reagierte anders, als er es erwartet hatte. »Wir haben doch alles im Griff ... was ist los?«

»Die jagen mich ...«

»Spinnst du?«

»Nein ... ich weiß es.« Alex musste sie überzeugen, sie sollten sofort abhauen.

»Was weißt du?« Mia ging einen Schritt zurück und sprach lauter. Es würde jetzt nicht mehr schwer sein, ihrem Gespräch zu folgen.

»Dass wir nicht hierbleiben sollten.«

»Aha ... was führt dich zu der Erkenntnis? Deine Entdeckung eines bewaffneten Personenschützers?«

»Du musst das verstehen ...« Alex hatte Probleme, die richtigen Worte zu finden. Mia hatte keine Ahnung davon, dass er Ghosten konnte. Er hatte ihr nie davon erzählt.

»Wir können eine Million gewinnen ... nicht, dass Geld mir allzu viel bedeutet, aber zukünftig die Miete sorgenfrei bezahlen zu können, fände ich cool.«

»Wir sind in Gefahr ...« Bitte Mia, sie sollte ihm einfach glauben. Das war sicherlich nicht der richtige Zeitpunkt für eine Beichte.

»Alex Baringhaus, jetzt hörst du mir zu! Ich liebe dich, aber ich bin es leid, mit anzusehen, wie du dich unter Wert verkaufst.« Sie drehte auf.

»Mia ...«

»Nein, jetzt rede ich. Du hörst mir zu! Ich weiß inzwischen verdammt gut, dass du am liebsten unsichtbar wärst. Du machst Bilder von der Natur. Tolle Bilder. Und viele Bilder von mir. Aber wir haben auf unserem Computer kein einziges Bild von dir.«

»Das hat andere Gründe ...«

Mia ließ ihn nicht aussprechen. »Wirklich? Nein ... das werde ich nicht weiter mitmachen. Ich will allen zeigen, wer du bist ... die sollen sehen, was du kannst. Ich glaube an dich und will, dass du endlich auch an dich selbst glaubst!«

Mia war auf einen völlig falschen Zug aufgesprungen. Wie sollte er sie jetzt wieder einfangen?

»Du hast Angst vor dem, was du kannst, du hast Angst, dass jemand von dir ein Bild in den Händen hält und staunend sagt, Alex Baringhaus, Mann, ist das ein geiler Typ!«

»Wie kann ich dir nur erklären ...«

»Nicht erklären, handeln. Ich will mir mit dir die Kohle holen. Ich will kämpfen und ich will gewinnen!«

»Mia ...« Alex faltete seine Hände.

»Möchtest du beten?«

»Nein.«

»Ich mache es dir einfach.«

»Bitte?« Alex fühlte sich hilflos.

»Ich gehe jetzt wieder in den Saal und flirte eine Runde mit Hayden ... der ist niedlich.«

»Ich verstehe nicht ...«

»Warte, ich bin noch nicht fertig ... du bleibst noch ein paar Minuten an der frischen Luft und stellst dir eine einfache Frage: Möchtest du weiterhin mit mir zusammen sein? Mir wäre es egal, zu kämpfen und zu verlieren, mir ist es aber nicht egal, mich vor dem Wettkampf zu drücken. Wenn du abhauen willst, dann war es das mit uns ... ich würde mir sicherlich drei Monate am Stück die Augen rotheulen ... aber ich weiß nicht, wie ich es dir anders beibringen soll. Bleib stehen und kämpfe!«

»Das kannst du nicht ernst meinen ...«

»Oh doch ... du bist dran!« Mia drehte sich herum und ließ ihn allein zurück.

Das konnte doch nicht wahr sein, Mia hatte die Situation völlig missverstanden und setzte ihm die Pistole auf die Brust. Er liebte sie, er wollte sie nicht verlieren, er wusste aber auch, dass er sich bei dem Screening nicht ewig vor seinen Jägern verstecken konnte. Falls sie nicht bereits Verdacht geschöpft hatten und nur darauf warteten, dass er weitere Indizien für seine Fähigkeiten lieferte.

»Scheiße!« Dieses einfache Wort fasste die Situation kompakt und treffend zusammen. Was sollte er tun? Wie konnte er diese Nacht überleben?

Alex sackte auf den Boden, sein Atem kondensierte an der kalten Luft. Er musste eine Entscheidung treffen, bei der ihm beide Optionen unerträglich erschienen. Eine Wahl zwischen Pest und Cholera, sich fangen lassen oder Mia verlieren?

Nein. Das würde er nicht tun. Bei einer unlösbaren Aufgabe blieb nur, die Aufgabe zu ändern. Denk nach, du Idiot, schrie er sich in Gedanken an. Er machte einen Denkfehler, er wusste nur noch nicht, welchen. Seine

Gedanken flohen an die Strände der Ostsee und flogen nach Norden. Immer schneller. Wie ein Sturm wehte er über Skandinavien, er liebte diese Gegend, in der er als kleines Kind einen wunderschönen Urlaub in einer abgelegenen Hütte erlebt hatte. Wie ein Sturm – der Gedanke blieb hängen – warum?
Alex hob den Kopf und wischte sich mit dem Handrücken die kalten Tränen von der Wange. Wie ein Sturm – bei den Worten bewegte ihn etwas. Warum hatte er so oft Angst, dass ihm jemand etwas antun konnte?
Er lächelte, er war derjenige mit den besonderen Fähigkeiten. Genau, das war der Punkt. Die sollten besser Angst vor ihm haben. Das Jahr 2034 würde nicht mehr lange andauern und auch 2035 würden sich bekannte Technologietrends fortsetzen. Die Welt hatte sich in ein elektronisches Dorf verwandelt. Ein großes Dorf, in dem Entfernungen im irdischen Maßstab keine Bedeutung mehr hatten. Reisen von Hamburg nach New York dauerten weniger als zwei Stunden.
Der Denkfehler lag in seiner Furcht, an die Öffentlichkeit gezerrt zu werden, Mia kannte ihn viel zu gut. Die anderen sollten sich besser davor in Acht nehmen, dass er seine Fähigkeit eines Tages nicht für weniger harmlose Dinge einsetzen würde.
»Ich lebe.« Alex stand wieder auf. Die Zeit, sich zurückzuhalten, war vorbei. Eine Schlussfolgerung fehlte ihm noch bei seinen Überlegungen. Wenn jemand viel

Geld investierte, um ihn zu fangen, wäre es unhöflich von ihm, nicht zu wissen, wer hinter Better Learning steckte. »Die können was erleben.« Alex würde nicht fliehen, wie ein Sturm würde er deren Fassaden wegreißen.

***

XIV. Try & Error

Agnes stand am Waschbecken auf der Damentoilette und trocknete sich die Hände ab. Ein Blick in den Spiegel, mit 36 war sie sicherlich noch nicht alt, aber auch nicht mehr jung. Die neue schwarze Langhaarfrisur gefiel ihr. Der Trend im Jahr 2034. Andere Frauen, die sie kannte, hatten zu diesem Zeitpunkt bereits die zweite Fassaden- oder Fahrwerkrenovierung hinter sich. Verständlich, um die Konkurrenz auf Abstand zu halten, wenn Frau sonst nichts zu bieten hatte.

Sie lächelte, sie hatte für das Älterwerden eine bessere Strategie. Sie würde sich später einfach zur Entspannung ein paar nette Boys leisten, die ihr den ganzen Tag die Füße massierten. Gewinner brauchten sich nicht liften zu lassen.

»Dr. Gutter, Entschuldigung, wir haben die Ergebnisse vorliegen, die Sie sehen wollten ...«, sagte einer der Analysten über das Netz, Mitte Zwanzig, hungrig und mit großen Händen. Genau der Richtige für den Job als Privatsekretär.

»Ich komme.« Oh ja. Später. Viel später. Agnes verdrängte ihre Fantasien und verließ den exklusiven Waschraum neben der Einsatzzentrale. Überall nur Marmor und Messing, die Sanitärbereiche im Vier Jahreszeiten hatten Stil.

»Wir haben Probleme mit dem Dialogsystem ... einer der Server lässt sich nicht anbinden. Unsere Durchsatzquote bei den Tests ist unter aller Sau ... wir sind zu langsam«, erklärte Sibel entnervt,

die sich ebenfalls auf ihren Kanal schaltete. Dr. Sibel Mindner war in ihrem Team alles andere als eine geduldige Abteilungsleiterin.

»Tritt den Technikern in den Arsch!« Agnes würde noch viel mehr tun, um *Dornröschen* aus seinem Turm zu befreien. Ein wenig stacheliges Gestrüpp würde nicht genügen, um sie aufzuhalten.

»Habe ich schon ... der Techniker faselte etwas von einem defekten Patchkabel. Ich habe ihn in den Serverraum des Hotels geschickt, der soll sich dort ein Kabel besorgen.«

»Hauptsache du bringst das zweite Dialogsystem online.« Alles andere interessierte Agnes nicht.

»Du warst doch so scharf auf die Werte des kleinen Baringhaus. Haben wir schon die DNS-Ergebnisse vorliegen?«

»Angeblich ja ... ich bin auf dem Weg in die Einsatzzentrale.« Agnes ging schneller, die Ergebnisse wollte sie als Erstes sehen. Die Vorstellung, dass Dr. Baringhaus seiner Frau Ina, ohne es ihr zu sagen, ein gentechnisch gezüchtetes Kind untergeschoben hatte, konnte und wollte sie nicht glauben. Bei Ina Baringhaus schloss sie hingegen kategorisch aus, dass sie so eine Scharade gedeckt hätte. Ina hatte oft mit ihr über Kinder und ihre Einstellung als Mutter gesprochen. Nein, das hätte sie nicht getan. Niemals.

»Das will ich auch sehen ... ich beeile mich.« Sibel zeigte nicht weniger Neugierde.

Agnes legte die Hand auf einen biometrischen Handscanner an der Wand, die Tür zur Einsatzzentrale öffnete sich. Zwei Wachen im Maßanzug nickten ihr zu.

»Ich will die DNS-Ergebnisse sehen!«, rief Agnes laut, sie hatte hier das Sagen, jeder der gut 50 Teammitglieder tanzte nach ihrer Pfeife. Hinter ihr öffnete sich die automatische Tür erneut und Sibel kam schnell atmend herein. Sie musste gelaufen sein.

»Dr. Gutter, Dr. Mindner, wir haben bereits von 14 Probanden unbemerkt DNS-Proben sicherstellen können. Mit wem wollen Sie anfangen?«, fragte eine Assistentin von ihrem Displayarbeitsplatz aus und schaltete eine Auswertung auf den großen Wandbildschirm.

»Alex Baringhaus!« Wer sonst. Die anderen interessierten Agnes in diesem Augenblick nicht. Ihr Pulsschlag beschleunigte sich. Wenn es Dr. Baringhaus wirklich getan hatte, würde sie *Dornröschen* in einer Minute gefunden haben. Endlich.

Die rekonstruierten Daten hatten dazu in der Vergangenheit bereits eindeutige Erkenntnisse zugelassen. Die TwelveMonkeys-Technologie setzte auf im Reagenzglas gezüchtete Embryonen, die von einer Leihmutter neun Monate ausgetragen wurden. Nach der Geburt mussten die Gen-Babys, die ohne einen speziellen Brutkasten nicht lebensfähig waren, sofort mit einer Hochenergiebestrahlung konditioniert werden. Eine grausame Prozedur, aber ansonsten hätte das körpereigene

Immunsystem die genetisch manipulierten Gehirnzellen angegriffen und das Kind binnen Stunden getötet. Niemand sollte diese Qual einem lebendigen Wesen antun. Niemand. Agnes schüttelte den Kopf, diese Grenze würde sie nicht überschreiten.

»Alex Baringhaus, bitte sehr. Gesund und munter.« Die Assistentin schaltete seine Daten sichtbar.

»Das sind menschliche Werte ...«, stellte Agnes erstaunt fest. Eine ganz normale Auswertung eines jungen Mannes.

»Ja.« Die Assistentin nickte.

»Er ist es nicht!«

»Eindeutig ... Alex Baringhaus ist genetisch unauffällig. Seine DNS-Analyse hat keine Besonderheit erkennen lassen.«

»Sind die Werte überprüft worden?«, fragte Sibel.

»Mehrfach.«

»Können wir die Eltern feststellen?«, fragte Agnes, deren Gedanken sich immer schneller bewegten. War das überhaupt der Junge von Ina und Dr. Olaf Baringhaus?

»Mit sehr hoher Sicherheit sogar. Ebenfalls mehrfach geprüft.« Die Assistentin lächelte, alle im Raum sahen auf den Bildschirm. Einige schienen Wetten am Laufen zu haben, da sich ein paar Teammitarbeiter freuten, andere sich aber auch verärgert zeigten.

»Ich sehe es selbst!« Agnes setzte sich, Alex war zu 99,99986 Prozent das leibliche Kind von Ina und Dr. Olaf Baringhaus. Irrtum praktisch ausgeschossen. Die Spur war eine Sackgasse. Der Junge hatte entweder Glück gehabt oder war schlichtweg pfiffig beim Rätsellösen gewesen. Die gesuchte Superwaffe, um in fremde Netzwerke zu gelangen, war er allerdings nicht.

»Enttäuscht?«, fragte Sibel, die sich neben sie setzte.

»Nein ...« Agnes lächelte. »Ich freue mich sogar, dass er es nicht ist.« Sie hätte Ina noch nicht einmal im Grab die Schmach gewünscht, vom eigenen Mann hintergangen worden zu sein.

»Wann wirst du ihn hinter dir lassen?« Sibel kannte sie gut. Sie war Psychologin, es machte keinen Sinn, ihr etwas vorzumachen.

»Morgen.« Agnes lächelte, das sagte sie jeden Tag. Auch wenn sie mit Dr. Baringhaus noch eine Rechnung offen hatte, befriedigte sie der Gedanke, dass er Frau und Sohn nicht belogen hatte, die es beide, wenn es so gewesen wäre, definitiv nicht gewusst hätten.

»Jagen wir weiter?«, fragte Sibel auffordernd.

»Selbstverständlich.« Agnes hatte nicht vor, die tickende Zeitbombe, die Dr. Baringhaus hinterlassen hatte, weiter in Freiheit umherlaufen zu lassen. *Dornröschen* gehörte in den Turm, gut bewacht und für alle Zeiten aus dem Verkehr gezogen.

»Hier die anderen Ergebnisse im Überblick ... ich mache es kurz, kein Treffer«, rief die Assistentin, was scheinbar anhand der lautstarken Reaktionen der anderen Mitarbeiter in der Einsatzzentrale weitere Wetten platzen ließ.

»Fuck ...« Agnes biss die Zähne zusammen. Egal, und wenn es die ganze Nacht dauerte, sie würde weitersuchen.

»Das ist doch nicht wahr, oder?« Agnes hatte sich einen Kaffee aus dem Automaten in der Ecke der Einsatzzentrale gezogen und kehrte zu ihrem Platz zurück. Auf dem großen Display lief gerade ein sehr aktiver und nicht jugendfreier Livestream aus einem der Hotelzimmer.

»Der Typ fickt wie eine Maschine ... aber um auf ihn zu wetten, ist es zu spät, die Quoten liegen im Keller. Hier die Charts, er führt mit einer Wahrscheinlichkeit von 12 Prozent die Dornröschen-Challenge an«, erklärte Sibel amüsiert.

»Der müsste eigentlich schon tot sein, das Bein der Frau wiegt mehr als er ... sieh dir mal ihre Oberarme an ... und jetzt, will die den Jungen hochwerfen?«, fragte Agnes mit verdrehten Augen.

»Nee ... ich glaube, sie steht auf Angriffe aus der Luft. Uhhh ... Sturzflug ... getroffen ... der Kleine hat es drauf.« Menschen ohne deren Einwilligung beim Sex zu filmen war schäbig, sexistisch und höchst illegal. Leider bei den beiden Akteuren auch verdammt unterhaltsam. Hayden und Maria, was für ein Paar. Beide zeigten sich auffallend gut bestückt. Ungleiche Beziehungen hatten für Agnes eine besondere Magie.

»Meine Damen, meine Herren, mehr Ernsthaftigkeit bitte. Die Party steigt erst, wenn wir *Dornröschen* haben.« Agnes hielt es für angebracht, den Übermut im Team zu bremsen. Klick. Sie schaltete das Bild ab. Die Leute sollten sich konzentrieren, jeder von denen hatte eine wichtige Aufgabe, auf jeden kam es an.

Sie erntete vielfach gutgelauntes Nicken, niemand stellte ihre Autorität infrage, alle arbeiteten weiter.

»Wann kommt Alex Baringhaus an die Reihe?«, fragte Agnes, auch wenn er aus dem Raster gefallen war, interessierte sie, was aus Inas Sohn geworden war. Früher hatte sie sogar einige Male mit ihm gespielt. Sie hatte Ina um ihr Glück beneidet.

»20 Minuten ... möchten Sie seine Kamera auf dem großen Bildschirm sehen?«, fragte die Assistentin aufmerksam.

»Ja, bitte.« Das würde sich Agnes nicht entgehen lassen.

Die Nacht würde lang werden, die Verzögerungen wegen des defekten Dialogsystems hatten den Zeitplan über den Haufen geworfen. Agnes lehnte sich mit einem frisch gebrühten Kaffee zurück, jetzt war Alex an der Reihe.

»Zwar nicht der Traum jeder Schwiegermutter ... aber anziehend«, resümierte Sibel seine stattliche Erscheinung.

»Ich glaube, du wärst nicht nur zu alt, sondern auch zu blass für ihn.« Agnes sah bei seinem Frauengeschmack leider wenig Raum für Sibels romantische Avancen.

»Das ist zu befürchten ... ein sympathisches Paar.« Sibel kontrollierte den Bildausschnitt.
»Was machen die da? Die fangen doch nicht an zu fummeln?«, fragte Agnes, die beobachtete, wie sich das Mädchen auf seinen Schoß setzte und er seine Hände unter ihre weiße Softjacke schob.
Sibel lächelte. »Nein. Das tun die beiden sicherlich nicht.«
»Klär mich auf?«
»Dein kleiner Baringhaus hat etwas gespannt. Er ahnt, dass er beobachtet wird, und gibt seiner Freundin verdeckt Zeichen.« Sibel schien mehr zu sehen als sie.
»Aber er bleibt im Spiel.« Eine Million Gründe motivierten einen jungen Menschen zu vielen Dingen.
»Eine normale Reaktion. Er akzeptiert, getestet zu werden, will aber seine Aktionen verschleiern.«
»Hat er etwas zu verbergen?«
»Definitiv ja ... was aber nichts bedeuten muss. Ich würde an seiner Stelle, wenn ich wüsste, dass ich beobachtet werde, auch genau überlegen, was ich mir anmerken lasse.«
»Die scheinen Spaß bei der Sache zu haben. Hat sie das erste Rätsel allein gelöst?«, fragte Agnes. Sibel sah an ihrem Arbeitsplatz mehr als das Livebild aus dem Testraum. Körpertemperatur, Blutdruck, Puls und weitere Vitalwerte liefen bei ihr zusammen.
»Definitiv ja ... wobei bei ihm ebenfalls die Aktivitäten im Kopf zunehmen. Wir haben einen leichten Temperatur-

anstieg. Er konzentriert sich«, erklärte Sibel. Die Messinstrumente konnten kontaktlos minimalste Temperaturschwankungen aufzeichnen.

»Wer denkt jetzt mehr nach?«, fragte Agnes und studierte das Paar, die beide beim zweiten Rätsel auf das Display starrten.

»Beide sind rege ... wobei ich vermute, dass sie das Rätsel auflösen möchte und er sich über andere Dinge Gedanken macht.«

»Indizien?«

»Temperaturanstieg in den Genitalien. Das Mädchen sollte besser ruhig sitzen bleiben.«

»Männer.« Waren alle gleich. »Warum hilft er ihr nicht?«

»Gute Frage ...« Sibel konnte mit ihren Instrumenten auch nicht jede Frage beantworten.

»Jetzt löst sie das Rätsel auf. Richtig. Mia Tymanns IQ liegt damit weit über dem Durchschnitt.«

»Scheinbar ... wer ist eigentlich Mia Tymann?« Agnes begann, genauer hinzusehen. »Wie sind ihre DNS-Werte?«

»Kein Treffer. Ihr Erbgut hat zwar eine unglaubliche Internationalität asiatischer, afrikanischer und europäischer Einflüsse ... sie ist aber nicht Dornröschen.«

Das wäre auch zu einfach gewesen. Das dritte Rätsel galt für Normalsterbliche bereits als unlösbar. Bei Testreihen hatte Agnes die ersten beiden geschafft, das dritte Rätsel konnte sie nicht lösen. Sibel hatte berechnet, dass nur 0,2 Prozent aller Menschen mit ihrer besonderen räumlichen

Vorstellungsgabe dazu in der Lage wären. Und Dornröschen, der oder die dafür gemäß der Designdokumente weniger als eine Sekunde benötigen würde.

»Spannend, oder?«, fragte Sibel.

»Was sagen die Werte?«, fragte Agnes.

»Das Hirn von Mia Tymann glüht, Alex hat seine Erektion wieder im Griff und konzentriert sich ebenfalls.«

»Worauf?«

»Das bleibt sein Geheimnis ... ich vermute auf das Rätsel.«

»Dornröschen wäre bereits fertig, oder?«

»Ja ... aber wenn Dornröschen mitbekommen hat, dass wir es beobachten ... könnte sie oder er uns auch an der Nase herumführen.«

»Absichtlich verzögern?«

»Das kann ich nicht ausschließen.«

»Das würde den Test verfälschen, oder?« Eigentlich kannte Agnes bereits die Antwort auf ihre Frage, natürlich wäre das eine Verfälschung gewesen.

»Definitiv. Aber eine unvermeidbare Konsequenz ... wir jagen keinen Dummkopf. Wir können nur hoffen, dass unsere Fassade möglichst lange hält.«

»Was macht er jetzt?«, fragte Agnes und beobachtete aufmerksam, wie Alex ihre Hand nahm und zum Display führte.

»Sie gibt auf. Er hilft ihr. Alex scheint das Rätsel bereit im Kopf gelöst zu haben. Beindruckend.«

»Er zögert beim letzten Fragment ...« Agnes wunderte sich, das letzte Teil einzufügen, galt nicht mehr als Herausforderung.

»Die Werte sind interessant ... Mia entspannt sich und wartet, er konzentriert sich und wartet ebenfalls. Die Pupillen reagieren, sie freuen sich.«

»Folgerung?« Agnes interessierten seine Motive.

»Er ist kein Egoist. Er teilt den Erfolg mit ihr und genießt gemeinsam das Gefühl, erfolgreich zu sein.«

»Er könnte Karriere machen ...« Intelligent und sozial verantwortungsvoll, von solchen Menschen sollten es mehr in die oberen Etagen großer Firmen oder Behörden schaffen.

»Was als Student der Kunstgeschichte eine besondere Herausforderung wäre ... seine sozialen Eigenheiten zeigen, dass er einer typischen Karriere nichts abgewinnen kann.«

»Verwundert dich das?« Auch auf diese Frage kannte Agnes bereits die Antwort.

»Bei der Geschichte seines Vaters nicht. Trotz seiner Talente würden ihn Geld und Ansehen niemals hinter einen Schreibtisch locken.« Sibel traf den Nagel auf den Kopf. »Warte, er schließt seine Augen ...«

»Na ja ... das machen wir alle mal.« Agnes konnte darin nicht Besonderes erkennen.

»Stimmt ... sie lösen das Rätsel auf. Jetzt kommt die Mausefalle, er wird aber nicht reagieren.«

»Stimmt.« Agnes sah, wie Alex und Mia gemeinsam arbeiteten. Sie probierten herum und hatten sichtlich Mühe, weiterzukommen.

»Nummer 4 ist eine harte Nuss. Dornröschen *Special*, eigentlich nicht für Menschen bestimmt. Mal sehen, wie weit sie kommen«, erklärte Sibel und spielte die Temperaturentwicklung an.

»Einer von zehn Millionen ... mehr normale Menschen können das Rätsel statistisch nicht lösen. Dornröschen natürlich schon, wenn sie oder er nicht durch die neuronal inkludierten Subroutinen paralysiert auf den Bildschirm starren würde.

»Sie kämpfen ...«

»Ich kann zwar seine Augen nicht sehen, aber beide bemühen sich gemäß der gemessenen Kerntemperatur im Kopf intensiv um die Aufgabe ...«

»... und lösen sie auf.« Agnes lächelte. Eine reife Leistung. Einer von zehn Millionen und beim Test war Alex der Fünfte, der alle vier Rätsel in der Zeit lösen konnte. Die Vorauswahl im Netz hatte bereits eine Schar beachtlich talentierter Köpfe selektiert.

»Herr Baringhaus junior, das war eine respektable Leistung, zu der wir Sie im Namen von Better Learning beglückwünschen. Leider sind Sie nicht die Zielperson, die wir haben wollen.« Sibel kokettierte mit der Situation, fasste allerdings das Ergebnis trefflich zusammen.

»So ist es.« Agnes brauchte einen neuen Kaffee. Die Suche nach *Dornröschen* würde weitergehen.

Die Tests waren alle durch. Die Stimmung auch. Verdammt, sie hatten doch alles richtig gemacht. Agnes saß am frühen Morgen auf ihrem Sessel in der Einsatzzentrale und wartete, dass Sibel die Ergebnisse vortrug, die sie schon kannte. General Cordes saß neben ihr, auch wenn er sich bisher jegliche Bemerkung verkniffen hatte.

»Vor mir aus können wir loslegen«, sagte er locker. Als Ex-Militär sah er mit heller Cordhose und grauem Kaschmirpullover bekleidet, mehr wie ein Tourist aus, der sich einen netten Abend in Hamburg machen wollte. Jedenfalls nicht wie der Vorstandsvorsitzende des weltgrößten Technologiekonzerns.

»Dr. Mindner, Sie können mit der Präsentation anfangen.« Agnes gab Sibel grünes Licht, in seiner Gegenwart verzichteten die beiden Frauen darauf, sich zu duzen.

»Dr. Gutter, General Cordes, das Wichtigste in drei Punkten.« Sibel wusste genau, wie der General Präsentationen liebte. Frisch und knackig. Und wenn es schlechte Nachrichten gab, sollte man nicht den Fehler machen, die Probleme zu schönen.«

»Punkt 1. Primäre Auswertung der DNS-Daten aller Teilnehmer: Negativ. Wir konnten keine Person identifizieren, die der Referenz entspricht. Punkt 2. Primäre Auswertung aller Dialogtestprotokolle: 8 Personen haben alle vier Rätsel lösen können. Punkt 3. Der Belastungstest der 8 Personen ist noch nicht durchgeführt worden.« Sibel fasste sich kurz, abgekämpft strich sie sich eine Strähne aus dem Gesicht. In dieser Nacht würde niemand mehr ins Bett kommen.

Der General nahm einen Tablet-Computer von seinem Schoß und aktivierte eine Übersicht. »Gemäß der Planung sollte der Belastungstest bereits abgeschlossen sein.«

»Wir hatten technische Verzögerungen ...«

»Und?«, fragte der General auf eine Art, in der sich niemand gerne befragen ließ.

»Bitte?« Sibel guckte verdutzt.

»Sieht nicht gut aus, oder?«

»Nein.«

»Sie sind Psychologin ... Sie haben alle Teilnehmer gesehen. Wie ist Ihr Bauchgefühl? Glauben Sie, dass sich *meine* Signaturwaffe heute Abend auf Firmenkosten betrunken hat und zum Dank nur auf den Teppich scheißt?«

»Meine Datenbasis ist ...«

»Dr. Mindner, Sie haben den Job nicht, weil ich Sie nett finde, lassen Sie mal die Daten beiseite. Was sagt Ihnen Ihr Instinkt?«

»Ich ... ich weiß es nicht ... wir jagen den Ersten seiner Art, ihrer Art, wir haben, nein, ich habe absolut keine Ahnung, mit wem wir uns anlegen. Wenn auch nur ...«

Sibel stockte. Agnes schluckte. Sibel hatte ohne Fakten spekuliert.

»Reden Sie weiter ...« Der General zeigte eine völlig neue Seite, Agnes hatte ihn so noch nie erlebt. Er forderte Sibel auf, weiter offen über ihre Ahnungen zu sprechen.

»Wenn *TwelveMonkeys* jemals funktioniert hat und dieser Gen-Mutant seit 20 Jahren überlebt ... könnte er Fähigkeiten entwickelt haben, die wir uns nicht vorstellen wollen.«

»Sie vermuten, dass er im Ballsaal sitzen könnte und uns für unser naives Testprogramm auslacht?«

»Ich kann es nicht ausschließen ...«

»Und die DNS-Analysen?«, fragte der General.

»Dr. Baringhaus war ein genialer Wissenschaftler.«

»Das war er.«

»Wir haben nicht alle Projektdaten ... wir wissen nicht, ob er die Aufzucht organisch realisieren konnte. Die DNS-Spur wäre dann nur eine Sackgasse.«

»Leider bekommt die NSA das Archiv nicht geöffnet ...«

»Die Zielperson wäre dann für uns unsichtbar.«

»Wie kriegen wir ihn dann?«, fragte er.

»Nie ... es sei denn, er macht einen Fehler und wir schnappen ihn mit den Fingern in fremden Datentöpfen.«

»Ihre Empfehlung?« Der General blieb weiterhin ruhig.

»Abbruch ... *DeepSearch* ist fehlgeschlagen.«

»Dr. Gutter, möchten Sie die Ergebnisse kommentieren?« Der General holte aus.

»Da bleibt mir nicht mehr viel zu sagen. Ich stütze die Aussagen von Dr. Mindner ... das Projekt *DeepSearch* hat unsere Erwartungen *noch* nicht erfüllt. Ich würde trotzdem gerne den Belastungstest abschließen. Wir haben nichts zu verlieren.«

Auch wenn die Erfolgsaussichten minimal waren, Agnes wollte den Weg bis zum bitteren Ende gehen. Der Belastungstest würde sehr intensiv ergründen, wie die Probanden in extremen Situationen reagieren.

Der General stand auf. »Dr. Gutter, tun Sie das ... lassen Sie keinen von den kleinen Pissern schlafen. Wenn ich schon mit einer Million einen von deren haarigen Ärschen pudern muss, dann soll der dafür bluten!«

***

XV. Ghosten

Ich lebe, dachte Alex und kehrte von der Veranda in den Ballsaal zurück. Er schwitzte. Mit Feuer im Herzen und Pudding in den Beinen ging er auf Mia zu. Seine Freundin unterhielt sich angeregt mit Hayden. Beide lachten. Er mochte ihn, aber der kleine Mann sollte den Bogen nicht überspannen. In Gedanken rammte Alex ihn bereits ungespitzt in den Boden.

»Hallo Alex.« Als ob Mia am Hinterkopf Augen hätte, drehte sie sich lächelnd herum. Die Luft knisterte. Hayden reagierte sofort und ging zwei Schritte zurück.

»Mia.«

»Zu mir oder zu dir?«, fragte sie.

»Du hast keine Ahnung, worauf du dich einlässt.«

»Und wenn sich die Hölle auftun würde ...«

»Treffend.« Alex wusste sehr wohl die Konsequenzen seines nächsten Schrittes abzuschätzen. Mia nicht. Wie auch, über sein Talent, seine Nase in fremde Netzwerke stecken zu können, hatte er noch nie gesprochen.

»Ich entnehme deinen Worten, dass wir bleiben?«, fragte sie.

»Ja.«

»Gute Wahl ... wir hätten ohnehin ein Problem gehabt, zu gehen. Schon mal zur Tür gesehen?« Mia drehte sich herum und lehnte sich gegen seine Brust.

»Wovon sprichst du?« Erst jetzt sah er, dass die Stiernacken alle Türen geschlossen und sich demonstrativ in Kompaniestärke vor die Ausgänge gestellt hatten. Während er auf der Terrasse war, hatte er davon nichts mitbekommen.

»Lagerhaft ... die Wachhunde sagen kein Wort. Auch die Mindner hat sich noch nicht blicken lassen.« Mia lächelte. »Zumindest hattest du recht mit deiner Annahme, dass hier mehr als ein Rätselcontest läuft.«

»Stört dich das nicht?« Alex verwunderte es, dass Mia nicht von ihrer Entschlossenheit abwich.

»Doch ... vielleicht hätte ich auf dich hören sollen.« Mia drehte sich erneut herum und drückte ihn auf die Wand zu.

»Was ist mit den Mobiles?«

»Kein Netz ... wir sind isoliert«, antwortete sie.

»Wir sollten uns kurz unterhalten.« Alex wusste nicht, wo er anfangen sollte.

»Du machst ein Gesicht ... hast du ein Auto geklaut, oder warum möchtest du beichten?«

»Das ist kein Spaß.«

»Ich lache nicht.« Mias Augen wurden schmaler.

Alex legte seine Lippen auf ihr Ohr. »Ich brauche deine Hilfe.«

»Jederzeit.«

»Vertraust du mir?« Alex lächelte unsicher, auf Mia würde es jetzt ankommen.

»Das weißt du genau ...«

»Dann höre mir zu ... ich muss etwas herausfinden und du

musst dabei auf mich aufpassen.«

»Wie?«

»Ich werde für einen Moment wie weggetreten wirken. Wenn etwas passiert, musst du mich zurückholen.« Alex hob den Kopf und sah sich um, neben ihnen stand ein Sofa.

Mia nickte.

»Komm ...« Alex nahm ihre Hand und ging zu dem barocken Sofa mit roten Bezügen. Hübsch hässlich, das Ding. »Setz dich und mache es dir gemütlich.«

Mia spielte mit. Er setzte sich vor sie und schloss die Augen. Mia umschloss mit beiden Händen seinen Körper und legte den Kopf auf seinen Rücken. Alex ließ sich fallen. Der Ausflug konnte beginnen. Er würde diese Bastarde aus ihren Löchern scheuchen.

Er fühlte sich wie ein aufkommender Sturm, der Gedanke half ihm, sich zu konzentrieren. Der erste Schritt kostete immer am meisten Kraft. Er glaubte, einen kühlen Luftzug spüren zu können und erhob sich in seiner geistigen Form. Der Raum, die Leute, alle Farben, das Licht, nichts war mehr wie zuvor.

Alles, was er sah, war eine riesige karge Halle, in der Abertausende vielfarbig-leuchtende Verbindungen den Raum durchkreuzten. Die hohe Dichte an aktiven Funknetzwerken überraschte ihn. Für ein normales Hotel war dieses gigantische Datenvolumen ungewöhnlich.

Wo war er nur gelandet?
Der erste Strang schoss nur knapp an ihm vorbei, der aus der Nähe wie ein Haarstrang aussah, in dem sehr viele dünnere Verbindungen verwoben schienen, die sich wiederum als weiteres Flechtwerk noch feinerer Strukturen entpuppten. Eine derartig filigrane Signalarchitektur hatte er noch nie gesehen.
Alex bewegte sich schwerelos durch den Raum, immer darauf bedacht, nichts zu berühren, und betrachtete die anderen Verbindungsstränge. Die überall gleich aussahen: Armdick und auf mehreren Ebenen fein verwoben, mit Abermillionen hauchdünner leuchtender Fäden.
Es gab kein einziges freies Signal, das er ausmachen konnte: Kein Handy, kein Tablet, noch nicht einmal ein offenes Terminal, von denen er in der Hotellobby einige Geräte gesehen hatte, konnte er finden. Die ganze Szenerie wirkte hochsteril, wie ein in Alufolie eingepacktes Aquarium, in dem kein einziger Fisch lebte.
Hinter ihm summte etwas, laut, schnell näherkommend, das Geräusch kannte er. Zurück. Er schwebte ein Stück von dem Verbindungsstrang weg, gerade rechtzeitig, bevor eine schwarze Kugel, mit einer mittigen Öffnung, die den Verbindungsstrang umfasste, wie aus einem Gewehr abgefeuert, an ihm vorbeischoss.
Ein Tracer, ein Netzwerkpolizist, ein intelligentes Sicherheitssystem, das die aktiven Verbindungen wie ein tollwütiger Wachhund patrouillierte. Solange er nicht

versuchte, in die Verbindung einzudringen, würde ihn der Tracer nicht entdecken. Bereits zweimal hatte ihn bei Ausflügen in fremde Netzwerke beinahe ein Tracer fangen können, die von der Hamburger Polizei eingesetzt wurden, um Hacker zu schnappen. Für die betreffenden Hacker eine unangenehme Geschichte, die danach meist binnen vier Stunden festgenommen wurden.

Es summte erneut. Diesmal weiter weg. Auf einem Signalstrang auf der anderen Seite der Halle raste ein weiterer Tracer vorbei. Was waren die Dinger schnell.

Die von der Stadtpolizei betriebenen Tracer bewegten sich erheblich langsamer, er sah sie bereits von Weitem und hatte alle Zeit der Welt, ihnen auszuweichen. Sicherlich keine Freikarte, unvorsichtig zu sein, aber Furcht konnte ihm die mit städtischem Budget finanzierte Variante nicht einflößen.

Die beiden Tracer, die er gerade gesehen hatte, waren hingegen ein anderes Kaliber. Wer betrieb solche High-End Sicherheitsmaßnahmen in einem Hotelnetz? Better Learning, eine Softwarefirma, die angeblich nur Lernsoftware für Kinder herstellte? Im Leben nicht, das war eindeutig eine andere Liga.

Alex näherte sich abermals einem der Verbindungsstränge, dessen bunt leuchtendes Muster eine magische Anziehungskraft auf ihn ausübte. Sollte er zu Mia zurückkehren? Weitersuchen? Die Neugierde siegte, ein kurzer Blick zu beiden Seiten, kein Tracer in Sicht. Er berührte die Funkverbindung und schnellte wie vom Schlag getroffen auf die andere Seite der Halle zurück. Dunkelheit.

»Alex, hast du geschlafen?« Mia empfing ihn mit einem Lächeln, die inzwischen seitlich von ihm saß und seinen Kopf auf den Oberschenkeln liegen hatte.
»Ich ...« Alex suchte noch nach Worten.
»Alles in Ordnung?«
»Ja, ja ... ich hatte mich nur erschrocken.«
»Du warst unruhig, ich musste mich mit dir auf die Seite legen, um dich zu halten«, erklärte sie.
»Schon in Ordnung.« Alex sah sich um.
»Du hast nichts verpasst. Wir warten, die Ärsche lassen uns schmoren. Neben dir hatten sich auch andere aufs Ohr gehauen. Deine kleine Auszeit ist nicht aufgefallen.«
»Ich habe nicht geschlafen ...«
»Bitte?« Wie hätte Mia das verstehen können. »Wo warst du?«
»Später ... ich muss wieder los.«
»Später?«
»Vertrau mir.«
»Das tue ich.«
»Du must unbedingt wach bleiben.«
»Verstanden.« Mia nickte.
Alex schloss nochmals die Augen. Als er eben den Verbindungsstrang berührt hatte, musste er etwas

übersehen haben. Die Kommunikation im Netzwerk schien mehrfach gesichert zu sein. Er würde besser aufpassen müssen.
Sich digital in gesicherten Netzwerken zu bewegen, war eine Frage der Perspektive. Er würde sich den Strukturen anpassen müssen, um die Datenbank zu plündern. Er bewegte sich schwebend zwischen den pulsierenden Verbindungssträngen, die in ihrer Gesamtheit optisch einem hell leuchtenden Fischernetz ähnlich sahen.
Der Maßstab stimmte nicht, er sah nicht genug. Auf die Details kam es an. Alex verkleinerte sich, immer kleiner, bis der Querschnitt des zuvor armdicken Kabels seiner mehrfachen Körperlänge entsprach. Es summte, der nächste Tracer rauschte, jetzt in einer stattlichen Größe, an ihm vorbei. Der Rhythmus betrug 90 Sekunden. Alles war nur eine Frage des Timings.
Aus der Nähe konnte Alex seinen Fehler von vorhin erkennen, den Verbindungsstrang umgab auf der gesamten Länge ein feines Energienetz, das zu neugierige Eindringlinge vertreiben sollte. Was bei ihm gut funktioniert hatte.
Die Zeit lief, er bewegte sich an dem Gitternetz vorbei, griff einen der verwobenen Stränge auf und verdrehte ihn mehrfach. Netzwerke zu hacken, wurde in seiner Vorstellung zu einem Spiel von Farben und Formen. Mit geschickten Bewegungen zerlegte er den Strang, brach die Verschlüsselung, tauchte in den Datenstrom ein und

verschloss den Zugang hinter sich.
Es summte wieder. 90 Sekunden. Intelligenz war relativ. Der Tracer rauschte blind über ihn hinweg. Es blieb nur die Flucht nach vorne, er würde immer einen Schritt schneller als die Wachhunde sein müssen. Der Datenstrom, in dem er sich gerade befand, bestand aus Audiodaten aus der Toilette. Schräg. Die nutzten wirklich eine Verschlüsselung, um das Klo abzuhören?
Na ja, weiter ging es, hier würden sich sicherlich auch interessantere Daten finden lassen. Er suchte nach einem Switch, einer Stelle, an der viele Verbindungen zusammenkamen und er gefahrlos den Kanal wechseln konnte, ohne von einem Tracer rasiert zu werden.
Am Switch angekommen, stieg er um und bewegte sich auf den nächsten Server zu. Der Server war ein Überwachungssystem, auf dem viele Video- und Audiostreams zusammenkamen. Better Learning schien keine Kosten gescheut zu haben, die hatten das ganze Hotel verwanzt. Einen Server verglich er immer mit einem debilen Haussklaven, der stumpf und ohne zu murren jeden auch noch so langweiligen Scheiß für seine Auftraggeber erledigte.
Die Videostreams interessierten Alex aber nicht, er wollte zum Verzeichnisdienst. Die Schlüsselschatulle, wenn er die einmal infiltriert hatte, stand das ganze Netzwerk für ihn offen. Also, auf zum Verzeichnisdienst, den er bereits einen Moment später erreichte. Betrunken ein Loch in

den Schnee zu pissen, war schwerer, als dieses Netzwerk zu filetieren.
Leider verwaltete der dezentrale Verzeichnisdienst nur die Ressourcen, die zur Überwachung der Räume rund um den Ballsaal eingesetzt wurden. Schade, aber in jedem Netzwerk gab es auch einen zentralen Verzeichnisdienst, den Mastermind, den Herrn über alle versklavten Server und andere niedere digitale Schergen. Interessanterweise lag die IP des zentralen Verzeichnisdienstes, die technische Adresse, außerhalb des Subnets, einem Wert, der den Adressraum definierte.
Er würde erneut das Netzwerk wechseln müssen, am Router, dem Übergang zwischen Netzwerken, würde er wieder aufpassen müssen. Dort fing das Revier der Tracer an, die üblicherweise alle wichtigen Knotenpunkte überwachten.
Alex merkte sich alle interessanten Daten, die der lokale Verzeichnisdienst bieten konnte, und machte sich auf den Weg. Der Datenstrom wurde schneller, die komprimierten Überwachungsdaten rauschten mit ihm durch den Kanal. Die Bewegungen, die Lichter, die Farben und das Gefühl der Geschwindigkeit berauschten ihn. Geil. Er wurde immer schneller. Egal wer dieses Netzwerk geschaffen hatte, die Technologie war rattenscharf. Ihn interessierte, wer dahinter steckte. Jedenfalls nicht die Polizei, auch nicht die Universität und erst recht nicht die Stadt Hamburg. Deren Netzwerke aus dem Discounter kannte

er bereits alle.

Es summte. Ein Tracer? An dieser Stelle sollten noch keine Wachhunde umherirren. Der Router war noch ein Stück entfernt. Oder wartete der Tracer schon auf ihn? Das Summen wurde lauter. Verdammt, er bewegte sich genau auf das Geräusch zu.

Ob man übereifrige Tracer zerstören konnte? Er hatte es noch nicht probiert. Für alle Dinge gab es ein erstes Mal. Alex machte sich bereit, in Gedanken mit der Schulter eine Tür zu durchschlagen.

Das Summen mutierte zu einem lauten Brummen. Immer lauter. Schneller. Verdammt, er schoss im freien Fall durch das Netzwerk. Das Risiko war zu hoch. Die Technologie, in der er sich bewegte, kannte er nicht. Ein Fehler. Niemand wäre so dumm gewesen, mitten in der Nacht durch einen Stacheldrahtwald zu sprinten. Nur er. Umkehren war nicht mehr möglich. Einbahnstraße. Dieser Krach. Alex schrie, niemand würde ihn hören können.

Alex schlug hart auf einer festen Oberfläche auf. Eine merkwürdige Wahrnehmung, er war ein naiver Idiot. Diese Tour würde ihn den Hals kosten.

Ein Tracer, die schwarze Kugel hing bereits an seinem Bein, bissiger kleiner Scheißer. Die KI des Tracers versuchte, ihn zu analysieren.

Mein Freund, ich bin ungenießbar, dachte Alex und schlug seine Faust in die schwarze Kugel. Weich und warm, der Tracer roch wie eine Schüssel warmer Vanillepudding. Er hatte keine Ahnung, wer ihm diese Empfindung verpasst hatte, es war schon schräg, Kraft seiner Gedanken in ein Netzwerk einzudringen, aber beim Hacken einer Sicherheitsroutine den Geruch von warmer Vanille in der Nase zu haben – dazu fehlten ihm die passenden Worte.

Der Tracer zappelte hilflos aufgespießt auf seiner Faust, bisher hatte er angenommen, die Dinger hätten mehr draufgehabt. Ein Irrtum. Sollte er die Routine in ihre Bestandteile zerpflücken?

Nein, nicht sein Stil. Alex dreht seine Faust herum, konzentrierte sich und verpasste dem Tracer eine freundlichere Gesinnung. Zudem programmierte er das Wachprogramm, andere seiner Art anzugreifen und ebenfalls zu seinen Hilfssoldaten zu machen. Dinge zerstören konnte jeder, er würde sich lieber eine treue Tracer-Armee schaffen, die ihn abschirmte.

Alex sah sich um, er befand sich erneut in einem Router. Einem ziemlich großen sogar, der 256 Ausgänge hatte. Anhand der IP-Adresse wählte er den richtigen Weg, trat mit dem Fuß noch einen Paketfilter aus den Angeln und machte sich weiter auf den Weg, den zentralen Verzeichnisdienst zu finden. Kollateralschäden ließen sich nicht verhindern.

Die Farbe des Lichts innerhalb des Glasfaserkabels veränderte sich, alles wirkte nun dunkler und tiefblau. Der Geruch der Vanille lief ihm immer noch hinterher. Er fiel erneut. Tief. War das Wasser? Alex befand sich plötzlich unter Wasser. Schräg. Er versuchte, nach oben zu tauchen und schlug gegen eine netzartige Glasscheibe. Ein seltsames Gefühl, er glaubte, auftauchen zu wollen, um wieder zu atmen.

Atmen in einem Netzwerk? Die Luft wurde knapper. Auch wenn er gerade verrückt wurde, seine Arme und Beine fingen an zu kribbeln. Wie sollte er in einem Netzwerk ertrinken? Die Empfindung fühlte sich ziemlich echt an, was ihn dazu bewegte, wuchtvoll gegen die Netz-Glasscheibe zu schlagen. Mehrfach und ergebnislos. Er sollte sich jetzt schnellstens etwas einfallen lassen. In weniger als einer Minute würde er sein Bewusstsein verlieren.

Cool bleiben, als Kind hatte ihm seine Mutter das Schwimmen beigebracht. Was bei den ersten Versuchen nicht sonderlich elegant ausgesehen haben musste. Einmal hatte er geglaubt unterzugehen, bis seine Mutter ihm erklärte, dass wildes Herumzappeln ihn nicht weiterbringt. Er brauchte sich nur hinstellen, das Wasser ginge ihm nur bis zur Brust. Ein lehrreicher Nachmittag an einem schönen Sommertag im Pool.

Natürlich genügte es in seiner Vorstellung nicht, sich auf den Boden zu stellen, was ihn wieder auf die Wahl der richtigen Perspektive brachte. Er musste wachsen. Schnell. Er konzentrierte sich. In einem Netzwerk oder Server seine Größe zu verändern, fiel ihm nicht schwer. Binnen einer Sekunde hatte er seine Erscheinung um den Faktor 1.000 größer werden lassen. So groß, dass der Speicherraum, den er belegte, diesen imaginären, mit einer Glasscheibe verschlossenen Wasserbehälter zum Bersten brachte.

Luft. Alex war wieder frei. War das eine Falle gewesen? Denkbar, sie hatte beinahe funktioniert. Es ging weiter. Er verkleinerte seine Erscheinung, um erneut schneller im Netzwerk reisen zu können.

Alex brauchte nur noch ein kleines Stück, dann hatte er den zentralen Verzeichnisdienst erreicht. Yeah, auch dieses Netzwerk hatte er flach gelegt. Jetzt konnte er die Benutzerdatenbank leerräumen. Als Erstes entzog er allen Personen mit der Berechtigung, den Verzeichnisdienst zu administrieren, ihren Zugang. Die Verwalter würden ihn vorerst nicht mehr stören.

Na mal sehen, wo ich gelandet bin, dachte er und staunte nicht schlecht. Wer hätte das gedacht? Better Life, er hat wahrhaftig den zentralen Verzeichnisdienst des weltgrößten Technologiekonzerns gehackt und gerade sämtliche Zugriffe auf Root-Ebene deaktiviert.

Na, bei den Jungs im Support würden jetzt einige anfangen, kräftig zu transpirieren.
Alex wollte wissen, wer ihn im Vier Jahreszeiten entlarven wollte. Eine Suche, die sich aus seiner neuen Position einfach darstellte. Dr. Agnes Gutter war die Projektleiterin für *DeepSearch*. Komischer Name, aber so nannten die Pappnasen das Projekt.
Die Welt war klein, Alex kannte Agnes, eine gefühllose Zicke, die, um Karriere zu machen, schon früher über Leichen ging. Sie hatte für seinen Vater gearbeitet, was ausreichte, um sie nicht zu mögen.
Welche Ziele verfolgte Better Life mit *DeepSearch*? Der Frage würde er auf den Grund gehen. Um nach den Daten zu suchen, musste er sich nicht mehr bewegen, mit seinen neuen Berechtigungen genügte es, den Server zu beauftragen, ihm die Daten zu liefern. Er liebte es, alle Fäden in Händen zu halten.
Access Denied, der Server wollte ihm keine Antwort geben. Die Daten zu *DeepSearch* befanden sich in einem Hochsicherheitsarchiv. Eine weitere Barriere, die er sich ansehen würde.
Alex braucht nicht lange, um einer neuen Idee nachzugehen. Agnes hatte ihn abgehört, warum sollte er nicht den Spieß herumdrehen? Er schaltete sich in den Raum, in dem sich die frühere Assistentin seines Vaters aufhielt. Der Server war in der Lage, jeden Menschen, den er im Vier Jahreszeiten abhören wollte, einzeln auszu-

wählen. Sehr praktisch, Alex lehnte sich zurück.

»... was willst du von mir?«, fragte Agnes aufgelöst, sie schien geweint zu haben. Früher hatte sie kurze eisblonde Haare gehabt, im ersten Moment empfand er die langen schwarzen Haare als verwirrend. Na ja, Mia änderte ihre Haarfarbe einmal in der Woche, da wollte er Agnes binnen sieben Jahren einen Wechsel zugestehen.

»Dass du deinen Job machst! Mehr nicht! Nur deinen Job!«, antwortete ein älterer Mann. Auch den Wichser kannte er bestens: General Klaus Cordes, das größte Arschloch, das Mutter Natur jemals auf ihrer schönen Welt ausgeschissen hatte.

»Feuer mich doch!« Agnes und der alte Wichser befanden sich allein in einer Suite und schienen sich nicht gerade sonderlich lieb zu haben. Ob Agnes gerade dafür lang gemacht wurde, keine Ergebnisse abliefern zu können?

Ein sattes Gefühl der Befriedigung wärmte seine kleine schwarze Seele, im Idealfall würde Cordes diese Schlampe erwürgen und sich danach selbst in der Toilette ersäufen. Das wäre eine Win-win-win-Situation und der ganze Spuk wäre schlagartig vorbei.

»Nein!« Das alte Sackgesicht tobte regelrecht. Mit vor Wut rotem Kopf ließ er seinem Ärger freien Lauf. Falls Cordes jetzt einen Herzinfarkt bekäme, wäre das auch in Ordnung.

»Dr. Baringhaus hat uns seine Geheimnisse leider nicht auf einer Ansichtskarte geschrieben ...«

»Das musst du mir nicht sagen ... deshalb finanziere ich diese dämliche Nerd-Rallye und die NSA, damit sie endlich dieses verschissene Archiv öffnet. Wir haben Hunderte Hinweise, dass er TwelveMonkeys realisieren konnte. Wir müssen nur den Probanden, den er damals geschaffen hat, finden.«

»Was uns ohne einen glücklichen Zufall nicht gelingen wird ... wenn dieser Proband lebt, blieb er bisher völlig unauffällig.«

»Hoffst du wirklich, der versucht unsere Server anzugreifen und bleibt in einer der Fallen kleben?«

»Dann hätten wir eine Chance ...«

Alex glaubte, kotzen zu müssen. Sein eigener Vater schien ihm das angetan zu haben. Nein, bei allen Schlechtigkeiten, die er seinem alten Herrn schon tausendfach angedichtet hatte, sprengte diese Nachricht den Rahmen.

Und was machte er die ganzen Jahre lang? Er blieb unauffällig, was sogar völlig richtig war. Niemand hätte ihn jemals gefunden und er wäre mit Mia in Frieden alt und grau geworden. Aber was tat er? Er hackte Better Life und legte deren komplettes Netzwerk über das Knie. Von allen Möglichkeiten, sich wie ein Elefant im Porzellanladen zu verhalten, hatte er die Variante gewählt, in kürzester Zeit die maximale Verwüstung anzurichten.

Idiot, schrie er sich in Gedanken zu. Und die Geschichte mit seinem Vater und TwelveMonkeys, Alex hatte sich am

Grab seiner Mutter geschworen, nie wieder über den größten Versager aller Zeiten nachzudenken. Den Mann, den, auch Jahre später, alle nur einen Lügner und Betrüger schimpften.

»Träumerei ... du wirst weitermachen! Weitermachen und diesen genmanipulierten Mutanten für alle Zeiten aus dem Weg schaffen.« Cordes hetzte weiter.

»Und dann?« Agnes wirkte erledigt.

»Hack ihn klein und stopf ihn in Reagenzgläser ... das ist mir gleich.«

»Er oder sie ist ein Mensch ...«

Cordes lachte. *»Irrtum ... genau das ist er nicht. Du könntest ihm auf der Straße den Kopf abschlagen und würdest höchstens ein Ticket wegen blutiger Schmierereien in der Öffentlichkeit bekommen.«*

Alex wurde schlecht, das sollte er sein? Kein Mensch? Eine Missgeburt? Von seinem Vater gezüchtet, um sonst was zu tun? Nein, das war unerträglich. Er schnellte zurück. Durch das Netzwerk, durch alle Barrieren, zurück zu Mia. Nein, das konnte nicht wahr sein. Cordes hatte gelogen. Cordes hatte keine Ahnung, worüber er sprach.

Alex schreckte auf, Mia hielt ihn fest, sein Puls raste, er war wieder zurück in seinem Körper.

»He, du musst geträumt haben ... scheinbar nicht sehr gut.«

»Ich ...« Die ersten Augenblicke nach dem Ghosten fühlten sich, wie immer, mies an. Alles flimmerte und roch nach verbranntem Gummi. Mia hielt ihn fest.

»Alles o.k?«

»Ja ... wie lange war ich weg?«

»Noch nicht einmal eine Minute ... unheimlich, wie schnell du einschlafen kannst.«

»Ich werde es dir erklären ... bald.« Alex schloss sie in die Arme, sie zu spüren, beruhigte ihn.

»Ich bin für dich da.«

Alex dachte über seinen Vater nach, der große Dr. Olaf Baringhaus, der bekannteste Arzt der Welt. Jedenfalls eilte ihm genau dieser Ruf voraus, bis zu dem Zeitpunkt, als sein Vater den Verstand verlor. Das war vor sieben Jahren, seine Beerdigung hatte er sich damals gespart. Wie konnte dieser Idiot alle über viele Jahre hinweg blenden? Bei den ganzen Lügen, die später ans Licht kamen, hätte es doch den Menschen in seiner Nähe früher auffallen müssen.

Wochenlang gab es damals kein anderes Thema in den Medien. Der tiefe Fall des Dr. Olaf Baringhaus, der 2027 für den größten Skandal des Jahres gesorgt hatte.

Jeder hatte Alex damals darauf angesprochen, was er über die dramatischen Ereignisse dachte. Dass er erst 14 gewesen war und ein paar Tage zuvor seine Mutter verloren hatte, hatte niemanden von den Journalisten interessiert. Dabei wollte er nie über seinen Vater sprechen. Weder damals noch heute.

Aber was hatte sich daran verändert? Sein Alter? Natürlich, aber sicherlich nicht seine Haltung. Den Namen Baringhaus hatte er nur wegen seiner Mutter behalten, die ihn in ihrem letzten Brief vor dem missglückten Eingriff darum gebeten hatte.

Er sollte nicht mehr denken wie ein gekränkter Teenager. Die Gutter sprach von einem verschlossenen Datenarchiv, das sein Vater hinterlassen hatte. Zwei Worte, die seiner Meinung nicht zusammenpassten. Für Alex gab es keine digitalen Schlösser, die seiner Neugierde standhalten konnten.

Was würde er dort finden? Noch mehr Lügen? Antworten? Schmutzige Wäsche? Er war alt genug, um die Vergangenheit ertragen zu können. Wenn sein Vater ein Geheimnis hatte, würde er sich das ansehen. Das war sein Recht. Er würde mehr erreichen können, als nur den Namen schöner Mädchen herauszufinden.

***

XVI. Verführt

Als Agnes eine Stunde nach Inas Beerdigung mit trockenen Sachen im Büro an ihrem Schreibtisch saß, blickte sie auf seinen leeren Platz ihr gegenüber. Es hätte sie nicht gewundert, wenn Dr. Baringhaus nicht kommen würde. Er hatte heute seine Frau begraben müssen, von ihm zu verlangen, im Büro zu erscheinen, war unmenschlich.

»Agnes, ist er da?«, fragte Pietro über das Netzwerk, mit dem sie über einen angeklebten Chip hinter dem Ohr verbunden war, nach der Aufsichtsratssitzung klang seine Stimme dünnfellig. Eine, ihrer Meinung nach passende Rücksichtnahme konnte sie nicht erkennen.

»Nein.«

»Er hat sein Mobile deaktiviert ... wenn er kommt, soll er sofort seinen Arsch in mein Büro bewegen!«

»Natürlich.« Agnes stand auf und strich sich den grauen knielangen Rock gerade. Unruhig ging sie in den benachbarten Waschraum, der nur einen Zugang aus ihrem Büro hatte. Sie fühlte sich so, wie sie aussah. An den kurzen blonden Haaren lag es nicht, auch das dezente Make-up und die weiße Bluse ließen keine Makel erkennen. Hoffentlich würde er sich heute einfach freinehmen. Bitte, er sollte nicht ins Büro kommen. Pietro würde sich schon wieder beruhigen.

»Frau Dr. Gutter?«, fragte eine der Sekretärinnen vorsichtig, die in das Büro eintrat. Die aktuelle Stimmung in der Better Life Führungsetage entging keinem der Mitarbeiter.

»Ja«, antwortete sie quengelig, es reichte für heute, nicht noch mehr schlechte Nachrichten.

»Entschuldigen Sie die Störung ... Dr. del Mare schickt mich, ich soll Ihnen sagen ...«

»Was?« Agnes verließ den Waschraum und warf die Tür zu. Vielleicht sollte sie einfach alles hinwerfen. Sie war jung, qualifiziert und würde auch einen anderen Job bekommen. Für Better Life sein Leben auf dem Altar der Karriere zu opfern, war es nicht wert.

»Ich soll Ihnen sagen ...«

Agnes ließ sie nicht zu Wort kommen. »Ich weiß, ich weiß ... Sie werden es als Erstes erfahren, wenn er im Büro ist.«

»Aber ...«

»Danke!« Als ob die am Etagenempfang übersehen würden, wenn Dr. Baringhaus durch die Tür kommt. Auf ihrer Etage arbeiteten nur acht Führungskräfte.

»Entschuldigung ...« Das dunkelhaarige Mädchen, dessen Name ihr gerade nicht einfiel, hatte ihr Volontariat nach dem Studium in der Executive Area erst vor vier Monaten begonnen. Jetzt wusste sie wenigstens, wo sie gelandet war.

Agnes blickte auf die Uhr. Er war immer noch nicht da. Sich zu wünschen, dass er nicht ins Büro kommt und gleichzeitig alle fünf Minuten auf die Uhr zu sehen, war paranoid.

Los jetzt! Arbeite! Konzentriere dich, forderte sie sich kompromisslos auf. An dem, was gleich in Pietros Büro passieren würde, konnte sie nichts ändern. *TwelveMonkeys*, das Gespräch mit Pietro auf der Fahrt ins Büro ging ihr nicht aus dem Kopf. Immer wieder hörte sie das Echo seiner Worte. Pietro sagte, dass damals alle Versuche gescheitert wären. Plausibel, weil, wenn das Projekt erfolgreich gewesen wäre, hätte sie mehr darüber gehört. Die Medien wären dann voller Berichte und Referenzen. Es galt als inoffizielle Firmenpolitik, Fehlschläge unter den Teppich zu kehren und nur die Erfolge zu zelebrieren.

Nur, warum hatte Dr. Baringhaus so seltsam reagiert, als sie ihn nach *TwelveMonkeys* fragte? Er hätte ähnlich gelassen wie sein Busenfreund Pietro reagieren können. Was er allerdings nicht tat. Sein Verhalten passte nicht zu Pietros Erklärungen, könnte er sie angelogen haben? Gelogen, um das Thema zu vertuschen? Als Vorstand lag ein solcher Schritt in seinen Kompetenzen. Nein, er kontrollierte das ganze Unternehmen, um kompromittierende Themen verschwinden zu lassen standen ihm elegantere Möglichkeiten zur Verfügung.

Agnes schritt das Büro auf und ab, sie musste bei ihren Überlegungen weitere Optionen in Betracht ziehen. Angenommen Dr. Baringhaus hatte gelogen, eine zwar für sich genommen unvorstellbare Überlegung, aber angenommen, es wäre so gewesen. Könnte es sein, dass Pietro die Wahrheit über *TwelveMonkeys* überhaupt nicht kannte? War es denkbar, dass Dr. Baringhaus die dokumentierten Projektdaten manipuliert hatte? Durchaus vorstellbar, auch wenn ihr dazu noch belastbare Indizien fehlten. Die Frage, die sie nicht beantworten konnte, war die nach einem möglichen Motiv. Dr. Baringhaus war ein durch und durch integrer Mann. Es gab nichts, was er mehr verachtete als Lügen, Niedertracht und Betrug. Die Überlegungen gerieten in eine Sackgasse.

Agnes setzte sich wieder an ihren Arbeitsplatz, ein halbrundes 42 Zoll Hologramm-Display, und rief mittels Gestensteuerung die Einstiegsseite der Sicherheitsablage auf. Nach ihrer persönlichen Anmeldung erschien ein Menu. Danach die nächste Abfrage der digitalen Sicherheitsschlüssel für den Zugriff auf das jeweilige Archiv. Die anderen Projekte konnte sie einsehen, *TwelveMonkeys* nicht.

Eine Verschlüsselung auf Schutzstufe sechs, NATO-Standard, die nach dem aktuellen Stand der Technik länger als 168 Stunden einer massiven Brute Force Attacke einer anderen Großmacht, wie China und Russland, standhalten sollte, hielt sie von der Einsicht in das Archiv ab. Zumindest wenn man die anderen Sicherheitsmaßnahmen nicht betrachtete, die in der Praxis einen derart penetranten Angriff Dritter unmöglich machten.

»Durch die Vordertür komme ich nicht hinein ...« Ohne valide Keys würde sie sich weiterhin nur die Login-Oberfläche ansehen können. Wenn man einen Menschen suchte, den man nicht direkt finden konnte, versuchte man, seinen Spuren zu folgen. Auch wenn man die relevanten Projektakten zentral archivierte, jedes größere Unterfangen bei Better Life hinterließ Spuren. Indizien, die man nicht einfach in einem verschlüsselten Archiv verschwinden lassen konnte. Einige Buchführungsdaten, die sie ermittelt hatte, kannte sie bereits. Weiterhin konnten Aussagen von beteiligten Technikern, Sicherheitsleuten, Laborassistenten und anderen Zeugen hilfreich sein. Auch die aktive Projektlaufzeit von 2011 bis 2013 war ihr mittlerweile bekannt.

»TwelveMonkeys, ich komme.« Agnes bereitete einen Protokolleintrag vor, in dem sie ihre geplante Datenbanksuche gegenüber dem Vorstand und dem Sicherheitsbeauftragten ankündigte. Übrigens ein fieser Typ ohne Haare und mit Doppelkinn. Sie schrieb in das Protokoll, dass sie wegen des drohenden Audits der *Achilles* Auftraggeber den Zugriff auf das verschlüsselte Archiv *TwelveMonkeys* benötigte, zu dem ihr der Zugang fehlte. Bei dem, was sie vorhatte, musste sie sich an die

Spielregeln halten. Niemand auf ihrer Etage konnte sich beliebig in den Better Life Datenbanken austoben, ohne sofort den fetten Sicherheitsbeauftragten vor der Tür stehen zu haben.
»Ich will alle Beteiligten sehen, die Dr. Baringhaus in der Zeit vor 14 Jahren unterstützt haben«, ordnete sie an.
Das Datenbankinterface setzte ihren Sprachbefehl in eine passende SQL-Anfrage um. Mit einer Wischbewegung schickte Agnes den Job los. Auf die Antwort musste sie nicht lange warten. Ihr Dialogsystem stellte 52 Namen dar, von denen noch 47 Mitarbeiter lebten und sich sogar immer noch 36 im Beschäftigungsverhältnis mit dem Konzern befanden. Sie kontrollierte die Positionen: Ärzte, Informatiker, Biologen, Virologen, Techniker, Wachleute, Sekretäre und sogar ein Firmenseelsorger standen auf der Liste, die damals ein Non-Disclosure Agreement, eine interne Geheimhaltungsvereinbarung unterzeichnen mussten. Perfekt, mit denen würde sie anfangen.
Eine Idee hatte sie noch, sie rief eine Tabelle aus der Buchhaltung der Catering-Abteilung auf. Es gehörte bei Better Life zum guten Ton, die Mitarbeiter während der Arbeitszeit, und vor allem während der Überstunden, mit erstklassigem Essen, frischem Obst und einer reichhaltigen Getränkeauswahl zu versorgen. Agnes schätzte diese Fürsorglichkeit, die bei ihrer typischen Arbeitszeit praktischerweise dazu führte, quasi in Vollpension versorgt zu werden. Werktags die Catering-

Abteilung und am Wochenende die schwarze Centurion Kreditkarte, mit der sie Dr. Baringhaus oder andere Führungskräfte üblicherweise zum Essen einluden.
»Selektion, auffällige Cateringbuchungen im Projektverlauf.« Agnes liebte es, sich Details anzusehen, auf die sonst niemand achtete. Die Buchhaltung der Better Life Catering-Abteilung hielt sie für den besten freizugänglichen Indikator, was sich hinter verschlossenen Türen wirklich abgespielt hatte. Traditionen würden die Menschen niemals ablegen.
Die Antwort auf ihre SQL-Anfrage dauerte nur einen Lidschlag, bei jedem Projekt gehörte ein Kick-Off, eine Auftaktveranstaltung dazu. Sie fand eine größere, aber eher nüchterne Veranstaltung, auf der alkoholfreie Getränke und gut bekömmliche Speisen angeboten wurden. Am 11. Februar 2011 hatte das Catering diese Veranstaltung für ungefähr 80 Personen organisiert.
In frühen Projektphasen waren Überstunden typischerweise seltener als zum Ende hin. Auch diesen Verlauf konnte Agnes anhand der Zunahme der Catering-Einsätze in den späten Abendstunden feststellen. Sie lächelte, im Projekt *TwelveMonkeys* war also wirklich gearbeitet worden. Der letzte Catering-Einsatz fand am 22. Mai 2013 in einem kleineren Rahmen statt, nur vier Teilnehmer, seltsam, dafür gab es allerdings Champagner, Trüffel und sehr teure Feinschmeckereien.

Genau diesen Hinweis hatte sie gesucht. Agnes prüfte den Terminkalender von Dr. Baringhaus. Der 22. Mai enthielt keine beruflichen Einträge. Am 4. Juni 2013 fand allerdings ein Vorstandstreffen statt, Agnes rief sofort das dazu passende Protokoll auf. An diesem Tag wurden das Projektende und der Misserfolg von *TwelveMonkeys* festgestellt. Wegen der Dringlichkeit und dem Erfolg anderer Projekte schien sich niemand an dem Fehlschlag zu stören. Auch die Projektkosten von 814 Millionen Euro machte in diesem Kreise niemanden nervös. Der Better Life Konzern hatte 2011, unter anderem wegen der Verdienste von Dr. Baringhaus, seinen Aktienkurs um 280 Prozent steigern können. Die 8-stellige Verlustbuchung tauchte bei den Kostenpositionen erst auf Platz 23 auf.

Agnes dachte nach, was gab es am 22. Mai 2013 zu feiern? Sie startete eine weitere kontextsensitive SQL-Abfrage, in der sie sowohl weltweit, als auch für Dr. Baringhaus persönlich relevante Ereignisse zuordnen wollte. Die Antwort zauberte ihr ein Lächeln ins Gesicht, am 22. Mai 2013 wurde Alex geboren. Na ja, zur Geburt seines Sohnes mit Kollegen Champagner auf Kosten der Firma zu trinken, entsprach zwar nicht den Better Life Compliance-Richtlinien, die den korrekten Umgang mit Mitteln des Unternehmens regelten, aber diesen Verstoß würde sie sicherlich auf sich beruhen lassen.

Eine Sackgasse? Agnes hatte eine größere Feier gesucht, mit der gewöhnlich erfolgreiche Projekte im Kreis der Kollegen abgeschlossen wurden. Wenn ihr Verdacht richtig wäre, würde sie eine passende Party zum Projekterfolg finden. Eine solche Veranstaltung zu *TwelveMonkeys* gab es aber nicht. Vielleicht hatte sie sich auch in einer fixen Idee verrannt? Vielleicht reagierte Dr. Baringhaus auch nur wegen seiner Frau so dünnfellig? Und vielleicht suchte sie auch nur eine Intrige, um sich zu beschäftigen? Sollte sie Dr. Baringhaus einfach erneut fragen? Was wollte sie ihn eigentlich fragen? Interessierte sie wirklich ein altes Projekt? Oder wollte sie ihn fragen, wie er sich fühlte? Ihm nahe sein, Trost zu spenden und ihn in den Arm nehmen?

»Hallo Agnes, entschuldigen Sie die Verspätung.« Wie an einem ganz normalen Arbeitstag betrat er das Büro. Auch er hatte sich umgezogen und trug jetzt einen dunkelgrauen Anzug, ein weißes Hemd und eine hellgraue Krawatte. Schick und langweilig, wie an jedem Tag in der Woche. Auf modische Extravaganzen legte er keinen Wert.
»Hallo ...« Agnes suchte noch nach den richtigen Worten. Sie fühlte sich kurz davor, loszuheulen und ihm um den Hals zu fallen. Eine völlig unpassende Reaktion, die sie sofort herunterschluckte und in die Magengrube verbannte.

»Sie schauen so überrascht ... meine Frau wurde heute begraben, nicht ich.«
»Ähm ...« Agnes schluckte, hatte er etwa gerade tatsächlich einen Scherz über Inas Tod gemacht?
»Was liegt an?« Er warf sein Jackett über einen der Ledersessel und ließ sich schwungvoll in seinen Bürostuhl fallen.
»Heute ist ... bei ...«
»Geht es Ihnen gut?«, fragte er, Agnes bekam kaum noch Luft. Dr. Baringhaus fragte sie ernsthaft, wie sie sich fühlte? Hatte sich plötzlich eine Parallelwelt aufgetan und sie den Knall nicht gehört?
»Dr. del Mare möchte Sie sehen. Er wartet in seinem Büro ...«, antwortete sie stumpf, bis auf rudimentäre Basisfunktionen setzte gerade der größte Teil ihres Verstandes aus.
»Pietro, der alte Ziegenficker ... der soll sich mal lockermachen. Habe ich Ihnen mal die Geschichte erzählte, wie unser allerseits geschätzter Vorstandsvorsitzender mir nach einer Studentenparty völlig besoffen auf die Schuhe gekotzt hat?, fragte er.
Über all die Jahre hatte Agnes von ihm noch nie eine derart gossenhafte Titulierung seines langjährigen Freundes und heutigen Geschäftspartners gehört. Was sollte sie jetzt tun? Dr. Baringhaus verhielt sich völlig anders, entfesselt und beängstigend.

Die jahrelange Disziplin ihres gemeinsamen Schaffens schien sich binnen Sekunden aufzulösen.

»Dr. del Mare hat ...«

»Wussten Sie eigentlich, dass Ina den größten Teil seiner Dissertation geschrieben hat? Eine Medizinerin ermöglicht einem Physiker seine Promotion, ein Witz, oder? In seinem Rigorosum, der mündlichen Abschlussprüfung, glänzte er dagegen wie ein aufgehender Stern, vermutlich der beste Verkäufer, der jemals aus Versehen Physiker wurde. Und der Einzige im Better Life Vorstand, der keinen blassen Schimmer von dem hat, was wir tun.«

Dr. Baringhaus schien mit seiner Abrechnung gerade erst angefangen zu haben. Agnes musste das beenden, zu seinem Schutz, so durfte er nicht weitersprechen.

»Ich möchte Ihnen eine Frage stellen«, sagte sie. Mit aller Kraft stemmte sie sich gegen ihre eigene Hilfslosigkeit.

»Oh ...« Er hatte sie verstanden.

»Ich möchte, dass Sie die Freigabe für die TwelveMonkeys Archivdaten veranlassen!« Ihre Stimme zitterte.

»Ah ja ... etwa ein Auftrag von Pietro?« Seine Augen wurden schmaler und auch seine zuvor gespielte Lockerheit verschwand mit dem nächsten Atemzug.

»Nein.« Agnes stand von ihrem Schreibtisch auf und stellte sich fordernd in die Mitte des Raumes.

»Nein?«

»Ich frage, weil ich die Daten sehen möchte ... vertrauen Sie mir?«

»Vertrauen ... ein schönes Wort.« Auch Dr. Baringhaus stand auf und ging auf sie zu.

»Mehr als das ...«

»Oh ja, das ist Vertrauen wirklich. Als Bestandteil jeder Beziehung ist Vertrauen die Maßeinheit für die Tiefe der gegenseitigen Verbundenheit.«

»Erteilen Sie mir die notwendigen Rechte?«, fragte Agnes. Anders wusste sie sich nicht zu helfen. Inhaltlich hielt sie das Projekt *TwelveMonkeys* inzwischen für unwichtig. Es ging ihr nur um seine Reaktion.

»Vertrauen auch Sie mir?«

»Ja.«

»Wie weit?«

»Sehr weit ...«

»Aber nicht grenzenlos?«

»Sonst würde ich Sie nicht erneut nach dem Zugang zum Sicherheitsarchiv fragen.«

»Natürlich.« Dr. Baringhaus lächelte und stellte sich vor sie, seine Nase befand sich keine drei Zentimeter von ihrer entfernt. Sie konnte den Geruch seiner schulterlangen Haare wahrnehmen.

»Bekomme ich eine Antwort?« Sie würde nicht nachlassen.

»Ja, ja ... sicherlich.«

»Und?«

»Nein.«

»Sie vertrauen mir nicht?«, fragte Agnes, deren Herz raste, die Nähe, die Ablehnung, das war zu viel. Es fehlten nur wenige Zentimeter, um ihn zu küssen, trotzdem befanden sie sich durch eine gigantische Schlucht getrennt voneinander entfernt.

»Doch ... ich wage sogar zu behaupten, nach Inas tragischem Tod und der Abkehr meines Sohnes von mir, wie keinem weiteren Menschen auf der Welt.«

»Das ist unlogisch.«

»Für Sie? Ja ... aber ich nehme Ihnen das nicht übel.«

»Erklären Sie es mir.«

»Das kann ich nicht ... heute nicht und vermutlich morgen auch nicht. Sie müssen mir vertrauen.«

»Das verstehe ich nicht ...« Dr. Baringhaus sprach in Rätseln. Agnes empfand es als unerträglich, Vertrauen zu geben, aber keines zu empfangen.

»Geht es Ihnen wirklich um einen symbolischen Vertrauensbeweis aufgrund langweiliger alter Projektdaten?«, fragte er und änderte seine Stimmlage, während er seinen Kopf im selben Abstand zu ihrem leicht von links nach rechts bewegte.

Agnes wurde warm, sie würde aber weder nervös mit den Augen klimpern, noch durch die Nähe peinlich berührt zurückweichen. Hier und jetzt, sie würde dieses Duell austragen.

»Es geht mir um Sie!« Eine Aussage, die auf mehreren Ebenen zutraf. Sie wollte sehen, auf welcher er ihre Worte erwidern würde.

»Nur um mich? Eine hinreichend universelle Aussage, die mehr als eine Erwiderung verdient.« Dr. Baringhaus ließ seine Lippen leicht geöffnet. Sie konnte seine Zähne sehen. Er hatte ihr Spielchen durchschaut und warf wieder ihr den Ball zu.

Agnes verdrängte die Provokation und die Versuchung, aus ihrer Rolle auszubrechen. Oder war das der Moment, sich Hoffnungen zu machen? Hoffnung auf einen Menschen, den sie bisher nicht erreichen konnte und der nun für einen Moment mit ihr auf Augenhöhe zu stehen schien?

»Agnes, der Empfang meldet, dass er da ist. Warum dauert das so lange?«, fragte Pietro über das Netzwerk.

»Wir sind unterwegs ...« Gab sie zurück.

»Klopft Pietro schon wieder hektisch an die Tür?«, fragte Dr. Baringhaus.

»Ja.«

»Auch bei Ihnen?«

»Bitte?« Die Frage wollte sie nicht verstehen, sie hatte es nicht nötig, sich durch das Management zu schlafen.

»Sie haben mich schon verstanden.«

»Sie sind intelligent ... sagen Sie es mir.« Darauf würde sie sich nicht einlassen.

»Wenn ich das mal wäre ...«

»Sie wissen genau, wie ich zu Dr. del Mare stehe.« Dass Dr. Baringhaus glaubte, dass sie ihn mit Pietro betrügen würde, schmerzte sie. Verrückt, hatte sie gerade wirklich *betrügen* gedacht, als ob sie ein Paar wären, was sie nicht waren.

»Zugegeben ... aber ich dachte auch einmal, Pietro gut zu kennen oder meinen eigenen Sohn. Diese schweren Fehleinschätzungen kann ich nicht verleugnen.«

»Und deswegen zweifeln Sie an mir?« Beim Sprechen konnte sie nicht verhindern, dass ein dünner Speichelfaden plötzlich ihre Lippen verband. Ein peinlicher Moment, trotzdem zog weder er noch sie den Kopf zurück. Der Kampf war noch nicht vorbei.

»Wissen Sie, was Freiheit bedeutet? Grenzenlose Freiheit, die Möglichkeit, sich nur noch um Dinge zu kümmern, die man mit den Händen greifen kann.«

Mit Händen greifen kann, Agnes spürte, wie seine Hand eher zufällig ihren Zeigefinger berührte. Klick. Wie ein feiner elektrischer Schlag durchfuhr es ihren Arm. Die feinen Härchen in ihrem Nacken richteten sich auf. Auch wenn sie jede Faser ihres Körpers drängte, dem Verlangen nachzugeben, würde sie sich keinen Millimeter bewegen. Alles, was in 29 Jahren dazu beigetragen hatte, ihre Identität auszufüllen, stand gerade auf dem Spiel. Eine Niederlage würde sie nicht akzeptieren.

»Die Freiheit, absolut jede Entscheidung treffen zu können.« Der Sucht nach Berührung zu widerstehen, standhaft zu bleiben und für die eigenen Werte zu kämpfen.

»Eine gute Antwort ...« Dr. Baringhaus senkte seinen Blick, ohne die Nähe zu ihr aufzulösen. Seine Hand fuhr mit zwei Zentimetern Abstand ihren Körper entlang. Auch ohne hinzusehen, wusste sie genau, wo die Berührung stattfinden würde, wenn er die Distanz aufgeben würde. Auf der Höhe der Brust konnte sie das Aufrichten ihrer Brustwarzen nicht verhindern, die bei der engen Bluse deutlich zu sehen sein dürften.

»Was tun Sie da?« Agnes musste die Kontrolle übernehmen.

»Wenn ich das mal wüsste ... ich falle.«

»Entwickeln Sie etwa Vertrauen zu mir?« Jetzt hatte sie ihn. Agnes wollte sich nicht mehr wie ein dummes Schulmädchen behandeln lassen. Egal was in der Welt passierte, sie hatte die Freiheit, darauf nach Belieben zu reagieren.

Ein Schweißtropfen lief seine Schläfe hinab. Auch wenn er seine Hände kontrollierte und den minimalen Abstand wie eine Maschine einhielt. Er stand so nah vor ihr, dass die deutliche Wölbung in der weiten Stoffhose sie zuerst berührte.

»Sie schickt der Teufel ...« Dr. Baringhaus griff zu und presste seine Lippen auf ihre. Die Zunge drang in sie ein und forderte sie zum Tanz auf. Als ob Agnes binnen einer Sekunde zwanzig Jahre ihres asketisch organisierten Lebens vergaß, erwiderte sie den Kuss. Elektrisiert griff sie an seinen Hintern und zog ihn fester an sich heran. Sie wollte seine Erektion spüren.

»Wir haben keine Zeit ...«, sagte sie atemlos, als sie sich für einen Moment von seinen Lippen befreite.

»Oh ja ...« Dr. Baringhaus drückte sie auf ihren Schreibtisch zu, sie ließ es geschehen, sich auf die Tischfläche legen zu lassen. Links und rechts fielen Papiere, Stifte und andere Büroutensilien auf den Boden. Er küsste ihren Hals, riss die Bluse auf und streifte ihren halterlosen Büstenhalter auf den Bauch herab.

»Jaaa ...«, stieß sie erregt aus, als er ihre Brustwarzen fordernd mit Zunge und Zähnen umspielte.

Mit der nächsten Bewegung schob er ihren Rock nach oben und griff in ihren Schritt. Ihr Slip flog bereits eine Sekunde später durch das Büro. Das hatte sie sich über die Jahre hinweg schon hundertfach vorgestellt. Da sie Strümpfe und einen Strumpfhalter trug, stand ihrem ersten Sex nur noch seine Hose im Weg.

Agnes richtete sich auf, löste seinen Gürtel, öffnete den Reißverschluss und ließ seine Hose auf den Boden fallen. Mit der nächsten Bewegung hatte sie seinen festen Schwanz in der Hand und spreizte die Beine. Sie atmete schnell, er schneller. Alle ihre Gedanken drehten sich nur noch darum, ihn in sich zu spüren und von ihm auf ihrem eigenen Schreibtisch wie ein wildes Tier gefickt zu werden. Schnell, hastig, und ohne weitere Worte zu verlieren.

Dr. Baringhaus versuchte, in sie einzudringen, seine Eichel berührte schon verheißungsvoll ihre Schamlippen. Dann zögerte er. Atmete ruhiger, bis er sich nicht mehr bewegte.

Agnes öffnete die Augen und sah ihn weinen. Mit den Händen vor dem Gesicht ließ er von ihr ab und sackte auf den Boden. Er weinte, legte sich auf die Seite und zog die Beine an.

War das zu viel Freiheit auf einmal? Agnes konzentrierte sich, ihre Erregung wegzuatmen. Jeder Zentimeter ihres Körpers war noch auf Sex gepolt. Aber sie wollte ihm deswegen nicht böse sein. Sie würden noch weitere Gelegenheiten bekommen, sich zu lieben.

»Ich kann nicht ...«, flennte er hilflos wie ein Kind.

Agnes rutschte mit dem nackten Po vom Schreibtisch herunter, hob ihr Höschen auf und zog sich wieder an. Zuerst der Slip, dann der BH, die Bluse und zum Schluss der enge graue Rock. Sie wunderte sich selbst über ihre Routine und dachte über ihre nächsten Worte nach. Was sollte sie dem Mann, den sie liebte, sagen, um ihn wieder aufzurichten. Sex war nicht alles im Leben.

Agnes kniete sich neben ihn und streichelte ihm zärtlich durch das Haar. Wenn er es endlich zuließ, würde sie auch morgen noch an seiner Seite sein. Er würde noch etwas Zeit brauchen, um Ina hinter sich zu lassen und sie würde warten. Nach einigen Jahren ihrer unerwiderten Zuneigung hatte sie gelernt, Geduld zu üben. Ab heute gehörte Olaf ihr.

»Du verstehst das nicht ...«

»Du brauchst dich nicht zu entschuldigen.« Agnes dachte bereits an das Gespräch mit Pietro, Olaf musste schnellstens wieder auf die Beine kommen.

»Es ist nicht wegen Ina ... ich kann dich nicht anlügen.« Olaf fasste sich, stand auf und zog seine Hose wieder an.

»Was heute zwischen uns passiert ist, wird sich nicht wiederholen. Ich möchte dir keine falschen Hoffnungen machen.«

»Bitte?« Agnes glaubte nicht, was sie hören musste. »Darüber sollten wir später reden.«

»Keine Lügen mehr ...«

»Weißt du überhaupt, was dich bei Pietro erwartet?«, fragte Agnes aufgebracht, die sich ihre frisch gewonnene Liebe nicht wieder wegnehmen lassen wollte. Sie würde kämpfen und zur Not auch für ihn die richtigen Entscheidungen treffen. Olaf brauchte an seiner Seite eine Frau, die auf ihn aufpassen konnte.

»Was denn?«

»Die Inquisition.«

»Ich habe es verdient.«

»Was redest du da?« Agnes schüttelte den Kopf. »Pietro hat mich aufgefordert, zu deinem Nachteil auszusagen. Aber keine Angst, ich werde dich nicht im Stich lassen. Ich werde denen eine passende Geschichte erzählen, du kannst mir vertrauen ... ich werde dich beschützen.«

»Agnes ...«

»Nein, nein ... Pietro will dir die gesamte Schuld für den Fehlschlag des Achilles-Projektes in die Schuhe schieben. Aber das bekommen wir gemeinsam hin ... ich habe mich umfangreich vorbereitet. Es gibt Dutzende Vertragsverstöße, die der Auftraggeber zu verantworten hat. Die haben so viele Fehler gemacht, die werden uns vor Gericht nichts anhängen können.« Agnes wusste genau, was sie denen sagen würde. Mit eingezogenem Schwanz würden diese NATO-Affen abziehen. Olaf gehörte jetzt ihr, niemandem würde sie gestatten, ihm wehzutun.

»Agnes, bitte, warte einen Moment.« Olaf kam auf sie zu und umschloss ihre Hände.

»Bitte?« Sie verstand nicht, was er gerade sagen wollte.

»Was sollst du zu meinem Nachteil aussagen?«, fragte Olaf.

»Das, was ich in die Protokolle geschrieben habe, aber ich kann das erklären. Ich kann darstellen, dass ich meine Berichte anders gemeint habe.«

»Du sollst also nur die Wahrheit sagen?« Er lächelte.

»Pietro will die Wahrheit nur hören, weil sie ihm gerade in den Kram passt. Er ist dein Freund, er will dich fallenlassen ... aber das werde ich nicht zulassen.«

»Es bleibt trotzdem die Wahrheit.«

»Die dir schadet ...«

»Nur die Wahrheit.«

»Das ist Wahnsinn ... das Better Life Management kann bei Vorsatz oder grober Fahrlässigkeit nach Militärrecht verurteilt werden.«

»Ich kenne die Verträge ... und ich bin der Einzige, der im Achilles-Projekt versagt hat. Du hast mir einen Rat gegeben, ich habe nicht auf dich gehört, also trage ich die Verantwortung.«

Olaf gab sich genauso kompromisslos ehrlich, wie Pietro es befürchtet hatte. Agnes musste einsehen, dass ihr Vorstand recht behalten würde, Olaf ließ sich auch mit Lügen nicht retten.

»Dann werde ich mit dir in den Knast gehen.« Für Agnes gab es keine Alternative.

»Bist du verrückt?« Olaf schüttelte ungläubig den Kopf. »Weißt du überhaupt, was du da sagst?«

»Ich liebe dich.« Jetzt hatte sie es gesagt. Agnes fühlte sich erleichtert, diese drei Worte wollte sie ihm bereits vor Jahren sagen, was sie wegen Ina nicht getan hatte.

»Agnes ... ich schätze dich. Wirklich, du bist eine tolle Frau. Wunderschön, klug und loyal. Aber ...«

Agnes glaubte, sterben zu müssen. Tränen schossen über ihre Wangen.
» ... es liegt nicht daran, dass ich dir nicht vertraue ... ich vertraue mir nicht mehr. Ich tue anderen Menschen Dinge an, bei denen ich glaube, Gutes getan zu haben. Dinge, bei denen ich später mit besserem Wissen einsehen muss, Fehler gemacht zu haben.«
»Was hat das mit Vertrauen zu tun?«
»Ich würde es wieder tun. Ich lerne nicht dazu. Ich habe erst vor Kurzem im Achilles-Projekt Fehler wiederholt, die ich bereits in der Vergangenheit begangen habe. Das darf nie wieder passieren ... es wird nie wieder passieren. Ich werde heute sicherstellen, dass es niemals wieder passiert. Das verspreche ich dir.«
»Ich verstehe dich nicht ... aber ich bleibe an deiner Seite, egal wohin du gehst. Ich werde zu dir halten.« Agnes hatte sich entschieden, sie wollte sein Schicksal teilen.
»Du hast mir mal gesagt, dass du es als deine Aufgabe siehst, mich vor mir selbst zu schützen.«
»Ja ... dazu stehe ich immer noch.«
»Dafür danke ich dir ... heute ist der Tag, an dem es meine Aufgabe ist, dich vor dir zu schützen.« Olaf aktivierte unerwartet seinen Netzwerkchip am Ohr. »Hier ist Dr. Baringhaus, den Werkschutz bitte in mein Büro. Schnell«, ordnete er im schroffen Ton an.
»Was tust du da?«

»Frau Dr. Gutter, ich kündige fristlos Ihren Vertrag mit der Better Life AG. Sie sind ab sofort freigestellt. Ihnen ist es verboten, weiterhin die Geschäftsräume zu betreten. Ihnen ist es auch verboten, über Ihre Kündigung in der Öffentlichkeit zu sprechen. Ich empfehle Ihnen, auch außerhalb der Geschäftsräume nicht mit Mitarbeitern der Better Life AG in Kontakt zu treten. Ich behalte mir das Recht vor, gegen Sie eine einstweilige Verfügung zu erwirken.«

»Das kannst du nicht tun ...«

»Ich bitte darum, den Regeln der Höflichkeit zu folgen und mich mit Dr. Baringhaus anzusprechen.«

Agnes sackte auf den Boden, das hätte Dr. Baringhaus nicht tun dürfen. Sie hatte sich über Jahre hinweg geschworen, nie mehr einem Mann zu vertrauen. Und jetzt, als sie es trotzdem wieder getan hatte, wurde sie weggeschmissen wie ein vollgerotztes Taschentuch. Er hatte sie nicht nur aus seinem Bett gedrängt, sondern auch gnadenlos aus seinem Leben verbannt.

»Dr. Baringhaus?«, zwei bullige Männer vom Werkschutz standen in der Tür.

»Frau Dr. Gutter ist seit drei Minuten keine Mitarbeiterin unserer Firma mehr. Bitte deaktivieren Sie alle Berechtigungen und sorgen Sie dafür, dass sie das Gebäude umgehend verlässt.«

***

XVII. Angriff

Agnes stand in der *DeepSearch*-Einsatzzentrale im Keller des Hotels und strich sich eine lange schwarze Strähne aus dem Gesicht. Der Mix aus Koffein, Stress und Ehrgeiz hielt sie wach. Die Suche nach ihrer Zielperson drohte zu scheitern, diese unausweichliche Tatsache konnte sie nicht länger verdrängen. Die Wahrscheinlichkeit, dass sich die Zielperson unter den letzten acht Teilnehmern und Mia Tymann im Ballsaal befanden, oder von ihr aus auch bei denen, die sich bereits in den Hotelzimmern aufhielten, schätzte sie auf unter zwei Prozent ein.

Für einen Moment sah sie Dr. Baringhaus vor sich stehen, mit seiner resoluten Erscheinung und den schulterlangen Haaren, wie er sie vor sieben Jahren verraten hatte. Ein schwarzer Fleck in ihrer Erinnerung, den sie tilgen wollte. Sie hätte alles für ihn getan. Alles. Wenn es nötig gewesen wäre, hätte sie gelogen, betrogen und sogar getötet. Aber er hatte sich entschieden, sie zurückgelassen. Um sie vor sich selbst zu schützen, hatte er gesagt, was für ein Blödsinn, das hätte er nicht tun dürfen, sie traf ihre Entscheidungen immer im Bewusstsein aller Konsequenzen.

»Wann machen wir weiter?«, fragte Agnes und sah zu Sibel, die an einem Display mehrere Tabellen bearbeitete. Auch wenn sie scheitern würden, Agnes wollte es be-

enden.
»Wir sind auf dem besten Weg«, antworte Sibel und zeigte eine Übersicht der aktuellen Vitalwerte von acht gesunden jungen Menschen und einem mutmaßlichen Gen-Roboter auf dem großen Display an der Wand. »Im Schnitt haben sich alle Kreislaufwerte in der Ruhephase um 12 Prozent erhöht. Puls, Blutdruck und alle Anzeichen neuronaler Überlastungen, wie kleine Zuckungen der Augenlider, zeigen, wie der Stresslevel steigt.«
»Ich sehe nur die Werte von neun Probanden, die wir durch Störungen im 15-Minuten-Takt nicht schlafen lassen.«
Für Agnes zeigte Sibels Übersicht, dass sie die falschen Nerds eingefangen hatten. Vermutlich saß *Dornröschen* in einem ganz anderen Schloss und sah ihnen aus sicherer Entfernung zu.
»Dem möchte ich nicht widersprechen. Die Werte sagen bisher nichts aus.«
»Ist jemand dabei, der Anzeichen für Herz- oder Kreislauferkrankungen zeigt?«, fragte Agnes.
»Nein, warum?«
»Ich möchte nach unserem Stresstest keinen Leichensack füllen müssen.« Das wollte Agnes wirklich nicht, obwohl das jetzige Aufbegehren ihres Gewissens bei ihrer Karriere einen Anachronismus darstellte.
Sibel nickte. »Wir werden in einer halben Stunde mit den Einzeltests anfangen.«

Agnes sah an die Videowand, an der neben Sibels Tabelle einzelne Displayabschnitte die Gesichter der jeweiligen Teilnehmer zeigten. Gedankenverloren schweifte ihr Blick über die redenden, müden oder schlafenden Gesichter. Alex Baringhaus fiel mit seinen muskelbepackten zwei Metern wirklich auf. Allein deswegen wäre er denkbar unpassend, um als Dr. Baringhaus' Racheengel gegen Better Life in den Kampf zu ziehen. Neben der Tatsache, dass Alex genetisch sein Kind war und er damit sein eigen Fleisch und Blut in einen Krieg geschickt hätte, den niemand gewinnen konnte. Egal, wozu die Zielperson technisch in der Lage war, er würde nicht das ganze System verändern können.

Ihr Blick landete bei Mia, die eigentlich nur dabei war, weil Alex sich keinen Schritt ohne sie bewegte. »Warum ist eigentlich Mia Tymann noch dabei?«

»Weil wir keine gepanzerte 8-Mann Brigade hereinschicken wollen, um sie dem kleinen Baringhaus zu entreißen. Sie stört nicht ...«

Agnes lächelte, Männer, die für ihre Frauen kämpften, gefielen ihr. Bei ihr hatte es leider noch nicht der Richtige getan.

»Sechs junge Männer und drei junge Frauen, alle 21 Jahre alt, alle genetisch unauffällig, alle gesund, alle hochintelligent und alle völlig übermüdet ... wir arbeiten mit der erweiterten Annahme, dass unsere Zielperson wider unseren bisherigen Erkenntnissen genetisch nicht von der Norm abweicht«, erklärte Agnes in einer Lautstärke, dass ihr alle Team-Mitarbeiter in der Einsatzzentrale folgen konnten. »Wir werden alle in Einzelverhören an ihre Grenzen führen, um weitere Reaktionen auswerten zu können.«

Viele Zuhörer nickten. Niemand sagte etwas. Die Müdigkeit forderte von jedem seinen Tribut. Agnes musste etwas gegen die Resignation tun, das Team musste neue Zuversicht finden.

»Unsere Zielsetzung ist jedem bekannt, wie auch unsere bescheidenen Zwischenergebnisse ... die ich an dieser Stelle nicht schönreden möchte. Aber, ich bitte Sie, sich kurz aus ihrer spezialisierten Perspektive zu lösen. Für einen Moment bitte ich Sie anzunehmen, ein Vogel zu sein.«

Einige lächelten und bewegten spielerisch die Arme auf und ab.

»Alle bitte ... los ... wir sind Vögel.« Auch Agnes machte diese Blödelei mit. Alle sollten kurz aufstehen, lachen und sich bewegen. Jeder sollte für einen Moment die Arbeit unter sich lassen.

»Ich bin ein Adler ...«, sagte ein großgewachsener System-Supervisor und umkreiste die quiekende Kollegin neben ihm, die er offensichtlich etwas besser kannte.

»Und weil wir Vögel sind, fliegen wir nach oben ... damit wir sehen, wo wir zuvor gesessen haben.« Agnes beließ es dabei, weiter vorzuturnen. »Wir sehen jetzt nicht nur

unser Nest, sondern auch die der anderen Vögel neben uns.«
Es wurde wieder ruhiger, das Team hörte ihr zu.
»Was wir gerade erleben, ist kein Rückschlag, wir erleben eine Lernphase, wir lernen die Zielperson besser kennen, sehen sein Nest, sehen seine Flugbahn, seine Bewegungen und vieles mehr ... noch bewegt er sich zu schnell für unsere Augen, er ist ein geschickter Jäger, der es versteht, alle anderen über seine Fähigkeiten im Unklaren zu lassen. Trotzdem kommen wir ihm näher, wir beobachten, lernen und verstehen ... solange, bis wir genug Informationen gesammelt haben, um ihn zu fangen.«
»Chef ... wir kriegen ihn!«, sagte der System-Supervisor und ballte die Faust.
»Oder sie ... wobei das Geschlecht keine Rolle spielt. Es bleibt unsere Aufgabe, einen gefährlichen Jäger einzufangen.«
»Ich fand das Bild von *Dornröschen* netter ...«, erklärte Sibel.
Agnes lachte. »Ich auch.«

Die Arbeit ging weiter, Agnes fühlte sich besser, die Worte an das Team hatten auch sie motiviert. Sie war nicht die richtige Frau, um aufzugeben.
Vor dem Eingang war ein Tumult zu hören. Agnes zeigte mit dem Finger auf die Tür und dann auf den Wandschirm. Was war da los? Sibel reagierte sofort und schaltete das Überwachungsbild von der anderen Seite der

Tür auf das Wanddisplay.

Vier schwarz uniformierte Soldaten einer ihr unbekannten Sondereinheit, mit automatischen Waffen im Anschlag, bedrohten die beiden Wachleute in Anzügen, die wiederum ihre Pistolen gegen die Eindringlinge richteten. Noch hatte Agnes keinen Schuss wahrnehmen können. Der fünfte Soldat der Eindringlinge rief, dass die Wachleute sofort ihre Waffen senken und den Zugang freigeben sollten. Scheinbar war er der Offizier. Ein Polizeieinsatz?

»Was sollen wir tun?«, fragte Sibel.

»Der Ballsaal?«, rief Agnes und ging bereits zur Tür.

Sibel schaltete eine weitere Perspektive auf die Multi-Displaywand. Im Ballsaal blieb es ruhig. Dort befanden sich aktuell die anderen 14 Sicherheitsfachleute des Teams und passten auf die Probanden auf. Die Hälfte von denen hatte nur die Aufgabe, Alex Baringhaus im Blick zu behalten. Obwohl er durch das Raster gefallen war, hielt Sibel ihn für den einzigen der Probleme machen könnte.

»Soll ich um Hilfe bitten?«, fragte Sibel.

Agnes zögerte, 16 gegen 5, sie waren scheinbar noch in der Übermacht, wenn die Eindringlinge wirklich nur zu fünft waren.

»Ein Bild von der Hotellobby ... sofort.« Agnes schwante Böses.

»Bitte ...«

»Ich sehe da ziemlich viele Schwarze mit automatischen Waffen ... ist das die Polizei?«

»Nein ... die tragen keine Hoheitsabzeichen. Das sind Special-Forces, Soldaten einer Spezialeinheit, die wollen uns festnehmen. Soll ich den Destroy&Rescue Exit aktivieren?«, fragte Sibel und öffnete eine rotblinkende Konsole.

»Nein ...« Der Destroy&Rescue Exit bedeutete, alle Daten umgehend zu vernichten, Datenzugänge zu sperren und unverzüglich alle Mitarbeiter zu evakuieren. Dann wären sie und das Team erledigt gewesen.

»Du bist der Boss!« Sibel brauchte nur einen Knopf zu drücken und legte die Hand unruhig neben die Konsole.

»Tür öffnen ...« Agnes schluckte, bei allen Talenten, die sie hatte, der Umgang mit Waffen gehörte nicht dazu.

Die elektronische Tür verschwand lautlos auf beiden Seiten der Wand. Alle sahen sie an.

»WAFFEN RUNTER! SOFORT!«, brüllte sie. Dieser Wahnsinn musste sofort aufhören. »Ich bin Dr. Agnes Gutter, ich leite den Einsatz, identifizieren Sie sich!«

»Oberleutnant Steven Relissen, ich habe den Befehl, Ihren Einsatz zu übernehmen. Befehlen Sie Ihren Securities, sofort die Waffen zu senken! Ich bin autorisiert, Gewalt anzuwenden!«, antwortete der Offizier, keine 25 Jahre alt, und steckte seine 9-Millimeter in den Halfter.

»Runter mit den Waffen!« Agnes befahl auch ihren Leuten, die Situation zu entspannen, die ihrer Order unmittelbar folgeleisteten. Trotzdem blieben die beiden Männer dicht bei Agnes stehen und schützten sie mit ihren Körpern.

»Wer hat Ihren Einsatz freigegeben?« Agnes wollte wissen, woher dieser Befehl kam, da musste etwas passiert sein.

»Das darf ich Ihnen nicht sagen ... der Einsatz dient der Nationalen Sicherheit.« Relissens Männer senkten die Gewehre.

»Aber Sie dürfen mich erschießen?« Agnes war stinksauer. Militärische Logik kotzte sie an.

»Wenn Sie Widerstand leisten ...«

»Sie wissen schon, wessen Party Sie hier sprengen wollen?«, fragte Agnes erbost. Das ging zu weit, der Better Life Konzern war keine Garagenfirma. Dafür würde der verantwortliche Offizier bald in der Antarktis Pinguine zählen dürfen.

»Ich habe meine Befehle ... ich fordere Sie daher auf, die Waffen auf den Boden zu legen, zurückzutreten und mir die Kontrolle der Einsatzzentrale zu überlassen.«

»Wissen Sie überhaupt, was wir hier tun?« Agnes konnte so viel Starrsinn nicht verstehen.

Über den Flur liefen acht ihrer Sicherheitsspezialisten mit gezogenen Pistolen auf die Gruppe zu, was Relissens Männer sofort wieder ihre Waffen hochreißen ließ. »Dr.

Gutter, ist alles in Ordnung?«, fragte Peter Jöries, Agnes' Teamleiter, der selbst vor dem Wechsel in die Privatwirtschaft bei einer militärischen Spezialeinheit gedient hatte.

»Ja ... Peter, bitte ... die Waffen runter. Wir reden ...«

Männer und Waffen, das musste ein natürlicher Gen-Defekt sein.

»Ich habe 32 Mann dabei ... wir kontrollieren alle Ausgänge. Draußen hat die Polizei mit 200 Beamten das Gebiet großräumig gesichert. Geben Sie auf ... ich gebe jetzt die Befehle!«, rief Relissen und ging einen Schritt zurück. Das Gefühl, an der Tür der Einsatzzentrale in Unterzahl zu sein, schien ihm nicht zu schmecken.

»Steven, bist du das?«, fragte Peter überrascht. Kannten die beiden sich etwa von früher?

»Ähm ... Major Jöries?«

»Spinnst du? Ich hätte dich fast erschossen ... was willst du hier?«, fragte Peter. Der Ton änderte sich, Agnes wusste nicht, dass es Peter Jöries vor seiner Zeit als Leiter des Personenschutzes bei Better Life sogar zum Major gebracht hatte. Bei den Gehaltsunterschieden fiel es der Privatwirtschaft leicht, sich bei den Spezialkräften die Rosinen herauszupicken.

»Ich habe meine Befehle ...« Relissen zeigte sich unsicher.

»Die haben wir alle ... jetzt pfeif mal deine Kavallerie zurück, wir haben hier alles im Griff.«

»Das glaube ich nicht ...« Relissen ließ sich nicht beirren. Agnes hielt ihn für die jugendliche Version von General Cordes. Hungrig, entschlossen und skrupellos. »Wir haben keine Zeit, ich habe ein Team von Daten-Forensikern dabei, die alle Informationen von euch sicherstellen sollen.«

»Hey ... ich bin auch noch da. Ich erkläre Ihnen gerne die Situation, aber ansonsten halten ihre IT-Spezialisten die Finger bei sich.«, erklärte Agnes, die nicht vorhatte, sich wie eine Debütantin, mit der niemand tanzen wollte, in die Ecke stellen zu lassen.

»Dr. Gutter, ich habe zudem den Befehl, Sie und Dr. Mindner zu verhaften.«

»Steven, hey, du redest mit meinem Boss ... du kannst die Lady nicht einfach verhaften!« Jöries ging auf ihn zu. »Das ist nicht deine Liga ... mach dich nicht unglücklich. Überleg doch mal, wer die Steuern für deinen mickrigen Lohn zahlt.«

»Major Jöries, ich fordere Sie auf, nicht länger unseren Einsatz zu behindern. Legen Sie sofort Ihre Waffen auf den Boden!« Relissens Blutdruck stieg weiter.

»Warum sollen Sie mich verhaften?«, fragte Agnes. Der Wahnsinn schien keine Grenzen zu haben. Irgendjemand schien sie zu torpedieren. Sie musste schnellstens erfahren, woher diese Befehle kamen.

»Das darf ich Ihnen nicht sagen ... Ihre Verhaftung dient der Nationalen Sicherheit.«
Relissen fing an, sie zu langweilen. In dieser verfahrenen Situation gab es nicht viele Menschen, die noch helfen konnten.
»Kennen Sie General Cordes?«, fragte Agnes, das war der erste Moment in sieben Jahren, in dem sie es begrüßte, sich nachts in seiner Nähe zu befinden.
»Natürlich.« Oberleutnant Relissen wirkte angespannt. Die vier Männer an seiner Seite schienen auf seine Befehle zu warten.
»Er befindet sich in diesem Hotel.«
»Ich verstehe die Relevanz nicht ...«
»Er zahlt die Spesen für unsere Party.« Agnes würde nach ihm rufen lassen.
Relissen schluckte. »Das ändert nichts an meinen Befehlen.«
»Natürlich nicht ... folgen Sie mir.« Agnes betrat die Einsatzzentrale, Relissen und einer seiner Männer folgten ihr, genauso wie Peter Jöries und ein Mann des Better Life Sicherheitsteams. Die Tür schloss sich wieder. Pari, zwei von jedem Team, die anderen Kanonen auf zwei Beinen blieben draußen.
»Bitte hört mir alle zu ...« Agnes erhob die Stimme. »Ich möchte euch Oberleutnant Relissen vorstellen, der wegen neuer Tatsachen zu uns gestoßen ist.«
Im Raum wurde es still.

»Bitte rückt alle von euren Konsolen weg und lasst die Arbeit für einen Moment ruhen.«

»Danke für die Mitarbeit.« Der Grünschnabel bedankte sich zu früh, er schien keine Ahnung zu haben, was Agnes mit ihm vorhatte. Die Kontrolle über *DeepSearch* würde er sicherlich nicht von ihr auf einem Silbertablett dargeboten bekommen.

»Sibel ... bitte rufe den General in seiner Suite an. Wir brauchen seinen Rat«, ordnete Agnes an. »Sobald er das Videobild freigibt ... an die Wand damit.«

Das System baute die Verbindung auf, es erklangen zwei Wähltöne, dann öffnete jemand die Leitung.

»Ich hoffe, es ist wichtig ...«, knurrte der General in die Leitung, das Bild blieb noch schwarz.

»General Cordes, hier ist Agnes Gutter ...«

»Wer auch sonst ... was ist los?« Er klang wie jemand, der gleich mit der Kettensäge in einem Kindergarten die Hecke schneiden wollte.

»In unserer Einsatzzentrale steht Oberleutnant Relissen, Truppführer eines 30-köpfigen Special-Forces-Teams, der mich, Dr. Mindner und das gesamte DeepSearch-Team verhaften will. Unterstützt wird er durch 200 Beamte der Hamburger Polizei, die mit Blaulicht, einem Schützenpanzer und zwei Booten der Wasserschutzpolizei den gesamten Jungfernstieg abgeriegelt haben.« Agnes wusste, welche Knöpfe sie beim General zu drücken hatte. Die Boote und den Panzer hatte sie auf weiteren

Bildschirmsegmenten, die Sibel am Rand der Bildwand einblendete, gesehen.

»Um die Uhrzeit?«

»Ja ... Zweifel ausgeschlossen. Oberleutnant Relissen, stimmen Sie mir zu?«

»Ähm ... ja. Guten Morgen, General Cordes, es ist mir eine Ehre, Sie kennenzulernen.«

Egal was der junge Offizier gerade dachte, wohlfühlen tat er sich dabei nicht.

»Der Morgen ist nicht gut ... welcher hirnamputierte Affenarsch hat Ihnen den Befehl dazu gegeben, mein Hotel zu betreten?«

»General, bei allem Respekt, diese Information darf ich nicht weitergeben. Mein Einsatz erfolgt im Dienst der Nationalen Sicherheit.«

»Junger Mann ...« Der General aktivierte das Videobild, er band sich gerade seinen Morgenmantel zu und setzte sich in seinen Sessel. Die Kamera des Videosystems folgte ihm automatisch. *»Wissen Sie wirklich, wer ich bin?«*

»Natürlich, General a.D. Klaus Cordes, Vorstandsvorsitzender der Better Life AG«, antwortete Relissen, der dabei die beiden Buchstaben a und D, die für außer Dienst standen, besonders intonierte.

Der General verdrehte die Augen, mit der linken Hand aktivierte er sein Mobile. *»In 10 Minuten werden unsere Juristen am Hotel sein ...«*

»Entschuldigung, ich habe meinen guten Willen gezeigt, den Einsatz friedlich abzuwickeln. General, Ihre Anwälte ändern nichts an meinem Einsatzbefehl. Sogar wenn Sie einen Richter aus der Tasche zaubern, der Ihnen binnen drei Minuten eine einstweilige Verfügung ausstellt, werde ich meinen Befehl vollstrecken. Der Einsatz ist juristisch abgesichert durch die Heimatschutzklausel der europäischen Antiterror-Gesetzgebung vom 01. Oktober 2021, der im Falle einer landesweiten Bedrohung die NATO-Führung berechtigt, alle notwendigen Maßnahmen zu ergreifen.« Relissen schien mit seinen Worten zu wachsen.

Agnes wäre fast umgefallen, die Heimatschutzklausel diente dem landesweiten Schutz vor Terrorakten. Eine 2020 gegründete, weltweite Antiterroreinheit unter dem Befehl der NATO wurde 2021 in allen NATO-Ländern ratifiziert. Die Länder stimmten dabei zu, dass im Falle eines Terroraktes die NATO alle bestehenden nationalen Gesetze und Verfahrenswege umgehen durfte.

»Oberleutnant Relissen, Sie sollten vorsichtig sein ...« Cordes' Blick hätte herzkranke Menschen auf der Stelle getötet. Er wählte eine weitere Nummer und drehte sich zur Seite.

»Verbinden Sie mich bitte mit dem Generalsekretär ...«,

»Er schläft? Wecken Sie ihn, sagen Sie ihm einfach, wer ihn sprechen möchte«,

»Hallo Jens«,

»Ja ... ich hatte auch bereits geschlafen«,

»Die Arbeit bringt einen um ... da hast du recht«,

»Sag mal welcher Offizier gerade in der Antiterroreinheit Dienst

hat«, »Paul?«,

»Guter Mann, stimmt ... ob er meine Nummer verloren hat?«,

»Warum?«,

»Nein, er macht mir keinen Ärger ... ich werde das mit ihm persönlich klären«,

»Jens, es ist nicht nötig, dass du ihn für mich anrufst«,

»Danke, du hast einen gut bei mir«,

»Ja, stimmt ... seine Jungs haben meine Party gesprengt«,

»Er regelt das sofort?«,

»Jens, auf dich ist Verlass«,

»Ja, du auch ... grüß deine werte Gemahlin von mir«,

»Schlaf gut.«

Agnes sah zu Relissen, der das einseitige Gespräch des Generals nicht bewerten konnte und mittlerweile einige nervöse Flecken an den Schläfen hatte.

Sein Mobile vibrierte. »Sir, hier ist Oberleutnant Relissen ... ja, ich kann Sie gut verstehen« Es hatte keine 60 Sekunden gedauert, bis sein Vorgesetzter ihn anrief.

»Sir, können Sie bitte den Befehl wiederholen?«,

»Sir, verstanden.«

»Natürlich ... ich werde mich persönlich darum kümmern«,

Oberleutnant Relissen legte auf.

»Und, junger Mann, haben wir nun eine andere Gesprächsbasis?«, fragte General Cordes über die immer noch offene Videokonferenz.

»General, ich bin angehalten, mich unverzüglich Ihrer

Kommandoführung anzuschließen. Wie lauten Ihre Befehle?« Relissens Gesicht glich einem Glas Tomatensaft.

»Oberleutnant, sehen Sie die charmante junge Dame mit den langen dunklen Haaren, die direkt neben Ihnen steht?«

»Jawohl, Dr. Gutter hatte sich bereits vorgestellt.«

»Richtig, das ist Dr. Agnes Gutter ... sie ist die DeepSearch-Einsatzleiterin. Sie werden genau das tun, was sie sagt. Sie werden alle Fragen beantworten, alle Befehle befolgen und Ihre Männer anhalten, auf ganzer Linie zu kooperieren. Haben wir uns verstanden?«

»Jawohl, Herr General.«

»Ich wünsche zu Ihrem Besten, dass mich Dr. Gutter nicht noch einmal anrufen muss, um zu vermitteln.«

»Herr General, dazu wird es keinen Anlass geben.«

General Cordes trennte die Verbindung.

Agnes verkniff sich einen Kommentar, das war nicht das erste Mal, dass sie dem General bei der Arbeit zusah. Er kannte einfach alle, alle, die in seiner Welt eine Rolle spielten. Und wen er nicht kannte, der war schlicht und einfach nicht wichtig.

»Oberleutnant Relissen?« Agnes wandte sich dem jungen Offizier zu, der vermutlich gerade die größte Krise seines Lebens erlebte. *Friendly Fire*, wenn man mutig nach vorne läuft, das Banner seines Herrn gen Himmel streckte, dem Feind die Stirn bot und dann von seinen eigenen Leuten mit einer fetten Kanone in Stücke geschossen wurde.

»Ma'am.«

»Neuanfang?« Agnes reichte ihm die Hand, sie brauchte ihn. Die NATO hatte den Einsatz sicherlich nicht ohne Grund befohlen. Es musste einen ernsten Zwischenfall gegeben haben, der in Verbindung zu *DeepSearch* stand. Hatte Ihre Zielperson sein bisher sicheres Versteck verlassen und zufällig die falschen Server aus den Racks getreten?

»Ja, gerne ... danke.«

Relissen zeigte sich erleichtert und Agnes gierte danach, seine Geschichte zu hören.

***

XVIII. DEFCON 3

Agnes setzte sich wieder, dieser verdammte Job würde sie Jahre ihres Lebens kosten. Relissen hatte inzwischen seine IT-Spezialisten, die noch jünger aussahen als er, in die Kommandozentrale kommen lassen. Vier Daten-Forensiker, die darauf ausgebildet worden waren, auch unter Gefechtsbedingungen auf defekten, verschlüsselten und unvollständigen Datenträgern wichtige Informationen sicherzustellen. Die drei Jungs und eine Frau waren bewaffnet, durchtrainiert und sicherlich nicht dumm, auch beim Militär galt im Jahr 2034 die Tastatur als das gefährlichste Waffensystem.

»Steht die Verbindung?«, fragte Relissen die Frau mit kurz rasierten Haaren.

»Ja ... jetzt. Berlin, Brüssel und Fort Meade sind online. Die Leitungen sind stabil und gesichert.«

Agnes staunte, wie die Soldaten binnen zehn Minuten aus einigen Koffern heraus ein mehrfach verschlüsseltes Hochsicherheitsnetzwerk aus dem Boden stampften und mit den DeepSearch-Servern im Vier Jahreszeiten verbunden hatten. Sekunden später öffneten sich am Wanddisplay mehrere Videoverbindungen.

»Beeindruckend ... ich begrüße alle Teilnehmer im Bundeskanzleramt, dem NATO-Headquarters und der NSA. Mein Name ist Dr. Agnes Gutter, ich leite das Projekt. Ich benötigte einen Status der vorliegenden Bedrohung.«

Agnes verzichtete bewusst darauf, ihre Zuständigkeit auf das *DeepSearch* zu begrenzen. Die Geschichte war um einiges größer als sie bisher angenommen hatte.
»Dr. Gutter.« Der NSA-Mann, ein blauuniformierter Offizier, antwortete zumindest. Die anderen nickten nur. Seinen Namen erwähnte natürlich niemand.
»Darf ich anfangen?«, fragte Relissen, der zuerst auf den Bildschirm des Amerikaners sah. Als deutscher Offizier durchaus bemerkenswert, dachte sie noch.
»Sure.« Der Ami, dessen Rangabzeichen ihn als Lieutenant General, einen Drei-Sterne General der Air Force zu erkennen gaben, schien etwas zu sagen zu haben.
»Seit 0200 UTC+1.00, also 0300 MEZ, steht der Status der NDRF, der NATO Digital Response Force auf DEFCON 3, das bedeutet, wir haben erhöhte Einsatzbereitschaft und jegliche Standard-Kommunikation der NATO-Mitgliedstaaten wurde bereits auf verschlüsselte Server umgestellt.«
Relissen wirkte bei seinen ersten Worten erstaunlich abgeklärt. Agnes konzentrierte sich, DEFCON-3 wurde innerhalb der NATO nicht gerade jeden Tag ausgerufen und die NDRF jagte üblicherweise auch keine Eierdiebe.
»Um 0152 UTC+1.00 registrierten NSA-Tracer innerhalb des Hamburg Better Life Netzwerkes ungewöhnliche Aktivitäten.«

Agnes schmunzelte, vor fünf Jahren hatte der General die geniale Idee gehabt, sich nicht länger gegen die Bespitzelung der NSA zu sträuben. Durch die engen wirtschaftlichen Verbindungen innerhalb der NATO war die NSA ohnehin der umsatzstärkste Handelspartner. Kurzum hatte Better Life mit der NSA einen Service Vertrag ausgehandelt und ließ das Netz einfach direkt von ihnen betreiben.

»Der Hacker muss es ja weit geschafft haben ...«, sagte eine Frau aus dem Off des Bundeskanzleramts, die scheinbar über den Zwischenfall zuvor auch nicht informiert worden war.

»In der Tat ... erschreckend weit sogar.« Oberleutnant Relissen trug weiter vor. »Wir können den Eintrittspunkt des Hackers auf das Hamburger Netzwerksegment eingrenzen ...«

»Der Hacker hat wirklich eine Typ-7 Leitung knacken können?«, fragte jemand aus Brüssel dazwischen.

Auch wenn Agnes keine IT-Spezialistin war, eine Typ-7 Leitung kannte sie. Diese basierten auf radialkaskadierten Verschlüsselungsalgorithmen und weiteren Hightech-Barrieren, um alle landesweit agierenden Behörden und Sicherheitseinrichtungen der NATO-Mitgliedsstaaten zu schützen.

Dieser Standard ging erst vor zwei Jahren durch die Presse und wurde bisher als unbezwingbare Barriere gegen den Terror gefeiert. Na ja, die Geschichte wiederholte sich. Die Titanic galt am Tag vor der Kollision mit einem

Eisberg auch als unsinkbar.
»Definitiv ... aber das reichte dem Hacker noch nicht.« Relissen räusperte sich. »Für diesen Fall und für Angriffspositionen innerhalb des Netzwerkes existieren Tracer-Routinen, intelligente Wachprogramme, die unbekannte oder unzureichend autorisierte IP-Pakete identifizieren, isolieren und bei Bedarf neutralisieren können.«
Die Tracer kannte Agnes, eine Entwicklung der Better Life Software Sparte und ein weltweit äußerst lukratives Lizenzgeschäft, bei dem die NATO sogar den kompletten Vertrieb der Lösung in den Mitgliedländern verantwortete. Die Sicherheitsprodukte im Konzern sorgten jedes Jahr für hervorragende Geschäftszahlen.
»Und dann haben sich die Tracer an dem Hacker verschluckt?«, fragte wieder die weibliche Stimme aus dem Bundeskanzleramt despektierlich, deren Gesicht immer noch nicht zu sehen war.
»Schlimmer noch ... der Hacker hat den Tracer gehackt und ihn virenverseucht wieder an uns zurückgeschickt. Wir sind jetzt noch dabei, die ausufernde Epidemie an infizierten Tracern einzudämmen«, erklärte Relissen sachlich.
Agnes biss sich auf die Lippe, jetzt verstand sie die Panik hinter dem NATO-Einsatz, sie hatten *Dornröschen* erweckt. Die beschriebenen Fähigkeiten überraschten sie nicht, das war genau die richtige Handschrift. Jetzt blieb nur noch

die Frage des Ziels? Um welche Informationen ging es dem Angreifer?

»Der Hacker arbeitete sich danach zum zentralen Verzeichnisdienst im Konzern vor ...«

»Ist der nicht besonders gesichert?«, fragte Sibel, die die ganze Zeit aufmerksam zuhörte.

»Oh ja ... eine bisher nicht veröffentlichte Technologie sorgt an dieser Stelle dafür, dass unberechtigte Zugriffe in eine Sandbox[1] geleitet werden. Wie gesagt, bisher hat es weder eine unberechtigte Anfrage noch ein Schadprogramm geschafft, aus der Kiste wieder herauszukommen. Unser Hacker allerdings verpasste dem Server der Sandbox binnen 0.15 Sekunden eine Speicherschutzverletzung, die wir in dieser Form noch nicht gesehen haben.«

»Und dann?«, fragte Agnes, die anfänglich sogar eine Spur Sympathie für den Hacker empfunden hatte, die mittlerweile blankem Entsetzen gewichen war.

»Vollzugriff ... der Hacker hatte den zentralen Verzeichnisdienst gekapert. Für vier Minuten hatten wir die Kontrolle über das gesamte Netzwerk verloren.«

»Vier Minuten? Wieso konnte der Hacker ganze vier Minuten tun,

---

[1] **Sandbox:** Die Software wird vom Rest des Systems abgeschirmt, quasi in den Sandkasten gesetzt, in dem sie einerseits keinen Schaden an-richten kann und andererseits die Wirkungen der Software aufgezeichnet werden können.

was er wollte? Sie haben doch gesehen, was vorgefallen war? Wieso haben Sie nicht gehandelt?«, fragte wieder die Stimme aus Berlin, die inzwischen alles andere als gutgelaunt klang.

»Der Hacker ist gut, er sperrte als Erstes sämtliche administrativen Zugänge ... es gab ein Zeitfenster von drei Minuten, für das wir nur begrenzte Informationen haben, was er getan hat.«

»Und wie haben Sie ihn geschnappt?«, keifte die Berlinerin.

»Wir haben den Hacker nicht fangen können ... wir wissen noch nicht einmal, wer das war. Er ist weg. Wir haben dem zentralen Better Life Verzeichnisserver per Hand den Stecker gezogen. Nicht gerade Hightech, aber wirksam. Im Rahmen eines Desaster Recoverys fahren wir gerade die gesamte IT-Infrastruktur wieder hoch.«

»Ist das Netz wieder sicher?«

»Das hoffen wir ... wir haben DEFCON-3. Sämtliche relevanten Verschlüsselungen arbeiten im Gefechtsmodus. Alle unnötigen Dienste sind daher zurzeit deaktiviert.«

»Wieso laufen unsere Server überhaupt unzureichend geschützt?« Die Frau in Berlin hörte nicht auf.

»Die besonders gesicherten DEFCON-3 Codecs bedürfen aufgrund der höheren Rechnerlast 80 Prozent aller Serverkapazitäten. Die Kosten würden Sie im Friedensfall Ihren Wählern und Steuerzahlern nicht zumuten wollen.«

»Konnten Sie feststellen, welche Datenbanken oder Services konterminiert wurden?«, fragte Agnes, die immer noch über die Ziele des Angreifers nachdachte.

»Jetzt kommt die Pointe ... der Hacker hat keine einzige Datenbank angegriffen. Die einzige Spur führt genau in dieses Hotel, über einen überwachten Router in Frankfurt konnten wir eine dreiminütige Verbindung mit dem DeepSearch-Netzwerk im Vier Jahreszeiten feststellen.«

»Ich verstehe ...« Agnes nickte, das ergab Sinn.

»Sehr gut ... dann möchte ich jetzt von Ihnen Antworten haben.« Relissen gab sich obenauf.

»Glauben Sie etwa, wir hätten uns selbst gehackt?« Agnes mochte seinen Tonfall nicht.

»Nein ... aber ich glaube, dass Sie in Ihrem Projekt die Kontrolle verloren haben. Der Hacker hat Sie mächtig verarscht.« Relissen teilte weiter aus.

»Möglich ... aber unwahrscheinlich.« Agnes gab Sibel ein Zeichen, sie sollte den Projektsteckbrief, den sie bereits auf ihrem Display aufgerufen hatte, an die Wand werfen.

Die Tür öffnete sich. General Cordes betrat den Raum, was sofort einen kühlen Luftzug durch die Reihen gehen ließ.

»Meine Damen, meine Herren ... machen Sie weiter, ich bin bereits im Bilde«, sagte der General kurz angebunden und tippte mit dem Finger an sein Ohr. Er hatte scheinbar mitgehört.

»*DeepSearch* ist, mit wenigen Worten, die Suche nach der Nadel im Heuhaufen. Wir haben Grund zur Annahme, dass ein ehemaliger Better Life Wissenschaftler vor 21

Jahren unter nicht geklärten Umständen ein genmanipuliertes Kind gezüchtet hat. Wir folgen aussagekräftigen Indizien, die nahelegen, dass die inzwischen erwachsene Zielperson ein binärcodiertes Gehirn hat, das in der Lage ist ...«

»Bitte, was?«, fragte Relissen ungläubig.

»Warten Sie einen Moment, ich komme gleich dazu ... ein binärcodiertes Gehirn hat, das das genmanipulierte Kind in die Lage versetzt, Kraft seiner Gedanken ein Kraftfeld zu erzeugen, um in Netzwerke einzudringen.«

»Sie verarschen mich?«

»Oberleutnant, sehe ich wie ein humorvoller Mensch aus?«, pfiff der General ihn von der Seite an.

»Herr General, nein, das tun Sie nicht.« Relissen schlug verbal die Hacken zusammen.

»Sehen Sie mich lachen?«

»Nein.«

»Dann bleiben Sie bei der Sache!«

»Jawohl.«

Agnes machte weiter. »Wir haben *DeepSearch* über mehrere Jahre vorbereitet. Unser Ziel ist es, die Zielperson mit dem Codenamen *Dornröschen* zu ergreifen.«

»Haben Sie die Suche eingrenzen können?«, fragte ein uniformierter Offizier aus Brüssel.

»Ja ... aber bisher, ohne eine Person zu fokussieren. Der Angriff, den Sie beschreiben, passt genau auf das Profil. Wobei es die erste dokumentierte Aktivität des Hackers

ist.«
»Sie haben ihn aufgescheucht«, stellte Relissen selbstsicher fest und hob seinen Kopf.
»Was aus der Perspektive des Projektes DeepSearch die beste Ihrer ansonsten besorgniserregenden Neuigkeiten ist. Ich folgere daraus, dass wir auf der richtigen Spur sind.« Agnes sah Relissen in die Augen. »Herr Oberleutnant, ich hoffe Sie verstehen, dass es deshalb kontraproduktiv wäre, unser Projektteam vorzeitig aufzulösen.«
»Wir machen weiter!« Das Urteil des Generals war deutlich. Und scheinbar endgültig, da weder Relissen noch jemand aus Brüssel, Fort Meade oder Berlin widersprachen.
»Absolut unvorstellbar ... wenn der Angriff nur auf der mentalen Kraft eines Menschen basiert, das wäre ... diese digitale Feuerkraft wäre die größte Bedrohung der letzten Dekaden.« Relissen schien langsam die Tragweite von DeepSearch zu verstehen.
Agnes nickte. »Durchaus eigenartig ... aber real.«
»Wir sollten alle Teilnehmer in Einzelhaft nehmen, sedieren und in ein funkdichtes Gefängnis bringen.«, erklärte der junge Offizier, dessen Fantasie mit ihm durchzugehen schien.
»Wir können auch alle erschießen ... ginge schneller.« Agnes karikierte diese abstruse Idee.

Auch Sibel stieg darauf ein, allerdings trieb sie die Ironie auf die Spitze. »Wäre auch sicherer ... einfach alle verdächtigen Subjekte in Hamburg an die Wand stellen. Wir haben in den Randbezirken jede Menge Flüchtlinge ... wäre unverantwortlich, die alle frei in der Weltgeschichte herumlaufen zu lassen.«

»Ähm ...« Relissen schien zu bemerken, dass auch die NATO im Jahr 2034 nicht die Macht hatte, über Hundert unschuldige Menschen verschwinden zu lassen.

»Dr. Gutter ...« Sibel wollte etwas sagen.

»Nebenbei hat Ihr dezenter Polizeieinsatz sicherlich bereits die ersten Paparazzi an den Jungfernstieg gebracht.« Agnes gebot Sibel, kurz zu warten, sie hatte nicht vor, bei einer grundlosen Sicherheitsverwahrung aller Teilnehmer mitzuwirken.

»Die Presse weiß nicht, was hier passiert ... die Polizei könnte auch an einer normalen Razzia beteiligt sein«, sagte der General, er schien nachzudenken. Agnes kannte ihn, er scheute sich nicht, schwierige Entscheidungen zu treffen.

»General?«, fragte Agnes, er würde doch nicht ernsthaft eine massive Freiheitsberaubung in Erwägung ziehen. Jemanden eine Nacht nicht schlafen zu lassen, war eine Sache, aber alle zu sedieren und für Jahre wegzusperren, eine völlig andere.

»Dr. Gutter, nein, warten Sie ...« Der General hob seine Hand und ging auf die Bildwand zu.

»Dr. Gutter, Sie sollten ...« Auch Sibel stichelte weiter von der Seite. Agnes sah sie an, sie sollte warten. General Cordes schien gerade im Begriff zu sein, mit dem Besen in der Hand einen riesigen Teppich hochzuheben.

Der General drehte sich zu Sibel. »Dr. Mindner, Sie sind unsere Psychologin im Projekt, für wie hoch halten Sie die Wahrscheinlichkeit, dass Dornröschen im Hotel ist?«

»Ich denke hoch, aber Sie sollten ...«

»Nein, nein ... das reicht schon.« Auch der General ließ Sibel nicht ausreden. Was wollte sie? Agnes sah sie erneut an. Sibel wollte, dass sie zu ihrem Display kommt. Gleich, das musste warten.

»Dr. Gutter?« Jetzt wollte der General ihre Meinung haben.

»Wir wissen es nicht!«

»Major Jöries?« Der General fragte seinen Sicherheitschef, der die Diskussion schweigend verfolgt hatte. »Sie waren die ganze Zeit mit denen im Ballsaal zusammen ... Ihre Meinung?«

»Wow ... da fragen Sie mich was ... ganz ehrlich, ich habe von dem ganzen Psychokram nur die Hälfte verstanden.« Peter drückte sich davor, eine Antwort zu geben, Agnes wusste genau, dass er klug genug war, jedes Wort zu verstehen.

»Sie sind Offizier. Ich stelle Ihnen eine Frage. Ihre Meinung, ist einer von denen der Hacker?« General Cordes mochte keine weichen Antworten.

»Nein.«

Agnes atmete durch.

»Ein Ja, ein Nein und ein ich weiß nicht ... verdammt, das kann doch nicht so schwer sein.«

»General, wir vertrauen Ihrer Entscheidung«, erklang es aus Brüssel, der Lametta-Tiger schien die Hosen voll zu haben.

»Erschießen ...« Der Amerikaner folgte seinem Klischee.

»Aber nicht in Hamburg ...« Wie auch die Berliner, die die Drecksarbeit wie immer gerne andere tun ließen.

»Zwei, zwei, zwei ... das ist ein Scherz, oder? Ich liebe die Demokratie, die Bürgerrechte und den ersten genmanipulierten Superpsychopaten, der die Steuerung eines Kernkraftwerks mit seiner Playstation verwechselt und uns alle in die Steinzeit bombt!«

»Ich möchte an der Stelle nicht unhöflich sein ...« Sibel stand auf und wurde lauter. Agnes verdrehte die Augen, verlor sie jetzt völlig den Verstand?

»Dr. Mindner, Sie haben Sendepause.« Der General ließ sich nicht mehr aufhalten, der wollte scheinbar ernsthaft Relissens Vorschlag folgen, alle Teilnehmer in eine Irrenanstalt zu sperren. Kollateralschäden nannten das die Militärs, für Agnes war das der schiere Wahnsinn.

»Major Jöries, Oberleutnant Relissen, ich möchte, dass Sie zusammenarbeiten ... wir werden alle Teilnehmer trennen, überwältigen und sedieren. Haben Sie mich verstanden?«
Die Befehle des Generals ließen keine Zweifel offen.
»Jawohl.« Relissen salutierte. Rückgratloser Wichser, dachte Agnes.
Peter sah zu Agnes, er zweifelte. »Major Jöries, haben Sie zu dem Befehl eine Frage?«
»Nein.«
»Warum sehen Sie dann Dr. Gutter an?« Der General stand kurz vor der Explosion.
Agnes schüttelte minimal den Kopf, Peter sollte sich nicht widersetzen. Die Diskussion war bereits am Ende. Jetzt konnte er nur noch seinen Kopf verlieren.
»Ich habe die Order, Dr. Gutter zu beschützen.« Peter kämpfte. Soldaten mit Gewissen hatten selten eine geruhsame Rentenzeit.
»Die Order haben Sie von mir!«
»Natürlich. Gilt sie etwa nicht mehr?«
»Treiben Sie es nicht auf die Spitze. Ich habe Ihnen einen eindeutigen Befehl erteilt!«
Ob der General eigentlich verstanden hatte, dass Peter kein Soldat mehr war?
»Herr General, jawohl. Ich habe den Befehl verstanden. Ich werde ihn umgehend ausführen«, erklärte Peter mit monotoner Stimme.

»Darüber werden wir uns später noch einmal unterhalten!«
»Komm Steven, wir gehen *Kinder in Säcke* stecken!«, sagte Peter und wollte gerade die Einsatzzentrale verlassen, ohne dem General auf seine letzte Aussage eine Antwort zu geben. Was hatte er getan? Morgen würde er seinen Job los sein.
»SCHLUSS JETZT!«, rief Sibel und stand auf. »Peter, bleib hier!« Alle im Raum sahen sie an. Es musste etwas in der Luft liegen, Agnes verspürte spontan Lust, sich zu betrinken.
»Dr. Mindner! Was fällt Ihnen ein ...« Der General wollte gerade ausholen, als ihn das Livebild vom Jungfernstieg an der Videowand ablenkte. Vor dem Hotel war die Hölle los. Die 200 Polizisten kämpften mit doppelt so vielen Journalisten, die mit allem angerückt waren, was die moderne Medientechnik zu bieten hatte.
Die Einsatzkräfte konnten vor allem die ferngesteuerten Kameradrohnen, die in zehn Metern Höhe über der Binnenalster hochauflösende 16K Streams an die Sender übermittelten, nicht zurückdrängen. Ein Fest für die Presse.
»Der Ton, stell bitte lauter ...«, sagte Agnes, die auf einer anderen Bildfläche der Live-Berichterstattung auf einem Nachrichtensender folgen wollte.

» ... ist Europa inzwischen ein Polizeistaat? Diese Frage stellt sich jeder Betrachter, wenn er dem nächtlichen Treiben der Hamburger Polizei folgt, die gerade mit einem Großeinsatz dem exklusiven Hotel Vier Jahreszeiten zu einem Image verhilft, das vermutlich niemand haben möchte«, erklärte eine blonde Nachrichtensprecherin, die vor einer animierten Bildwand im Sender sprach und damit den Eindruck erweckte, sich unbehindert zwischen den Polizisten bewegen zu können.

»Das ist doch nur Gerede ... die haben keine Ahnung!« Die Neugierde des Generals schien schnell ihren Zenit überschritten zu haben.

»Sie sehen Bilder der Polizei, Beamte in Schutzkleidung und einen Schützenpanzer, sicherlich nicht ungewohnt in der 7-Millionen-Metropole Hamburg, in der der tägliche Kampf gegen die organisierte Kriminalität oft blutige Berichte füllt.

Was ist anders, werden Sie sich fragen. Im Prinzip nur eine Kleinigkeit, dem Sender liegen Informationen vor, dass die NATO diesen Einsatz auf Hamburger Boden befohlen hat. Im Namen der Nationalen Sicherheit natürlich, werte Zuschauer, Sie kennen diese Floskeln sicherlich bereits. Na ja, um Terroristen zu fangen, darf der Staat nicht zimperlich sein, mögen jetzt einige von Ihnen sagen. Nur in diesem Falle hält die Hamburger Polizei im Auftrag der NATO über 100 junge Menschen gegen deren Willen fest, ohne dass es einen hinreichenden Tatverdacht einer Straftat gibt. Es soll weiterhin Misshandlungen und verbotene psychologische Tests gegeben haben. Die Hintergründe dazu liegen noch im Dunkeln.

Aktuell war niemand bei den Behörden zu einer spontanen Stellungnahme verfügbar.«

»Was für eine Scheiße läuft hier? Wir haben ein Leck!« General Cordes tobte. Sibels Einwurf schien ihn nicht mehr zu interessieren.

»General, Ihr Befehl?«, fragte Peter, nicht ohne dass Agnes eine Spur der Befriedigung in seinem Gesicht erkennen konnte.

»Wir machen nichts ... nichts. Lassen Sie die *Kinder* in Ruhe. Dieses dummdreiste linke Pressepack sollte man in der Nordsee versenken.«

»General?«, fragte Agnes mit ruhiger Stimme.

»Ja.«

»Das ist kein Zufall ... ich möchte meine Meinung ändern. Die Zielperson ist im Hotel. Wir haben ihn aufgescheucht. Er hat unsere Server angegriffen, um zu erfahren wer wir sind, und jetzt fordert er uns heraus. Der Einbezug der Presse ist ein Abwehrmanöver ... er lässt die Öffentlichkeit auflaufen, damit sie ihn beschützt.«

***

XIX. Mit gezinkten Augen

Alex öffnete die Augen, er war noch einmal kurz weg gewesen, um eine Kleinigkeit zu erledigen. Dieser Kampf würde alles von ihm fordern. Wenn die Mia und ihn kriegen würden, wären sie geliefert. Das würde er nicht zulassen. Er wollte seinen Ursprung verstehen, deswegen musste er das TwelveMonkeys-Archiv seines Vaters finden.

Mit dem Wissen, dass sich die DeepSearch-Einsatzzentrale direkt unter dem Ballsaal befand, brauchte er keinen überwachten NSA-Server mehr zu hacken, um diese Schlaumeier abzuhören.

Cordes war ein Soziopath und Relissen ein Idiot, nur vor den beiden Frauen Gutter und Mindner musste er sich in acht nehmen. Wie Cordes sie hatte kaufen können, hatte er noch nicht verstanden.

»Geht es dir gut?«, fragte Mia.

»Ja.«

»Die Stimmung wird immer schräger ... was wollen die von uns?«, fragte sie. Hayden und die anderen sechs verbliebenen Teilnehmer saßen müde an der Wand oder redeten leise miteinander. Interessanterweise blieben alle ruhig. Zwei von ihnen brachten sogar das Kunststück fertig, sich trotz der regelmäßigen Störungen nicht aufwecken zu lassen.

»Uns mürbe machen ...«

»Warum?«

»Weil sie es können.« Was sollte Alex anderes dazu sagen, das Gewaltmonopol lag bei denen.
»Du sagst mir nicht alles ...«
»Alles, was notwendig ist.« Alex nahm sie in den Arm. Wegen des unbequemen Sofas hatte er schon Rückenschmerzen. Mia saß mit angezogenen Beinen neben ihm und schlief bereits einen Moment später ein. Sie mussten hier heraus. »Ruh dich aus ... ich übernehme.«
Auf dem Ausflug eben hatte Alex den Weg durch das digitale Unterholz gewählt. Dazu hatte er das Mobile eines Stiernackens an der Tür gehackt, dessen Gerät allerdings in diesem abgeschirmten Raum auch keinen Empfang mit der Außenwelt bekam. Von dort aus hatte er eine Kaskade durch die Mobiles der anderen Personenschützer gebildet, Relissens militärische Kommunikationseinheit gefunden und auch alle anderen Einsatz-Mobiles seiner Soldaten übernommen.
Reine Fleißarbeit, die ihm aber den Weg zu den Mobiles einiger Polizisten in der Lobby und vor dem Hotel eröffnet hatte. Auf dem Jungfernstieg verlor der Störsender seine Wirkung und er hatte schnell das erste Mobile mit Zugriff auf das öffentliche 5G Netz gefunden. Die Technik zu beherrschen, war ein Kinderspiel. Sein Verstand würde sich niemals einsperren lassen.
Tony schlief noch nicht, als Betreiber eines Paparazzi-Blogs arbeitete er jede Nacht. Es genügte, ihm die Story des Polizeieinsatzes am Vier Jahreszeiten zu stecken.

Allerdings ohne zu erwähnen, dass Alex selbst zu den Betroffenen gehörte. Gespickt mit einigen Informationen über die NATO, Cordes und Better Life, hatte er Tony den medialen Aufreißer schlechthin geschenkt. Die neuen Besucher seines Blogs dürften gerade den Server seines Providers zum Glühen bringen.
Alex küsste Mia auf die Stirn und schaute aus dem Fenster. Die Polizei würde gleich sehr viel Arbeit bekommen. 2-3 Minuten, dann wäre der Frieden vorbei.

Die Stroboskoplampe an der Decke des Ballsaals blitzte Alex wach, Mia zuckte zusammen, alle 15 Minuten dasselbe Spielchen. Was für dumme Arschlöcher!
»Ich will schlafen!«, rief jemand, ohne eine Antwort zu bekommen. Es befanden sich nur noch fünf Bewacher im Raum, sollte er versuchen, die Typen durch die Tür zu treten? Nein. Gewalt war keine Lösung. Jedenfalls noch nicht.
»Ich will nicht mehr ...«, meckerte Mia, die ihren Kopf in seinem Shirt vergrub.
Alex blickte erneut zum Fenster, langsam sollte draußen mehr los sein. Da schien ein Lichtkegel über die Binnenalster zu streifen. Endlich, dieser Alptraum musste ein Ende finden.
»Was ist das?«, fragte Hayden, der das Licht ebenfalls gesehen zu haben schien.

»Bitte?« Alex gab sich unwissend. Die würden ihn immer noch beobachten.
»Das Licht da draußen?« Hayden stand auf und ging zum Fenster der Veranda. Nicht ohne von einem Stiernacken verfolgt zu werden, der ihn aber nicht daran hinderte, sich den Lichtkegel anzusehen.
»Und?«, fragte Alex.
»Na ja, die Polizei müssen wir nicht mehr rufen ... die hilft bereits unseren Gastgebern.«
»Sick world!«
»Stimmt ... aber ich sehe über dem Wasser die erste Kameradrohne, der Lichtkegel kommt von ihr. Wir werden berühmt ... wir kommen in die Morgen-Streams.«
»Hätte ich das gewusst, wäre ich vorher beim Frisör gewesen!«
Hayden lachte. Auch die anderen schienen wieder wach zu werden. Wie auch die Personenschützer im Raum, die sich ebenfalls für den Urheber des Lichts über dem Wasser interessierten.
»Jede Menge Bullen, eine Handvoll Journalisten, ein Schützenpanzer und zwei Boote der Wasserschutzpolizei ... wie im Kino.«
»Und du in der ersten Reihe!« Alex freute sich, sein Plan, die Presse einzuschalten, würde aufgehen. In der Regel hatte man bei einem Brand in Hamburg schneller einen Sendewagen als die Feuerwehr vor dem Haus stehen.

»Was ist passiert?«, fragte Mia, die ihren Kopf nach oben streckte und mit verschlafenen Augen auf die inzwischen zweifach vorhandenen Lichtkegel außerhalb des Hotels sah.
»Die Presse ...«, antwortete Hayden. »Das werden immer mehr. Da sind schon über zwanzig ... ach, da sind noch mehr. Wow ... wir müssen echt interessant sein.«
Und ob sie interessant waren, dachte Alex, Cordes sollte sehr schnell merken, dass er sich nicht alles erlauben konnte.
»Was machen wir jetzt?«, fragte Mia.
»Abwarten ...«, sagte Alex. Die Macht der Öffentlichkeit war das Einzige, was Machtmenschen wie Cordes noch zur Raison bringen konnte. »Ansonsten machen wir genau das, was du gesagt hast: wir bleiben cool und ziehen die Geschichte durch.«
»Wir bleiben und greifen das Geld ab«, sagte Mia so laut, dass es niemand überhören konnte.
»Genau.« Alex lächelte, sollte er auf die Pressegeschichte noch einen oben drauf setzen?

»Drecksbullen ...«, schimpfte Hayden, der wieder bei ihnen saß und dabei alles andere als glücklich wirkte.
»Stress mit denen?«, fragte Alex, der selbst kein Problem mit Polizisten hatte. Die machten auch nur ihren Job.
»Nee ...« Hayden wirkte nervös.

»Mir musst du nichts verkaufen ...« Haydens ängstliche Reaktion machte Alex neugierig.

»Scheiße ... ich glaube, die sind wegen mir so angepisst.«

»Hast eines deren Autos geklaut?« Alex würde ihn weiter aus der Reserve locken. Eben glaubte er in seinen Augen ein Blitzen gesehen zu haben, ob er ebenfalls Ghosten konnte?

»Ne ... hab mal beschissen.«

»Wen?«

Hayden druckste weiter herum. »Na alle ... mehr oder weniger.«

»Du musst nicht darüber reden, aber wenn schon, dann lass dir nicht alles aus der Nase ziehen.«

Er nickte. »Ich habe bei den Tests beschissen ...«, flüsterte er.

»Oh ... tust du das öfter?«, fragte Alex.

»Lässt sich nicht verhindern.« Hayden sah auf die Seite. »He, aber du sagst es keinem!«

»Versprochen.« Alex nickte ebenfalls, seine Neugierde nahm zu. »Was hast du getan?«

»Ich konnte die Puzzles mithilfe eines Computers lösen ...«

»Cool ... wie geht das denn?«

»Verdammt, was ist, wenn die mich jetzt drankriegen?« Hayden wurde immer unruhiger. Bei dem schrillen Aufheulen einer Einsatzsirene schreckte er auf.

»Als Kind hatte ich Stress mit den Augen ... ich hab so gut wie nichts gesehen. Mehr als hell und dunkel ging nicht.«

»Aber die Milchbar deiner Mutter hast du gefunden?« Alex konnte nicht anders, der musste heraus.

»Klar ... ich hatte schließlich keine Probleme mit meinen Händen.« Hayden schmunzelte. »Nee, als Baby war alles noch in Ordnung. Die Probleme fingen erst in der Schule an.«

»O.k.« Alex wollte ihn weiterreden lassen. Wenn er wirklich Ghosten konnte, verstand Hayden eindeutig nicht, wie gefährlich seine Fähigkeiten waren.

»Meine Eltern wollten mir neue Augen kaufen. So richtige krasse Dinger, gezüchtete, wie echt, ich hätte mir sogar die Farbe aussuchen können. Nur die scheißteuren Teile von Better Life hätten mit Behandlung 400.000 Euro gekostet. Verdammt, wer soll das bezahlen können?«

»Schweine!« Alex hielt es an der Stelle nicht für passend, zu erwähnen, dass sein Vater die Augen und anderen Organe gezüchtet hatte. Erst recht nicht bei der offenen Frage, die ihn beschäftigte, was sein Vater *mit ihm* im Labor angestellt hatte.

Die Gutter erwähnte vorhin, dass Alex das leibliche Kind seiner Eltern sei. Pech für sie, aber ihn hatte es beruhigt. Die leibliche Vaterschaft von Olaf Baringhaus erachtete er als entbehrlich, die Abstammung von seiner Mutter allerdings nicht. Die Vorstellung, keine leiblichen Eltern zu haben und vielleicht in einem Reagenzglas oder sonst wie gezeugt worden zu sein, fühlte sich kalt und fremd an. Was war das Leben schon wert, wenn alle ihn für etwas hielten, was er nicht war?

»Na ja, meine Eltern konnten es nicht ... hab deshalb welche aus China bekommen, elektronisch, haben nur 30.000 Euro gekosten.«

»Solange du damit sehen kannst ...«

»Joa ... ein Kumpel von mir kann echt gut mit Computern, der hat meine Iris-Chips getunt.«

»Das geht?«

Hayden nickte. »Hab jetzt zwei Computer in den Augen ... mit denen ich coole Dinge machen kann. Wie solche komischen Rätsel lösen oder Spielbanken leerräumen.«

»Schräg.« Haydens Geschichte hatte etwas, auch wenn er nicht Ghosten konnte. Ihm zu erzählen, was Alex drauf hatte, verkniff er sich.

»Eigentlich wollte ich wegen 2.000 Euro überhaupt nicht kommen ... aber ey ich dachte mir, das ist cool. Dann kommst du mal nach Hamburg und kannst Party machen.«

Alex lächelte. »Die Party hast du bekommen.«

»Zwei sogar ... gestern habe ich in der Spielbank drei Millionen Euro abgezockt.«

»No Panic ... das blickt niemand von denen.«

»Sicher?«

»Ja.« Alex wusste es besser. Ein kleiner Gauner, der mit digital getunten Augen Spielbanken leerräumte, interessierte weder Better Life noch die NATO.

Der Presserummel auf dem Jungfernstieg wurde immer lauter. Die Tür sprang allerdings auf der Flurseite auf. Relissen, flankiert von sechs Soldaten in schwarz und einem Trupp weiterer Personenschützer aus Jöries' Stiernackenherde stürmten herein.

»Aufwachen!«, rief der Offizier barsch.

»Zieh Leine ...« Jemand warf einen Schuh nach ihm, traf ihn aber leider nicht.

»Einer von euch glaubt vermutlich, besonders schlau zu sein. Aber die Geschichte wird nicht gut ausgehen.«

Relissen bluffte, der wusste nicht, wer die Presse benachrichtigt hatte. Hayden wurde trotzdem immer kleiner.

»Wir beginnen jetzt mit den Einzelgesprächen. Jeder von euch sollte sich bereits eine gute Geschichte ausdenken ...«

Stille.

»Sven Eppelmann!«, rief Relissen. »Mitkommen!«

»Frieden ...« Sven stand auf und ging auf ihn zu, ein korpulenter Typ, der den ganzen Abend nur Saft getrunken und kaum mehr als zwei Worte gesagt hatte.

»Die anderen können noch etwas über ihre beschissene Situation nachdenken.« Relissen verschwand wieder.

Seine Männer blieben allerdings und bewachten die übrigen Geiseln. Die Relissen-Show gefiel ihm nicht, der Typ ritt offensichtlich immer noch auf seinem hohen Ross. Als Alex ihn in der Einsatzzentrale abgehört hatte, machte der Offizier keinen Hehl aus seiner Bereitschaft, alle zu betäuben und einzusperren. Nein, er konnte nicht länger warten. Die würden ihn in die Ecke treiben.

»Mia?«

»Ja.« Sie hatte die Hand unter seinem Shirt und fuhr mit ihren Fingernägeln über seinen Bauch. Eine Sache, die beide liebten.

»Stört dich mein Shirt?«

»Na ja ... mehr oder weniger.« Sie lächelte.

Alex hatte eine Idee: Ihre Fingernägel, sein Bauch und die Millionen Zuschauer an den Streams – daraus konnte man etwas machen. Wer nach Hilfe rief und nicht gehört wurde, sollte sich auf einen Stuhl stellen und so laut brüllen, dass den Zuschauern beim Frühstück die Kaffeetassen durch die Finger glitten.

»Zieh es mir aus. Sofort!« Alex würde jetzt handeln. Nicht kleckern, sondern klotzen, die Schrammen würde er überleben. Vor Relissens bevorstehender privater Behandlungsstunde hatte er hingegen eine Heidenangst.

»Yeah.« Mia war nicht die Sorte Mädchen, der man solche Dinge zweimal sagen musste. Sie zog ihm das Shirt aus und griff in ihre Hosentasche. Sie hatte immer Kreidestücke dabei, mit denen sie ihm eine Kriegsbemalung im Gesicht verpasste.

»Jetzt deine Fingernägel! Kratze meine Brust blutig. Fest und tief, es muss bluten!«

»Du bist völlig verrückt!« Mia schlug ihre Krallen in seine Brust und zog ihre Fingernägel, mit denen sie auch bereits auf einer Ostseetour eine Dose Ravioli geöffnet hatte, quer über den Brustmuskel auf seinen Bauchnabel zu.

»Zieh den Kopf ein.« Alex stand auf und rannte los. Er schrie. 16 Meter bis zur Verandatür. Zwei Stiernacken und ein Soldat der Spezialeinheit. Die Geschwindigkeit war sein Freund. Der Einzige, den er in diesem Moment hatte.

»Bleiben Sie stehen ...«, rief der erste Bodyguard aus Jöries Truppe, gut 1,90 und nicht leichter als er. Der hatte genau das richtige Gewicht, um die Tür zu öffnen.

»Sorry ...« Alex ergriff ihn am Revers, brach ihm mit einem Kopfschlag die Nase und beförderte ihn aus dem Lauf heraus krachend durch die Verandatür. Mit einem Stiernacken in der Hand brauchte man keine Schlüssel. Geschrei. Holz splitterte. Glasscherben flogen durch die Luft. Der Typ landete wie ein nasser Sack auf den Marmorplatten. Einer weniger. Weiter. Alex hatte keine Zeit zu verlieren.

»Stehen bleiben oder ich schieße«, brüllte ein anderer, das würde nicht passieren. Nicht wenn ein Dutzend 16K Kameradrohnen seine Erschießung live in Millionen Haushalte in ganz Europa senden würden.

Der erste Lichtkegel. Gerettet. Alex lief weiter. Jemand schlug ihm einen Gewehrkolben in den Rücken. Er ging zu Boden. Das reichte nicht. Alex drehte sich herum und trat dem Schwarzen die Füße weg, der durch den Schwung mit dem Kopf gegen den Türrahmen knallte. Zwei weniger. Er würde gewinnen. Wie eine Motte wollte er ins Licht. Die Augen der Welt, bereits drei Scheinwerfer hatten ihn erfasst. Er stand wieder auf und lief weiter.

»Haltet ihn!«, brüllte jemand von hinten. Relissen, der Arsch, ließ andere für sich arbeiten.

Zwei Männer mit Anzügen packten ihn an den Armen, ob die wirklich glaubten, ihn halten zu können? Den rechten stieß er weg, der linke schien kräftiger zu sein, Alex hob ihn mit einer Hand hoch und schleuderte ihn über die Brüstung auf das Dach eines Polizeiwagens. Der Fall aus zwei Metern Höhe würde ihn nicht töten. Licht. Überall war Licht. Die ganze Welt sah ihn jetzt.

Seht alle her, ich bin Alex, ich lebe, ich bin frei, ich lasse mich nicht einsperren, schrie er in Gedanken und biss die Zähne zusammen. Jemand verpasste ihm von hinten einen Stromstoß. Schmerzen. Seine Beine sackten weg. Ein weiterer Stromstoß. Von seiner Brust lief Blut seinen Oberkörper herab. Er kämpfte, streckte seine Hand in die Höhe. V for Victory, er zeigte, was er nicht mehr sagen konnte. Niemals würde er sich geschlagen geben.

Weitere Stromstöße lähmten seinen Rücken. Mama, kannst du mich sehen! Ich liebe dich! Er hatte gewonnen. Alex verlor das Bewusstsein.

***

XX. Büchse der Pandora

Olafs Hände zitterten. Aufgelöst ging er an den Kühlschrank und nahm sich eine kleine Flasche Fruchtsaft heraus. Das kühle Glas der Flasche an seiner Schläfe beruhigte ihn. Er sah sich in seinem Büro um, er war allein. Alles schien sich zu drehen, abgeschlagen ließ er sich in seinen Stuhl fallen und versuchte, sich an die letzten Minuten zu erinnern. Er trank einen Schluck. Was hatte er getan?

»Agnes, verzeih mir ...« Dass seine Assistentin seit Jahren in ihn verliebt war, wusste er natürlich. Bisher dachte er immer, die Geschichte im Griff zu haben. Er war ein Idiot. Sich beinahe jeden Tag zu sehen, hatte in ihren Köpfen wie eine Zeitbombe getickt. Die Explosion war nicht zu verhindern gewesen. Niemand konnte Emotionen dauerhaft kontrollieren. Weder Agnes und noch weniger er.

»Ina, du kennst mich besser ...« Das hoffte er inständig, seine Frau zu betrügen, würde er niemals akzeptieren. Dabei spielte es keine Rolle, ob sie noch lebte oder ihm aus dem Jenseits zusah.

»Ich konnte nicht anders, ich musste Agnes feuern ... um sie zu retten. Es reicht, wenn ich falle.«

Das Gefühl, allein zu sein, ließ ihn erschaudern. Ina, Agnes und sein Sohn Alex, niemand befand sich mehr an seiner Seite. Die Zukunft würde er allein meistern müssen.

»Verzeiht mir ... bitte.« Der heutige Tag würde morgen

nur noch gestern sein. Er musste sich jetzt anderen Dingen zuwenden, es gab noch eine Aufgabe, die er zu bewältigen hatte.
Seine Kommunikationsstation auf dem Schreibtisch blinkte lautlos, eine kleine rote Lampe kämpfte vergeblich um seine Aufmerksamkeit. Das Mobile lag deaktiviert in der Schublade. Pietro wollte ihn sprechen. Gleich, er brauchte noch einen Moment, um sich zu sammeln. Früher dachte er einmal, mit Pietro einen guten Freund zu haben. Inzwischen wusste er es besser.
»Dr. Baringhaus?«, erklang es von der Tür. Die Anrufe zu ignorieren, genügte nicht, um ihn zum Schweigen zu bringen. Dr. Pietro del Mare, der unfähigste Physiker, den er kannte, aber einer der erfolgreichsten Geschäftsleute der jüngeren europäischen Wirtschaftsgeschichte. Ob er mit ihm einfach ein Bier trinken gehen sollte? So wie früher, während des Studiums?
»Dr. Baringhaus, bitte öffnen Sie die Tür.« Nachdem Agnes das Büro verlassen hatte, war es eben eine gute Idee gewesen, die Tür zu verriegeln.
»Ich komme ...« Keine Glückssträhne dauerte ewig, Olaf wusste seine Situation realistisch einzuschätzen. Er ging an die Tür und löste die Verriegelung. »Bitte ...«
»Dr. Baringhaus, Dr. del Mare wünscht Sie umgehend in seinem Büro zu sprechen«, erklärte Robert Whitebaker, der Chief Compliance Officer von Better Life. Die Russen nannten solche Schmeißfliegen Politoffiziere, was weniger

trendy klang.

»Herr Whitebaker, Sie wirken besorgt ... ist etwas vorgefallen?« Olaf genoss es, seinen amerikanischen Kollegen vorzuführen, der es hasste, mit der Anrede *Herr* angesprochen zu werden.

»Dr. Baringhaus, darf ich Sie bitten, mir zu folgen.« Whitebakers roter Kopf glich einer Tomate,

»Wie geht es Ihrer Frau Gemahlin und dem Fräulein Tochter?« Olaf sah keine Notwendigkeit, unhöflich zu sein. Whitebakers Abneigung schloss auch die Anrede *Frau* und erst recht *Fräulein* mit ein.

»Dr. del Mare benötigt umgehend Ihre Unterstützung.« Der Amerikaner bewahrte seine Contenance.

»Haben Sie etwa die Wegelagerer noch nicht verhaften können, die immer vor den Aufzügen lauern?«

»Wie bitte?«

»Weil Sie zwei Wachleute mitgebracht haben«, sagte Olaf und blickte demonstrativ auf die beiden Männer vom Werkschutz, die ohne ein Wort zu sagen, ein Stück hinter Whitebaker standen.

»Wir sollten uns beeilen ...« Whitebaker ging nicht auf seine Spitze ein. Er gehörte zum Service Team, das sich Better Life von der NSA für den Betrieb seiner IT-Infrastruktur eingekauft hatte. Ein netter Zeitgenosse. Bei einer Umfrage hatte jemand ein Mittagessen mit ihm und einen dreitägigen Brechdurchfall zur Wahl aufgestellt, die die Diarrhoe souverän für sich entscheiden konnte.

»Natürlich ... ich möchte nur noch eine Tabelle in die Private-Cloud des Managements laden.« Olaf kehrte zu seinem Schreibtisch zurück. Unter Druck funktionierte er immer am besten.

Whitebaker verdrehte die Augen. »Muss das sein?«

»Das Sicherheitsarchiv kann ich nur von hier öffnen. Wenn Dr. del Mare die Informationen sehen möchte, wollen Sie dann den Weg in mein Büro noch einmal machen?«, fragte Olaf und fing an, eines seiner Archive zu öffnen.

»Nein.«

»Sehen Sie ...« Olaf öffnete das Dokument. Sollte er es noch einmal lesen? Es abändern? Oder vielleicht löschen? Nein, diese Entscheidung hatte er bereits getroffen, es gab keinen anderen Weg. Die Informationen schrien danach, befreit zu werden. Wenn Pietro ihn schon auf dem Altar der Firmeninteressen opfern wollte, würde er zuvor auch richtig sündigen dürfen.

»Was tun Sie da?« Whitebaker wurde misstrauisch und kam auf seinen Schreibtisch zu.

Du bist zu langsam, mein Freund, dachte Olaf und drückte Enter. Er hatte es getan. Der Upload würde genau zwölf Sekunden dauern. Das in einem Textfile versteckte Makro würde das gesamte Achilles Projektlaufwerk in den Downloadbereich des Better Life Presseportals kopieren. Sämtliche Projektdaten würden danach von jedem akkreditierten Journalisten auf der ganzen Welt heruntergeladen werden können. Jeder sollte wissen, was er getan hatte. Olaf liebte die technischen Möglichkeiten seiner Zeit. Die Sicherheitsfreigabe für diesen kritischen Job hatten bei Better Life genau zwei Menschen: Pietro und er.

»Meine Arbeit ... es gibt Dinge, die schiebt man über Jahre vor sich her. Ein Fehler, oder?«

»Was reden Sie da?« Whitebaker kam auf seinen Bildschirm zu, den Olaf vor seinen Augen sperrte.

»Aber Herr Whitebaker, Sie kennen doch die Vertraulichkeit meiner Arbeit. Dr. del Mare schätzt loyale Mitarbeiter über alles und glauben Sie mir, ich nehme meine Verantwortung sehr ernst.« Olaf zelebrierte seinen Triumpf förmlich.

»Treiben Sie es nicht zu weit!«

»Drohen Sie mir etwa?« Olaf würde diesen Idioten immer in die Tasche stecken.

»Gehen wir ...«

»Sie wirken angespannt.« Olaf fühlte sich erleichtert, er hatte viel zu lange gezögert. Es war die Zeit gekommen, sich selbst aus dem Spiel zu nehmen. Jemand wie er sollte nie wieder ein Labor betreten oder einen Computer bedienen dürfen. Für Alex, in einigen Jahren würde auch sein Sohn ihn verstehen lernen. Übrigens der Einzige, der jemals in der Lage sein würde, das TwelveMonkeys-Archiv zu öffnen.

»Nach Ihnen ...« Whitebaker verzichtete darauf, den netten Plausch fortzuführen. Sie gingen den Korridor entlang. Die beiden Mädchen am Empfang sahen nur unsicher hinterher. Sollte sich Olaf von ihnen verabschieden?

»Danke.« Die Aufzugtür öffnete sich. Zu viert fuhren sie nach oben. Olaf öffnete sich den obersten Hemdknopf und lockerte die Krawatte. Nach dem Intermezzo mit Agnes hätte er die Krawatte auch im Büro liegen lassen können.

»Ich weiß nicht, warum Sie die ganze Zeit grinsen ... aber ich bin sicher, dass sich Ihre Sicht der Dinge heute verändern wird.« Ob Whitebaker annahm, ihn damit zu treffen?

»Da stimme ich Ihnen zu.« Olaf sagte nicht mehr als nötig. Die Zeit arbeitete für ihn. Whitebaker hatte bis jetzt keine Ahnung, was er getan hatte.

Olaf zählte in Gedanken die Sekunden. Alles unter einer Minute wäre schnell gewesen. Als Chief Compliance Officer lag die Steuerung aller Zugriffschutzsysteme der Führungskräfte in seiner Verantwortung. Alles über fünf Minuten käme einem Zeugnis seiner Unfähigkeit gleich.

Ein Mobile vibrierte. Der Aufzug öffnete sich. Olaf betrat Pietros heilige Hallen. Das höchste Penthouse von Hamburg, die Aussicht war fantastisch.

Es würde nur noch Sekunden dauern. Whitebaker fingerte an der Innentasche seines Sakkos herum. Die beiden

Männer vom Werkschutz blieben im Aufzug. Das Finale konnte beginnen. Olaf ging weiter, das war sein Tag.
»Dr. Baringhaus.« Eine äußerst attraktive, brünette Assistentin begrüßte Olaf und gab ihm eine Mappe. Claire, ihr Name war Claire. »Dr. del Mare erwartet Sie.«
Natürlich tat er das, Olaf lächelte, die ersten Momente in Freiheit fühlten sich wunderbar an.
»Wer ist noch in seinem Büro?«, fragte Olaf. Claire öffnete eine weitere schwere Flügeltür aus polierten Stahlplatten. Glas, Stahl und Marmor, egal wohin man sah, in Pietros Büro gab es keine Pflanzen und keinen warmen Werkstoff.
»General Klaus Cordes und Dr. Agnes Gutter ... bitte, Sie können direkt durchgehen.«
Den General hatte er erwartet, Agnes nicht. Sie sollte nicht hier sein. Nicht heute. Die Kündigung hatte nichts gebracht. Verdammt, jemand musste sie abgefangen haben. Olaf überlegte, wie er sie aus dem Weg schaffen konnte?
»Stopp ...«, brüllte Whitebaker und rannte mit seinem irisch-stämmigen Charakterschädel hinter ihm her. Knapp drei Minuten. Ein mittelmäßiger Wert, die Compliance Abteilung schwächelte. »Dr. Baringhaus ... warten Sie!«
Olaf genoss den Moment.
»Haben Sie diese Daten für die Presse freigegeben?«, fragte er, während sich an seinen Schläfen bereits nervöse Flecken gebildet hatten. Mit der Hand hielt er sein Mobile

wie eine Waffe vor Olafs Nase. Auf dem Display befanden sich unappetitliche Fettschlieren und eine längere Historie der Downloads des Presseportals der letzten Minuten. Auf die Gier der Medien nach Skandalen konnte man sich verlassen.

Olaf nickte.

»Haben Sie den Verstand verloren?« Whitebaker rief hektisch einen Mitarbeiter seines Compliance-Teams an. »Sperren! Sofort! Machen Sie das gesamte Presseportal dicht! Wie bitte, da laufen bereits weitere Downloads? Diskutieren Sie nicht mit mir ... Sie sperren sofort jeglichen Dateitransfer! Haben Sie mich verstanden?«

»Waren Sie etwa zu langsam?«, fragte Olaf.

»Das wird Sie Ihren Kopf kosten ... Sie ...« Whitebaker drohte, gleich zu platzen.

»Da bin ich mir sicher.« Olaf fühlte sich unbesiegbar, niemand würde ihn jetzt noch verletzen können. Seine Aburteilung durch ein Militärgericht würde er lachend hinnehmen.

»Was ist passiert?« Pietro kam ihnen entgegen und sah den aufgelösten Whitebaker. »Olaf, was hast du getan?«

»Was ich bereits vor Jahren hätte tun sollen.« Olaf hatte die richtige Entscheidung getroffen. Die ganze Welt wusste jetzt, was er für die NATO und Better Life getan hatte. Ein Fressen für die Presse.

Das Achilles-Desaster würde binnen Minuten auf sämtlichen Streams die Headline aller Nachrichten sein.

»Und das wäre?«

»Ich habe die Wahrheit gesagt.« Olaf hatte gewonnen.

***

XXI. Vergeltung

Alex rannte, er rannte die Straße entlang. Schneller, er musste schneller laufen. Die Luft schmeckte stickig und es roch nach verbranntem Fleisch. Hinter ihm hörte er Geschrei, vor ihm war alles dunkel. Links und rechts befanden sich nur karge, aus gebrannten Ziegeln gemauerte Fassaden. Er sah weder Fenster noch Türen, er rannte weiter. Wie lange er bereits lief, wusste er nicht.

Alex wurde langsamer, sein Herzschlag raste und der Atem überschlug sich. Das angsterfüllte Geschrei verstummte in der Ferne. Diese panische Stimme, das war er selbst. Er hatte sich selbst im Laufen nach Hilfe rufen gehört.

»Mia?«, fragte er leise, als er wieder Luft bekam.

Keine Antwort. Er war allein.

»Hallo ... ist hier jemand?«

Stille. Keine Antwort. Auch keine entfernt an ihm vorbeifahrenden Fahrzeuge oder andere Geräusche, die man in der Nacht üblicherweise in Hamburg hören konntc.

Alex sah zwischen der vier Meter breiten Häuserschlucht nach oben. An dem mit Wolken verhangenen Nachthimmel konnte er weder die Sterne noch den Mond sehen. Der Weg vor ihm verlor sich nach einigen Hundert Metern in der Dunkelheit. Er drehte sich um, der Blick zurück brachte ihn auch nicht weiter. In beiden Richtungen endete die Gasse im Nichts.

Denk nach, Alex zwang sich dazu, sich zu erinnern. Was hatte er zuvor getan? Wo war er gewesen? In seinem Kopf herrschte Leere, als ob ihn jemand bewusstlos geschlagen hatte. Träumte er? Die Realität sah jedenfalls anders aus. Befand er sich in einem Traum, aus dem er nicht erwachen konnte?

»Mia?«, rief er erneut. Diesmal lauter. Er glaubte, sie eben noch berührt zu haben. Oder war das gestern? Oder letztes Jahr? Sein ansonsten präzises Zeitgefühl schien gerade eine Auszeit zu nehmen.

Alex ging weiter und blickte auf seine Hände. Er sah Blut. War er verletzt? Er fühlte sich gut, vermutlich nur eine Schürfwunde. Er strich suchend über seinen Oberkörper und zuckte zusammen, als er die Brust berührte. Das Blut stammte von einem tiefen Kratzer, der bis zu seinem Bauchnabel hinabreichte. Mia hatte ihn verletzt, ja genau, sie hatte ihn gekratzt. Nur warum?

Das wenige Licht ließ sich nicht verorten. Es gab keine erkennbaren Lichtquellen. Das ganze Ambiente wirkte diesig, obwohl der Boden und die Luft nicht feucht waren. Dieser Traum gefiel ihm nicht, er konzentrierte sich darauf aufzuwachen, schaffte es aber nicht.

»Lebt er noch?«, fragte eine unbekannte Stimme, deren Ursprung er nicht ausmachen konnte. Wobei, er kannte die Stimme, von früher, verdammt, ihm fiel der Name nicht ein.

»Ja. Die Elektroschocker haben ihn nur umgehauen. Er wird gleich wieder aufwachen.« Die zweite Stimme wirkte ebenfalls vertraut, allerdings fiel ihm der Name auch nicht ein.
»Sedieren«, befahl der Erste, vom dem vier Worte genügten, um ihn nicht zu mögen.
Nein, der Typ sollte ihn nicht betäuben. Alex wollte lieber aufwachen. Er wusste nicht, wen er gehört hatte und noch weniger, wieso die ihn nicht aufwachen lassen wollten.
»Er ist bereits auf allen Streams ... ein epischer Auftritt. Blut, Geschrei und Elektroschocker, diese Art von Werbung können wir nicht gebrauchen. Sein mit Kreide verschmiertes Gesicht erweckt den Eindruck, als hätten wir ihn windelweich geschlagen. Die Presse macht uns bereits einen Höllendruck, die wollen Antworten. In zwei Stunden stehen hier 20.000 Demonstranten vor dem Hotel. In unserer Zentrale glühen schon die Leitungen«, erklärte eine weibliche Stimme. Warum konnte er sich an keine der ihm bekannten Stimmen erinnern?
»Haben die seinen Namen?«
»Nein ... aber das wird nur Minuten dauern«, antwortete die Frau nervös. »Ich sehe schon die Bilder: Links, Alex Baringhaus mit 14, der binnen einer Woche beide Elternteile und einen Monat später sein ganzes Erbe verlor. Rechts, derselbe junge Mann mit 21, den Better Life und die Behörden zu Tode foltern.«

»Herr Oberleutnant, ich habe die Farbige ebenfalls sediert. Das Miststück hat mir die Hand blutig gebissen ...«, erklärte eine andere Stimme, ein Stück entfernt.
»Ja ... sperrt sie weg. Sperrt sie alle weg. Jeder Teilnehmer dieser Veranstaltung wird in seinem Hotelzimmer isoliert.«
Mia, schrie Alex in Gedanken. Die sprachen über seine Freundin, das wusste er genau. Diese Schweine, er würde alle töten, sobald er wieder wach wäre.
Er schwankte. Der Boden unter seinen Füßen fing an zu vibrieren. Was für eine Scheiße lief hier? Ein Riss, der Asphalt schien aufzuplatzen. Steine fielen von den Fassaden hinab auf den Boden. Die Ziegel zersplitterten in tausend Stücke. Alles schien in sich zusammenzubrechen.
Alex stürzte in die Tiefe. Alles schien weg zu sein. Kein Licht, keine Stimmen und auch keine Steine. Sogar sein Körper schien sich aufgelöst zu haben. Wo waren seine Hände? Ohnmächtig fiel er als dunkler Punkt ins Nichts. Seiner Stimme beraubt, versuchte er nach Hilfe zu rufen. Vergeblich. Noch nicht einmal seine Zunge konnte er spüren. Die Kraft seiner Gedanken wurde schwächer. Die anderen hatten gewonnen. Sollte er sich weiterhin wehren? Wie? Die Hoffnung Mia wiederzusehen, verlosch zusehends, wie eine heruntergebrannte Kerze, deren Flamme kleiner und kleiner wurde.

Lebte er noch? Alex glaubte zu schweben. Sehen und hören konnte er nichts. Etwas schien ihn zu halten, sich zu wehren und weiterzukämpfen. Aber das war nicht er, jedenfalls glaubte er das zumindest. Oder? Alex versuchte, sein Inneres zu ergründen. War er es doch? Befand sich etwas in ihm, das sich bisher vor den Augen aller verborgen gehalten hatte? Etwas, das er selbst versteckt hatte, damit es niemand sehen konnte? Kannte er sich überhaupt? Hatte er auch nur einen blassen Schimmer, wer er war?

Ich bin Alex Baringhaus, sagte er in Gedanken. Ein Name, sein Name, der Name, den seine Eltern ihm vor 21 Jahren gegeben hatten. Als Beigabe zu dem großzügigsten aller Geschenke: dem Leben. Dafür dankte er ihnen von Herzen.

Namen standen für die Herkunft, die Vergangenheit, das Erbe, sein Erbe, die Schuld seines Vaters, die Taten, die er mit dem Namen Baringhaus in die Zukunft trug. Bei den Dingen, die er nach dem Tod seines Vaters hören musste, beileibe keine Kavaliersdelikte. Der große Arzt Dr. Olaf Baringhaus hatte gelogen, betrogen und gemordet: Er hatte seine Mutter zurückgelassen, ihn vergessen und war dann einfach weggelaufen. Wie ein Feigling, der nicht den Mut hatte, zu seinen Taten zu stehen.

Dieses negative Bild seines Vaters trug Alex bereits seit vielen Jahren mit sich. Versteckt und verborgen, er hatte sich geschworen, es nie wieder anzusehen. Aber die

Vergangenheit würde in seinem Namen überleben, all seinen Bestrebungen zum Trotz. Niemand konnte seine Herkunft leugnen, es blieb ihm keine andere Wahl, als sich der Abrechnung mit seinem Vater zu stellen.
Sein Verstand schien sich auf die veränderten Umstände einzustellen. Was hatte sich verändert? Etwas in ihm wehrte sich beharrlich, der Betäubung dieser Arschgeigen nachzugeben. In seiner Gedankenwelt stand er auf und glaubte sogar, wieder Beine zu haben. Warum sah er nichts? Alex trat auf den Boden, eine harte Oberfläche, die aber den Stoß ohne ein Geräusch verschluckte.
»ICH BIN NICHT DER, DEN IHR ERWARTET HABT!«, brüllte er mit aller Kraft. »ICH LASSE MICH NICHT EINSPERREN!«
Seine Stimme, er hörte sich wieder. Die würden was erleben können, er würde keinen Stein auf dem anderen lassen. Er schlug mit der Faust ein Loch in die Schwärze vor seinen Augen und riss das Gefängnis, das seinen Geist umgab, in Stücke.
»Ich bin wieder da.« Er lächelte. Er befand sich in demselben digitalen Raum, der riesigen Halle, die, mit zahlreichen Hochsicherheitsleitungen durchzogen, bereits die Basis des ersten Ausfluges zu den von der NSA betriebenen Better Life Servern war. Sein Bewusstsein hatte das unglaubliche Kunststück vollbracht, ihn trotz der Betäubung in sein digitales Alter Ego zu befördern.

Rücksicht würde er jetzt keine mehr nehmen. Alex war sauer, ohne zu zögern näherte sich seine Erscheinung einer beliebigen verschlüsselten WLAN-Verbindung in der Nähe. Eine Sekunde später befand er sich bereits auf dem Weg zu den zentralen Better Life Servern. Das sollte der beste Weg sein, um den TwelveMonkeys-Archivserver anzugreifen. Jeden Tracer, den er sah, schlug er kurzerhand in Stücke.

Schneller. Er wurde wieder schneller. Der Weg, den er beim letzten Mal genommen hatte, schien versperrt zu sein. Die hatten die betroffenen Netzwerkkomponenten zur Wiederherstellung abgeschaltet. Er musste sich einen anderen Pfad suchen.

Mehrere Router später hatte er ein passendes Gateway gefunden, die Verschlüsselungstiefe der Firmenzugänge schien verstärkt worden zu sein. Eine DEFCON-3 Firewall, die wussten genau, dass er wiederkommen würde. Na ja, die würde genauso schnell fallen, wie die anderen zuvor. Er zögerte, er sollte einen kühlen Kopf bewahren. Wer bei einem Raubzug nicht erwischt werden wollte, sollte einfach vorher das Nachbarhaus anzünden. Die Feuerbekämpfung würde die Aufmerksamkeit von seinen Aktionen ablenken.

Alex brauchte Brandstifter, jede Menge digitale Pyromanen, die die NSA-Administratoren von ihm ablenken würden. Also wollte er kurz sein Team verstärken. Er raste durch das Netzwerk und infizierte die zehn ersten Webseiten und Blogs, die er finden konnte. Die Systeme würden ihrerseits weitere Systeme angreifen und zu ihren willenlosen Dienern versklaven. Dafür schuf er einen klassischen Wurm[2], nicht originell, aber wirksam. Sein Heer würde exponentiell wachsen. Natürlich würde nicht jeder Server funktionieren, Verluste gab es immer.

Nach einer Sekunde folgten ihm 134 Systeme. Nach zwei Sekunden 1845 und binnen 25 Sekunden kontrollierte er 40 Prozent aller russischen Pornoseiten, aller chinesischen Phishing-Systeme[3] und ähnlicher Virenschleudern, die im World Wide Web seit 30 Jahren ihr Unwesen trieben. Im Jahr 2034 gab es über 18 Milliarden Webseiten auf der Welt. Also für jeden lebenden Menschen zwei, wobei von den 9 Milliarden Menschen über ein Drittel noch nie einen Computer aus der Nähe gesehen hatten.

Alex startete damit, sein Heer zu bewaffnen. Er suchte 300 Ziele in Nordamerika und Europa aus. Besonders

---

2 Ein **Computerwurm** ist ein Schadprogramm (Computerprogramm oder Skript) mit der Eigenschaft, sich selbst zu vervielfältigen, nachdem es einmal ausgeführt wurde.

3 Unter **Phishing** versteht man Versuche, über gefälschte Webseiten, E-Mails oder Kurznachrichten an persönliche Daten eines Internet-Benutzers zu gelangen und damit Identitätsdiebstahl zu begehen. Ziel des Betrugs ist es, mit den erhaltenen Daten beispielsweise Kontoplünderung zu begehen und den entsprechenden Personen zu schaden.

gesicherte Systeme von Behörden oder großen Unternehmen. Das würde die größte verteilte Denial of Service Attacke[4] aller Zeiten werden. Über 7 Milliarden versklavte Systeme fingen gleichzeitig damit an, die digitalen Tore von 300 Servern einzurennen. Im Schnitt erzeugte jeder gekaperte Server seinerseits über 2.500 völlig sinnlose Datenpakete in der Sekunde. Alex wählte ein Nacktbild zweier russischer Bauern, die sich gegenseitig am Euter hingen. Und damit es nicht langweilig wurde, Werbung für ein chinesisches Datingportal, das jedem Kunden für 100,- Dollar binnen drei Tagen eine heiratswillige Frau garantierte.
Liebe unter Männern und Hochzeitsglocken für die Freiheit, diese gigantische Last würde die Netze auf der ganzen Welt zum Überlaufen bringen. In diesem digitalen Wirbelsturm würde sein Angriff auf die Better Life Server erst auffallen, wenn er bereits die Datenbank leergeräumt hatte und wieder verschwunden war.
Es ging los. Die Netzlast stieg. Er hatte ein Zeitfenster von drei Minuten. Dann würden die großen trans-

4 **Denial of Service** bezeichnet in der Informationstechnik die Nichtverfügbarkeit eines Dienstes. Obwohl es dafür verschiedene Gründe geben kann, spricht man von DoS in der Regel als Folge eines mutwilligen Angriffs auf einen Server, einen Rechner oder sonstige Komponenten in einem Datennetz.

atlantischen Router anfangen, seine Datenpakete zu filtern und ins Leere laufen zu lassen. Links und rechts von ihm schoss eine Flut an Datenpaketen an ihm vorbei. Alex trat die Better Life Firewall aus den Angeln, deren Ausfall bis zu einer näheren Überprüfung für ein Opfer der Datenflut gehalten werden würde.

Wie ein Surfer auf einer hundert Meter hohen Welle barst Alex durch die Systeme. Die ungeheuerliche Datenmasse, die ihm folgte, flutete binnen Sekundenbruchteilen sämtliche Router, Switches und andere Dienstsysteme. Hinter ihm blieb nur eine komplett niedergestreckte IT-Infrastruktur. Die NSA-Administratoren dieser Systeme würden seinen Angriff wie das Kippen einer Reihe von Dominosteinen erleben. Eine Flut, die sie nicht aufhalten konnten.

Alex sprang weiter, er folgte der ihm bekannten IP des Better Life Hochsicherheitsarchivs, in dem er die TwelveMonkeys-Daten finden würde. Seine Wiege, er wollte wissen, wie sein Vater ihn geschaffen hatte. Egal wie grausam die Wahrheit sein würde, er wollte sie ertragen.

Immer wenn ein Netzwerksegment auf dem Weg bereits ausfiel, nutzte er eine Umleitung. Das Internet bot unzählige eng vermaschte Alternativen. Es gab immer einen Weg, der ihn näher an sein Ziel brachte, wenn dieser auch nicht immer gradlinig war.

Jedes System, das er passierte, fiel nach seinem Besuch aus. Die einzige Option, die er seinen Gegnern ließ, war es, in den Rechenzentren an den Serverrack zu gehen und die Systeme manuell zurückzusetzen.

Alex befand sich vor Norfolk, an der Atlantikküste Nordamerikas. Dort raste seine Datensturmflut über CVN-76, den Flugzeugträger USS Ronald Reagan hinweg. Bei seiner Vergeltung unterschied Alex nicht zwischen zivilen oder militärischen Netzen. Nach 1.14 Sekunden trieb die gesamte Trägergruppe manövrierunfähig auf die Küste zu. Alles nur eine Frage der Geschwindigkeit, sein Datentsunami befand sich erst in Sekunde 34 seines Angriffs. Er raubte seinen Gegnern einfach jegliche Möglichkeit zu reagieren. Die Maßnahmen, die ihn hätten aufhalten können, durfte der Administrator nicht alleine entscheiden. Und sogar, wenn der richtige Führungsoffizier daneben stünde, hätten seine Gegner binnen einer Minute mehrere Hundert Administratoren zahlreicher Länder auf der gesamten Welt synchronisieren müssen, um handlungsfähig zu sein. Eine halbe Minute reichte in der Praxis gerade einmal, um seinen Chef darüber zu informieren, dass gerade die digitale Welt unterging.

Fort Meade, die Server der NSA, deren Policies[5] bereits

---

5 **Policies** sind Statuten, Richtlinien oder Verhaltensregeln für die Benutzung von Systemen, Netzwerken, Diensten oder für die Zuordnung von Anwendungen.

die Flut von Datenpaketen auf vorgelagerten Systemen aus dem Netzwerk herausfilterten, standen noch. Die Verarbeitung erfolgte an dieser Stelle schneller als der Datendurchsatz des Internets neue IP-Pakete gegen die Tore der NSA branden ließ.

Alex schoss frontal auf eine Firewall zu und wurde ähnlich brachial abgewehrt. Yeah, er hatte einen Gegner gefunden. Auch hier würde er nicht durch die Vordertür das Haus stürmen können. Zurück, er ließ sich wieder auf USS Ronald Reagan fallen, deren Besatzung gerade die Failover Cluster[6] aktivierte. Die Jungs schienen fit zu sein, bereits nach sieben Sekunden hatten sie das Rudersystem und die Steuerung der Turbinen wieder in Griff.

Sorry Guys, Alex griff jetzt den Flugzeugträger erneut an. Er infiltrierte die Feuerleitzentrale aller taktischen Waffensysteme und übernahm die Kontrolle sämtlicher elektronisch gesicherter Schotts. Ob er als Kind zu viele Feuerwehrfilme gesehen hatte? Er löste den Brandalarm auf dem Flugdeck, zwei Kerosinbunkern und dem vorderen Lenkwaffendepot aus. Bis eben befand sich die

---

6 **Failover** steht für Ausfallsicherheit. Ein Failover-Cluster ist eine Gruppe von Servern, die Dienste ausfallsicher bereitstellen. Solche Failover-Cluster sind redundant aufgebaut und garantieren die Ausfallsicherheit von Webservern, Speichersystemen oder Datenbanken.

USS Ronald Reagan nur im Gefecht, jetzt würde für die Männer die Hölle auf See ausbrechen. Die Offiziere würden gut damit beschäftigt sein, die automatischen Evakuierungsprozesse der betroffenen Schiffssegmente zu analysieren, den Hackerangriff festzustellen und die Flucht der Männer von ihren Posten aufzuhalten. Um ihnen die Arbeit zu erschweren, schaltete Alex alle internen Kommunikationssysteme ab und verriegelte sämtliche Schotts, die er digital erreichen konnte.

Alex hackte die Steuerung der taktischen Waffensysteme der gesamten Trägergruppe, die neben dem Flugzeugträger weitere Zerstörer und Begleitschiffe umfasste. Seine Wahl fiel auf zwei AGM-129 ACM Langstrecken Marschflugkörper der US-Luftwaffe, die, dank der Tarnkappentechnik, einmal abgeschossen, für Gegner keine Chance zur Abwehr boten. Dem Zielcomputer verpasste er die Koordinaten von Fort Meade. Start in 90 Sekunden, die sollten keine Chance haben, den Start durch physische Gewalt verhindern zu können. Bei dieser Aktion ließ er die gesonderte Verbindung mit dem strategischen Oberkommando der U.S. Streitkräfte Stratcom[7] aktiv, die das gesamte amerikanische Nuklear-

7 **Stratcom** koordiniert die Aufklärungs- und Befehlsstrukturen sowie die defensiven und offensiven strategischen Fähigkeiten der USA.

waffenarsenal steuerten. Auch wenn er denen die Kontrolle entrissen hatte, die sollten genau sehen, was er tat.
Mal sehen ob die seine Botschaft verstanden, die Zeit lief. Alex bewegte sich wieder im Netz nach Fort Meade. Die DDoS[8]-Attacke verebbte zusehends. Noch 75 Sekunden. Er setzte ein Signal ab, die wussten genau, wo er war. Die NSA schätzte es sicherlich nicht, sich infiltrieren zu lassen, aber sich zwei Nuklearsprengköpfe einzufangen, dürfte denen noch weniger schmecken.

Noch 10 Sekunden. Alex würde die Mittelstreckenwaffen starten lassen. Das Portal veränderte sich. Wie eine riesige kreisrunde Tür schienen sich die Tore zu öffnen. Es war nicht nötig, die massiven Sicherheitsmaßnahmen zu hacken, die öffneten ihm freiwillig den Eingang. Dieser Schritt würde Folgen haben, wenn er jetzt auch nur einen kleinen Fehler machte, würden die ihn vermutlich an die Männer der USS Ronald Reagan überstellen, die ihn dann mit Wonne kielholen würden.

---

8 Bei einem **Distributed-Denial-of-Service-Angriff** adressiert der Angreifer seine Datenpakete nicht direkt an das Opfer, sondern an regulär arbeitende Internetdienste, trägt jedoch als Absender-adresse die des Opfers ein Die Antworten auf diese Anfragen stellen dann für das Opfer den eigentlichen DoS-Angriff dar. Durch diese Vorgehensweise ist der Ursprung des Angriffs für den Angegriffenen nicht mehr direkt ermittelbar.

Der Weg war frei, er fragte einen Service nach dem Weg zum TwelveMonkeys-Archiv. Die Antwort kam prompt. Eine Sekunde später sah er das Archiv. Die NSA schien zu kooperieren, die stellten ihm sogar alle Informationen bereit, mit denen sie seit sieben Jahren erfolglos versucht hatten, die mehrfach verschachtelten Verschlüsselungsebenen zu brechen. Das TwelveMonkeys-Archiv konnte bisher allen Versuchen, sich seine Geheimnisse entreißen zu lassen, erfolgreich trotzen.

Was hatte sein Vater damit erreichen wollen? Warum war ihm dieses Projekt so wichtig? Seinetwegen? Das ergab keinen Sinn. Wenn Alex seinem Vater wichtig gewesen wäre, hätte er sich nicht wie ein Dieb aus seinem Leben gestohlen.

Was ist das, fragte sich Alex und schwebte auf eine Visualisierung eines überdimensionalen Schlossmechanismus zu.

»Guten Tag, Herr Dr. Baringhaus, wünschen Sie Zugriff auf Ihre Projektdaten?«, fragte die synthetische Stimme des Zugriffsschutzsystems freundlich und verlangte die Eingabe des richtigen Schlüssels. Nach NSA Informationen eine 524.288 lange hexadezimale Zeichenfolge, bei der jedes Zeichen über weitere 524.288 Unterebenen verfügte, die jeweils weitere 524.288 verschiedene Attribute haben konnte, die sich zudem noch jede Sekunde asymmetrisch veränderten.

Die NSA scheiterte bereits an dem Versuch, eine Logik

bei den Verschiebungen festzustellen, da sich bisher in sieben Jahren kein Muster wiederholt hatte. Das System erweckte den Anschein, als ob es willkürlich jede Sekunde einen neuen Zugriffsschlüssel errechnete.

»Ich bin nicht Dr. Baringhaus«, gab Alex dem System zu verstehen. Er hatte ein solches Schutzsystem noch nie gesehen, diese Barriere würde er nicht aufbrechen können. Gemäß den Unterlagen der NSA verfügte das Archivsystem über keine Hintertür, was ihm einleuchtete. Die Situation erforderte von ihm, sich zu bewegen, umzudenken und die Situation aus alternativen Blickwinkeln zu beobachten.

Die Verbindung zwischen ihm und den Daten war sein Vater. Hatte er dieses Archivsystem nur für ihn geschaffen? Was hatte sein Vater mit ihm gemacht? Warum hatte er ein Monster geschaffen, und warum hatte er seine Mutter belogen?

Sein Vater wurde überall als Blender dargestellt. Sein ganzes Lebenswerk wurde nach seinem Tod zerstört. Die Presse hatte damals unzählige Artikel veröffentlicht, dass Dr. Olaf Baringhaus sämtliche medizinische Forschungsergebnisse gestohlen hatte. Der Rest sollte angeblich nur fauler Zauber gewesen sein. Die fachlichen Verdienste wurden posthum Dr. Pietro del Mare zugeschrieben, der seinem Vater bereits während des Medizinstudiums helfen musste, seine Prüfungen zu bestehen. Weiterhin sollte Dr. del Mare seine Genialität völlig selbstlos mit seinem besten Freund geteilt haben. Was die Presse seinem Vater ebenfalls anlastete, war, aus niederen Motiven den Tod seines Freundes verantworten zu müssen.

Alex hatte nach dem Skandal an diesem desaströsen Bild nicht gezweifelt, für ihn passte alles zusammen. Nur, als er jetzt vor dem vermeintlich unbezwingbaren Verschlüsslungsarchiv stand, kamen ihm Zweifel. Konnte TwelveMonkeys wirklich das Werk eines Blenders sein?

Alex lebte und seine mentalen Fähigkeiten waren unwiderlegbar nicht menschlich. Wenn es seinem Vater gelungen war, diese technische Meisterleistung zu erbringen, wie konnten ihm dann nach dem Tod sämtliche Kompetenzen abgesprochen werden?

Dass vor sieben Jahren gelogen wurde, belegte sich mehr als deutlich. Die Frage blieb nur, wer gelogen hatte. Verbreiteten Better Life und die Behörden falsche Informationen über seinen Vater, weil sie die Augen der Öffentlichkeit von anderen Dingen ablenken wollten?

Er erinnerte sich, dass es damals auch vereinzelte Presseberichte über ein fehlgeschlagenes militärisches Gen-Experiment an Menschen in Kiew gegeben hatte. Achilles, genau, den Namen hatte Alex nicht vergessen, nur über die Jahre hinweg nicht mehr beachtet. Da sollten angeblich Menschen zu Tode gekommen sein, die ebenfalls sein Vater auf dem Gewissen hatte. Bei den medialen Wirren um den Schlingerkurs am Aktienmarkt durch den Kurseinbruch der Better Life Aktien, ging die Achilles-Geschichte komplett unter.

Die Welt befand sich seit über 30 Jahren in einem Informationskrieg. Von allen Seiten gab es täglich manipulierte Informationen und manipulierte Gegeninformationen. Die Wahrheit folgte den Interessen der betreffenden Lobbyisten. China, Russland, Europa, Japan und die USA, beim Kalten Krieg Version 2.0 gab es keine Ländergrenzen mehr.
Wurde sein Vater von der NATO und Better Life posthum geschlachtet, um die Öffentlichkeit zu blenden? Ein riesiger Komplott, um von den wahren Drahtziehern des Achilles-Desasters abzulenken und den Aktienkurs zu stabilisieren?
Alex hatte viele Fragen und wenige Antworten. Zudem hatte er keine Zeit zu verlieren und absolut keine Ahnung, wie er die Verschlüsselung seines Vaters knacken sollte. Man sollte seine Grenzen kennen. Egal was er bisher alles hacken konnte, die Geschichte hier schien eine Nummer zu groß für ihn zu sein.
Eher zögerlich näherte Alex sich einem Eingabepunkt. Eine Leuchtfläche, auf der eine Tastatur die Eingabe eines Schlüssels ermöglichte. Ein Schlüssel, der in seiner Komplexität vermutlich niemals wiederhergestellt werden konnte. Sogar wenn er den Schlüssel gehabt hätte, der zu

einer bestimmten Sekunde gültig war, wie hätte er diese endlose Zeichenfolge binnen einer Sekunde eingeben sollen?

Sollte er diese Fläche berühren? Etwas in ihm verlangte, genau das zu tun. Ein unsinniger Wunsch, der aber auch keinen Schaden anrichten würde. Alex folgte dem Verlangen und legte seine Hand auf den Leuchtpunkt. Energie durchströmte seine Wahrnehmung.
Zahlen, Zeichen, Buchstaben durchfuhren ihn. Was war das? Nicht er gab den Code in das Portal ein, sondern das Portal übertrug einen Code auf ihn. Überall in seinem Kopf befanden sich neue Daten, unverständlich, für ihn nicht zu interpretieren. Trotzdem fiel es ihm nicht schwer, sich jedes übertragene Zeichen zu merken.
Nicht er hackte das Archiv seines Vaters, sondern TwelveMonkeys hackte ihn. Sollte er seine Hand vom Leuchtpunkt wegziehen? Nein, diesmal nicht. Alex würde es zulassen. Sein Vater wollte ihm etwas sagen und dieses Mal würde er zuhören.
Der virtuelle Raum, in dem er sich befand, wurde kleiner. Alles löste sich auf. Die wie ein riesiges mechanisches Uhrwerk wirkende Erscheinung des TwelveMonkeys Archivs, die Leuchtfläche zur Codeeingabe und auch alles anders implodierte mit einem grellen Blitz. Alex wurde durch das Netzwerk zurückgeschleudert.

»Mia!«, schrie Alex und riss die Augen auf. Er befand sich wieder in der Realität. Allein. Wo war er? Egal wo er hinsah, überall nur Metall. In der Ecke lagen zwei Kartoffeln und eine zermatschte Möhre. Relissen musste ihn in ein leeres Kühlhaus gesperrt haben. Freundlicherweise ohne das Kühlaggregat einzuschalten.
Mia befand sich nicht an seiner Seite. Alex setzte sich auf und versuchte, die Erlebnisse zu reflektieren. Hatte er nun das TwelveMonkeys Archiv öffnen können? Eigentlich nicht, er hatte keinerlei Daten gesichtet. Dann schien jemand das System eingefroren zu haben. Hatte die NSA damit versucht, seinen Zugriff zu verhindern? Zugetraut hätte er es ihnen.
Alex lehnte sich zurück. Etwas hatte sich verändert. Er dachte spontan an seine Mutter und sah sie vor sich. Nackt. In einer Pose, in der er seine Mutter sicherlich nie erlebt hatte. Sie lachte und küsste ihn zärtlich.
Er erschrak, das hatte sich nie ereignet.
Halt, er dachte nach, seine Mutter hatte nicht ihn geküsst, sondern seinen Vater. Was er erlebte, war nicht seine Erinnerung, sondern die seines Vaters. Alex schluckte, der kurze Kontakt mit dem TwelveMonkeys-Archiv schien ihn Erinnerungen seines Vaters erfahren zu lassen.
Pur, echt, nah und ohne Lügen. Sein Vater redete nicht mit ihm, versuchte auch nicht, ihn zu überreden oder sich zu rechtfertigen. Er ließ seinen Sohn stattdessen an seinen ungefilterten Erinnerungen teilhaben. Alex konzentrierte

sich auf den Moment seiner Geburt und sah in Gedanken, wie sein Vater ihn blutverschmiert mit einer Schere in der Hand abnabelte.

Freudentränen liefen seine Wange hinab. Egal was damals passiert war, Alex würde jetzt mit den Augen seines Vaters die Wahrheit erleben können.

***

XXII. Keine Kompromisse

Agnes starrte auf das Wanddisplay der Einsatzzentrale im Keller des Vier Jahreszeiten. Die Situation war zum Haare raufen. Vor Anspannung hielt sie eine ihrer schwarzen Strähnen mit den Zähnen fest. Über sein Projekt in der Zeitung zu lesen, im Wirtschafts- oder vielleicht auch Technologie Feuilleton, störte sie nicht. Auch nicht, wenn Journalisten überzogen kritisch mit Better Life umgingen. Aber die Sondernachrichten-Streams sämtlicher Kanäle zu beherrschen, betrachtete sie als durchaus entbehrliche Erfahrung. Die gesamte Lombardsbrücke gegenüber vom Jungfernstieg stand voller Sendewagen. Über der Binnenalster drohte der Luftraum für die Kameradrohnen bereits eng zu werden.

»Hast du etwa noch mehr?«, fragte Agnes und sah zu Sibel, die laufend weitere Streams auf der Videowand verteilte. *DeepSearch* hatte die mediale Nacht zum Tag gemacht.

»Bisher haben erst 80 Prozent der deutschsprachigen Sender angebissen, aber seit drei Minuten schwappt das Thema auch in den englischen, französischen und spanischen Sprachraum.«

»Wann schlafen die eigentlich?« Agnes sah auf ihre Armbanduhr, Sonntagmorgen 4:30, das war sicherlich nicht die Primetime.

»Nicht jetzt ... wir können uns glücklich schätzen, dass die Börsen am Sonntag geschlossen sind.«
»Montag nehme ich mir frei ...« Die Aktienmärkte würden Better Life Wertpapiere gnadenlos abstrafen.
»Nimm mich mit ... ich habe weitere drei Nachrichten-Magazine, die ihr Nachtprogramm unseretwegen ändern«, sagte Sibel und ließ ihren Worten Bilder folgen.
Die automatische Tür öffnete sich erneut. General Cordes, dem Relissen wie ein junger Hund nachlief, betrat den Raum. Der Oberleutnant kaum zwei Schritte dahinter. Es würde Agnes bereits reichen, wenn der Alte wieder in seiner Suite verschwinden würde.
»Ich will sofort den Stream mit dem langhaarigen Affen sehen!« Der General hatte vorhin Alex' Galavorstellung versäumt. Wobei in weniger als 48 Stunden die halbe Welt wissen dürfte, wen die NATO in Hamburg in der Mangel hatte.
»Natürlich.« Sibel startete den Clip, die Kameradrohne von Russia Today hatte die beste Position für die Aufzeichnung erwischt. Gut ausgeleuchtet, nicht verwackelt und sehr detaillierte Nahaufnahmen. Zudem konnte man bei den Russen sicher sein, dass sie nicht den Bericht zugunsten ihrer zweitbesten Freunde schönen würden.
Die ersten Bilder zeigten eine zertrümmerte Verandatür und einen Mann, der leblos zwischen den Scherben lag. Dann sah man Alex Baringhaus mit nacktem Oberkörper

schreiend hinausstürmen. Blut rann seinen Bauch hinab. Und die Kreide in seinem Gesicht wirkte, als ob jemand seine Wangenknochen mit dem Gewehrkolben bearbeitet hätte.

»Dieser kleine Wichser!«, schnaubte der General erbost.

Da einen Moment später ein gut erkennbarer Soldat einer Spezialeinheit das Schulterstück seiner automatischen Waffe in seinen Rücken stieß, war die Illusion perfekt. Die Betrachter mussten annehmen, dass der junge Mann zuvor auch Schläge im Gesicht hinnehmen musste. Die auffallende Frisur und sein athletischer Körper rundeten das Gesamtbild als Rebell gegen die Obrigkeit ab.

Sibel blendete ausgesuchte Beiträge aus den sozialen Netzwerken in den Seitenbereich der Displaywand ein, die ein Stimmungsbild der Betrachter vermittelten. Alex Baringhaus hatte nur wenige Sekunden gebraucht, um die Zuschauer im Netz für sich einzunehmen. Die männlichen Antworten signalisierten Solidarität und die weiblichen Stimmen fanden ihn sexy. Es gab bereits Heiratsanträge.

Als Alex dann dem Soldaten mit einer schnellen Drehung am Boden die Beine unter dem Hintern wegtrat und seinen Angreifer mit einer Beule ins Reich der Träume schickte, schossen die Jubelbekundungen erstmals in die Höhe.

Einen Moment später hingen ihm zwei breitschultrige Personenschützer an den Armen, von denen er einen wegschubste und den anderen kopfüber auf das Dach eines Einsatzfahrzeuges schleuderte, das unterhalb der Veranda parkte. Ab diesem Moment wurde der Clip in den Netzen mehr als 4.000 Mal je Sekunde und mit wachsender Tendenz geklickt, gelikt, gefolgt und weitergeleitet.

»Was für eine billige Show ...« Der General winkte ab und drehte sich zu Relissen.

Eine Show, deren Finale alles zuvor Gesehene in den Schatten stellte. Der Betrachter sah vier Männer, die den jungen Rebellen mit Elektroschockern in die Knie zwangen, der den Kopf in den Nacken geworfen auf die Knie sackte, seine Hand mit dem Victory-Zeichen in die Höhe streckte und sich dann einer bewaffneten Übermacht ergeben musste.

»Das ist Alex Baringhaus ...« Agnes würde Olafs Sohn lieber in Freiheit, als in einem abgeschalteten Kühlhaus wissen. Der Junge kämpfte furchtlos gegen eine Übermacht. Beeindruckend.

»Ein Versager, wie sein Vater!« Das vernichtende Urteil des Generals erfolgte umgehend.

Sein Vater ein Versager? Agnes wusste es besser, hielt allerdings die Klappe. Sie steckte zu tief in der Geschichte, der sie sich bereits vor Jahren hätte versagen müssen. Dr. Baringhaus hatte sie tief gekränkt, ja, weswegen sie auch losgezogen war, das Geheimnis um *TwelveMonkeys* zu lüften, aber er war kein Versager. Alex Baringhaus hingegen war auch Inas Sohn. Weswegen sie ihn nicht der stumpfen Wut eines verbitterten alten Mannes aussetzen wollte.

»General, ich bekomme gerade eine priorisierte Meldung. Russische und chinesische Nachrichtendienste melden größere Unregelmäßigkeiten in ihren nationalen IP-Segmenten«, meldete einer der Daten-Forensiker aus Relissens Team. Agnes konnte sehen, dass bei dem jungen Soldaten Meldungen zahlreicher Nachrichtendienste ankamen.

»Geht unsere Zielperson etwa jetzt den Russen und den Reisfressern auf den Sack?« Der General lachte abfällig.

»Da kippen gerade schneller Server um, als die Überwachungssysteme deren Ausfälle nachhalten können.«

»Was passiert da genau?«, fragte Agnes, die bei dieser Meldung ein ganz schlechtes Gefühl hatte.

»Die Server stellen von der einen auf die andere Sekunde ihren Dienst ein. Ein Grund dafür ist nicht zu erkennen ... Wahnsinn, das werden immer mehr.«

»Was sind das für Systeme?«, fragte Relissen und ging umgehend an den Arbeitsplatz seines Analysten.

»Alles einfache Webserver, Blogs, Chatsysteme ... die bieten meist die üblichen pornografischen Inhalte, aber auch alles andere, was kleine Firmen oder Einzelpersonen ins Netz stellen.«

»Sind priorisierte Ziele betroffen?«, fragte der General und verschränkte die Arme.

»Nein ... weder die alliierten Nachrichtendienste noch die über die internationale Terrorbekämpfung verbundenen Dienste der Russen und Chinesen melden den Ausfall von wichtigen Servern«, erklärte der Soldat. Sibel gab ihm ein Zeichen, er schaltete eine in Einflussgebiete aufgeteilte Weltkarte auf die Displaywand. »In der blauen Zone ist noch alles ruhig.« Mit einem Pointer zeigte er auf Nordamerika und Europa. »Was bei rot und gelb passiert, sehen Sie selbst.«

Agnes beobachtete, wie binnen Sekunden in Russland und China der Traffic im Internet abfiel. Die Menschen würden an ihren heimischen Systemen nur Fehlermeldungen bekommen. Inzwischen überstieg die Menge an betroffenen Webseiten die Milliardengrenze. Nicht dass es um den Schund schade wäre, den diese Geschäftemacher täglich auf die Menschheit losließen, aber da steckte mehr dahinter.

»Sind unsere Firewalls gegen eine mögliche massive DDoS-Attacke gewappnet?«, fragte Agnes, für die dieses Szenario nur einen Schluss zuließ. Das Bild ähnelte der Entstehung einer Flutwelle, die anfangs das Wasser von den Küsten absaugte.

»Es gibt Filtereinstellungen und leistungsfähige Datensenken, die zentrale Systemübergänge schützen. Aber wenn wir gerade die Entstehung eines gigantischen DDoS-Angriffes betrachten, geht auf den normalen Netzen gleich nichts mehr.«

»Zeigen Sie uns die Knoten in Frankfurt.« Agnes wollte sehen, ob sie den richtigen Riecher hatte. Der transkontinentale Datenverkehr wurde in ihrer Zone größtenteils über Frankfurt in die europäischen Netze eingespeist.

»Frankfurt meldet 100 Prozent Auslastung ... da gehen gerade Milliarden Anfragen auf Ziele in der Blauen Zone los.«

»Das ist Krieg«, rief der General. »Melden Sie sofort, dass wir digital angegriffen werden.«

»Meldung ist raus.«

»Frankfurt, Moskau, London, Rom, New York ... die ersten Systeme melden sich nicht mehr. Diese Datenflut ist gigantisch«, meldete der Daten-Forensiker.

»Integrität der NATO-Systeme?«, fragte der General.

»Noch keine Ausfälle ... nein, warten Sie, wir haben in Hamburg einen Knoten verloren. Eine Better Life Firewall ist down ... die Welle schwappt dadurch ungebremst in das Firmennetz.«

»Dr. Gutter, ist *ihr* Dornröschen dafür verantwortlich?«, fragte der General.

Agnes nickte. »Gut möglich. Eine DDoS-Attacke von diesem Ausmaß gab es noch nicht, das Verhalten passt aber ins Profil.«

»Oberleutnant, ist das einer *ihrer* Kunden?« Der General kam direkt auf den Punkt.

Relissen schüttelte den Kopf. »Die Teilnehmer im Hotel sind alle sediert ... das macht doch alles keinen Sinn.«

Der General musterte ihn sichtlich geringschätzend. »Oberleutnant, reißen Sie sich zusammen. Das heißt nur, dass sich der Hacker nicht in *ihrem* Gewahrsam befindet.«

Sibel blendete an der Seite einen Bericht aus der Better Life Firmenzentrale ein. »Die ausgefallene Firewall war ein Schutzsystem der H.7-Klasse, das System wurde im Rahmen der DEFCON-3 Maßnahmen aktiviert.«

»Das sind militärische Schutzmaßnahmen, die auch die NATO-Befehlskommunikation zwischen den Kampfverbänden schützen ... diese Firewall fällt doch nicht wegen einer großen Fuhre Datenscheiße aus dem Osten um. Haben wir eine Einschätzung aus Brüssel, ob die Russen wirklich so unschuldig sind?«

»Herr General, die Nachrichtendienste melden keine Truppenaktivitäten im Osten oder auf See. Die Zusammenarbeit mit den russischen und auch den chinesischen Diensten funktioniert sehr gut. Im Rahmen der gemeinsamen Terrorabwehr wurde bereits amerikanischen Spezialisten direkter Zugriff auf kompromittierte Knoten in Shanghai gewährt.«

»Es ist eindeutig *Dornröschen.*« Daran hatte Agnes mittlerweile keine Zweifel mehr.

»Wenn ich gewusst hätte, dass die Braut mit so einem Kater aufwacht, hätte ich sie lieber schlafen lassen«, knurrte der General.

»Die Situation wird ernst ... wir haben eine Meldung, dass die Trägergruppe der USS Ronald Reagan vor Norfolk die Kontrolle über die Schiffe verloren hat.«

»Wie bitte?« Der General stand sichtlich kurz vor einem Herzinfarkt.

»Jetzt ist der Hacker in Fort Meade angekommen. Die Schutzsysteme halten aber. Weder die DDoS-Attacke noch der Hacker konnten die Zugangssysteme überwinden.« Dem Soldaten rannen Schweißperlen die Schläfen hinab.

»Haben wir einen Status der NSA?«, fragte Agnes, die überlegte, warum sich Dornröschen so zielstrebig einen Weg nach Fort Meade gesucht hatte. Weder Better Life noch der Flugzeugträger schienen seine primären Ziele zu sein.

»Die NSA meldet, die Situation unter Kontrolle zu haben. Sie hätten zwar bisher weder einen digitalen Angriff in diesem Ausmaß noch mit dieser Durchschlagskraft erlebt ... aber dank der Frühaufklärung haben sie die betroffenen Zugänge einfach komplett gesperrt.«

»Sehr gut ... die Cowboys haben endlich mitgedacht.« Der General lächelte kurz.

»Das wird es noch nicht gewesen sein ...« Bei allen Aktivitäten des Hackers überraschte Agnes besonders die Zielorientierung. Ihr Gegner startete keine Aktionen, ohne sich genau über deren Konsequenzen im Klaren zu sein. Zudem war er ihnen bisher immer einen Schritt voraus.

»Wieder eine Nachricht von der USS Ronald Reagan ... der Captain meldet, nachdem diese wieder das Ruder und die Turbine übernehmen konnten, wären sie erneut digital angegriffen worden.«

»Was will der auf dem Schiff?«, fragte Relissen, bei dem Agnes nicht das Gefühl hatte, dass er die Situation noch nachvollziehen konnte.

»Der Captain meldet Brände, die nicht existieren. Sein Feuerwarnsystem scheint verrückt zu spielen ... angeblich würden das Flugdeck, zwei Kerosinbunker und ein Waffendepot brennen. Seine Besatzung ist in Panik, weil auch die Bordkommunikation gestört ist und sich ohne ersichtlichen Grund Schotts geschlossen haben«, erklärte Relissens Mann von der Konsole.

»Was ist mit den Waffensystemen?«, fragte der General hektisch und zeigte auf die Displaywand.

»Die USS Ronald Reagan ist offline ... oh, scheiße ... Entschuldigung. Wir haben eine Dringlichkeitsmeldung von Stratcom, die aus der Trägergruppe Startvorbereitungen zweier mit nuklearen Gefechtsköpfen bestückten Mittelstreckenraketen registriert haben. Die

Zielcomputer zeigen die Koordinaten von Fort Meade an. Start in 52 Sekunden. Der Hacker will die NSA zerstören.«

»Das ist Wahnsinn ...« Der General ließ den Kopf hängen.

»Wir haben DEFCON-4. Sämtliche taktische NATO-Einheiten befinden sich im Alarmzustand!« Relissens Daten-Forensiker hatte sich den Einsatz sicherlich anders vorgestellt.

»Warum können wir den Start beobachten, obwohl die ganze Trägergruppe nicht mehr erreichbar ist?«, rief Agnes schweißnass, ihr Puls raste. Warum sollte der Hacker Millionen Menschen töten wollen?

»Weil der Hacker Stratcom zuschauen lässt ...«

»Das ist eine Drohung. Der Hacker will, dass wir ihm die Türen der NSA öffnen ... machen Sie ihm den Weg frei.«

»Wie ...« Der General zögerte.

»Wenn ich recht habe und die Tore der NSA dicht bleiben, starten gleich zwei Mittelstreckenraketen.

»Tippen Sie meinen Prioritätscode ein ... C1-8J-K2. Mein Befehl, die sollen die verdammte Firewall aufmachen, wenn sie nicht aus Fort Meade einen Haufen Asche machen wollen.«

»Befehl übermittelt. Noch 25 Sekunden bis zum Start der Raketen«, quittierte der Soldat die Anweisung.

»Dr. Gutter, ich hoffe, Sie haben die Situation richtig eingeschätzt. Ansonsten haben wir beide heute Nachmittag ein Problem.«

»Ja.« Dessen war sich Agnes bewusst.
»Ich möchte mich Dr. Gutters Meinung anschließen.« Sibel zeigte sich solidarisch. »Unser Hacker ist 21 Jahre alt, bis heute wusste er nicht, warum er kann, was er kann. Wir haben ihm den Pfad zu seiner Identität geöffnet. Er wird das TwelveMonkeys-Archiv angreifen ...«
»Dr. Mindner ... wenn es nur das ist, haben Sie sich einen Orden verdient. Aber im Moment würde ich meine Hand nicht dafür ins Feuer legen«, sagte der General, ging zu dem gestressten Soldaten an der Kommunikationskonsole und legte ihm seine Hand auf die Schulter.
»T-12 Sekunden, die NSA meldet, die Firewall ist offen.«
Agnes sah auf die Uhr.
»T-8 Sekunden, Stratcom meldet den Abbruch der Startsequenzen. Die haben wieder die Kontrolle zurückerhalten.«
»Obergefreiter, Sie machen einen guten Job.«
»Herr General, danke.« Ein Lob konnte Wunder bewirken, vor allem von einer Persönlichkeit, die damit nicht gerade verschwenderisch um sich warf. »Das gilt auch für alle anderen im Raum ... Sie haben den Menschen, die wir zu beschützen geschworen haben, einen friedlichen Sonntagmorgen beschert.«
Vielfaches Nicken.
»Melden Sie der NSA, Stratcom, oder wer uns sonst noch zuhört, dass wir gemäß der Analyse der Persönlichkeit des Hackers davon ausgehen, dass dieser sich nur für das

TwelveMonkeys-Archiv interessieren wird«, erklärte der General, der sich damit für seine Verhältnisse weit aus dem Fenster lehnte.

»Sie wirken gelöst ... macht das diesen Angriff etwa weniger bedrohlich?«, fragte Agnes.

Der General lächelte. »Dr. Gutter ... wenn Sie recht haben, wird *ihr* Dornröschen gleich ein Archiv angreifen, dass die NSA seit sieben Jahren nicht geöffnet bekommt. Und falls Sie daneben liegen und dieser Bastard stattdessen eine weltweite thermonukleare Katastrophe beabsichtigt, spielt das Morgen auch keine Rolle mehr.«

»Und die Probanden?«, fragte Relissen unsicher.

»Oberleutnant, Dr. Gutter hatte vor Jahren bereits meine gesamte Fantasie in Beschlag genommen, als ich ihr die Geschichte eines Menschen abkaufen musste, der mit der Kraft seiner Gedanken in der Lage ist, in geschützte Netzwerke einzudringen. Ganz ehrlich, wollen Sie mich jetzt davon überzeugen, dass dieses *Superbrain* dieses Kunststück auch noch sediert mit einer Ladung Phenobarbital im Hintern zustande bringt?«

»Ähm ...« Relissen hustete.

»Unser Hacker sitzt woanders ...« Der General zog Schlüsse, denen Agnes nicht widersprechen wollte. Betäubt wäre auch Dr. Baringhaus' Schläfer nicht in der Lage, diese Angriffe auszuführen.

Agnes nickte. »Dieser Meinung schließe ich mich an.«
»Treffer!«, rief der Daten-Forensiker. »Der Hacker greift das TwelveMonkeys Archiv an. Alles andere lässt er links liegen.«
»Die sollen ihn machen lassen ... von mir aus kann die NSA ihm sogar dabei helfen. Wenn der Hacker endlich dieses dämliche Archiv öffnen kann, spare ich Milliarden.« Der General setzte sich und ließ sich von Relissen einen Kaffee bringen.
»Und?«, fragte Agnes, die selbst danach gierte, die TwelveMonkeys-Daten auslesen zu dürfen.
»Ähm ... mein NSA-Pendant hat gerade eine Krise. Die haben dem Hacker, Ihrer Empfehlung folgend, sämtliche Daten über den unbekannten kryptischen Schlüssel bereitgestellt.«
»Jetzt lassen Sie sich nicht alles aus der Nase ziehen.« Agnes glaubte, auf heißen Kohlen zu sitzen.
»Der Hacker benötigte drei Sekunden, dann ist der Server mit dem Zugangsschutzsystem abgestürzt, er verschwunden und das Archiv steht sperrangelweit offen.«
»Bitte?« Agnes verstand die Welt nicht mehr.
»Der Hacker verschwand, ohne auf Archivdaten zuzugreifen ...«
»Woher wissen Sie das?«, fragte der General.
»Weil das Archiv leer ist. Es hat nach der Öffnung keinen Datentransfer gegeben.« Der Soldat an der Konsole rieb sich die Augen.

»Und welchen Sinn soll das ergeben?«, fragte Agnes, die sich gerade überfahren fühlte.
»Das weiß bei der NSA auch niemand.«
»Wie ist die Gesamtsituation?«, fragte der General.
»Die DDoS-Attacke ist abgewehrt. Die Server haben sich nach drei Minuten von selbst rekonfiguriert und ihren normalen Dienst wieder aufgenommen. Der Captain der USS Ronald Reagan hat seinen Flugzeugträger wieder und von unserem Hacker fehlt jede Spur«, antwortete der Soldat.

Sonntagmorgen 5:40, Agnes versuchte immer noch, für das leere Archiv eine logische Erklärung zu finden. Dr. Baringhaus hätte deswegen nie so einen Aufwand betrieben. Sie musste etwas übersehen haben.
»General, wir haben einen persönlichen Anruf für Sie ...«, erklärte der Soldat an der Konsole.
»Auf mein Mobile.« Der General stand auf. »Cordes ...«,
»Sir ...«
Agnes sah ihm nach, wie er einige Schritte durch die Einsatzzentrale ging, in der inzwischen nur noch acht Arbeitsplätze besetzt waren.
»Ja, das ist richtig«,
»Natürlich«,
»Sir, zu diesem Schluss sind wir auch gekommen«,
»Ja, das ist nicht notwendig«,

»Ich werde das veranlassen ... natürlich. Um 9 Uhr«,
»Danke ... vielen Dank für den Anruf.«
Der General legte auf. Agnes kannte diese Gespräche, in der Hackordnung gab es noch größere Tiere als ihn.
»Dr. Gutter, Dr. Mindner, Herr Oberleutnant,« Jetzt würde es eine neue Ansage geben. »Die offizielle Version dieser Krise stimmt der Stab gerade mit unseren russischen und chinesischen Partnern ab. Sie werden dazu um 0800 MEZ gebrieft, bitte lesen Sie das Memo und merken Sie sich die Details. Ich möchte nachher keine Versprecher in der Presse lesen müssen.«
»Natürlich.« Relissen nickte als Erster.
»Dr. Gutter, Sie werden offiziell vor die Presse treten. Die Konferenz in der Better Life Zentrale wird heute um 1600 MEZ stattfinden.«
»Verstanden.« Auch Agnes fügte sich. Selbst wenn es befremdlich klang, sich die Wahrheit von anderen vorschreiben zu lassen, das gehörte zum Job. Auch nach dem Tod Dr. Baringhaus' hatte ihr jemand ihre Aussage als Skript vorgeschrieben. Das, was damals wirklich vorgefallen war, interessierte danach niemanden mehr.
»Und bringen Sie Ihre Fassade in Form.« Der General achtete immer auf die wichtigen Dinge im Leben.
»Selbstverständlich.« Agnes verkniff sich einen weiteren Kommentar.
»Und die sedierten Probanden?«, fragte Relissen.
»Die lassen wir um 0900 MEZ gehen. Was sonst? Wir

sind doch kein Militärregime, Herr Oberleutnant.«

»Alle?«

»Sicherlich ... ich sehe keinen Grund, Ausnahmen zu machen.«

»Und unser Wettbewerb?«, fragte Agnes, die diese einfache Lösung überraschte.

»Na ja ... der Schein muss gewahrt bleiben. Spielen Sie die Scharade zu Ende und schenken Sie einem von denen die Million. Auf die paar Kröten kommt es auch nicht mehr an.«

»Ich schlage vor, dass wir den Teilnehmern erklären ... dass die Simulation einer Stresssituation geplant war und elementar für die Testergebnisse ist. Nur deswegen wären wir nun in der Lage, bessere Lernsoftware für Kinder zu entwickeln«, erklärte Sibel aufmerksam.

Der General lachte. »Dr. Mindner, Sie verstehen mich.«

***

XXIII. Erlösung

»Oh, natürlich, die Wahrheit«, wiederholte Pietro, während sich seine Augen in schmale Schlitze verwandelten. »Komm doch bitte zu uns herein, wenn du über Wahrheiten sprechen möchtest, bist du bei uns genau richtig.«

»Ähm ... ja.« Olaf zögerte kurz, folgte seinem *Freund* dann aber zu einer grauen Ledersitzgruppe. General Cordes hatte bereits Platz genommen und schlürfte in Seelenruhe einen Espresso. Direkt dahinter befand sich eine zwanzig Meter breite und fünf Meter hohe durchgängige Panorama-Glasscheibe, vor der Agnes mit dem Rücken zu ihnen stand und verloren in die Ferne blickte. Ihre ganze Körperhaltung wirkte abgeschlagen und müde.

»General Cordes kennst du bereits ...« Pietro zelebrierte den Moment regelrecht. Cordes und Olaf kannten sich bereits seit acht Jahren und mehreren Projekten.

»General ...« Olaf nickte kurz, Cordes hingegen ließ sich zu keiner Reaktion hinreißen.

»Darf ich dir auch Dr. Gutter vorstellen?« Pietro machte mit den Spielchen weiter. »Meine neue Assistentin. Sehr talentiert ... ich erwarte große Dinge von ihr.«

»Natürlich.« Olaf wollte bereits wieder gehen. Um sich von ihm vorführen zu lassen, hätte er nicht herzukommen brauchen. Pietro sollte endlich auf den Punkt kommen.

»Sie ist noch ein wenig schüchtern ... sei nett zu ihr, heute ist ihr erster Tag. Ich habe sie eben erst eingestellt«, erklärte Pietro, aus dessen Tonlage offen Verärgerung über den Rauswurf tönte. Leider hatte sie Olafs Absichten nicht verstanden. Wenn sie bliebe, würde Better Life mit den Jahren ihre Seele auffressen.

»Dein Büro kann einschüchternd wirken ... diese Dimensionen. Nicht jeder kommt damit klar.« Pietros 600 Quadratmeter großes Refugium direkt unter den Wolken hatte Olaf schon bei der Grundsteinlegung des Gebäudes für Irrsinn gehalten.

»Du hast recht ... Mein Büro muss schon etwas Besonderes haben. Auch langjährige Führungskräfte scheinen hier manchmal die Orientierung zu verlieren.« Pietro hörte sich stinksauer an.

»Alles eine Frage der Perspektive ... es ist leichter, andere Meinungen abzulehnen, als den Mut aufzubringen, zuzuhören.« Olaf würde nicht mehr zu allem ja und Amen zu sagen.

»Zuhören ... das ist wirklich eine Kunst. Hast du den Männern, die in Kiew elendig am Fieber verreckt sind, auch zugehört?« Pietro setzte sich zu Cordes, der bisher noch kein Wort gesagt hatte. Auch Agnes rührte sich nicht, als ob sie der Ausblick über Hamburg am frühen Abend im Herbst gebannt hätte.

»Dafür übernehme ich die Verantwortung.« Olaf wusste genau, dass seine Fehleinschätzungen zum Tod der Soldaten geführt hatten. Das Projekt Achilles hätte allerdings nie begonnen werden dürfen.

»Oh, erst Wahrheit und jetzt auch Verantwortung?« Pietro benutzte die Wörter wie Dolche.

»Ja.« Olaf blieb stehen.

»Darf ich dich höflich daran erinnern, welche Wahrheiten und Verantwortlichkeiten im Achilles-Vertrag stehen, den die NATO und Better Life unterschrieben haben?«, fragte Pietro, dessen blütenweißes Hemd eine perfekte Illusion darstellte.

»Glaub nicht alles, was geschrieben steht.« Wenn Olaf sich an diesem Tag über juristische Formulierungen hätte unterhalten wollen, säße er jetzt in der Rechtsabteilung.

»Glauben? Du willst mit mir doch nicht ernsthaft über Glauben sprechen? Oder kommt gleich noch Vertrauen?«

»Wir sollten keine Themen wählen, denen nicht alle folgen können.« Olaf wollte nicht nachgeben.

»Der große Dr. Olaf Baringhaus reitet als Ritter hoch zu Ross in mein Büro ... und belehrt mich über Wahrheit, Glauben und Vertrauen.« Pietro und er würden sich nicht mehr finden. »Sag mir, bei dem ganzen Geld in deinen Händen, wie schaffst du es da noch, dein sperriges Gewissen festzuhalten?«

»Wir sollten das lassen ... Pietro, sag, was du von mir willst?«

»Was ich von dir will?« Seine Stimme überschlug sich.

»Ich setze mich sonst wieder in mein Büro und warte auf meinen Anwalt.« Mit dem könnten sich Pietro und seine Vasallen dann die nächsten Wochen über juristische Fragen austauschen.

»Glaubst du etwa, du marschierst hier so einfach wieder heraus?«

»Ja.« Natürlich tat Olaf das. Er wunderte sich, dachte Pietro etwa, er wäre der König des Nordens?

»Du bist verrückt.« Pietro schüttelte den Kopf. »Aber ich erzähle dir jetzt eine Wahrheit und auch etwas über Verantwortung: Dein Fehler in Kiew kostet Better Life 250 Milliarden Euro. Den Preis habe ich mit General Cordes vereinbart. Die NATO wird dafür nicht den Vertrag kündigen und wir setzen die Abnahmereihe neu auf.«

»Das Projekt ist ein Fehler ...« Olaf wollte keinen billigen Deal aushandeln, das musste endlich aufhören.

»Du musst mir nicht danken. Auch nicht Dr. Gutter, deren Aussagen alle zu deinem Vorteil reichten. Wozu auch ... wir haben dich schließlich nur vor dem Knast gerettet.«

»Hast du denn nichts gelernt?«, rief Olaf, der Pietros windige Arroganz nicht mehr ertragen konnte. Verantwortung zu übernehmen, durfte doch nicht nur eine Frage des Geldes sein.

»Gelernt? Hast du Drogen genommen?«

»Ich habe das Achilles-Archiv in unser Presseportal gestellt.« Olaf wusste genau, warum dieser Schritt notwendig gewesen war.

»Ach ja ... stimmt ... das wäre dann unser zweites Thema gewesen.« Whitebaker hatte Pietro natürlich bereits informiert. »Whitebaker hat bereits alle Daten gelöscht.«

»Er war zu langsam.« Olaf lachte, er hatte den rothaarigen Tomatenkopf ausgetrickst.

»Du unterschätzt ihn ... er wird auch die Daten löschen, die bereits heruntergeladen wurden.«

»Du hast nicht die gesamte Presse im Griff!«

»Jetzt unterschätzt du mich.«

»Du bluffst.«

»Dein Blatt reicht nicht, um meine Karten sehen zu dürfen.«

»Es werden weitere Spieler in die Runde einsteigen.« Olaf spürte das Bedürfnis, Pietro zu schlagen, sein Größenwahn schien keine Grenzen mehr zu kennen.

»Die du jetzt hingegen scheinbar maßlos überschätzt.« Pietro löste den Knoten seiner roten Krawatte.

»Du wirst verlieren.« Dessen war sich Olaf sicher. Der Skandal würde den Better Life Aktienkurs massiv unter Druck setzen und die Hedgefonds, die die Mehrheit der Wertpapiere für ihre Kunden verwalteten, würden Pietro dafür an die Wand stellen. Auch die Ratingagenturen würden im Rahmen der negativen Berichterstattung die Kreditwürdigkeit von Better Life abwerten. Eine Kettenreaktion, die Refinanzierung an den Finanzmärkten würde dadurch teurer werden, was wiederum dem negativen Verlauf des Aktienkurses weiteren Vorschub leisten würde.

»Und jetzt noch eine klassische Fehleinschätzung? Der Einzige, der wirklich verliert, bist du.«

»Mag sein. Ich verliere aber nichts, was mir wichtig ist.« Olaf rechnete fest damit, den Großteil seines Vermögens und seine Reputation zu verlieren. Dafür würde er seine Selbstachtung wiedergewinnen, aber dieses Argument wollte er nicht in das Gespräch einbringen.

»Dr. del Mare ... Sie sollten sich die Nachrichten ansehen«, sagte seine Assistentin Claire, in der Tür stehend, vorsichtig.

»Warum?«, fragte Pietro aufgeschreckt.

»Weil Whitebaker ein Trottel ist und weil die Presse nun viele interessante Dinge über Better Life erzählen wird. An deiner Stelle würde ich mir die Nachrichten ansehen.«

Olaf wusste, dass Whitebaker, der NSA-Mann, nicht die gesamte Presse ausschalten konnte. Eine einzige Sondersendung würde genügen, um seine Abrechnung ins Rollen zu bringen.

Cordes nahm die Fernbedienung und aktivierte einen Teil der Panorama-Glasscheibe, die sich umgehend verdunkelte und ein riesiges Display abbildete.

» ... überraschend stellte der Better Life Konzern heute umfängliche Informationen über sein Presseportal bereit, die ein bisher in der Öffentlichkeit unbekanntes Großprojekt mit dem Namen Achilles beschreiben. Die Fülle an Daten ließ bisher noch keine umfassende Auswertung zu, aber alleine die Agenda dürfte für Zündstoff sorgen. Im Rahmen der Achilles-Projektierung haben unter ungeklärten Umständen in Kiew 12 genmanipulierte Soldaten ihr Leben verloren. Aus der Better Life Zentrale ist dazu aktuell keine Stellungnahme verfügbar. Die Staatsanwaltschaft Hamburg hingegen meldet, dass sie wegen des Anfangsverdachts auf ...«

Cordes schaltete die Nachrichten wieder ab und stellte die leere Tasse auf den Tisch. Er sah Olaf an und schwieg weiter.

»Pietro, wir sind zu weit gegangen ... unser Auftrag war es, Menschen zu helfen! Wir sollten Krankheiten heilen, anstatt Waffen zu produzieren. Achilles war ein Fehler, wir hätten diese verfluchten Monster niemals züchten dürfen!«, erklärte Olaf, der genau wusste, das Richtige getan zu haben.

»Du bist ein Narr! Wir müssen uns weiterentwickeln, wir können nicht nur zurücksehen und uns freuen, wie schön grün das Gras gestern war. Es ist unsere Verantwortung, voranzugehen!«

»Wir haben das Leben zu achten!«

»Die Leben, die du in Kiew vergeudet hast?«

»Ja. Ich habe sie getötet. Ja. Ich bin ein Mörder. Ja. Ich werde dafür bezahlen. Aber nein, ich habe es nicht in Kiew getan!« Olaf ging auf Pietro zu.

»Wo dann? Etwa durch deine Stümperei im Labor? Oder als du den Steroide-Mix gepanscht hast?« Pietro wirkte außer sich. Eine seltsame Situation, da sich General Cordes und Agnes Gutter bisher komplett aus dem Streit heraushielten. Sie hatte Olaf noch nicht einen Blick zugeworfen.

»Zum Thema Wahrheit: Die Hinrichtung dieser bedauerlichen Individuen begann bereits im Labor, als ich deren Embryonen der ersten Behandlung ausgesetzt habe. Aber getötet habe ich sie, als ich diesem Vertrag zugestimmt habc.«

»Du machst es dir sehr einfach.« Pietro lachte.

»Ich hätte deren ungeborene Leben beschützen müssen ... das habe ich nicht getan, dessen bin ich schuldig«, sagte Olaf.

»Und das Leben der Soldaten, die unsere Freiheit irgendwo am Arsch der Welt für uns verteidigen? Bekommen die in deiner rührenden Geschichte auch einen Platz?«

»Ich kann nicht alle retten ...«

»Deren Leben sollte Achilles beschützen ... wir wollen schnellere, stärkere und bessere Männer für uns in den Kampf schicken. Oder glaubst du, dass die ganzen politischen oder religiösen Terroristen deine hohen moralischen Werte teilen?«

»Der Preis dafür ist zu hoch ...« Der Frieden zwischen den Kulturen konnte in der Weltgeschichte noch nie mit der Waffe herbeigeführt werden.

»Entschuldigung, Dr. del Mare?«, fragte Claire, der es sichtlich unangenehm war, erneut zu stören.

»Was denn jetzt schon wieder?«

»Unten im Foyer stehen zwei Ermittler der Staatsanwaltschaft, die Sie sprechen wollen ...«

»Die können mich am Arsch lecken ... die sollen warten. Hetzen Sie denen unsere Anwälte auf den Hals ... wozu bezahle ich diese Rechtsverdreher überhaupt?«

»Das habe ich bereits angeregt ... zwei Anwälte haben mit den Ermittlern gesprochen, die sich leider nicht davon abbringen lassen, Sie sprechen zu wollen.«

»Haben die einen richterlichen Beschluss?«, fragte Pietro.

»Meines Wissens nicht ...«

»Dann werden sie warten!« Pietro zeigte Claire mit der Hand, sie solle wieder verschwinden.

»Ich regele das ...«, sagte Cordes und benutzte sein Mobile. Claire schloss die Tür.

»Du wirst dich deren Fragen stellen müssen«, sagte Olaf, genauso wie er selbst.

»Was ich tun muss ... werde ich mir sicherlich nicht von einem schlechtbezahlten Staatsanwalt erklären lassen!« Pietro tobte regelrecht, während er sprach.
»In ein paar Minuten werden die einen ebenfalls schlechtbezahlten Richter gefunden haben ... dem dein Geld völlig egal ist. Ich würde mit denen sprechen, solange die noch gute Laune haben.«
»Hör auf mir zu sagen, was ich zu tun habe!« Pietro ging ein Stück auf seinen 10 Meter entfernten Schreibtisch zu, kehrte aber auf halbem Weg um.
» ... das würde ich nicht tun!«, sagte Cordes, lauter werdend, am Telefon. Den ersten Teil seines Gespräches hatte Olaf nicht verfolgen können. Er wusste auch nicht, wen der General angerufen hatte. »Sie machen einen Fehler!«
Pietro sah Cordes an, der auflegte. »Was geht da ab?«
»Wir bekommen Ärger ... der Richter, die linke Schwuchtel, will sich seine ersten Sporen verdienen«, antwortete Cordes und wendete wütend den Kopf ab.
»Die kommen gleich wieder ... ich habe es dir gesagt.« Olaf schätzte es, in dieser Situation Recht zu behalten.
»Halts Maul! Halt einfach dein dummes Maul!« Pietro schien mehr und mehr die Kontrolle zu verlieren.
»Du fällst ...« Olaf hatte sich auf den Sturz vorbreitet, Pietro offensichtlich nicht.

»Jetzt tue nicht so selbstgefällig ... du wirst in den Knast gehen. Du kennst die rechtlichen Bedingungen unseres Vertrages ... dein Gang an die Presse war Landesverrat.«

»Das ist mir bewusst«, sagte Olaf.

»Pietro, der 250 Milliarden Vergleich mit der NATO läuft nur, wenn Sie Ihr Haus sauber halten. Tun Sie Ihren Job!« Jetzt machte auch noch Cordes Druck auf ihn.

»Klaus, sehen Sie das denn nicht? Das ist doch offensichtlich. Baringhaus will das Unternehmen zerstören. Schauen Sie sich diesen Wahnsinnigen an ... der sich selbst ans Messer liefert, um mir zu schaden, um Better Life, um unser Land zu schwächen.«

»Wenn mich jemand vor einen Untersuchungsausschuss zitiert, ist der Deal gestorben.« Cordes bewegte sich bereits im Rückwärtsgang. Die Luft für Pietro wurde dünner.

Claire stand wieder in der Tür. »Dr. del Mare, leider muss ich wieder stören. Die beiden Ermittler der Staatsanwaltschaft haben jetzt eine richterliche Verfügung ...«

»Bitte, wollen die Idioten mich verhaften?«

»Das haben sie nicht gesagt, unser Anwalt meint, es ist nur die Aufforderung, als Zeuge auszusagen. Ich soll Ihnen von den Beamten ausrichten, Sie können das hier oder im Präsidium tun.«

»Das ist mein Haus! Meine Firma! Soweit kommt es noch. Wo ist Peter Jöries? Wo sind meine Securities? Die Ermittler sollen warten ... und wenn sie weiter nerven, soll

Jöries sie vor die Tür setzen.«
»Pietro, wir sollten jetzt kühlen Kopf bewahren«, sagte Cordes, der den Ernst der Situation besser verstand.
»Kühlen Kopf bewahren? Ich bin cool ... verliert jetzt die ganze Welt den Verstand?«, tobte er weiter.
Vor der Tür wurde es lauter. Die Ermittler der Staatsanwaltschaft schienen sich, gut vernehmbar, mit Jöries' Sicherheitsteam zu streiten.
»Du solltest das aufhalten«, sagte Olaf und zeigte auf die Tür.
»Ich bin doch kein kleiner Eierdieb ... die können mir nichts.«
»Pietro, auch wenn der Richter ein links-liberaler Wichser ist, wir müssen mit der Staatsanwaltschaft kooperieren ... wir sollten den Schaden begrenzen.« Cordes versuchte, zu beschwichtigen. Pietro ging an seine Kommunikationsstation.
»Claire, was ist da draußen los?«
»Die Ermittler lassen sich nicht abweisen ... unten im Foyer sind bereits Polizisten. Ziemlich viele sogar. Dr. del Mare, hätten Sie nicht kurz Zeit, mit den beiden Beamten zu sprechen?«, fragte Claire gequält.
»Nein.« Pietro legte auf.
»Dr. Gutter, meinen Sie nicht, Ihrem neuen Chef helfen zu wollen?«, fragte Olaf, der nicht mehr sicher war, die Situation noch im Griff zu haben.

»Das ist nicht mein Job«, antwortete sie abweisend und drehte sich herum. Ihr rechtes Auge war angeschwollen und schillerte in allen denkbaren Farben des Regenbogens. Zudem hatte sie eine dicke Unterlippe und einige Blutstropfen schmückten das Revers ihres hellen Kostüms. Hatte Pietro sie geschlagen?

»Warst du das?«, fragte Olaf, sein Gesicht versteinerte sich. Das hätte Pietro nicht tun dürfen.

»Was?« Er verdrehte die Augen »Sie ist gestolpert ...«

»Stimmt das?«, fragte Olaf und sah Agnes an, obwohl er die Antwort schon kannte.

Agnes nickte. Eine Träne lief über ihre Wange.

Pietro ging zu ihr und gab ihr einen Klaps auf den Po. »Bei dem Ärger, den du am Bein hast, sollte sie dir ziemlich egal sein!«

Dieses Schwein! Olaf ging auf ihn los, mit einem rechten Haken streckte er Pietro nieder, der wie ein nasser Sack zu Boden ging. Es gab Grenzen, Pietro hätte sie nicht überschreiten dürfen.

Agnes schrie spitz auf.

Olaf setzte nach und schlug seinen sich aufrappelnden Gegner erneut nieder. Es knackte. Nicht Pietros italienischer Dickschädel, sondern Olafs Hand. Ein Preisboxer war er gerade nicht. Pietro blutete trotzdem. Eine klaffende Platzwunde am Jochbein sorgte für ein blutrotes Gesicht. Er stöhnte. Jetzt würde Olaf mit ihm abrechnen.

»Hören Sie auf ... beide.« Cordes packte Olaf von hinten, zog ihn zurück und schubste ihn weg. Olaf zögerte kurz und versuchte dann den General niederzuschlagen. Der alte Sack hatte über 10 Jahre mehr auf der Uhr, was allerdings nichts daran änderte, dass Olaf ihn verfehlte und durch den Schwung selbst auf dem Boden landete.

»Baringhaus, kommen Sie zur Vernunft!« Der General nahm ihn als Bedrohung nicht ernst.

Pietro wand sich am Boden. Agnes hatte einen Weinkrampf. Und Olaf stürmte schreiend auf Cordes zu. Der Alte ging einen Schritt auf die Seite, packte Olaf und verpasste ihm einen Kniestoß in die Magengrube. Als Arzt zu versuchen, einen Berufssoldaten zu verprügeln, schien keine gute Idee zu sein.

»Polizei«, rief ein Mann, der die Eingangstür aufwarf und mit einer Pistole in der Hand in das Büro stürzte. Peter Jöries, der Sicherheitschef und Pietros persönlicher Leibwächter lief neben ihm her.

Cordes hob cool die Hände und ging einen Schritt zurück.

»Die Better Life Geschäftsleitung führt gerade eine schwierige Diskussion ... es wäre sehr freundlich von Ihnen, wenn Sie draußen warten könnten.

»Soll ich einen Arzt rufen?«, fragte Claire, die mit beiden Händen vor dem Mund hilflos neben der Tür stand.

»Der ist schon da. Ich kümmere mich um ihn«, rief Olaf und unternahm einen weiteren Versuch, Pietro anzugreifen. Erfolgreicher war er deshalb nicht, für Pietro würden seine Kräfte noch reichen, aber leider nicht für die beiden Beamten, die ihn eine Sekunde später am Boden zu fixieren versuchten. »Lassen Sie mich los!«

»Sicherlich nicht«, antwortete der Polizist und steckte seine Waffe in den Halfter an der Hüfte, um Olaf Handschellen anzulegen. Keine Zeit zum Nachdenken. Olaf zog das Knie an und traf den Beamten zwischen den Beinen. Sein Arm bewegte sich auf die Waffe zu. Er bekam die 9-Millimeter zu packen, stand auf, lud durch und zielte auf Pietro. Zahltag. Nur den Finger krümmen und er würde nie wieder Pietros unerträglichen Entschuldigungen anhören müssen.

»Baringhaus, um Himmelswillen!«, rief Cordes und ging hinter dem Ledersofa in Deckung.

»WAFFE RUNTER!«, brüllte der zweite Polizist, der seine Dienstwaffe auf ihn richtete.

»SIEH MICH AN!«, brüllte Olaf und ging einen Schritt auf den knienden Pietro zu, der ihn nur verstört ansah. Der Atem der beiden Männer raste, mit dem Tod vor Augen war jeder ein Feigling.

»Bitte ...«, sagte Pietro leise. Auch er weinte und blieb auf dem Boden sitzen. »Erschieß mich nicht!«

»SOFORT DIE WAFFE RUNTER!« Der Polizist ließ ihm keine andere Wahl. Ina, wo bist du, Olaf dachte an seine Frau, er brauchte ihre Hilfe, jetzt, er wusste nicht, was er tun sollte.

Pietro zu erschießen, würde nichts verändern, sein Erbe sollte die Wahrheit sein und kein feiger Mord. Olaf lockerte den Griff, bückte sich und legte die Waffe langsam auf den Boden. Dann schloss er die Augen. Er hatte verloren, aber er würde Pietro nicht töten.

»Ganz langsam ...« Während der eine Beamte ihn seitlich mit der Waffe bedrohte, legte der andere ihm Handschellen an und zwang ihn auf die Knie. Mit dem Fuß stieß der Polizist die Pistole weg.

Olaf würde Better Life, die Firma, die er mit Pietro aufgebaut hatte, in Handschellen verlassen. Mit gesenktem Haupt dachte er an die Vergangenheit. Wie konnte sein Traum, die Welt zu heilen, nur in einem derartigen Desaster enden?

Zwei Pistolenschüsse krachten. Olaf schreckte auf. Pietro stand drei Meter vor ihm. Mit der Waffe in der Hand, die Olaf zuvor dem Polizisten entrissen hatte. Rauch stieg aus dem Lauf auf. Es roch nach Schießpulver. Und Blut. Seinem Blut. Pietro hatte auf ihn geschossen. Olaf sackte zur Seite und atmete nur noch flach.

»Das Leben ist ein schlechter Witz!«, sagte Pietro mit blutverschmiertem Gesicht und eingefrorener Miene. Er schob sich die Waffe in den Mund und drückte ab.

»Wir brauchen sofort einen Krankenwagen!«, rief jemand aus der Ferne. Olaf sah in Agnes' Gesicht, die ihn in den Armen hielt. Wo war er? Er hustete. Was war passiert?

Ina hatte gekocht und ihn eben zum Essen gerufen. Die Sonne schien. Olaf hatte Alex heute das Fahrradfahren beigebracht. Ein schöner Tag. Er schmeckte Blut im Mund, nicht dass er sich versehentlich auf die Lippe gebissen hatte.

»Olaf?«, fragte Agnes und strich durch sein Haar. Endlich, sie hatte ihn mit dem Vornamen angesprochen. Er war müde, nach dem Essen würde er sich kurz hinlegen.

Morgen würde der Alltag ihn wieder einholen. Er könnte sich allerdings auch freinehmen. Eine gute Idee. Olaf dachte an Ina und schloss die Augen.

***

XXIV. Wahrheit

Alex saß immer noch allein im Kühlhaus. Was ihn nicht störte. Er dachte an seine Eltern, Freudentränen liefen seine Wangen hinab. Die ersten Eindrücke waren überwältigend. Pur und nah, egal was damals passiert war, Alex erlebte die Vergangenheit, als ob er selbst dabei gewesen wäre. Er brauchte nur die Augen zu schließen und sah die Ereignisse wie einen Film vor sich ablaufen.

Ein bewegender Moment. Alex sah sich selbst als blutverschmiertes Neugeborenes in zwei großen Händen liegen. Seine Frisur sah ziemlich bescheiden aus. Da war auch seine Mutter, müde, aber glücklich, die schon auf ihn wartete.

»Hallo Alex«, sagte sie, küsste ihn auf die Stirn und legte ihn an ihre Brust an. Mahlzeit. Die Milchbar hatte geöffnet. Seine Baby-Version ließ es sich sichtlich schmecken.

Sich als Kind mit den Augen des eigenen Vaters zu sehen, war eine intensive Erfahrung. Nach den ersten Eindrücken konnte er keinerlei Besonderheiten feststellen. Die Schreckensbilder, die Agnes Gutter mit den Mutmaßungen über seine unnatürliche Herkunft bei ihm hinterlassen hatte, fand er nicht bestätigt. Für ihn fühlte es sich gut an, wie jedes andere Kind geboren worden zu sein.

Das Kopfkino blieb als Standbild stehen. *»Hallo Alex«*, sagte sein Vater, ohne zu erscheinen. *»Wenn du diese Nachricht siehst, ist vermutlich einiges schiefgelaufen. Da ich deine Zukunft nicht kenne, hoffe ich, dass du wohlauf bist. Was du gerade erlebst, ist eine codierte Botschaft. Ich habe sie, basierend auf meinen Erinnerungen, speziell für dich gerendert und dir als versteckten Stream genetisch codiert im TwelveMonkeys-Archiv hinterlegt. Nur du kannst diese Bilder sehen. Die Technik dazu spielt fürs Erste keine Rolle. Lass die Ereignisse auf dich wirken, ich werde dir später mehr dazu erklären.«*
Alex nickte, er würde seinem Vater zuhören.

Im nächsten Moment fand sich Alex an einem Schreibtisch wieder. Sein Vater blickte auf ein Display und trug einige medizinische Daten in die Krankenakte seiner Mutter sein. Das Büro kannte Alex, das Krankenhaus auch. Die spätere Better Life Klinik, 2013 noch ein großes universitäres Lehrkrankenhaus in Hamburg, das in der Aufstiegsphase des Konzerns der erste Forschungsstandort seines Vaters war. In dem mehrstöckigen Gebäude befanden sich der normale Krankenhausbetrieb und die junge Forschungsabteilung von Better Life, nur minimal gesichert, Tür an Tür nebeneinander.
»Dr. Baringhaus?«, fragte eine Krankenschwester, die ihn außer Atem von der Seite ansprach..
»Ja.«

»Es gibt Komplikationen ... Ihr Sohn ... Sie sollten sich das besser ansehen.«
»Was ist passiert?« Sein Vater stand sofort auf.
»Der Kleine hat Probleme zu atmen ... wir haben an den Fingerspitzen einen zu niedrigen Sauerstoffgehalt im Blut festgestellt.«
»Wer hat Dienst?«, fragte sein Vater und folgte der Schwester, die mit schnellen Schritten durch die Krankenhauskorridore hastete.
»Dr. Keller, er bat mich, Sie zu holen.«
Auch Dr. Jan Keller kannte Alex, der in seiner Kinderzeit oft bei ihnen im Haus zu Gast war. Ein Arzt, wie ihn Kinder lieben, mit einem gütigen Lächeln und grauem Vollbart. Er mochte ihn.
Sein Vater hatte zudem bei ihm promoviert, eine eher unübliche Schüler-Lehrer-Beziehung, da er bereits zu diesem Zeitpunkt für seinen ehemaligen Studenten gearbeitet hatte. Olaf Baringhaus' steile Karriere beeindruckte damals viele.

Schnitt. In der nächsten Einstellung sah Alex zwei große Hände, die mit schnellen Handgriffen einen kleinen blauen Körper versorgten. War er das etwa selbst?
»Immer noch Nulllinie ...«, rief Dr. Keller gestresst und versorgte den winzigen Körper mit einem Atembeutel.
»Gebe 2 ml Epinephrin«, sagte sein Vater und setzte eine Spritze am Zugang der Schädelvene.

»Olaf ... das ist zu viel. Dein Sohn wiegt nur knapp drei Kilo. Auch bei einer Wiederholung soll die maximale Dosis 0,3 ml je kg Körpergewicht nicht überschreiten.«

»Lade ... 15 Joule«, rief sein Vater und schoss Alex den Stromschlag ohne ein weiteres Wort durch den kleinen Körper. In der Wahrnehmung aus der Zukunft schnürte es dem älteren Alex die Kehle zu.

»Kein Puls ...«, sagte Dr. Keller. »Olaf, er ist tot ... du musst ihn gehen lassen.«

»Nein!«, schrie sein Vater. Alex kannte dieses Erlebnis nicht, auch seine Mutter hatte nie darüber gesprochen.

»Das war der vierte Versuch ... wir haben bereits seit 6 Minuten eine Nulllinie.«

»Gebe 500 mg Amiodaron!«

»Olaf ... die Dosis ist sogar für einen 80 Kilogramm schweren Mann zu viel! Für Kinder ist dieses Medikament nicht freigegeben ... das kannst du nicht tun.«

»Würdest du deinen Sohn tatenlos sterben lassen?«, fragte sein Vater aufgelöst. Seine Hände zitterten, während er die nächste Spritze injizierte. »Hat Alex noch etwas zu verlieren?«

»Natürlich nicht ... beatme weiter.« Dr. Keller pumpte mit einem Atembeutel Luft in seine kindlichen Lungen.

»Lade ... 45 Joule!«

Der Stromschlag ließ Alex' blauen Körper sich aufbäumen. Seinen eigenen Todeskampf zu verfolgen, kostete viel Kraft.

»Habe einen Puls! Er ist wieder da!«, schrie Dr. Keller voller Freude. Sein Vater fing an zu weinen.
Auch wenn Alex logischerweise überlebt haben musste, wusste er mit der Situation nicht umzugehen. Warum erfuhr er später nichts davon? Seine Eltern hätten ihm von dem Herzstillstand erzählen können. Das konnte noch nicht die ganze Geschichte gewesen sein.

Das war sie natürlich auch nicht. Schnitt. In der nächsten Szene stand sein Vater vor einem Kinderbett. Ein kleiner Teddybär mit einer Mütze, auf der Alex stand, lag neben ihm.
In Alex' Mund und Nase steckte ein Beatmungsgerät, am Kopf ein Zugang und an Brust, Beinen und Armen klebten unzählige Sensoren. Er konnte fühlen, an welchem dünnen Faden sein Leben hing.
»Sein Herz schlägt ...«, sagte Dr. Keller, der auf der anderen Seite des Bettes stand.
»Er lebt!«, fügte sein Vater hinzu.
»Ja ... aber du solltest ...«
»Ich sagte, ER LEBT!«
»Olaf ... du hast das CT gesehen. Das Gehirn war zu lange ohne Sauerstoff.«
»Das bekomme ich hin!«
»Du bist der talentierteste Arzt, den ich kenne ... du machst Dinge, die sonst niemand kann ... aber dein Sohn ist hirntot. Lass ihn gehen ... oder was möchtest du deiner

Frau erzählen, wenn sie nachher nach ihrem Kind fragt?«
»Kein Wort zu Ina!« Diesen Befehlston hatte Alex später niemals wieder von seinem Vater gehört.
»Ja, ja ... ich habe es verstanden.« Dr. Keller ging ein Stück zurück. »Ich lasse dich allein. Ruf nach mir, wenn du mich brauchst ... ich bleibe in der Klinik.«
»Danke.«
»He ... dafür musst du mir nicht danken.«

Erneuter Schnitt. Sein Vater saß am Bett seiner Mutter. Sie schlief. Im Raum sorgte nur der beleuchtete Schalter des Notrufes für minimales Licht.
»Hallo Ina«, flüsterte sein Vater, der die Hand seiner Mutter hielt. Alex konnte die Situation kaum nachvollziehen, er sollte als Kind eine Zeit lang hirntot gewesen sein?
»Du hast einen wunderschönen Sohn bekommen.« Mit leiser Stimme sprach er weiter. »Ein kräftiger Bursche mit einem unbändigen Herzen. Ich bin mir sicher, dass Alex später die Welt verändern wird.«
Dem zeitreisenden Betrachter liefen Tränen über die Wangen. Konnte das alles wirklich geschehen sein? Wie hätte sich diese Geschichte wieder zum Guten wenden können? Er hatte keine Vorstellung, was sein Vater dann getan hatte.

»Leider hat Alex keinen guten Start gehabt ... aber ich bekomme das hin. Du hast einen Arzt geheiratet, ich heile andere Menschen ... ich schaffe das.«
Sein Vater küsste seine schlafende Mutter, die mit ihren langen blonden Haaren wie Dornröschen aussah, die seit Jahren auf ihren Prinzen warten musste.
»Es gibt Situationen, in denen ein Arzt mutig sein muss ... mutig, um für das Leben anderer zu kämpfen, und mutig, denen beizustehen, deren Angehörige er nicht mehr retten konnte.« Sein Vater schluckte. »Ich werde unser Kind gehen lassen ...«
Alex verstand nicht, was sein Vater sagte, wollte er gerade akzeptieren, seinen Sohn nicht mehr retten zu können?
» ... aber nicht in dieser Nacht.« Die Stimme seines Vaters zitterte. »Ich werde ihn dir bringen ... und du sollst dich noch von ihm verabschieden können.«
Wollte sein Vater etwa seiner Mutter ein hirntotes Kind in die Arme legen, dessen Herz ohne die Beatmungsmaschine mit hoher Wahrscheinlichkeit sofort stehen bleiben würde?

Schnitt. Sein Vater startete einen Computer über ein Steuerungspanel an einem dunklen 19 Zoll Rack. Nein. Ein Rudel schwarzer Monster traf es besser. Er stand in einem Raum, in dem gerade vier schwarze mannshohe Türme anliefen, die scheinbar nur aus blinkenden Dioden und Lüftern zu bestehen schienen.

»Guten Morgen, Dr. Baringhaus«, sagte eine synthetische Stimme, die mit etwas Fantasie der seiner Mutter ähnelte.

»Hi, Lisa. Der Morgen ist zwar bescheiden ... aber das soll nicht dein Problem sein. Wir haben Arbeit«, erklärte er und fing an, an einer Konsole Daten zu transferieren.

»Möchten Sie den aktuellen TwelveMonkeys Projektstatus hören?«, fragte Lisa mit einem seltsamen monotonen Tonfall.

»Nein, mein Schatz ... ich möchte dich heiraten.«

»Diese Parameter liegen außerhalb meiner Möglichkeiten«, antwortete sie trocken.

Alex dachte nach, sprach sein Vater mit einer KI? Davon gab es inzwischen eindeutig leistungsfähigere Systeme. Aber der Stream stammte auch aus dem Jahr 2013.

»Natürlich tun sie das ... aber gut. Bitte neues Projekt anlegen. Projektname: 21.«

»Die initialen Parameter einer neuen Testreihe habe ich angelegt. Wünschen Sie, die Züchtung einer passenden Gen-Sequenz zu beauftragen?«, fragte Lisa, deren Stimme Alex cool fand.

»Nein ... ich gebe ein Genmuster und einen CT-Scan ein. Bitte kompatible Algorithmen ermitteln.« Sein Vater startete den Upload.

»Genmuster ungeeignet ... breche Rendering ab.«

»Fehler tolerieren«, hielt sein Vater dagegen.

»Zellalter ungeeignet ... breche Rendering ab.«

»Fehler tolerieren.«

»Hirnmuster ungeeignet ... breche Rendering ab.«

»Ach Lisa ... Fehler tolerieren.« Sein Vater schien sogar kurz über das merkwürdige Gespräch zu schmunzeln. Alex hatte keine Ahnung, welchem Vorgang er folgen durfte.

»Neuronale Aktivität der Nervenzellen unzureichend ... breche Rendering ab.«

»Fehler tolerieren.« Sein Vater sang die beiden Worte regelrecht. »Obwohl das ein echtes Problem ist.«

»Neuronale Verknüpfung fehlgeschlagen ... kann keine Brücke zum zentralen Nervensystem berechnen ... breche Rendering ab.«

»Ja, ja ... ich weiß. Alex wird einige Handicaps haben ... aber: Fehler tolerieren.«

»Verknüpfung zum linken Sehnerv fehlgeschlagen ... breche Rendering ab.«

»He ... er wird seine Mutter auch mit einem Auge erkennen ... Fehler tolerieren. Und um es kurz zu machen ... du wirst alle weiteren Fehler tolerieren und den Rendering-Prozess abschließen.«

»Rendering initialisiert ... Dauer: 1 Stunde und 4 Minuten. Wünschen Sie, in der Zwischenzeit Musik zu hören.«

»Ja.« Sein Vater lehnte sich zurück, hörte *Brothers in Arms* von den *Dire Straits* und ließ seinen Sohn als Betrachter aus der Zukunft überwältigt zurück.

Alex dachte nach, Agnes hatte über *TwelveMonkeys* gesprochen, dem verschwundenen Projekt seines Vaters, das aus genetisch gezüchteten Supermenschen digitale Waffensysteme machen sollte.

Angeblich ein Fehlschlag, so die offizielle spätere Meinung seines Vaters.

»Rendering abgeschlossen. Proband 21 nicht dauerhaft lebensfähig. Humaner Einsatz nicht zulässig. Empfehle Projektabbruch und Start einer neuen Testreihe«, erklärte Lisa mit dem angestaubten digitalen Charme der Zehner Jahre.

»Nicht dauerhaft? Heißt das, er würde aufwachen?«, fragte sein Vater euphorisch. »Prognose weiter spezifizieren.«

»Die Lebenserwartung beträgt 30 Minuten.«

»Nicht viel ... aber gekauft.«

»Soll Transfer vorbereitet werden?«

»Ja ... wir haben jetzt Viertel nach sechs. Ich will um sieben Uhr starten. Bereite die Codierung vor.«

»Vorbereitung eingeleitet.«

Alex konnte den Aussagen nicht folgen. Er verstand weder, was sein Vater erreichen wollte, noch was eine Lebenserwartung von 30 Minuten bringen sollte?

Schnitt. Sein Vater stand wieder vor dem Bett, in dem Alex als Baby von den Maschinen am Leben gehalten wurde. Eine Schwester oder andere Ärzte waren nicht zu sehen.

»Ich glaube an dich ...«, sagte sein Vater und hielt seine kleine Hand. Dann entfernte er das Beatmungsgerät aus dem Mund und stach eine zwanzig Zentimeter lange, hauchdünne glutrote Nadel durch den Gaumen in seinen

Kopf. »Egal ob für dreißig Minuten oder für die Ewigkeit ... du wirst leben.«

Aus dem Griffstück der Nadel führten zahlreiche Kabel zu einem mobilen Steuerungsgerät, das neben Alex auf dem Bett lag. Der kleine Teddybär mit Mütze saß auf der Tastatur.

Sein kleiner Körper fing an zu zittern und einen Moment später eigenständig zu atmen. Als Betrachter dieser Behandlung kam Alex aus dem Staunen nicht mehr heraus. Jetzt wurde ihm einiges klar, wenn auch noch das letzte Puzzlestück fehlte.

Alex' Vater beugte sich über ihn. Seine Kinderaugen öffneten sich, in denen kurzzeitig blinkende Leuchtpunkte zu sehen waren, die einen Moment später wieder verschwanden. Das Griffstück, das sein Vater in der Hand hielt, zog die rotglühende Nadel eigenständig zurück.

Babygeschrei. Sein Vater wirkte überglücklich. Alex wusste nicht, ob er als Zaungast seiner widernatürlichen Rückkehr ins Leben lachen oder weinen sollte.

»Er schreit ja wie am Spieß«, sagte seine Mutter. »Hat er nichts zu essen bekommen?«

»Gib ihm etwas ...«, antwortete sein Vater und übergab Alex seiner Mutter, die ihn in sofort in die Arme schloss. Der ältere Alex glaubte jetzt noch, die Wärme dieser Umarmung spüren zu können. Das war die erste Berührung seiner Mutter, an die er sich erinnern konnte.

Absolut verrückt, alles, was sein Vater ihn erfahren ließ, war wahr. Absolut wahr. Alex wusste es. Er war dabei. Der Geruch seiner Mutter. Die erste Berührung. Die Wärme. Die Fürsorge, nichts davon hatte er vergessen. Wie auch alles andere in seinem Leben, Alex konnte sich ab diesem Moment an jeden Tag, jede Stunde und sogar jede Minute erinnern.

Neben seinem Vater standen auch Dr. Keller und eine Krankenschwester am Bett seiner Mutter. Beide lächelten, wobei der väterliche Freund seines Vaters zwischenzeitig sehr ernst zu ihm blickte.

»Lasst ihr uns kurz allein?«, fragte sein Vater freundlich.

»Natürlich.« Dr. Keller und die Schwester nickten.

»Er hat deine Augen«, sagte seine Mutter.

»Und deinen Sturkopf.«

Sie lachte kurz. »Du wirkst angespannt.«

»Ja ... die Nacht war kurz. Ich sollte etwas schlafen«, antwortete sein Vater.

Sie schüttelte den Kopf, während sich Alex' digital getunte Baby-Version die Muttermilch ähnlich gut schmecken ließ wie bereits am Tag zuvor. »Hast du wieder die ganze Nacht gearbeitet?«

»Es gibt Dinge, die darf man nicht warten lassen ...«

»Das sagst du immer. Olaf, du bist jetzt Vater ... dein Sohn hat Rechte, es sind schon Väter mächtig in Schwierigkeiten gekommen, die sich keine Zeit für ihr

Kind genommen haben.«
»Ich bin doch bei dir ...«
»Und ich sehe, wie 50 Prozent von dir wieder technische Probleme lösen ... ich möchte aber, dass dein Sohn zu 100 Prozent dein Leben füllt.«
»Versprochen.«
Alex schluckte, hatte sein Vater dieses Versprechen nur abgegeben, weil er wusste, welche Lebenserwartung die KI ihm gegeben hatte?
»Lügner!« Seine Mutter kannte ihn besser.
»Ich möchte dir noch etwas sagen ...«
»Ja.«
»Was nicht unwichtig ist.« Sein Vater druckste herum.
»Du hast meine volle Aufmerksamkeit ... mach es nicht so spannend.« Seine Mutter lächelte.
»Es fällt mir nicht leicht ...« Sein Vater streichelte Alex zärtlich über den Kopf. Auch an die Berührung konnte er sich erinnern. Interessanterweise nicht an die gesprochenen Worte, die hatten sich, bis er sprechen konnte, alle wie brummende Bären in einer Höhle angehört.
»Raus damit ...«
Sein Vater sah auf die Uhr.
»Jetzt sag nicht, du musst wieder arbeiten!«
»Nein, nein ... ich nehme mir heute frei.«
»Schön.«

»Kennst du das, du möchtest etwas sagen, findest aber nicht die richtigen Worte?« Er sah erneut auf die Uhr.

»He ... du sitzt erst zwanzig Minuten bei der Frau, die dir gestern einen Sohn geschenkt hat.« Seine Mutter hatte die manchmal verschrobene Art seines Vaters niemals kritisiert.

»Von denen ich jede Minute genossen habe ...«

»Na ja ... ein paar Minuten bekommst du heute noch ... gratis.«

»Ist Zeit nicht etwas Unfassbares?«

»Nicht so unfassbar wie du, wenn sich Ideen in deinen Kopf eingeschlichen haben und dich von mir wegzerren.«

»So vergänglich ...«

»Das stimmt.«

»Ich möchte, dass du weißt ... ich liebe dich.« Sein Vater weinte wieder. Verständlich, in diesem Moment musste er wie auf heißen Kohlen gesessen haben. Alex konnte sehr gut verstehen, was er in diesem Moment gefühlt haben musste. Jeden Moment hätte Alex' Herz wieder stehen bleiben können.

»Das weiß ich doch ... aber möchtest du mir noch etwas sagen?«, fragte seine Mutter.

»Ähm ...«

»Ich beiße nicht.«

»Es ist nur ...«

»Ja?«

Hatte sein Vater seiner Mutter erzählt, was er mit seinem Sohn gemacht hatte? Nein, das konnte sich Alex nicht vorstellen. Seine Mutter hätte ihm darüber berichtet.
»Ich bin ein Idiot ... ich habe Blumen für dich gekauft, gestern schon, die schon die ganze Nacht ohne Wasser im Kofferraum liegen.« Er lächelte verschmitzt.
»Typisch ... aber ich verzeihe dir.«
»Danke ... ich mache es wieder gut.« Er küsste zuerst sie, dann Alex als Baby.
»Warum zitterst du?«
»Es ist alles etwas viel ...« Sein Vater stand auf und verließ den Raum. Es fehlte ihm damals der Mut, seiner Mutter die Wahrheit zu sagen.

Schnitt. Alex glaubte, durch eine Röhre zu fliegen. Die Perspektive drehte sich. Dann sah er wieder seinen Vater, der mit Dr. Keller sprach. Ein weniger erfreuliches Gespräch.
»Was hast du getan?«, fragte Dr. Keller.
»Geht deine Uhr richtig ... ich glaube, meine geht vor.« Sein Vater tickte mit dem Fingernagel mehrfach auf das Glas seiner Armbanduhr.
»Olaf ... dein Sohn war heute Nacht hirntot und jetzt liegt er glucksend bei deiner Frau im Arm.«
»Schön oder ... ich glaube, wir haben uns geirrt. Wir sollten das CT warten lassen, die Analyse muss fehlerhaft gewesen sein.«

»Fehlerhaft?«, fragte Dr. Keller. »Verarsch mich nicht! Es ist schlimm genug, dass mein ehemaliger Student jetzt mein Chef ist.«

»Dafür bezahle ich dich gut.«

»Das tust du ... weshalb ich trotzdem nicht meinen Mund halten werde. Nochmal ... was hast du getan?«

»Haben wir wirklich schon halb elf?«, fragte sein Vater abwesend, der auf seinem Schreibtisch ein Livebild aus dem Krankenzimmer seiner Mutter auf dem Display angezeigt bekam. Über zwei Signalgeber ließ er sich laufend den Puls seiner Mutter und von ihm in einer Bildecke anzeigen.

»Was hat das mit der Uhrzeit zu tun?«

»Er lebt ... verstehst du das?«

»Bitte?«

»Er lebt einfach weiter ...«

»Olaf! Was hast du getan?«

»Ich habe ...« Sein Vater brach nach zwei Worten ab und blickte wieder auf die Kreislaufwerte.

»Ja ... was hast du ...« Dr. Keller ließ es nicht darauf beruhen. »Ich höre dir zu.«

»Jan ... ich habe es getan. Kannst du dir das vorstellen ... es hat funktioniert.« Sein Vater wirkte fertig mit den Nerven, fahrig versuchte er, die Maus am Display zu bedienen, um den Bildausschnitt zu vergrößern.

»TwelveMonkeys?«, fragte Dr. Keller verdutzt und setzte sich hin. Beide hatten damals an denselben Projekten gearbeitet.

»Ja ... er lebt.«

»Du hast dein hirntotes Kind mit der binären Programmierung einer gen-manipulierten organischen Waffe reanimiert?«

»Nein ... nur die Basisformatierung. Lisa hat nur die lebenserhaltenden Funktionen transferiert. Herz, Atmung und rudimentäre Fähigkeiten, um den Mund zu bewegen. Nicht mehr ...«

»Das kann unmöglich funktionieren.« Dr. Keller schüttelte ungläubig den Kopf.

»Du siehst das Ergebnis.«

»Aber woher soll das binäre Gehirn ohne Applikationen wissen, was es tun soll?«

»Jan, Alex ist ein Baby, er muss nicht wissen was er später tun soll, er lernt es, langsam, wie jedes andere Kind auch. Durch Instinkt und durch die Liebe seiner Mutter.«

»Er hat trotzdem keine Chance.«

»Das sagte auch Lisa ... maximal dreißig Minuten gab sie ihm.« Sein Vater sah erneut auf die Uhr. »Wir haben gleich zwölf ... er hat schon fünf Stunden geschafft.«

»Olaf, das ist Wahnsinn ... wenn das bekannt wird, werden sie dich öffentlich schlachten.«

»Es muss niemand erfahren ...«

»Wie stellst du dir das vor?«
»TwelveMonkeys wird scheitern ... ich werde das Projekt vor die Wand fahren.«
»Es geht dabei um Milliarden ...«
»Das ist mir egal. Geld ist unwichtig.«
»Und Ina?«, fragte Dr. Keller.
»Bitte ... sie darf es nie erfahren. Sie würde es nicht verstehen und ich nicht überleben. Bitte ... das verstehst du doch?«
Dr. Keller schluckte betroffen. »Wie soll es weitergehen?«
»Mit dem Kind?«
»Olaf ... dein Sohn ist nicht lebensfähig. Die Twelve-Monkeys-Technologie ist bahnbrechend ... aber du bist nicht Gott.«
»Der bin ich nicht ... ich bin nur ein Vater. Soll ich jetzt etwa zu Ina gehen und ihr erzählen, dass unser Sohn die nächste Nacht nicht überleben wird? Soll ich ihr auch sagen, dass ihr Kind bereits vor Stunden verstorben ist und sie einen digital-reanimierten Zombie in den Armen hält? Soll ich ihr wirklich diese Wahrheit sagen?«, fragte sein Vater flehend und sah seinen Freund an.
»Weiß es Pietro?«
»Wo denkst du hin ... der würde daraus schneller ein neues Produkt machen, als wir eine Windel wechseln können.«
»Das kann er wie kein Zweiter.« Dr. Keller nickte.
»Aber du musst es deiner Frau sagen, wenn auch vielleicht nicht heute. Aber du musst ehrlich zu ihr sein!«

»Was meinst du mit nicht heute?«
»Du kannst die Wahrheit nicht ewig verheimlichen ...«
»Warum nicht?«
»Olaf ... jemand wird dir auf die Schliche kommen.«
»Nein.«
»Wie kannst du dir da so sicher sein?«
»Weil ich dir vertraue. Weil ich schweige wie ein Grab. Weil Alex vermutlich nur noch Stunden zu leben hat. Weil Ina dann eine starke Schulter braucht und weil du dann einen plötzlichen Kindstod diagnostizieren wirst«, erklärte sein Vater.
Alex konnte ihn verstehen, sein Vater hatte es aus Liebe getan, Alex hätte nicht anders gehandelt. Das Verständnis über die dramatischen Ereignisse zu seiner Geburt hatte ihn verändert. Alex sah seinen Vater aus einer neuen Perspektive. Niemand wollte aus Alex eine Waffe oder ein Monster machen.

Das Kopfkino stoppte mit einer Naheinstellung seiner Mutter, an deren Finger sich Alex' kleine Hand am Leben festhielt. *»Ich hatte nie den Mut, es dir zu sagen ... bitte verzeih mir. Ich wollte warten, bis du älter bist, aber dann lief es immer schlechter zwischen uns. Wenn du diese Nachricht liest, lebe ich höchstwahrscheinlich nicht mehr. Ich wünsche dir alles Gute.«*
»Ich brauche deine Hilfe«, sagte Alex, er hatte so viele Fragen. Was sollte er nun mit dem neuen Wissen anfangen? Sollte er vor die Welt treten und für den Ruf

seines Vaters kämpfen? Sollte er flüchten? Kämpfen? Heulen? Er brauchte jemanden, der ihn an die Hand nahm. Jemanden, der ihm sagte, dass alles in Ordnung war.

»Die ersten Tage deines Lebens habe ich kaum geschlafen, jeden Morgen stand ich angsterfüllt auf und erwartete den Schrei deiner Mutter. Später dachte ich dann, du müsstest schwere Behinderungen entwickeln. Aber den Ausgang der Geschichte kennst du besser. Alles, was der Computer nicht zu Ende führen konnte, hast du selbst getan.

Später bin ich zu dem Schluss gekommen, dass dir mein Anstoß nur eine zweite Chance geboten hat. Die du wie kein Zweiter genutzt hast. Alles, was dann kam, warst du. Nur du. Es war dein Wille, zu überleben. Dein Wille, nicht aufzugeben und auch dein Sturkopf, deinen Vater für seinen Egoismus hinter dir zurückzulassen. Mach dir über deine besonderen Fähigkeiten keine Sorgen. Alles, was du heute bist, bist du.«

***

XXV. Im Auge des Sturms

Agnes stand am Fenster und sah auf den Jungfernstieg. Überall Unruhe, Hektik, Gewalt, Polizei und Demonstranten. Wobei die Beamten der Hamburger Bereitschaftspolizei aus ihrer Perspektive bereits 1 zu 20 in der Unterzahl waren. Dieser Sonntag würde tiefe Narben hinterlassen. Bei den jungen Leuten, die sie unter falschen Vorzeichen ins Vier Jahreszeiten gelockt hatten, bei großen Teilen der Öffentlichkeit und vor allem in Agnes' eigenem Bewusstsein. Es war ein Fehler, anzunehmen, einen Geist fangen zu können. Genauso wie die naive Annahme, dass die geheimen Better Life Projekte mit der NATO niemals an die Öffentlichkeit dringen würden.

»Du siehst scheiße aus.« Sibel kam zu ihr und brachte zwei Tassen heißen Kaffee mit. In einem für sie abgesperrten Bereich im ersten Stock hatte das Hotel einen provisorischen Frühstücksbereich eingerichtet. Alle im Raum wirkten wie nach einem durchzechten Wochenende. Die Projektmitarbeiter, die Securities und auch Relissens Soldaten versuchten, sich mit Kaffee, Säften und hastig verschlungenen Brötchen auf den Beinen zu halten.

»Ja.« Agnes nickte. »Ich fühl mich auch so.« Sie nahm den Kaffee dankend an. Sonntagmorgen, 7:30 h und auf den Straßen schien bereits die halbe Stadt auf den Beinen zu sein. Woher nahmen die Menschen nur diese unglaubliche Energie, zu kämpfen? Wenn um 9 Uhr die Teilnehmer des

Better Learning Rätselwettbewerbes freigelassen würden, drohte die jetzt schon gefährliche Situation auf den Straßen völlig außer Kontrolle zu geraten.

»Du wirst diesen Tag überleben ...« Sibels aufmunternden Worte schmeckten schal. Agnes konnte die Konsequenzen ihrer Niederlage sehr gut einschätzen. *DeepSearch* war gescheitert und Hamburgs Straßen würden heute Mittag brennen.

»Glaubst du, dass wir das Richtige tun?«, fragte Agnes, die gerade ihr ganzes Leben infrage stellte.

»Du meinst getan haben?«

»Nein, nein ... tun werden. Ich möchte nach vorne sehen.« Über die Vergangenheitsbewältigung würden sich andere den Kopf zerbrechen. Vor allem bei der Schuldzuweisung, der Paradedisziplin der Eliten in der modernen Gesellschaft.

»Das liegt in unserem Ermessen«, antwortete Sibel reflexartig, eine Antwort, die verdeutlichte, zu welcher Frau sich Agnes während der letzten sieben Jahre entwickelt hatte.

»Natürlich.« Dr. Baringhaus' Tod hatte bei ihr Spuren hinterlassen. 2027 markierte einen Wendepunkt in ihrem Leben. Nur über die Richtung, die sie danach eingeschlagen hatte, kamen in ihr mehr und mehr Zweifel auf. Er hatte sie gefeuert, sie hätte nur zu gehen brauchen und hätte ein anderes Leben erfahren. Ob es dann bei ihr besser gelaufen wäre, stand auf einem anderen Blatt.

Aber was hatte sie getan? Sie ging zurück, nein schlimmer noch, sie ging zu Pietro. Die Schmach, von Dr. Baringhaus abgewiesen zu werden, war unerträglich, sie konnte damals nicht anders. Dr. Pietro del Mares Mord an seinem Freund und sein Selbstmord hatten sich offiziell niemals zugetragen. Pietro hatte sie damals nie geschlagen und der General hatte folglich auch niemals seinen Mantel des Schweigens über die Ereignisse ausgebreitet.

Stattdessen hatte sich in der Öffentlichkeit und in der Justiz die offizielle Meinung postuliert, dass Dr. Baringhaus ein Hochstapler gewesen sei, der nur wegen seines großzügigen Freundes Dr. del Mare aufsteigen konnte. Sie hatten Dr. Baringhaus zum Sündenbock auserkoren, sie traten sein Ansehen in den Dreck, stahlen ihm sein wissenschaftliches Vermächtnis und verurteilten ihn posthum als feigen Mörder, der sogar aus Wut über seine eigenen Fehler seinen Freund erschoss und sich dann selbst das Leben nahm.

Eine äußerst wirtschaftliche Wahrheit. Der Skandal um den tragischen Tod eines tief gefallenen Arztes hallte 2027 wie ein Donnergrollen durch die Medien. Monatelang erschien ein Bericht nach dem anderen. Es wurden so lange falsche Beweise veröffentlicht, bis auch der letzte Zweifler schwieg. In dieser Zeit wurde das Achilles-Desaster in Kiew kaum beachtet und auf kritische Nachfragen nur als eine von vielen Verfehlungen im Sündenregister des toten Dr. Baringhaus gelistet.

Warum hatte der General das getan? Diese Frage hatte sich Agnes nie ernsthaft gestellt. Die Antwort war zu offensichtlich, weil er es konnte. Und weil Better Life Aktien schlicht zu wertvoll waren, um dreistellige Milliardenbeträge an der Börse zu verbrennen. Einen Aktiencrash hätte sich damals niemand leisten können, weswegen der General und seine Auftraggeber alle offiziellen Berichte manipuliert hatten.
Die beiden Ermittler der Staatsanwaltschaft hatten drei Tage später einen verheerenden Verkehrsunfall. Vermutlich war es eine besondere Gnade, dass Agnes als Tatzeugin noch lebte. Nein, das stimmte nicht. Sie wollte sich nicht wieder belügen. Ihr kranker Ehrgeiz und fachliches Talent waren die Gründe, Teil des Systems zu werden. Sie war beileibe kein Opfer, sie gehörte zu den Tätern.

»Wie ist die Stimmung bei den jungen Leuten?«, fragte Agnes einige Minuten später. Sibel hatte ihr eine Zeit lang schweigend Gesellschaft geleistet.
»Erstaunlich ruhig ... unser Oberleutnant erzählt den Ersten, die gehen werden, gerade Märchen.«
»Glauben sie ihm?«
»Was würdest du an deren Stelle tun, um hier rauszukommen?«, fragte Agnes.
»Ich würde nicken und verschwinden.«
»So sehen das vermutlich viele.«

»Werden wir einige von denen heute Mittag in den Streams Interviews geben sehen?«, fragte Agnes weiter.
»Bestimmt ... aber was sollen sie schon erzählen? Die wissen nichts. Wir haben sie eine Nacht nicht schlafen und von bewaffneten Sicherheitskräften bewachen lassen. Hört sich für uns nicht gut an, wird aber in den Medien bereits morgen wieder vergessen sein.«
»So schnell?« Agnes zeigte sich von Sibels Abgeklärtheit überrascht, die den Nachwehen dieser Nacht weniger Bedeutung beimaß als sie.
»Vor einer Stunde gab es in Moskau einen Selbstmordattentäter, der in der U-Bahn zwei Dutzend Fahrgäste in Stücke gesprengt hat.«
»Eine schlimme Nachricht.« Agnes schauderte es jedes Mal wieder, solche Horrormeldungen zu hören.
»Ja ... für die Betroffenen und ihre Angehörigen ein Albtraum. Für uns ein Segen, unter den Opfern sollen sieben Europäer und sogar drei Deutsche sein.«
»Ein Segen?« Agnes stutzte.
»Der Spot der Medien ist klein. Die deutschen Opfer in Moskau werden den kinoreifen Rebellenauftritt des kleinen Baringhaus' verdrängen. In einer Woche spricht keiner mehr über diese unrühmliche Nacht im Vier Jahreszeiten«, erklärte Sibel analytisch. Eine bemerkenswert intelligente Frau, die allerdings ihre Analyse nicht abschloss.

»Eine makabre Hilfestellung des Schicksals«, sagte Agnes und beobachtete, wie Sibel reagierte, die daraufhin nickte und weiter müde ihren Kaffee schlürfte. »Wir leben in einer kranken Welt.«

»Leider ...«

Agnes beließ es dabei, an dieser Stelle einen Verdacht auszusprechen, machte keinen Sinn. In der Vergangenheit hatte sie bereits zu häufig makabre Hilfestellungen des Schicksals erleben müssen, um dahinter die Methode übersehen zu können. Information und Gegeninformation, das Tagesgeschäft der weltweit vernetzten Nachrichtendienste, oder auch die moderne Form der Tyrannei in Demokratien. Das wäre nicht die erste False-Flag[9] Aktion gewesen, die es in der jüngeren Geschichte gegeben hatte.

»Wie geht es Alex Baringhaus?«

»Der sitzt noch im Kühlhaus ... er ist der Einzige, der die Stimmung auf den Straßen richtig anheizen könnte. Der General bat mich, mit ihm zu sprechen. Ich wollte gleich zu ihm ...«

»Das übernehme ich.« Das war Agnes seinem Vater schuldig, sie wollte Alex persönlich freilassen.

---

9 **False-Flag** bezeichnet eine verdeckte Operation, meist des Militärs oder eines Geheimdienstes, die zur Verschleierung der Identität und der Absichten des tatsächlichen Urhebers vorgeblich von einer anderen, dritten Partei durchgeführt wird.

»Sicher? Ich bin recht zuversichtlich, ihn motivieren zu können, besonnen zu handeln.«
»Ja ... mein Job.« Agnes lächelte. »Genieß deinen Kaffee, jetzt bin ich an der Reihe. Sorge bitte dafür, dass jeder Teilnehmer die 10.000 Euro bekommt.«
»Klar ... und die Million.«
»Such dir einen Gewinner aus ...« Agnes wollte sich darüber keine Gedanken machen.
»Wie wäre es mit Hayden?«, fragte Sibel. »Seiner Vita nach geht er noch zur Schule und lebt von einer Waisenrente.«
»Warum nicht ... er kann das Geld bestimmt gut gebrauchen. Gibt Hayden die Million.«

»Hallo Alex«, sagte Agnes und setzte sich zu ihm an den Tisch. Sie hatte sich geduscht und umgezogen. Ihre langen schwarzen Haare trug sie hochgesteckt, gepaart mit einem schlichten hellgrauen Kostüm, wie es auch viele andere Frauen täglich im Büro anhatten.
»Dr. Gutter«, antwortete Alex einsilbig, dem sie jede Minute seiner schlaflosen Nacht ansah. Sein Gesicht wirkte gräulich, einzelne bunte Flecken mit Kreidestaub ließen sich noch auf seiner Wange erkennen. Zudem trug er ein dreckiges T-Shirt, dessen Vorderseite eingetrocknetes Blut zierte.
»Darf ich dich noch duzen?«
»Tun Sie sich keinen Zwang an.« Er hingegen blieb förmlich. In seiner Kindheit hatte er Agnes als Freundin

der Familie ebenfalls mit dem Vornamen angesprochen.
»Du bist sicherlich müde.«
Er schwieg. Die frostige Stimmung aufzulockern, würde nicht einfach werden. Auch wenn es für sie keine weitere Folgen hatte, wie sie heute mit Alex Baringhaus auseinandergehen würde, fühlte sie das Bedürfnis, mit ihm sprechen zu wollen. Als ob sie dem Sohn des Mannes, dem sie nicht alles sagen konnte, stellvertretend die Vergangenheit erklären wollte.
»Die Nacht lief nicht so gut.« Agnes versuchte, Empathie zu erzeugen, der General hingegen würde mit ihr weit weniger sensibel umgehen. Für das *DeepSearch*-Desaster würde der Alte sie bluten lassen. Beruflich, wie auch persönlich. Für den Fall des Scheiterns hatte sie dem General zugesagt, alles dafür zu tun, damit er nicht zur Rechenschaft gezogen würde. Selbst dann, wenn Dornröschen die märchenhafte Erscheinung ablegen und sich als gnadenloser Cyberterrorist entpuppen würde. Eine undankbare Aufgabe, aber sie hatte dem General ihr Wort gegeben. Es zu brechen, würde ihrer Gesundheit nachhaltig schaden. Bei ihrem Karriere-Level und Wissen konnte sie nicht einfach kündigen.
»Wo ist Mia?«, fragte Alex, der andere Prioritäten setzte. Für seine Freundin, seine Liebe, eine romantische, aber naive Geste.
»Mia Tymann.«
»Ich will sofort zu ihr.«

»Mia geht es gut. Sogar besser als dir. Sie schläft.« Agnes hatte sie zuvor auf dem Display einer Überwachungskamera gesehen. Seit einer Stunde schlief sie. Sibel hatte klugerweise angeordnet, es auch dabei zu belassen. Es war jetzt halb neun, die anderen Teilnehmer vor Alex und Mia zu entlassen, schien ein guter Weg zu sein, die Lage auf den Straßen zu entspannen.

»Ich will trotzdem zu ihr!«, forderte Alex, dessen Entschlossenheit Agnes einschüchterte. In dem stilvoll eingerichteten Besprechungsraum in der ersten Etage des Hotels stand neben ihnen nur ein Mann aus Peter Jöries' Sicherheitsteam. Im Falle eines Konfliktes würde dieser Alex nur mit der Waffe aufhalten können. Ein mögliches und daher unakzeptables Szenario. Nein, das würde sie auf ihre Art lösen.

»Können Sie uns bitte allein lassen?« Agnes sah den Personenschützer an, nein, das war auch noch der Typ, den Alex auf das Autodach geworfen hatte. Der musste sofort den Raum verlassen.

»Ich habe Anweisung ...«

»ICH ... gebe hier die Anweisungen. Und SIE werden jetzt durch die Tür gehen, leise und ohne ein weiteres Wort zu verlieren!«

Er nickte und ging.

»Sie stecken also hinter Better Learning?«, fragte Alex. »Hätte ich mir denken können.«

Agnes hatte unbedacht gehandelt, solche Fehler unterliefen ihr ansonsten nicht. Eine weitere Hypothek für ihre Glaubwürdigkeit.

»Ja.« Nicht mehr zu sagen als nötig, erschien ihr als bestes Mittel der Wahl.

»Ist auch egal.« Alex verdrehte die Augen. Alles, was Agnes sah, war Ablehnung, Misstrauen, Müdigkeit und aufgestaute Wut. Sie suchte weiterhin einen Weg, ihn zu erreichen. Einfach aufzustehen und ihn als gute Freundin seines verstorbenen Vaters in den Arm zu nehmen, ihm ihr Beileid auszusprechen und gemeinsam zu weinen, schied als Option definitiv aus.

»Wann kann ich gehen?«, fragte Alex barsch.

»Sofort.«

»Und Mia?«

»Die kannst du natürlich mitnehmen.«

»Ich kann also einfach aufstehen und mit ihr verschwinden?«, fragte er mit enggezogenen Augen. Sein Körper wirkte zum Sprung bereit. »Und niemand wird mich daran hindern?«

»Du kannst gehen. Darauf hast du mein Wort.« Agnes setzte alles auf eine Karte.

Alex lehnte sich zurück. Die Spannung ließ nach. Scheinbar war er noch nicht fertig mit ihr.

»Was wollen Sie von mir?«, fragte er entschlossen, aber nicht mehr so hart wie bei der Frage zuvor.

»Nichts.«

»Für *nichts* setzt sich Dr. Agnes Gutter mit dem Sohn von Olaf Baringhaus an den Tisch und raunzt ihren Bodyguard aus dem Raum?« Alex' Augen blitzten bei der Frage. Ohne Zweifel, der Junge war nicht dumm und Agnes gerade viel zu angeschlagen, um die Frage unberührt von sich abperlen zu lassen.

»Eine Geste ...«

»Ah ... eine Geste.« Seine Augen fixierten sie. »Weswegen?« Seine Frage traf sie wie eine Peitsche.

Agnes hatte geplant, ihn zu verhören und nicht umgekehrt. Ihr wurde wärmer. Bei ihrer Idee, selbst mit ihm zu sprechen, hatte sie nicht bedacht, dass ihr Gespräch aufgezeichnet wurde. Einige Antworten, die sie vielleicht Alex unter vier Augen gegeben hätte, wären als digitaler Stream kein guter Einfall gewesen. Der General würde sich über zu viel Offenheit ihrerseits nicht erfreut zeigen.

Agnes schwieg, blickte aber vielsagend nach links und nach rechts oben in den Raum. Es gab zu viele Augen und Ohren, um eine ehrliche Antwort zu geben.

»Wir werden nicht mehr aufgezeichnet«, sagte Alex, fünf Worte, die Agnes das Blut in den Adern stocken ließ.

»Bitte?« Was hatte er gesagt? Das musste sie jetzt genauer verstehen, sie hatte die Kontrolle über das Gespräch verloren. Die Konsequenzen, die Alex' Aussage haben konnte, drohten, sie augenblicklich ohnmächtig werden zu

lassen.
»Ist Ihnen unwohl? Sie sehen aus, als ob Sie einen Geist gesehen haben?« Alex spielte mit ihr.
»Ich ...« Agnes suchte nach den richtigen Worten. Dornröschen war vor ihren Augen erwacht, wenn auch ohne die typische Frisur, die adelige Töchter üblicherweise hatten.
»Ich bin kein Geist.«
»Aber ...«
»Ich bin nur ein Student, der sich mit Fotografieren mehr schlecht als recht über Wasser hält.«
Agnes, reiß dich zusammen, schrie sie sich innerlich an, schloss kurz die Augen und sah Alex erneut an. Jetzt ging es um alles. Sie musste wieder die Kontrolle übernehmen.
»Die Anlage wird von Operatoren überwacht ... wenn ein Raum offline geht, stürzt hier gleich die Kavallerie herein.«
»Wir sind nicht offline ... die hören und sehen nur ein anderes Programm.«
»Und wie soll das gehen?« Agnes versuchte, ihn zu eindeutigeren Aussagen zu bewegen.
Alex lächelte. »Langweilige Technik ... liegt bei mir in der Familie. Hat mein Vater mir beigebracht.«
Als Agnes Alex das letzte Mal sah, hatte der Junge seinen Vater gehasst. Als Teenager hätte der Junge sich eher die Hand abhacken lassen, als zuzugeben, von seinem Vater etwas gelernt zu haben. Und jetzt? Jetzt saß sein Sohn vor

ihr, lachte sie aus und erzählte voller Stolz, etwas von seinem Vater gelernt zu haben, wozu kein zweiter Mensch auf der Erde fähig war.

»Ich kannte deinen Vater gut ... und ich kenne sein Vermächtnis. Die Fähigkeit, mit einem Fingerschnippen Überwachungssysteme zu manipulieren, gehörte nicht zu den Dingen, die er dir beigebracht hat.«

»Stimmt ... wir hatten früher gewisse Schwierigkeiten. Er hatte keine Zeit und ich war ein verzogener Kotzbrocken.«

Agnes glaubte, immer noch zu träumen. Der Alex Baringhaus, der vor ihr an dem antiken Tisch saß, war nicht mehr derselbe junge Mann, der gestern unbedarft das Hotel betreten hatte. Ein Schauder lief ihr den Rücken hoch. *DeepSearch* scheiterte an dem Auftrag, ihn dingfest zu machen, es weckte allerdings etwas in ihm, was ihr gerade eine Heidenangst einjagte.

»Du klingst, als ob du eine Chance hattest, mit ihm zu sprechen?« Agnes dachte nach. Wenn Alex wirklich das TwelveMonkeys Archiv trotz der Sedierung angreifen konnte, welche Botschaft hatte ihm sein Vater mit einem leeren Archiv überlassen können?

»Wofür ich Ihnen persönlich danke.« Alex deutete sitzend eine Verbeugung an. »Ohne ihr besonderes Engagement wäre mir diese intensive Erfahrung sicherlich noch eine sehr lange Zeit vorenthalten geblieben.«

Dr. Baringhaus hatte sie alle genarrt. Vermutlich hatte er das logisch nicht aufzulösende Zugangssystem nur zur Ablenkung genutzt, um genug Begehrlichkeiten zu hinterlassen, dass Dritte die Verschlüsselung über Jahre hinweg zu öffnen versuchten. Eine Suche, die insbesondere seine Verfolger mit gezielt ausgestreuten Brotkrumen zwangsweise auf die Suche nach seinem Sohn bringen würden. Eine Suche, mit der Dr. Baringhaus nur ein Ziel verfolgt haben konnte: er wollte seinem Sohn eine vertrauliche Botschaft übermitteln.

»Du gehst sehr offen damit um.« Agnes versuchte, seine Motive zu verstehen. Alex hatte bisher alles dafür getan, nicht aufzufallen, warum gab er sich plötzlich so verändert?

»Hegen Sie etwa den Wunsch, mich klein gehackt in ein Reagenzglas zu stecken?«, fragte er amüsiert. Verdammt, der Junge musste den General und sie belauscht haben. Agnes musste davon ausgehen, dass Alex alles wusste, was in der Einsatzzentrale besprochen wurde. »Ich vermute, organisch ziemlich langweilig zu sein.«

»Das dürfte auch nicht deinen Wert ausmachen.« Agnes dachte darüber nach, mit seinem blutigen Skalp vor den General zu treten und sich hofieren zu lassen. Die ganze Welt würde ihr mit diesem Erfolg zu Füßen liegen. Sie würde in der wissenschaftlichen Geschichtsschreibung unsterblich werden und in ein paar Jahren würden

Straßen, Plätze, Museen und Universitäten nach ihr benannt werden.

»Was bin ich denn wert?«, fragte Alex frech. Er forderte sie offen heraus und erhöhte laufend den Einsatz.

»In gewissen Kreisen ... nahezu unbezahlbar.«

»Das sagte mir auch meine Mutter, als ich sie als kleiner Junge gefragt habe, warum sie mir keinen kleinen Bruder oder eine kleine Schwester kaufen würde.«

Agnes schmunzelte.

»Eine aus meiner Sicht berechtigte Frage, ich hatte schon früh verstanden, dass meine Familie im Geld schwamm.«

»Jedes Leben ist unbezahlbar«, sagte Agnes, die sich an ein Gespräch mit Ina erinnerte, in der sie das in einem ähnlichen Zusammenhang gesagt hatte.

Auch Alex lächelte. »Es freut mich, dass meine Mutter und Sie sich gut verstanden haben.«

»Es gibt zahlreiche Menschen, die Angst vor dir haben...«, sagte Agnes und stellte sich vor, wozu Alex fähig wäre, wenn er einen richtig schlechten Tag hatte. Wenn sie ehrlich war, fürchtete sie sich selbst vor seinen Fähigkeiten.

»Da haben diese Menschen auch allen Grund zu. Oder würden Sie zögern für jemanden, den Sie lieben, zu kämpfen?«, fragte Alex. So klang kein Junge, so klang ein Mann, der wusste, was er wollte.

»Der Unterschied sind nur die Auswirkungen ...« Bei Alex könnte sein Unmut das Leben von Millionen, wenn nicht sogar Milliarden bedrohen. Im Prinzip müsste sie aufstehen, schreien und die Wachleute auffordern, ihn auf der Stelle zu erschießen. Dr. Baringhaus hatte sie gekränkt, sie hatte jetzt die Möglichkeit, mit ihm abzurechnen und würde sogar dafür als Heldin gefeiert werden. Hatte sie gewonnen? Dieser Sieg schmeckte fade. All die Wut, die sie viele Jahre über im Herzen getragen hatte, löste sich gerade in nichts auf.

»Was Sie und andere nervös macht?«, fragte er.

»Ja ... vermutlich andere noch mehr als mich.«

»Warum schließen Sie sich dabei aus?«

Agnes schluckte. »Weil ich inzwischen glaube, die Motive deines Vaters falsch verstanden zu haben.«

»Verständlich ... ging mir nicht anders. Bei all seinen Talenten gehörte über schwierige Themen zu sprechen, nicht dazu.«

»Warum hat er das getan?« Das wollte Agnes seit Jahren verstehen. Warum tat ein Vater seinem eigenen Sohn so etwas an? Die Rache gegenüber Better Life glaubte sie inzwischen, streichen zu können. Tat er es stattdessen aus beruflichem Ehrgeiz?

»Aus Liebe.« Alex lächelte.

Agnes stutzte. »Bitte?«

»Aus Liebe zu meiner Mutter ... ich hatte einen Herzstillstand. Mein Gehirn wurde über eine zu lange Zeit nicht mit Sauerstoff versorgt. Ich war hirntot und mein Vater nutzte die TwelveMonkeys-Technologie, um meiner

Mutter Zeit zu schenken, sich von mir zu verabschieden.«
Agnes schüttelte den Kopf. »Verabschieden?«
»Lisa, die KI, gab mir 30 Minuten ... mein Vater hat es trotzdem getan. Er glaubte an mich. Das Ergebnis kennen Sie.«
»Ich hatte keine Ahnung ...« Agnes steckte ein zentnerschwerer Kloß im Hals. Auch wenn sie nie der Teil seines Lebens wurde, den sie sich erhofft hatte, hatte sie jetzt die Macht, seinen Sohn an den General auszuliefern oder ihn vor Typen wie Cordes zu beschützen.
»Auch meine Mutter kannte diese Geschichte nicht. Mein Vater hatte es ihr nie gesagt.«
»Wie gesagt, du kannst jederzeit gehen ... ich werde dich nicht aufhalten.« Alex' aufrichtige Betroffenheit berührte sie tief im Inneren ihrer verkrusteten Seele.
Agnes musste eine Entscheidung treffen, sie würde weiterhin in der Better Life Tretmühle bleiben. Das war ihr Leben. Sich jetzt etwas anderes vorzumachen, wäre eine Lüge gewesen. Sie hatte allerdings ein neues Ziel: dafür zu sorgen, dass General Cordes seinen gerechten Lohn bekam. Gegen ihn konnte sie nur kämpfen, wenn sie Teil des Systems bleiben würde. Und auch wenn er besiegt war, es gab mehr als einen seiner Sorte. Der Plan gefiel ihr, mit dem sie die Schläge für die DeepSearch-Pleite gut ertragen können würde.
»Danke.« Alex stand auf.

»Sehen wir dich wieder?«, fragte Agnes.

»Nein.«

»Sehe ich dich wieder?«

»Vielleicht ...«

Agnes stand auf und nahm ihn in den Arm. Sie war es leid, ständig ihre Gefühle einzusperren. Alex nah zu sein, vermittelte ihr das Gefühl, für einen Moment frei zu sein. Klick. Auch dem Zwist mit Olaf setzte sie ein Ende, Zeit, erwachsen zu werden. Für den Kampf gegen den General würde sie ihre gesamte Kraft brauchen.

***

XXVI. Norwegen

Alex hatte sich von dem Geld einen 40 Jahre alten Land Rover gekauft, mit dem er sich auf einer grauenhaften Landstraße auf dem Weg nach Grane befand, einem Nest mit 2.000 Seelen in der Provinz Nordland. Mia fuhr, während er auf dem Beifahrersitz mit zwei Elchhundwelpen um sein Mittagessen kämpfte.

Obwohl der Mai nur noch ein paar Tage dauern würde und die Sonne schien, war es mit 5 Grad Celsius schweinekalt. In dieser Gegend lebte nach der Statistik ein Mensch pro Quadratkilometer. Perfekt, genau hier wollten sie hin. In der Nähe befand sich auch der Børgefjell-Nationalpark, den sie sich sicherlich öfter ansehen würden.

»Wo sind wir?«, fragte Alex, der nicht auf das Navigationsgerät achtete, solange ihm die beiden Welpen vehement die Hosenbeine in Stücke reißen wollten.

»65° 24' Nord, 13° 31' Ost ... wir müssten gleich da sein. Ich hoffe, dass die Blockhütte die du gekauft hast, besser aussieht als die Straße, auf der wir uns befinden.«

»Vertrau mir ...« Alex gab sich zuversichtlich, er kannte die Hütte noch von früher, als er mit seinen Eltern hier war.

Nach den Ereignissen im Vier Jahreszeiten vor dem Jahreswechsel in Hamburg hatten Mia und er die Universität verlassen, die Wohnung gekündigt und waren nach Norwegen ausgewandert. Den Winter hatten sie noch in der Nähe von Oslo verbracht.

Für Mia war es mit ihren sprachlichen Fähigkeiten perfekt Deutsch, Englisch, Russisch, Italienisch und Kantonesisch zu sprechen einfach, einen Job in einer privaten Sprachschule zu finden, in der sie auch online weiterarbeiten würde.
Nachdem Alex ihr alles über das Ghosten erzählt hatte, verstand sie seine Zurückhaltung, mit einem Computer arbeiten zu wollen. Er würde sich in Grane eine andere Beschäftigung suchen.
»Wir sind da ... da vorne ist es«, rief Mia freudig und bremste, um in die Grundstückseinfahrt abzubiegen.

Als Alex aus dem Auto ausstieg, glaubte er, mit einem Schritt in der Vergangenheit zu sein. An der rotgestrichenen Holzhütte hatte sich in den letzten 15 Jahren nichts verändert, die Aussicht auf den See im Tal war immer noch fantastisch.
»Wow.« Auch Mia staunte über die unglaubliche Aussicht. Nicht so die beiden ausgehungerten Welpen, die es auch außerhalb des Wagens nicht bleiben lassen konnten, seine Hosenbeine zu traktieren.
»Die Hunde fressen mich auf«, jammerte Alex.
»Glaube ich nicht ...« Mia schmunzelte und kam zu ihm.
»Platz ...« Die Hunde gehorchten ihr sofort.
»Wie hast du das gemacht?«, fragte Alex verwundert.
»Dachtest du etwa, der einzige Mensch mit Superkräften zu sein?«, fragte sie und schloss die Arme um seine Taille.

»Ähm ... nein.« Er küsste Mia, das mit den beiden Hunden musste er noch üben.
»Bist du zufrieden?«
Alex sah sich um. »Ja ... das bin ich.« Er setzte sich auf den Boden und störte sich nicht daran, dass die beiden Welpen sofort wieder auf sein Hosenbein losgingen.
Mia setzte sich neben ihn.
»Habe ich dir mal die Geschichte von der Erle und meiner Mutter erzählt?«, fragte er einen Moment später.
»Ich glaube nicht.« Mia lehnte sich an seine Schulter.
»Meine Mutter hat diese Bäume geliebt, weswegen sie auch neben einer Erle in Hamburg beerdigt werden wollte. Einige Jahre zuvor hatte sie mich einmal gefragt, ob ich wüsste, warum wir Bäume bewundern?«, erzählte Alex und schweifte in die Ferne.
»Wusstest du es?«
»Natürlich nicht. Warum, fragte ich umgehend, ich liebte die Geschichten, die sie mir immer erzählte.«
»Bäume sind groß, stark und bleiben sich immer treu. Kaum ein Sturm kann sie brechen. Tiere und kleinere Pflanzen leben in ihrer Nähe, ohne sich jemals darüber Gedanken zu machen, dass der Schutz vor den Widrigkeiten des Lebens keine Selbstverständlichkeit ist.« Alex kämpfte mit den Tränen.
»Warum fällen wir dann Bäume, habe ich sie daraufhin gefragt. Menschen tun viele seltsame Dinge, antwortete sie und strich mir über den Kopf.« Alex lächelte mit feuchten

Augen. »Hast du dich bereits bei einem Baum bedankt, fragte sie. Nein, sie können doch nicht reden, war meine spontane Antwort, die mir in diesem Moment völlig logisch erschien. Kann man sich auch ohne Worte verständigen, fragte sie weiter. Klar, hatte ich geantwortet. Dann schau dir den Baum doch einmal näher an, meine Mutter hatte auf alle Fragen eine Antwort.«

»Eine schöne Geschichte«, sagte Mia.

»Ich habe sie bereits auf ihrer Beerdigung erzählt ... aber ich habe damals einen Teil weggelassen.« Als ob es gestern war, Alex konnte sich an jedes Wort erinnern.

»Welchen?«

»Kurz vor ihrem Tod habe ich sie gefragt, warum sie meinem Vater alles durchgehen lassen würde, warum sie sich nicht auflehne, warum sie nicht mehr Zeit für sich fordere?«

»Was hat sie geantwortet?«

»Dass er der Baum in ihrem Leben sei ... und weil Bäume sich nicht bewegen können, es die Aufgabe der anderen sei, eine neue Perspektive einzunehmen.«

Mia lächelte. »Ich bin sicher, wir finden einen Platz, um einen Baum zu pflanzen«, sagte sie und stand auf. »Los, beweg dich, unser neues Heim sieht nach reichlich Arbeit aus.«

***

Lieber Leser,
hat euch die Geschichte gefallen? Missfallen? Habt ihr einen Fehler gefunden? Möchtet ihr dem Autor eure Meinung mitteilen?

Helft mir besser zu werden. Lobt mich. Verflucht mich. Redet einfach mit mir. Ihr habt gute Chancen eine Antwort zu bekommen.

Schreibt eine Rezension auf Amazon. Kurz. Lang. Völlig egal. Schreibt mir eine Email. Oder gebt es Thariot auf Facebook. Wie es euch gefällt. Ich freue mich über jeden Kontakt.

Thariot / Martin

martin@thariot.de

https://www.facebook.com/pages/Thariot/85383152132
6139

Mehr Bücher von Thariot auf Amazon:

Ninis – Die Wiege der Bäume

Dark Fantasy, 2011

712 Seiten

Sonnenfeuer – Der Frieden war nah

Science Fiction, 2012

339 Seiten

Cuareen – Die Blutspur

Dark Fantasy, 2012

380 Seiten

Sternenstaub im Kirschbaum

Fun Fantasy, 2013

214 Seiten

Genesis – Die verlorene Schöpfung

Science Fiction, 2014, Band 1

590 Seiten

Genesis – Brennende Welten

Science Fiction, 2014, Band 2

538 Seiten

Genesis – Post Mortem

Science Fiction, 2014, Band 3

575 Seiten

Ich.Lebe.

Science Fiction, 2015

404 Seiten

Printed in Poland
by Amazon Fulfillment
Poland Sp. z o.o., Wrocław

53159092R00240